古典詩歌研究彙刊

第十二輯

龔鵬程 主編

第6冊

杜甫題畫詩之審美觀研究

李百容 著

國家圖書館出版品預行編目資料

杜甫題畫詩之審美觀研究／李百容 著 — 初版 — 新北市：花
木蘭文化出版社，2012〔民 101〕
目 4+250 面；17×24 公分
（古典詩歌研究彙刊 第十二輯；第 6 冊）
ISBN 978-986-254-902-5（精裝）
1.（唐）杜甫 2.題畫詩 3.詩評
820.91 101014405

ISBN-978-986-254-902-5

9 789862 549025

古典詩歌研究彙刊
第十二輯 第 六 冊
ISBN：978-986-254-902-5

杜甫題畫詩之審美觀研究

作　　者 李百容
主　　編 龔鵬程
總 編 輯 杜潔祥
出　　版 花木蘭文化出版社
發 行 所 花木蘭文化出版社
發 行 人 高小娟
聯絡地址 新北市永和區中正路五九五號七樓
　　　　　電話：02-2923-1455／傳眞：02-2923-1452
網　　址 http://www.huamulan.tw 信箱 sut81518@gmail.com
印　　刷 普羅文化出版廣告事業
初　　版 2012 年 9 月
定　　價 第十二輯 24 冊（精裝）新台幣 33,600 元

杜甫題畫詩之審美觀研究

李百容 著

作者簡介

李百容，1967 年生，臺灣雲林縣人，淡江大學中國文學學系博士。現任台北市立建國高級中學國文科專任教師，淡江大學中國文學學系兼任助理教授。主要研究著力於中國古典詩畫關係的探究發覆，代表著作有《蘇軾詩畫通論之藝術精神研究》、《杜甫題畫詩之審美觀研究》，及相關論題諸篇期刊論文……等等。

提　　要

　　本論文以「杜甫題畫詩」為研究題材，以其「審美觀」為研究範疇，嘗試以分析杜甫題畫詩審美觀之成因、象喻、內容、爭議，來綜觀唐代重要詩人杜甫與畫家交流，與其融合詩論畫論以品評畫作的詩畫融合現象。全文共分六章，簡述如下：

　　第一章「緒論」，由詩畫關係概論談起，論述主要著眼於詩畫藝術媒介異同，及其藝術感通、同源之關係，以此為基礎進而簡述題畫詩的形成與發展。而後概述杜甫題畫詩目前研究狀況，以及釐定杜甫題畫詩之研究範疇為：（一）分析杜甫於題畫詩的歷史地位及影響；（二）架構杜甫審美心理及審美評價的裏表關係；（三）探究杜甫於繪畫美學的繼承與開創；（四）整理杜甫於詩畫互通的實踐及其影響，終而敘及本論文研究之動機與方法。

　　第二章「杜甫題畫詩審美觀之成因」，由社會客觀現象及詩人主觀情思兩大條件，分析形成杜甫題畫詩審美觀之成因。社會客觀條件著重於論述盛唐氣象以及詩畫互涉、藝友相從對詩人的影響，旨在說明盛唐藝術會通之時代背景，實為涵養杜甫詩藝的溫床；而詩人主觀條件部分，筆者將杜甫生平及詩藝發展，融入於其心路歷程轉折三境界中，分別為衝突與抉擇、孤獨與觀照、自由與釋放，旨在俾益剖析杜詩以至題畫詩象喻之所由來，可視為是觀察杜甫審美心理傾向的重要引據。至於詩人與畫境的關聯之論述，是本論文研究路徑之理論基礎，用意在為後論建立導論。

　　第三章「杜甫題畫詩審美觀之象喻」，筆者先行界說「象喻」其義，按此定義及畫科分類將杜甫題畫詩中重覆出現者分為五大類型：一為題畫鷹、鶻、鶴者；二為題畫馬者；三為題畫松者；四為題畫山水者；五為論人物畫者。筆者分類探析詩人因觀畫而進行審美、再現畫境之象喻的用意，乃在指明杜甫之題畫詩乃多為詩人心靈圖像的呈現，諸如沉藏於詩人潛意識之狂傲與理想；詩人現實受阻與懷才不遇之感慨；諷喻政教迷信荒誕與憂國思君之情志；家國與高隱兩種思致的

內在交錯跌宕；以及晚年尋求精神自由解脫、嚮往「無住著」之禪佛境界，在在顯露詩中畫物之神，有著詩人主觀情志的投影。而由此象喻的探析，得知杜甫之心靈意識、處世思想、生命體悟境界的轉變歷程，與其處世雜揉儒道釋三家思惟的現象，亦體現在其題畫詩的創作上。

第四章「杜甫題畫詩審美觀之內容」，筆者梳理杜甫於論畫之際，所發出屬於詩人主體審美感興之「審美觀照、理論及標準」，經過一翻推敲、聯繫，大致將其題畫詩審美觀內容分為兩部分（論述採詩畫並論）：一者筆者發現杜甫雖也以形神論來評賞繪畫，但歸其「寫真」、「畫骨」、「重氣」之旨，其內在意涵大抵皆通向「傳神」。詩人涵泳出入於六朝文藝美學甚深，其受劉勰《文心雕龍》「風骨」論、顧愷之「傳神」論以及謝赫「氣韻生動」論……等文藝思想薰染，在六朝美學風起雲湧以至盛唐文藝繽紛燦爛的氛圍裏，終而形成其「不僅傳物之神，亦傳畫家情思之神」的「傳神」繪畫審美思想。二者，詩人強調畫家「意匠經營」的藝術創造過程，亦可經由創作過程意匠之醞釀、構思、放筆之分析，以明詩人此乃崇尚畫家涵養論，並以此為繪畫傳神之道者。

第五章「杜甫題畫詩審美觀之爭議」，筆者先敘「幹惟畫肉不畫骨」引起中晚唐張彥遠審美評價之爭議及簡述後人續論之各種意見，之後再進一步思辨解決杜甫在題畫詩中審美評價是否得當的問題。而對於此爭議，筆者試圖由外緣轉變及內觀投射兩大方向去思辨：外緣轉變者大致可再分歧為兩個各別因素去探討，一者為六朝至唐宋，崇「骨」、尚「肉」審美趣味的移位消長；二者為韓幹畫馬風格可能由曹風走向獨創的改變（以繪畫風格改革見審美評價的變異）。而內觀投射（感興移情）是詩人審美評價一個重要的判准，由此分析詩人的審美評價之所以有別於社會審美價值，根本因素乃在杜甫審美心理之傾向與時尚有所差異。

第六章「結論」，歸納杜甫題畫詩審美觀主要研究成果為：一、擴充延伸了「傳神」審美觀的內涵；二、強調畫家創作之「意匠經營」（「立意」）；三、引發崇「骨」、尚「肉」之審美思辨；四、詩人論畫，詩（文）論影響畫論；五、由其象喻見出杜甫題畫詩，體製脫離六朝詠物詩的格局；六、以杜甫題畫詩補證了杜詩三教融合及其性格之狂介兀立，生命依違於仕隱矛盾之痕跡。

全文章次安排，由淺入深，由詩入畫，旨在有層次地導出研究主題之詩畫交流現象，以見出杜甫題畫詩之審美觀之獨特處。

目

次

第一章　緒　論

　　詩畫關係之研究雖非僅止於題畫詩的研究，但由歷代題畫詩的研究，卻可探索出詩畫交流融合的發展歷程，因此本論文以「杜甫題畫詩」為研究題材，以其「審美觀」為研究範疇，嘗試以分析杜甫題畫詩審美觀之成因、象喻、內容、爭議，來綜觀唐代重要詩人杜甫與畫家交流，與其融合詩論畫論以品評畫作的詩畫融合現象。故儘管杜甫的題畫詩並非題於畫幅之內與畫相輝映的詩作，但一來為要與以題畫詩為主題研究的歷史脈絡接軌，二來為要以審美的角度來觀察杜甫題畫詩在此體製內容的開拓與影響，於是筆者擴充題畫詩之定義，蒐羅杜甫詩集中，凡「以畫為審美對象，或寄興、或寓志、或抒情、或比德、或再現畫境、或評論欣賞、或自述審美感受、或重現審美活動，而以詩創作」者，皆視為本論文研究分析之題材，以利研究題材之綜合比較與歸納分析，期能條理出杜甫題畫詩審美觀的全貌。

　　緒論由詩畫關係概論談起，進而簡述題畫詩的形成與發展、而後概述杜甫題畫詩目前研究狀況及釐定其研究範疇，終而敘及本論文研究之動機與方法。筆者於研究方法中定義「審美觀」為：以審美心理（興）的研究視角分析詩人題論畫境之詩語，由詩人與畫境之審美活動，及詩人再現畫境、闡述畫理的創作活動中，發現詩人於此審美、創作互為流動往來活動間，所成之一系列審美觀照、理論及評價標準，此「審美觀照、理論及評價標準」，即為本論文所謂「審美觀」。

而此研究的目的，即筆者想藉著研究杜甫題畫詩之審美觀，以了解唐代詩畫之交流與理論之互滲，故研究路徑不著重於題畫詩歷史的溯源與體製發展規律之考據，而傾向於詩畫藝術媒介異同，及其藝術感通、同源關係的論述，以此始見由杜甫主體審美心理（興）所反映出之題畫詩象喻與審美觀，進而確立杜甫對題畫詩內容與體製的貢獻，與對文人畫畫論之啓蒙影響。

第一節　詩畫關係概論

　　詩是詩，畫是畫，各自有其藝術表現之專擅。談論詩畫關係除了釐清詩畫之間彼此不能逾越的部分之外，更讓人感到興味的是——詩人與畫家的「出位之思」。〔註1〕錢鍾書對「詩跟畫各有跳出本位的企圖」，有如下明確說明：

> 一切藝術，要用材料來作爲表現的媒介。材料固有的性質，
> 一方面可資利用，給表現以便宜，而同時也發生障礙，予
> 表現以限制。於是藝術家總想超過這種限制，不受材料的
> 束縛，強使材料去表現它性質所容許表現的境界。譬如畫
> 的媒介材料是顏色和線條，可以表現具體的迹象：大畫家
> 偏不刻劃迹象而用畫來「寫意」。詩的媒介材料是文字，可
> 以抒情達意：大詩人偏不專事「言志」，而要詩兼圖畫的作
> 用，給讀者以色相。〔註2〕

這是說，詩與畫的表現媒介固然有異，且各有界限，但詩人與畫家於創作中不能滿足於表現媒介之限制，也不願受限於限制，因此有「出位」、「換位」〔註3〕的藝術表現。

〔註1〕「出位之思」語出自錢鍾書〈中國詩與中國畫〉一文，收於《文學研究叢編》第一輯，（台北：本鐸出版社，1981年7月），頁87。

〔註2〕同上注，頁86。

〔註3〕「藝術換位」（Transposition d'art）語出自饒宗頤引法國Gaurier之語，見饒氏〈詞與畫——論藝術的換位問題〉一文，收於饒宗頤《畫頴：國畫史論集》（台北：時報文化，1993年初版），頁219～236。

　　詩與畫除了在表現形式上有「出位」、「換位」的現象之外，在詩法、畫論之互相滲透上，也有極深微的關係。也就是說，詩與畫除了在媒介運用與形式表現可互相資藉互相跨越之外，在創作意境的經營、思想精神之互相融攝，皆有其淵源關係。

　　以「符號」的角度來看，文字之表現詩，點線面之表現畫，詩和畫的作品意義，仍然是由「文字」、「點線面」這些「符號」的運用及變化而誕生的〔註4〕。但不管詩人或畫家是如何在形式上運用與變化符號，終究創作者仍是以一雙「詩眼」來透視世界事物的。〔註5〕雖然如此，這並不是說詩可以涵蓋畫的藝術功能，當然畫也不能取代詩的存在，而是認為在詩與畫各自專擅的藝術領域之間，有一條不可分割的臍帶。詩和畫是不能互相取代的，探究詩畫關係不是要彼此干預，彼此服從，而是去發現兩者彼此滋養，並進而發展成長的內在交錯之軌跡，及兩者初始產生關聯的淵源。

一、詩畫藝術表現媒介之差異

　　萊辛（Lessing, 1729～1781）在撰寫《拉奧孔》的筆記中曾將詩與畫之根本差異如是明確地剖析：

　　　繪畫運用在空間中的形狀和顏色。

　　　詩運用在時間中明確發出的聲音。〔註6〕

萊辛反對溫克爾曼（Winckelmann, 1717～1768）將藝術理想應用到詩及文學的領域中〔註7〕，他並直言：「把繪畫的理想移植到詩裡是錯誤

〔註4〕參見劉其偉《藝術零縑》（台北：三民書局，1974年10月），頁5～6。

〔註5〕參見羅門〈詩眼看米羅〉《詩・夢・自然——米羅的藝術》（台北：台北市立美術館發行，1992年11月），頁78。羅門在文中指出：「『詩眼』結合了肉眼、腦眼與心眼三種視力，具有深入與廣闊的能見度，能洞見埋在深層世界中精彩、真實、純美以及奧秘與帶有永恆感的一切。尤其是在藝術與文學的範疇內，歷代偉大的藝術家與文學家，都幾乎是在創作中以卓越的『詩眼』來探視與觀看世界，而創作出偉大的不朽之作。

〔註6〕見朱光潛譯《詩與畫的界限》（台北：駱駝出版社），頁181。

〔註7〕同註6，頁5。

的。」〔註8〕雖然如此，萊辛並不否認詩與畫交互影響的事實〔註9〕，他只是極力強調詩與畫表現媒介及手段的差異〔註10〕，爲的是主張詩與畫藝術表現範疇之獨立自主，避免其中一者淪爲附庸或其中「一種藝術服從另一種藝術的結合。」〔註11〕

　　宗白華肯定萊辛對詩和畫表現媒介之差異的深入分析，「指出它們的各自的局限性，各自的特殊的表現規律，開創了對於藝術形式的研究。」〔註12〕但宗氏卻又認爲萊辛的研究有其局限性〔註13〕，這是因爲宗氏看出了藝術天才不會也不願爲形式所限的創造力。更何況，理論的分析在作品的創作之後，理論可能影響創作，但創作也可能突

〔註8〕 同上注，頁177。萊辛認爲：「繪畫的理想是一種關於物體的理想，而詩的理想卻必須是一種關於動作（或情節）的理想。」錢鍾書在〈中國詩與中國畫〉中也指出：「傳統詩裏所認爲最高的品格並不是傳統畫裏所認爲最高的品格。」又舉杜甫、王維、吳道子來說明中國傳統詩畫理想標準之差異：「在畫的藝術裏，用杜甫詩的作風來作畫，只能做到地位低於王維的吳道子；反過來，在詩的藝術裏，用吳道子畫的作風來作詩，便能做到地位高出王維的杜甫。」（同注1，頁84～86。）兩者論述可以看出中西詩畫之審美標準並不是等同的關係。

〔註9〕 同上注，頁123～129。

〔註10〕 蕭麗華對此指出：「一般認爲，詩是音律藝術或時間藝術；畫是造形藝術或空間藝術。畫以色彩、線條、光度完成；詩以音律、語言文字完成。這是自萊辛以來，中西學者共同的看法。」見其博士論文《元詩之社會性與藝術性研究》（台北：國家出版社，1998年10月初版1刷），頁399、頁406～407。另外，衣若芬也以詩歌主要使用文字（論述性的符號），繪畫主要使用線條（呈現性的符號），論述詩畫之間的差異。參見其《鄭板橋題畫文學研究》（台灣大學中國文學研究所碩士論文，1990年4月），頁129～133。

〔註11〕 同上注，頁193。

〔註12〕 見宗白華《美學與意境》（台北：淑馨出版社，1989年4月），頁290。

〔註13〕 同上注，頁55～61。宗氏指出：「萊辛所說的詩也是指的戲劇和史詩……我們談到往往是偏重抒情詩。」（頁284～285）又說：「造型藝術和文學的界限並不如他（萊辛）所說的那樣窄狹、嚴格，藝術天才往往往突破規律而所成就，開闢新領域、新境界。羅丹就曾創造了瘋狂大吼、軀體扭曲，失了一切美的線紋的人物，而仍不失爲藝術傑作，創造了一種新的美。」關於宗氏對羅丹藝術觀的詮釋，可參閱本書〈看了羅丹雕刻以後〉。

破理論的藩離，為另一種理論確立形式的典範。

　　另外，值得注意的是，萊辛所提出：詩是時間藝術，畫是空間藝術的科學解釋，對淵源於希臘哲學，重視解剖學、焦點透視法，以建立合理寫實之人體及空間感的西畫而言〔註14〕，確能鞭辟入裏點出詩畫之根本差異；但對淵源於儒道釋思想，講究點線皴法、散點透視法，以營造氣韻生動之人物及空間感的中畫而言，則顯得無法放諸四海皆準了。〔註15〕

　　焦點、散點透視法最大的不同，在於畫面視點之靜與動，也間接改變了畫面空間和時間的關係。焦點透視法受到「模仿自然說」的影響〔註16〕，希臘時期（西元前七～五世紀）的「縮小深度畫法」（foreshortenieng）為其先河〔註17〕；散點透視法則是受到中國山水詩的影響，是一種把「千里江山用重疊或橫展的方法，縮入一圖中」的透視法。何懷碩認為散點透視法是中國繪畫中超越時空限制的透視法，與「西洋古代繪畫的客觀冷靜的焦點透視法大相逕庭」。〔註18〕由此我們可以看出兩者之觀照宇宙的立場及出發點各有不同〔註19〕，這是由於中西文化背景、宇宙觀、哲學思想之根本上的不同，非一言可蔽之。

　　我們主要討論的是：表現媒介固然直接影響藝術之形式，但藝術思想才是藝術形式真正的主人，媒介是他們中間的橋樑。中國文人畫

〔註14〕參見宗白華《美從何處尋》（台北：蒲公英出版社，1986年），頁133。

〔註15〕同上注，頁114～115。

〔註16〕同上注，頁262～265。希臘哲學家柏拉圖與亞理斯多德皆認為藝術的本質即模仿自然。

〔註17〕參見 E.H. Gombrich 著，雨云譯《藝術的故事》（台北：聯經出版社，1997年9月三版）頁78～82。

〔註18〕見何懷碩《苦澀的美感》（台北：立緒文化，1998年10月）頁28。作者並舉董源的「洞天山堂圖」，范寬的「臨流獨坐圖」，明沈周的「廬山高圖」為「重疊」形式的範例；舉夏圭的「長江萬里圖」、明張擇瑞的「清明上河圖」、五代趙幹的「江行初雪圖」為長卷的範例，以說明中國繪畫散點透視法之超越時空限制。

〔註19〕同注14，頁272～275。

傾向「文學化」，和西方之「技術化」、「科學化」迥然不同。中國藝術思想崇尚自然，不論書畫，其表現符號皆深賦文學意涵〔註20〕，因而中國之詩畫關係的親密，非西方詩畫關係可相比擬，對此宗白華有極生動的詮釋：

> 透視學與解剖學為西洋畫家所必修，就同書法與詩為中國畫家所必涵養一樣。〔註21〕

接著又說：

> 中畫的透視法是提神太虛，從世外鳥瞰的立場觀照全整的律動的大自然，他的空間立場是在時間中徘徊移動，遊目周覽，集合數層與多方的視點譜成一幅超相虛靈的詩情畫境。〔註22〕

中國詩與畫不管在精神上或形式上皆有緊密的結合，這是萊辛所未見的。雖然如此，萊辛以表現媒介之差異來凸顯詩與畫各有其獨立之表現範疇，詩畫關係的結合不能淪為服從附庸的關係，仍是指標性的意見。

二、詩畫藝術感通之說

「感通」（correspondance）一語乃法國象徵派詩人根據「著色的聽覺」之現象發揮而成說的。〔註23〕而「藝術感通」則指不同表現媒介之藝術類型，如詩與畫、詩與音樂、畫與音樂、詩與畫與音樂之間，以「心理上的共感覺（synesthesia）與審美上的移情作用（empathy）」為基礎〔註24〕，進而引發「出位之思」、「藝術換位」（transposition d'art）

〔註20〕同注4，頁7。

〔註21〕同注14，頁120～121。

〔註22〕同上注，頁125。

〔註23〕參見朱光潛《文藝心理學》（台北：台灣開明書店，1999年1月新排1版），頁378。朱光潛指出：「著色的聽覺」（colour-hearing）是與音樂所引起意象的相關現象。他說：「有一部分的人每逢聽到一種音調常立刻聯想起一種顏色，同是一個音調而各聽者所聯想起的色覺往往不一致。……法國象徵派詩人嘗根據這種現象發揮為『感通』說（correspondance）。」

〔註24〕參見許天治《藝術感通之研究》（台北：台灣省立博物館發行，1987年6月）頁1及頁11。作者論證詩畫感通舉例則參閱頁139～188。

的可能。

　　林書堯認爲共感覺乃：「任一感覺系統受到刺激之後，會立即引起該系統的直接反應之外，尚會引起除了直屬系統（第一次感覺）以外，一連串的其他感覺系統（第二次感覺）的共鳴現象。換句話說，外物整體實在，色、香、味……固然原就同時共存著，而我們五官也並沒有做分離性的感受活動，所以說共感覺就是在這種狀況下產生的事實。」〔註25〕這種說法以佛學「六根」（眼、耳、鼻、舌、身、意）緣「六塵」（色、聲、香、味、觸、法）〔註26〕而產生的視覺、聽覺及其他覺受交互聯結之身心感知反應等等現象，也可證明人的覺知系統確是互相關聯交織而成的。

　　另外，移情作用可說是一種內在心理投射於外物的活動，所以可稱爲「宇宙的生命化」（animation de iunivers）。〔註27〕譬如杜甫的〈春望〉：「感時花濺淚，恨別鳥驚心。」全然是詩人主觀的愁緒投射到花鳥的對象上所引起的一種生命體驗，這種生命體驗和英國詩人華茲華司說：「一朵微小的花對於我可以喚起不能用淚表出來的那麼深的思想」，是那麼地契合。〔註28〕這種將「我」放到「物」裏，使物我相融，也常引起藝術感通的現象。杜甫在〈奉先劉少府新畫山水障歌〉中說：「悄然坐我天姥下，耳邊已似聞清猿。」便呈現詩人神遊畫境——畫中有我，我在畫中的妙趣；而在〈畫鷹〉中又有：「何當擊凡鳥，毛血灑平蕪。」的自我象徵意義在其中〔註29〕，題畫之中不禁流

〔註25〕見林書堯《色彩學》（台北：著者兼發行，1983年8月修訂初版），頁146。

〔註26〕「六根」、「六塵」名詞內涵界定參見聖嚴法師《禪門》（台北：法鼓文化，1996年7月初版），頁34。

〔註27〕同註23，頁41。這是法國心理學家德庫瓦教授（H. Delacroix）的說法。

〔註28〕英國詩人華茲華司之語出於同註23，頁42。

〔註29〕同註23，頁51。朱光潛指出：「引起移情作用的事物必定是一種情趣的象徵，例如松菊耐寒，象徵勁節……。」所以法國美學家霸西（Victor Basch）又把移情作用叫做「象徵的同情」（sympathic symbolique）。

露青壯時期，杜甫期望一展鴻圖的心志。〔註30〕由杜甫的題畫詩中，
屢見詩人的情志融於畫境之中，可以看出詩人於論賞繪畫審美過程中
的移情作用。

　　詩與畫的共感覺，越過媒材符號的差異；而詩人與畫、畫家與詩
的移情作用，使詩畫出現互涉的橋樑，再加上中國素有詩書畫同源之
說，詩畫藝術感通更是容易相應了。

三、詩畫藝術同源之說

　　「詩跟畫是姊妹藝術。」〔註31〕不論中西，在藝術創作上總是無
法截然二分。若從聲音的角度來看，遠自古希臘詩人西摩尼台斯
（Simonides of Ceos，西元前 556～467 年）就說過：「畫為無聲詩，詩
是有聲畫。」若從造形的角度來看，北宋郭熙（約西元 1000～1090 年）
在《林泉高致》云：「……更如前人言，詩是無形畫，畫是有形詩。」
張浮休《畫墁集》〈跋百之詩畫〉亦有同語。〔註32〕而這聲和形的差異
恰是萊辛所提出詩畫之界限，即在於其表現媒介之差異的立論根據。

　　既然詩與畫中間必有聲與形的創作形式之不同，那麼東坡在〈書
鄢陵王主簿所畫折枝二首〉之一云：「論畫以形似，見與兒童鄰。賦
詩必此詩，定非知詩人。詩畫本一律，天工與清新。」〔註33〕中關於

〔註30〕〈畫鷹〉一詩乃杜甫三十歲所寫。參見《杜甫年譜》（台北：學海出
　　　　版社，1981 年 9 月再版），頁 28～30。
〔註31〕同注 1，頁 75。
〔註32〕從聲從形來探討詩畫關係者，可參見：
　　　　（1）同注 1，頁 75～77。
　　　　（2）蕭麗華《元詩之社會性與藝術性研究》（台北：國家出版社，
　　　　　　　1998 年 10 月初版 1 刷），頁 398～399。
　　　　（3）衣若芬《鄭板橋題畫文學研究》（台灣大學中國文學研究所碩
　　　　　　　士論文，1990 年 4 月），頁 133～140。
　　　　（4）戴麗珠《詩與畫》（台北：聯經出版社，1978 年 7 月初版），頁
　　　　　　　1～8。
　　　　（5）李漢偉〈論「詩中有畫」、「畫中有詩」之遠近因及其三種界義〉
　　　　　　　（一）（故宮文物月刊第 79 期，1989 年 10 月）頁 73～74。
〔註33〕見《蘇軾詩集》（台北：莊嚴出版社，1990 年 10 月初版），卷二十九，

「詩畫一律」的立論根據，又是從何而來呢？從精神層面來看，《易經》，孔、老、莊、禪哲學思想，爲中國詩畫之密切結合起著決定性的影響。〔註34〕曾景初對古代哲學思想與詩畫關係，下了一個結論：

> 《易經》開其源，孔、老暢其流，禪宗助其勢，唐宋以後
> 文人詩畫家匯成海洋。〔註35〕

中國詩畫的時空辯證關係受到哲學思想的影響，並非是對立的關係，而是對立統一的關係。〔註36〕形似並非繪畫創作的終極目標，中國詩畫追求的是「意境」的創造。〔註37〕

　　東坡在〈書摩詰藍田煙雨圖〉云：「味摩詰之詩，詩中有畫；觀摩詰之畫，畫中有詩。」〔註38〕是對於詩畫關係的自覺而以王維爲例的千古評論。方薰在《山靜居論畫》便再舉杜甫爲例說：「讀老杜入峽諸詩，奇思百出，便是吳生王宰蜀中山水圖。自來題畫詩，亦惟此老使筆如畫，人謂摩詰詩中有畫，未免一丘一壑耳。」〔註39〕可見詩有畫境，畫有詩境並非始自王維。

　　　　頁 1525。

〔註34〕參見曾景初《中國詩畫》(北京：國際文化出版，1994 年 6 月第一版)，
　　　　頁 116～120。

〔註35〕同上注，頁 120。

〔註36〕參見李漢偉〈論「詩中有畫」、「畫中有詩」之遠近因及其三種界義
　　　　(三)〉(故宮文物月刊第 81 期，1989 年 12 月)，頁 130～131。作者
　　　　在詩畫辯證的關係上，引用劉逸生〈唐詩的滋味〉說：「詩與畫處於
　　　　一種否定之否定的關係中：語言文字變成了圖畫，也就是說，音節
　　　　和符號轉化爲形象，做到了『詩中有畫』──這是第一個否定；而
　　　　與此同時，這似乎靜止的圖畫和形象，又被包含在其中的生動情態
　　　　自我否定；上升到『畫中有詩』──這是第二個否定，即否定之否
　　　　定。所謂『情景交融』者，其實就是情與景之間的一種否定之否定，
　　　　對立的統一。」(頁 131。)

〔註37〕參見林莉娜〈詩情畫意──中國繪畫之特殊藝術形式〉(故宮文物月
　　　　刊第 66 期，1988 年 9 月)，頁 100。

〔註38〕見《東坡題跋》(台北：廣文書局，1971 年 12 月初版)，卷五首頁。

〔註39〕見方薰《山靜居畫論》，藝文印書館百部叢書集刊，知不足齋叢書，
　　　　上卷，頁 3。

　　若以蘇珊・郎格（Susanne・K・Langer）符號學角度來看：
　　藝術，是人類情感的符號形式的創造。〔註40〕
這些情感符號代表著「有意味的形式」，而「語言是人類發明的最驚人的符號體系。」語言通常帶有約定俗成的示意（指示或意味），而線條及色彩以特殊的組合形式，激起觀者的審美情感〔註41〕，詩畫之共同的內在深層結構，當是來自於一種生命自覺的驅動，即「沈思」。〔註42〕藝術的創作，起源於創作者深層心理主體性覺察及觀照，不斷地蘊釀而最後藉一種專擅的表現媒材，（如文字、色彩、線條、音符……）以情感符號使內在的意象呈現，終而完成美的形式。〔註43〕東坡在《韓幹馬》詩云：「少陵翰墨無形畫，韓幹丹青不語詩。」宋人趙令時以爲「若論詩畫，於此盡矣！」〔註44〕蕭麗華曾就詩畫同體異質的角度提出「詩中有畫」、「畫中有詩」，「應是在詩畫的起源時期即已隱微存在的事實，詩之有畫趣可上溯詩經，畫之有詩趣何嘗不始於先秦，只因畫風流變，漢代以前作畫尙形象，六朝始重形神之辨，論者遂以六朝爲詩畫融合之肇始……」〔註45〕，這些都指向詩畫的關

〔註40〕見蘇珊・郎格（Susanne. K. Langer）著、劉大基等譯，《情感與形式》（原書名：Feeling and Form），（台北：商鼎文化，1991 年 10 月台灣初版），頁 51。

〔註41〕同上注，頁 33～52。

〔註42〕「沈思」一語是個涵蓋性的概念，指創造情感符號的背後，有著代表人的深沉思維的縱深世界。E.H. Gombrich 指出：「整個藝術的來龍去脈，並不是一個技巧如何演進的故事，而是一個觀念與需求不斷變化的史實。」又說：「若想明瞭藝術的故事，則得時時牢記，圖畫與文字一度曾是眞正的血親。」見 E.H. Gombrich 著，雨云譯《藝術的故事》（台北：聯經出版社，1997 年 9 月 3 版），頁 44 及頁 53。另蕭統《昭明文選》序中，亦提出其選文的標準乃：「事出於沈思，義歸乎翰藻」。

〔註43〕參見柯慶明《境界的再生》（台北：幼獅文化，1977 年 5 月），頁 107～108。

〔註44〕見《杜甫卷》（杜甫研究資料彙編），台北：源流出版社，頁 141。

〔註45〕見蕭麗華《元詩之社會性與藝術性研究》（台北：國家出版社，1998 年 10 月初版 1 刷），頁 402。

聯有其實證及根據。

　　唐代張璪的繪畫觀是：「外師造化，中得心源。」〔註46〕而此畫論運用到詩法也頗切用，詩畫情感符號的差異，若如法國人類學者李維斯陀（Levi Strauss）所認爲：「整個文化最終將被看作是一種巨型的語言。」〔註47〕那麼從整個「巨型語言」的架構下，詩畫只是分屬兩種表現的符號形式，它們同源而分流，可見詩畫融匯有其技術、形式的問題，然卻非邏輯思辯的對立，中國題畫詩材料恰恰爲此作了活生生的見證。

第二節　題畫詩的形成與發展

　　題畫詩素來多以狹義、廣義分之，主要原因乃在於題畫詩是否與畫同列於畫幅之中。狹義的題畫詩是指題寫在畫幅內的詩作。這種題畫詩以「書」的筆法，與「畫」的皴法結合，在畫面上構成詩書畫合一的特殊藝術形式。〔註48〕許天治指出：「中國的『以詩題畫』，所題之詩，僅屬於內容部份，其形式之美，已轉化爲『書法』的形式來表現。……詩，由書法轉化的形式美，成爲畫中佈局（composition）的一部份。」〔註49〕由此可見，狹義的題畫詩是指在藝術形式上詩畫合一的作品。而學者則大多認同廣義的題畫詩爲「凡以畫爲題，以畫爲命意，或議論，或美讚、或寄興、或諷論、或抒懷、或寓景，而出之以詩體者」的界義。〔註50〕這其實是將所謂狹義的題畫詩加上「以繪

〔註46〕見（唐）張彥遠《歷代名畫記》（台北：廣文書局，1971 年 6 月初版），卷十，頁 312。唐代朱景玄列張璪之畫爲神品，見鄭昶《中國畫學全史》，台灣中華書局，頁 168。

〔註47〕見 Terence Hawkes 著，陳永寬譯《結構主義與符號學》（台北：南方叢書出版社，1988 年），頁 27。

〔註48〕參見宋生貴〈題畫詩的文化底蘊與審美特質〉（廣播電視大學學報總 115 期，2000 年第 4 期），頁 65。

〔註49〕見許天治《藝術感通之研究》（台北：台灣省立博物館發行，1987 年 6 月），頁 150。

〔註50〕見廖慧美《唐代題畫詩研究》（東海大學中國文學研究所碩士論文，

畫作品爲欣賞對象表達自己審美感受爲主的賞畫詩」，及「以闡述藝術見解爲主的論畫詩」〔註51〕，所架構的題畫詩分類研究評論體系的界義。〔註52〕

若我們依詩畫藝術是情感符號的創造的角度來看，在中國整個文化意涵的「巨型語言」結構下，題畫詩除了是中國藝術家「出位之思」的形式見證，更重要的是，題畫詩也可作爲了解詩人鑑賞畫之同時進行的諸多審美經驗的材料。正如鄭文惠所言：「題畫詩的作者是以繪畫讀者身分爲前提的，亦即題畫詩的作者是由觀畫者變爲作詩者。故文人創作題畫詩時，作者與讀者的雙疊身分，是檢測作者與讀者間轉換生成的絕佳契機。」〔註53〕我們可由此窺見中國詩畫如何地在內容上互動（詩法與畫論的互滲），進而在形式上的結合（詩畫在畫幅上互爲統一有機體）；又可觀察出詩人由觀畫的審美主體，變成作詩的創作主體，進而發展到詩人兼畫家的文人畫系統。

何懷碩在〈繪畫獨白〉中說：「繪畫之筆很難將思想觀念表現得夠深刻，而以文字來自剖我對藝術的所思所感，卻又覺得某些微妙的情思意念，語言有時而窮。」〔註54〕這可以充分解釋爲何中國詩畫家，意圖透過題畫詩「以圖形符號的視覺語言和觀念化的文字圖象表達自

1991 年），頁 7。作者這個定義的完成，乃基於參考前輩如青木正兒、鄭騫之相關意見，見氏者於頁 1～7 之論述過程。

〔註51〕參見祝君波〈論中國古代題畫詩〉（朵雲，1987 年 7 月 14 期），頁 70～73。

〔註52〕參見古遠清《詩歌分類學》（高雄：復文圖書出版社，1991 年 9 月初版），頁 1～18。筆者按：將詩歌分類研究，有利於對各類詩歌體裁進行源流演變、體裁特徵、發展規律及藝術價值之科學系統建立。然詩歌分類，卻因相近詩歌體裁之間，常有互相滲透的歷史淵源關係，以及詮釋歸類者觀照角度、方法的不同，常有概念模糊難以釐清的灰色地帶。譬如題畫詩、詠畫詩、論畫詩三種詩歌體裁之分別，並非絕對而是相對，其內容之增減，端看定義之廣狹，而有不同的結果。

〔註53〕見鄭文惠《詩情畫意》（台北：東大圖書，1995 年 4 月初版），頁 13。

〔註54〕見何懷碩《苦澀的美感》（台北：立緒文化，1998 年 10 月），頁 159～160。

我內在深層的心靈世界」，他們經由文字與圖畫所象喻的情感符號，來呈現自我內在獨特的心靈圖象。〔註55〕

一、題畫詩的形成

　　題畫詩並非僅見於中國，西洋文學中叫做 ekphrasis 的詩，即類似中國（他題）的題畫詩；至於現代西洋繪畫中，畫有詩境者可推夏格爾（Marc Chagall, 1887～1985 年），而詩畫並列於畫幅中亦有米羅（Miro' Joan, 1893～1983 年）。〔註56〕只是中西方文化性格有極大差異，當然在符號的運用及變化上便有所不同。從文體角度來看〔註57〕，中國詩歌多以「比興」形式出現，「言志」的驅使，比德文化的呈現，「主觀象喻性向客觀世界的移注」，在在影響著題畫詩的精神內涵。〔註58〕不管是「有我之境」，還是「無我之境」〔註59〕，總是有一個「我」，或是隨境生情，或是正觀照著物我相融的境界。畢竟審美創作活動之中皆有主體存在，根本地說，思辨「有我」、「無我」的過程中便有「我」的存在。當然，文字禪和禪畫，因為禪宗「不落空有二邊」的實證體驗，超越「有我」、「無我」，應可另當別論。

　　可以如此說，題畫詩在詩畫感通（共感覺及移情作用）和詩畫同源（情感符號同源分流）的基礎上，題畫者由他題發展至自題，先由

〔註55〕同注53，頁 1。
〔註56〕同注49，頁 142～144。
〔註57〕參見衣若芬《蘇軾題畫文學研究》（台北：文津出版社，1999 年 5 月初版一刷），頁 13。作者認為：「題畫文學的歷史，在形式上是隨文體的興起，在內容上是隨繪畫的功能作用以及作者對繪畫的認知而演進……。」
〔註58〕參見鄧喬彬《有聲畫與無聲詩》（上海：上海社會科學院出版社，1993年 5 月第 1 版），頁 138～139。作者舉〈論語·子罕〉中：「歲寒，然後知松柏之後凋也。」為「比德」說之證，並指出這是一種主觀象喻性向客觀世界的移注。筆者按：「比德」說和審美上的移情作用似乎有相通之處。
〔註59〕見王國維《人間詞話》：「有有我之境，有無我之境。」（台北：三民書局，1994 年馬自毅注譯初版），頁 5。

審美而創作，是「由畫家流向作品，由作品流向讀者，由讀者再流向作品的循環往復」的過程。〔註60〕而詩畫以書法爲媒介，在畫幅中互相輝映成趣的自題題畫詩約在宋代方才始見〔註61〕，詩人兼畫家及「詩書畫三絕」傳統促成詩畫形式與內容的合一〔註62〕，也應是在同期發生。在自題題畫詩之前，詩人經由對繪畫的審美活動，進而因畫感興成爲創作主體，再現與闡釋畫境的詩作，應是形成他題題畫詩的主因。〔註63〕

二、題畫詩的發展

題畫詩的形成，從內容上而言，不管他題或自題，大抵是因詩人與畫境相遇所引起審美、創作而誕生的藝術情感符號系統；從形式上而言，體例由贊而詩，進行詠畫、賞畫、論畫以至題畫，目的乃出於服務詩人基於詩畫感通和詩畫同源的「出位之思」，也就是說：題畫詩形式的發生，是始於中國詩人對繪畫的品題論賞之詩興，亦即對詩畫藝術的同等重視而使題畫詩有其發展的可能。因此題畫詩的發展，可視爲是詩畫融通發展歷程具體的顯象，它見證了各朝代詩畫關係顯露於外的痕跡。由於題畫詩的作者及其題畫方式，是由詩人他題於畫幅之外，進而發展爲詩人兼畫家或畫家兼詩人自題於畫幅之內，而其

〔註60〕見張晨《中國詩畫與中國文化》（遼寧教育出版社，1993年12月第1版第1次印刷），頁155。張晨所指之「畫家、作品、讀者」之間循環往復的關係，和鄭文惠所說「作者與讀者的雙疊身分」是異曲同工之妙。另外，張晨指出「他題詩是接受主體（即讀者）對作品意境的一種獨特的再現和闡釋；自題詩是創作主體（即作家）對接受主體的一種獨特的暗示與啟迪。」說明了自題與他題、審美與創作之間微妙的關係。（頁155～156）

〔註61〕同注48，頁65～66。

〔註62〕參見李漢偉〈論「詩中有畫」、「畫中有詩」之遠近因及其三種界義（三）〉（故宮文物月刊第81期，1989年12月），頁128。

〔註63〕同注60，頁155～163，氏者認爲：「題畫詩生成于中國詩與中國畫的深層聯繫，這種深層聯繫包括藝術形象存在方式上的交叉；創作主體常規意念的融通；題材選擇結構後果的趨同；審美觀念基本範疇的契合。」

內容則由他題者題詠論賞之再現、品評、融神畫境，發展爲自題者藉詩境與畫境的相輔相成以締造更高的藝術境界，並得以突破詩不得爲畫、畫不得爲詩之藝術媒介各有不能逾越兼得的限制，這是詩人與畫家交流終至詩人與畫家結合的結果。

（一）從文體分類看題畫詩的發展

從文體分類研究的角度來看，題畫詩是題畫文學的一支。〔註64〕而「題畫文學」研究濫觴於日本學者青木正兒，他在一九三七年於《支那學》第九卷第一號上發表了〈題畫文學的發展〉〔註65〕，這篇論文對中國題畫文學研究影響如下：

（1）首創「題畫文學」一詞，開啓了題畫文體研究之門。

（2）考據中國題畫文學之歷史演變，上溯戰國時代的圖詩、畫贊爲題畫文學的源頭，韻文以此爲主幹和齊梁間流行之詠物詩中的「詠畫詩」會合，而有了題畫詩的產生。另外散文發展爲題畫記、畫跋。

（3）將題畫作者分爲自畫自題、自畫他題、他畫他題。〔註66〕

文體分類研究，首先需進行源流演變、體裁特徵、發展規律之體系建立，因而材料的考據和證明是必要的。青木正兒以《晉書》卷五一〈束晢傳〉及王逸〈楚辭天問章句〉爲據上溯題畫文學起源於戰國，

〔註64〕見李栖《兩宋題畫詩論》（台灣學生書局，1994年7月初版）頁3。
〔註65〕衣若芬於〈題畫文學研究概述〉（中國文哲研究通訊，第10卷第1期）頁217中指出：〈題畫文學的發展〉爲題畫文學研究之濫觴；頁216〜221且依其對題畫文學的研究及對近年考古出土資料的觀察，作爲補充和修正〈題畫文學的發展〉之根據。頁227〜252並編列1911〜1999年關於題畫文學之專著書籍與研究論文，對有意研究題畫文學者極具索引價值。
〔註66〕文中簡略條述乃整理自〈題畫文學的發展〉一文。（原載於《支那學》第9卷第1號，1937年7月）收入《青木正兒全集》第二卷（東京：春秋社，昭和45年，即1983年）頁491〜504。中文譯作可見魏仲佑譯自日本「弘文堂書房」昭和17年出版「中國文學藝術考」之〈題畫文學及其發展〉，（中國文化月刊，第9期，1980年7月出版）一文，頁76〜92。

由於證據不足近人研究仍歸之闕疑。〔註67〕但題畫詩源於畫贊應是無疑的，正如戴麗珠所言：「畫贊（或圖詩）與畫之間的關係，從具有說明、鑑戒、歌功頌德並教化作用的漢魏人物畫像，逐漸隨著南北朝社會的演化，形成一如詠畫詩、題畫小讚、題圖歌辭等，具有作者自我情愫與主觀議論的詩體創作。從這兒依稀可以嗅出魏晉六朝五言詩的風味及燦爛盛唐詩風豐富的源泉。」〔註68〕這是就文體形式探源而言。

（二）唐代題畫詩發展與杜甫

另外，若從「以詩詠畫，以詩意發揮畫意，進而以詩境開擴畫境」〔註69〕的方向來看，唐代詩畫藝術鼎盛之氛圍，得足以涵養詩才，以誕生圓熟的題畫詩。沈德潛在《說詩晬語》說：

> 唐以前未見題畫詩，開此體者老杜也。其法全在不粘畫上發論，如題畫馬畫鷹，必說到眞馬眞鷹，復從眞馬眞鷹開出議論，後人可以為式。又如題畫山水，有地名可按者，必寫出登臨憑弔之意；題畫人物，有事實可拈者，必發出知人論世之意。本老杜法推廣之，才是作手。〔註70〕

王漁洋在《蠶尾集》中〈跋聲畫集〉裡則說：

> 六朝巳（以）來，題畫詩絕罕見。盛唐如李太白輩，閒一為之，拙劣不工。王季友一篇，雖小有致，不能佳也。杜子美始刱為畫松、畫馬、畫鷹、畫山水諸大篇，搜奇抉奧，筆補造化。嗣是蘇黃二公，極妍盡態，物無遁形。……少陵子美刱始之功偉矣。〔註71〕

〔註67〕同注57，頁13〜17；及同注50，頁25〜32，對此皆有所述。

〔註68〕見戴麗珠《詩與畫》（台北：聯經出版社，1978年初版），頁24。

〔註69〕見徐復觀《中國藝術精神》（台北：台灣學生書局，1992年7月11刷），頁259。

〔註70〕見沈德潛《說詩晬語》，收於《叢書集成續編》（台北：新文豐出版，1991年7月臺1版）第199冊，頁350。

〔註71〕見王士禎《蠶尾集》，收於《叢書集成三編》（台北：新文豐出版，1999年2月臺1版）第40冊，頁23。

這兩者所言杜甫「開體」、「刱始」之說，固然欠缺考據，但兩者提出杜甫題畫詩「其法全不粘畫上發論……後人可以爲式」、「……搜奇扶奧，筆補造化。嗣是蘇黃二公，極妍盡態，物無遁形。」則點出了杜甫在題畫詩發展中承先啓後，典範之「立新」、「建立形式」〔註72〕的宗師地位。

　　唐代創作題畫詩者除了李白、杜甫之外，張九齡、韓愈、柳宗元、白居易、元稹等人，亦有歌詠繪畫的詩、贊與記，而以李杜的作品尤多。唐代題畫詩的創作在整個題畫詩的發展中，是由支流而匯爲大河的關鍵時代。儘管唐朝以前已有詠畫之作，但爲數並不蔚爲成觀〔註73〕，而唐之後的宋代題畫詩，則「已然自詠物的體系中創發出嶄新的生命意義」〔註74〕，那麼唐代於題畫詩發展之承先啓後的歷史演變時間轉折點，便值得注意。

　　廖慧美認爲唐代題畫詩興起的背景，乃基於四大因素：一爲魏晉南北朝詩、畫風氣的奠基，二爲唐畫蓬勃發展的啓發，三爲唐詩發達的帶動，四爲唐代文人風尚對題畫創製的助益〔註75〕；而曹愉生也指出，唐代詩畫家雅集交流頻繁，其詩人兼畫家亦多〔註76〕，是詩、畫於唐朝並駕齊馳、互助齊長的整體社會藝術氛圍。其中杜甫題畫詩的質與量，堪稱爲唐代題畫詩的翹楚，再加上唐畫大多已失佚，畫跡大多藉題畫詩流傳，如《宣和畫譜》記載：「然世唯知偃善畫馬。蓋杜子美嘗有題偃畫馬歌，所謂『戲拈禿筆掃驊騮，欻見騏驎出東壁』者是也。」〔註77〕由此可見，韋偃畫馬才藝是隨杜甫的題詩並存並傳的，

〔註72〕參見李澤厚《美的歷程》（台北：金楓出版社，1991 年再版），頁 177。李澤厚認爲：李白是對傳統規範及美學標準的突破；而杜甫則是對新的藝術形式及美學標準的建立，「其特徵是講求形式，要求形式與內容的嚴格結合和統一，以樹立可供學習和仿效的格式和範本。」

〔註73〕同注 57，頁 13～19。又同注 53，頁 17～23。

〔註74〕同上注，頁 26。

〔註75〕同注 50，頁 42～89。

〔註76〕參見曹愉生《唐代詩論與畫論之關係研究》（台北：文史哲出版社，1997 年 10 月初版），頁 69～93。

〔註77〕收於《歷代名畫記》（北京：京華出版社，2000 年 5 月第 1 版第 1 刷），

此影響北宋文人意識到，畫藝可經由詩人的題詠論賞而流傳於世，極有可能是助長題畫詩大盛的原因之一。〔註78〕

　　唐代是題畫詩體製的開創時代〔註79〕，而於詩中闡發繪畫理論，寓美學見解於詩中者，則由杜甫題畫詩確立典範，《國朝詩話》卷二即云：

　　　題畫詩沈鬱淋漓，少陵獨步，自後作者，凡遇珍玩碑碼，
　　　多師其意，用全力出奇。〔註80〕

由「自後作者……多師其意」一語，可見杜甫題畫詩對唐以後的題畫詩發展，實有其積極的影響。藉助研究杜甫題畫詩，可以微觀題畫詩由他題的形式，本爲詠物詩的體製，轉而投以詩人主觀意識於其中的過渡跡象，而其題畫詩在內容上詩興與畫境之結合，似也開啓了宋人寄託心志於其上，或思古諷今，或闡述畫理的題畫詩趨勢。〔註81〕若由此視角思考，說杜甫在整體題畫詩發展歷程中，扮演著體製開源的重要角色，也並不爲過。

　　至於宋以後的題畫詩，則在文化內涵及思想上影響到繪畫理論及見解而有所改變，形式上詩從畫幅外進入畫幅內、作者由他題而轉爲自題，文人兼擅詩畫之表現媒介漸次成型，蘇東坡詩畫通論更是推波助瀾，終於蔚爲龐大的文人畫系統。〔註82〕而題畫詩即隨著元明清文人畫的發展而成爲詩中奇葩，跨越詩畫顯現在中國文化思想背景下，展露了詩畫藝術融合之詩歌類型。

頁 382。

〔註78〕同注 53，頁 29～30。

〔註79〕參見孔壽山編注《唐朝題畫詩注》（四川美術出版社，1988 年 8 月第 1 刷），頁 1。氏者指出：唐代詩畫發展鼎盛，題畫詩的創作較六朝質量皆增，故謂唐代爲「畫詩體製的開創時代」。

〔註80〕見郭紹虞編《清詩話續編》（台北：本鐸出版社，1983 年），頁 1719。

〔註81〕同注 57，頁 26。

〔註82〕關於文人畫的分期及文人畫的發展，參見高木森《中國繪畫思想史》（台北：東大圖書，1992 年 6 月初版），頁 321～336。作者於頁 322 指出：「北宋後期才產生比較典型的文人畫，在那以前的畫只能稱爲士人畫……。」

第三節　杜甫題畫詩目前研究狀況及其研究範疇

　　雖然研究題畫詩乃近六、七十年新興研究主題〔註83〕，但因其研究範疇跨及詩、畫兩大藝術領域，再加上研究者日多，因此概述題畫詩、杜甫題畫詩目前研究狀況，以及確立其研究範疇，不但有助研究主題歷史發展的銜接，亦可凸顯本論文研究途徑之脈絡。

一、杜甫題畫詩目前研究狀況概述

　　在概述杜甫題畫詩目前研究狀況之前，讓我們先宏觀當前華人華語研究題畫詩之概況。〔註84〕目前台灣地區主要研究題畫詩之學者有戴麗珠〔註85〕、李栖〔註86〕、鄭文惠〔註87〕、衣若芬〔註88〕……等人，此外尚有專研題畫詩之碩士論文多篇。〔註89〕另外，張高評因研究宋詩「詩中有畫」故亦多有涉及此主題〔註90〕，而曹愉生因研究唐代詩

〔註83〕「題畫文學」研究始於日本學者青木正兒，他在一九三七年於《支那學》第九卷第一號上發表了〈題畫文學的發展〉，開啓了題畫文學的研究大門。
〔註84〕參見衣若芬〈題畫文學研究概述〉（中國文哲研究通訊，第10卷第1期），頁215～252。本文對目前題畫文學研究概況有相當宏觀的敘述，對想研究題畫文學者是篇入門的引室之作。
〔註85〕主要作品見戴麗珠《詩與畫》（台北：聯經出版社，1978年7月初版），以及戴麗珠《詩與畫之研究》（台北：學海出版社，1993年3月初版）。
〔註86〕主要作品見李栖《兩宋題畫詩論》（台北：台灣學生書局，1994年7月初版），以及李栖《題畫詩散論》（台北：華正書局，1993年2月初版）。
〔註87〕主要作品見鄭文惠《詩情畫意》（台北：東大圖書，1995年4月初版），以及鄭文惠《明人詩畫合論之研究》（政治大學中國文學研究所碩士論文，1988年6月）。
〔註88〕主要作品見衣若芬《蘇軾題畫文學研究》（台北：文津出版社，1999年5月初版一刷），以及衣若芬《鄭板橋題畫文學研究》（台灣大學中國文學研究所碩士論文，1990年4月。
〔註89〕目前專研題畫詩之碩士論文有：楊國蘭《杜甫題畫詩研究》（中央大學中文研究所碩士論文，1990年6月）、廖慧美《唐代題畫詩研究》（東海大學中國文學研究所碩士論文，1991年4月）、林翠華《形神理論與北宋題畫詩》（國立成功大學中國文學研究所碩士論文，1997年5月）……等等。
〔註90〕參見張高評《宋詩之傳承與開拓——以翻案詩，禽言詩、詩中有畫

論與畫論之關係〔註91〕，文中亦有略論。至於中國大陸地區，則有孔壽山專以此題著書〔註92〕，其書著重於注解詩意及題畫詩的蒐羅保存；而王伯敏則以論畫詩爲題而有所著述〔註93〕，是以繪畫的角度見李杜之題論畫詩；另外陳華昌、鄧喬彬、張晨、曾景初則於探討中國詩畫關係時，同時併論題畫詩此一主題。〔註94〕總地而言，以華語研究題畫詩的學者，研究視角約分爲二，一者將題畫詩視爲詩歌體例之一類而加以研究，另一者則重視題畫詩影響中國詩畫關係之互相聯繫而予以研究。

如本章第二節〈題畫詩的形成與發展〉所述，台灣地區近代學者研究題畫文學大多受到日本學者青木正兒〈題畫文學的發展〉一文的影響，往文體分類研究體系之建立而努力，因而近期題畫詩研究大多涉及下列三項論述：

（1）推溯題畫詩之源流及歷史演變。

（2）在廣義的界定下，題畫詩納入詠畫詩及論畫詩爲其研究範疇。

（3）題畫詩研究指涉詩與畫兩種藝術領域，呈現詩畫互動軌跡

爲例》（台北：文史哲出版社，1990 年 3 月初版）。前注林翠華《形神理論與北宋題畫詩》之碩士論文亦爲張先生所指導。

〔註91〕參見曹愉生《唐代詩論與畫論之關係研究》（台北：文史哲出版社，1997 年 10 月初版）。

〔註92〕主要作品見孔壽山編注《唐朝題畫詩注》（四川美術出版社，1988 年 8 月第 1 刷）。

〔註93〕主要作品見王伯敏《唐畫詩中看》（台北：東大圖書，1993 年初版），此即爲《李白杜甫論畫詩散記》（西冷印社出版，1983 年 12 月第 1 版第 1 次印刷）之繁體字版。

〔註94〕以上作者著述皆涉及詩畫關係，且皆論及題畫詩，著述則參見陳華昌《唐代詩與畫的相關性研究》（陝西人民美術出版社，1993 年 4 月第 1 版第 1 刷）、鄧喬彬《有聲畫與無聲詩》（上海：上海社會科學院出版社，1993 年 5 月第 1 版）、張晨《中國詩畫與中國文化》（遼寧教育出版社，1993 年 12 月第 1 版第 1 次印刷）、曾景初《中國詩畫》（北京：國際文化出版，1994 年 6 月第一版）。（以上作者排列依出版年月順序爲次）

為其研究重心。

戴麗珠認為：「宋元以前的詠畫詩，不同於元明時代，並不直接題在畫上，只是作者觀畫起興的詩作。」又說：「題畫詩是東漢以來盛行於世的贊體文字及南北朝流行的吟詠山水景物詩的合成品，到了盛唐李杜，以大詩人的才情、學識，擴張題畫詩的內容與性能，打開宋元以後題畫文學的先聲。」〔註95〕這個說法與青木正兒所指「題畫詩是畫讚與詠物詩二者會合的結果」〔註96〕，實可視為是相同的視野。而衣若芬也說：「題畫詩雖為詠物詩之一，卻與歌詠自然實存物象的作品不同」〔註97〕，此二者說法一前一後，大抵不離以文體分類的思惟去研究題畫詩，而發展出的更加細微的體製界定。至於鄭文惠則傾向於以詩畫對應關係來研究題畫詩，其博碩士論文研究主題皆專於明代，對明代之詩畫對應關係有完整之深論。

由此脈絡，再來觀察近人研究杜甫題畫詩目前之研究狀況，會發現其研究仍不出以上所概述之觀察視角。但可喜的是，杜甫題畫詩在華人華語學術研究中，有為數不少的單篇論文發表，如關於杜甫題畫詩之審美觀、繪畫美學思想……等主題者，中國大陸學者的論述堪稱是汗牛充棟〔註98〕，然而百花爭鳴多者多矣，依然欠缺一完整全面觀照的系統性條理式的論述。〔註99〕因為除了大陸王伯敏所著《李白杜

〔註95〕見戴麗珠《詩與畫》（名北：聯經出版社，1978年7月初版），頁24。

〔註96〕見青本正兒〈題畫文學的發展〉一文，中文翻譯見魏仲佑譯〈題畫文學及其發展〉（中國文化月刊，第9期，1980年7月出版），頁80。

〔註97〕同注84，頁225。衣若芬對題畫文學的研究，可謂不遺餘力，時有單篇新論發表，故除以「文體分類的思惟去研究題畫詩」之外，應尚有其他新思惟，在此不一一搜羅臚列。

〔註98〕可參見《杜甫研究學刊》，以及各大期刊，皆可搜尋到此一主題之單篇論文。另見傅錫壬〈杜甫「觀畫詩」的視覺審美〉，收於陳師文華主編《杜甫與唐宋詩學──杜甫誕生一千二百九十年國際學術研討會論文集》（台北：里仁書局，2003年6月），作者於頁49指出：「從美學觀點以審視杜甫詩中有關繪畫藝術的論文多如汗牛充棟，尤其大陸學者居多。」

〔註99〕關於杜甫〈丹青引贈曹將軍霸〉引起自唐以後，「畫骨」、「畫肉」審

甫論畫詩散記》〔註 100〕，以及台灣楊國蘭之碩士論文《杜甫題畫詩研究》〔註 101〕外，似乎再無以杜甫題畫詩為題全面深入探討的專著了。筆者認為其中原委，其一可能乃因「題畫詩」界義的問題，因為杜甫的題畫詩是獨立於畫之外的詩作，這些詩作的特質是論畫、詠畫詩，因此在論題上便需有所斟酌。但主要應是因為杜甫題畫詩的數量不多，不到三十首的詩材，恐難成一專著。〔註 102〕而楊國蘭的《杜甫題畫詩研究》倒是突破了前述藩籬，先界定題畫詩的「題」字為其正名，而全文洋洋灑灑約有二十多萬字，資料跨及詩書畫，材料堪稱左右逢源，引述是旁徵博引。

至於目前題畫詩之研究視角，筆者傾向於中國歷代詩畫融合之程度影響題畫詩之發展為觀察的立足點。因為詩歌分類的原則，一為歷史性，一為相對性，前者表現在詩歌體裁之間的繼承與變革的關係，後者則顯現在定義的相對而非絕對之上。〔註 103〕再說題畫詩萌芽初期當是詩人即畫遣興寫情之作，並未有歸類之想。何況詩歌體裁間互相滲透，分類者的角度及方法又各有不同，容易形成定義上的糾葛，因此才有畫幅之外的「題畫詩」，究竟該稱為論畫詩、詠畫詩、觀畫詩或題畫詩之正名的問題。另外筆者曾引述萊辛所言，其之所以反對

美觀之爭論，近代單篇論述又多有所議，雖已有新見，然其中仍有許多關於審美評價、審美價值之問題尚未完全釐清，故雖是舊題，仍有值得透過全面觀照杜甫題畫詩之審美觀，再進一步思辨的探討價值。

〔註 100〕同注 93。

〔註 101〕同注 89。

〔註 102〕雖然杜甫題畫詩加上畫贊及相關論畫之詩作，不過約近三十首之多，僅佔全部杜詩百分之二左右，但其詩量少質精，若搜尋杜甫其他相關的詩作為輔證，再參考目前研究者針對個別主題之大量論述，當可全面呈現杜甫題畫詩之審美觀，材料並不虞匱乏。

〔註 103〕參見古遠清《詩歌分類學》（高雄：復文圖書，1991 年 9 月初版），夏 3～7。另外，周慶華認為文體論是建立在文體是「一個封閉的、穩定的、實存的系統」的假定上。解構學派興起後，文體論的假定就受到強烈的質疑。見氏者《文學圖繪》（台北：東大圖書，1996 年 3 月初版。）頁 41 頁。

溫克爾曼（Winckelmann,1717～1768）將藝術理想應用到詩及文學的領域中﹝註104﹞，主張詩畫應當有其界線，說出：「把繪畫的理想移植到詩裡是錯誤的」﹝註105﹞如此強而有力的駁論，並非是昧於未見詩畫交互影響的事實﹝註106﹞，而是不管中西方，詩歌的發展及詩人的社會地位大抵上較繪畫強勢，為避免繪畫淪為詩的附庸，不至形成「一種藝術服從另一種藝術的結合」﹝註107﹞，因此主張詩是詩，畫是畫，繪畫不能僅是詩歌圖說的藝術評論態度。﹝註108﹞由於繪畫藝術於當代已是獨立自主之表現媒介及情感符號，故筆者淺見以為，題畫詩是中國詩與畫發展的特有藝術形式，需將其視為是詩與畫兩種藝術媒介間交流的產物，其並非是以詩為主、以畫為輔而誕生，故若以詩之體例和發展為其研究之視角與途徑﹝註109﹞，是否可以觀照出中國詩畫在儒道釋文化背景下，異於西方詩畫之互相滲透和影響的特殊現象？而繪畫本身及其畫論在題畫詩的研究中，以詩歌體例發展的觀察視角中，詩與畫是兩者並重呢？亦或非刻意的，形式上以詩歌為研究主體的當下，繪畫已成為詩歌的附屬？這是否即是萊辛之所以反對詩畫合論的主因？值得研究者自我去察覺。

﹝註104﹞參見朱光潛譯《詩與畫的界限》（台北：駱駝出版社），頁5。

﹝註105﹞同上注，頁177。

﹝註106﹞同上注，頁123～129。

﹝註107﹞同上注，頁193。

﹝註108﹞參見本章第一節詩畫關係中，論及詩畫藝術表現媒介之差異者。（本論文頁3～6）

﹝註109﹞研究中國題畫詩，以詩之體例與發展為視角，筆者認為此乃受到日人青木正兒〈題畫文學的發展〉一文的影響。固然青木正兒首開研究題畫文學之門，其功不能忽視，但其研究方法與視角，卻非必然之研究途徑。如宗白華對中國詩畫藝術之意境的了解堪稱深刻，他即是以中國哲學思維、空間意識與西方不同為基礎，去探討中國特殊的詩畫關係，當亦應受到相關主題研究者的關注。筆者此說並非否定前輩們「以詩之體例與發展為視角」所發展出之題畫詩研究成果，而是強調題畫詩異於一般詩歌體例（如詠物詩、山水詩……），具有不能獨立於畫之外而自行個別發展的特色，因而以發掘構成中國詩畫關係之文化意識及思維背景的角度，來觀察題畫詩的發展與變化，應也可以有所得。

　　而關於杜甫題畫詩的研究，固然單篇論文汗牛充棟，於杜甫審美標準之條縷建構亦多有論述，而資料之運用因題畫詩跨及詩畫兩藝術領域也多有蒐羅，然對於杜甫題畫詩之審美心理、創作心理之剖析，以及杜甫題畫詩之審美觀的架構與思辨，則尚有待建樹。〔註110〕雖然揣摩審美心理近似架構虛擬心理，有架構者的主觀意識在其中，但若以杜詩解杜心，則以審美心理而見審美觀的研究路徑，當亦可視爲開啓研究杜甫題畫詩的另一扇門。

　　由此研究路徑分立而出的幾個問題皆值得進行探討，如由審美心理見出杜甫題畫詩之審美觀，能否觀察出詩畫關係是建立在什麼樣內在機制下而互爲姊妹藝術的呢？杜甫題畫詩所反映的心象，有何象喻意義呢？畫境與詩心相遇，畫境與詩境之間，已融入詩人的主體心靈意識了！以題畫詩詮釋杜甫面對畫境時，所發生的審美活動及再現畫境的創作活動之間，審美主體之心識於其中起了什麼作用？而杜甫在其題畫詩所題論關於「韓幹畫馬」的審美評價，爲何與當時及後世的社會審美價值有同有異？這些問題大多可藉由詩人主體審美心理所反映出之審美觀來解決，因此將之列入爲杜甫題畫詩之研究範疇內，於後文筆者再述。

二、杜甫題畫詩之研究範疇

　　以目前題畫詩、杜甫題畫詩的研究狀況爲基礎，筆者進而思考，能否以一種既不忽略畫在題畫詩發展中的地位，亦不忽略詩歌本身體例歷史演變的研究視角，發現由分析題畫者的審美心理，可將詩畫同視爲藝術情感符號，詮釋題畫詩中詩人藝術「出位」之「思」的「思」，如此即能站在「詩畫感通」、「詩畫同源」的立論上，單獨觀察題畫詩之文學意涵，又不至輕忽繪畫對題畫詩影響的重要性。但爲避免審美

〔註110〕同註84，衣若芬於頁 225 中指出：「關於題畫文學的思想內涵研究方面，例如與文學觀念之互通，文學批評理論之借用，審美判斷之形成，目前成果尚嫌不足。」故筆者本論文便嘗試運用不同視角，看能否觀察到不同的內容，以各種面向來達到彌補現今題畫詩研究成果不足的目的（起始點不同，成果自然也會有所不同）。

理論架空，過於缺乏歷史衍化緣由與過程，因而在題畫詩歷史發展中定位杜甫，似也成爲不可缺乏的一環。至於探究杜甫於繪畫美學的繼承與開創，有利於分析詩人審美心理之所由來，亦可確立其題畫詩審美標準立論根據及影響，當然需要深入探討，至於杜甫於詩畫互涉之實踐及其影響的整理，也在其研究範疇內〔註111〕，以下分別論述之。

（一）分析杜甫於題畫詩的歷史地位及影響

徐復觀指出：「從形式上把詩與畫融合在一起，就我個人目前所能看到的，應當始於宋徽宗。」〔註112〕宋徽宗在其〈臘梅山禽圖〉中直接將詩題入畫幅中，於其左下方題詩曰：「山禽矜逸態，梅粉弄輕柔；已有丹青約，千秋指白頭。」若依徐復觀的說法，中國詩畫融合的歷程是精神早於形式，杜甫的題畫詩內容大多爲畫論或畫評，應是因畫起興，並未題於畫幅之內。〔註113〕因此，將杜甫論畫，評畫、賞畫之詩作歸之於「題畫詩」的研究範疇內，實是歷史意義大於實質意義。而作品能不能離開作品成形的歷史因素僅專注於作品內在的意義呢？葉維廉指出：「雖然對一篇作品**裏**肌理織合有細緻詭奇的發揮，也確曾豐富了統計式考據式的歷史批評，但它反歷史的結果往往導致美學根源應有認識的忽略而凝滯於表面意義的追索。」因此「對作品內在美學結構闡述的同時，設法追溯其各層面的歷史衍化緣由與過程」是有其必要的。〔註114〕因此，探索杜甫題畫詩審美觀的同時，發現其所以爲題畫詩歷史發展中體制趨於圓熟的關鍵之原因，應是杜甫題畫詩的研究重心之一。

〔註111〕「範疇」一辭原出於希臘文 Kategoria，而在中國哲學中「範疇」一詞，則是來自《尚書·洪範》中所說：「洪範九疇」，它表明根本大法有九類，故「範疇」一詞原義是歸類範物，具有價值規範、制度法則的意義。參見汪湧豪《中國古典美學風骨論》（中國人民大學出版社，1994 年 9 月第 1 版第 1 刷），頁 3。

〔註112〕見徐復觀〈中國畫詩的融合〉，收於《中國藝術精神》（台北：台灣學生書局，1992 年 7 月 11 刷），頁 480。

〔註113〕同上注，頁 474～484。

〔註114〕見葉維廉《比較詩學》（台北：東大圖書，1983 年 2 月初版），頁 5。

申涵光曾評〈丹青引贈曹將軍霸〉說：「此章首尾震蕩，句句作意，是古今題畫第一手。」〔註115〕其實杜甫此詩不僅是「首尾震蕩，句句作意」而已，更因杜甫在此詩中，不但由畫思人，也寄寓了人我同憐同感同理同慨的情思，更移注以深藏內心之憂國思君的情志，因此成就杜甫題畫詩異於其他詩人之特色，故堪稱爲「古今題畫第一手」。杜甫每於觀畫之審美活動中，神緒遊走於無限的時間（如：今與昔）與空間（如：御前與漂泊民間），改變了唐以前題畫詩只爲咏畫中物的寫作內容，開拓了題畫詩的寫作方法與思想內容的領域，這是杜甫題畫詩卓絕超出的主要原因，也是沈德潛之所以在《說詩晬語》說：「唐以前未見題畫詩，開此體者老杜也」的主要根據。

自沈德潛、王漁洋肯定杜甫立法創始之功後，近代學者雖於「開體之說」別有意見，認爲題畫詩其來自於戰國圖詩、繪畫以至漢代畫贊一脈相承而下〔註116〕，是題畫文學中韻文的一支。但大體上無人否定杜甫觀畫起興，企圖以語言文字呈現繪畫精神及意境的「出位之思」，並由此看出杜甫雖不是畫家，而「詩心與畫意，在藝術的根源之地是相通的」〔註117〕意義。另外亦有學者認爲所謂「創始」並不是指「第一首」題畫詩的寫作，而是著重在藝術形式的圓熟及在詩史上的地位和影響。〔註118〕此兩者論述皆肯定杜甫題畫詩的價值，但對於題畫詩開創之說，前者採以歷史演變往上溯源的方法，後者以題畫詩之詩法圓熟足以爲後人典範爲判準，因而產生了見仁見智的論點。

〔註115〕轉引自仇兆鰲注《杜詩詳注》（台北：里仁書局，1980 年 7 月），頁1151。

〔註116〕參見衣若芬《蘇軾題畫文學研究》（台北：文津出版，1999 年 5 月初版一刷），頁 13～20。

〔註117〕同註 112，頁 260。

〔註118〕參見陳華昌《唐代詩與畫的相關性研究》（陝西人民美術出版社，1993 年 4 月第 1 版第 1 刷），頁 230～236。陳華昌認爲：題畫詩產生於唐代，因爲「題畫詩應是以畫爲審美對象，表現主體觀畫時的審美感受的作品。六朝詩人詠畫扇、畫屏的作品詠的是「扇」、「屏」，而不是詠畫，所以不能算是題畫詩。

　　筆者以爲題畫詩是中國詩畫融通歷程的具體顯象,而其內在發動力是由詩畫的互相影響、互相滲透以至互相融合的交互作用而產生的。固然題畫詩本身體例的發展亦有推力,但詩畫創作者的審美心理及美學標準,終究影響著題畫詩的內容。以文體發展的角度來看,若依詩畫或文學與畫在形式上產生關聯,便可視其爲題畫文學的源頭,這種源頭的定義將會隨著文物出土而有所更改。而值得注意的是,先秦至漢諸子之論畫,其旨在借論畫而喻道,以闡發自己的哲學思想。直到陸機道出:

　　　　丹青之興,比雅頌之述作,美大業之馨香。宣物莫大於言,
　　　　存形莫善於畫。〔註119〕

之後,文學與繪畫才得以齊頭並論。〔註120〕這說明了中國詩畫藝術精神之得以互相影響,主要來自於於魏晉南北朝美學的自覺,及文論、詩論、畫論蓬勃發展蔚成體系的風潮。在這之前,文字與繪畫的並列,「解說」的實質目的大於文學與繪畫兩種藝術融合的意義。而這種「不能從結合中產生綜合的效果」的結合,萊辛將之視爲是「一種藝術服從另一種藝術的結合」。〔註121〕

　　從這個觀點來看,崇尚轉益多師的杜甫,富涵書畫、音樂、舞蹈藝術修養,繼承魏晉詩書畫……等藝術美學理論,實現於「巧刮造化骨」(〈畫鶻行〉)之題畫詩法,詩人身兼作者與讀者的身份,在詩畫之間審美創作往返流動,產生詩畫互相影響、詩論畫論互相滲透的現象。而杜甫論畫是站在詩書畫藝術互通的角度去評價的,從其崇尚畫家修養的觀點看來,詩人是尊重畫師的藝術地位的。因此,重視繪畫藝術的杜甫,如何繼承六朝詩畫藝術的成果,如何在盛唐藝術氛圍的醺染下,創作出具有杜甫主體審美標準的題畫詩,而其審美判準的思

〔註119〕見俞崑《中國畫論類編》(台北:華正書局,1977 年年 10 月),頁
　　　　13。
〔註120〕參見葛路《中國古代繪畫理論發展史》(台北:華正書局,1987 年 5
　　　　月初版,頁 21～26。
〔註121〕同注 104,頁 193。

想內涵為何呢？而這審美判準，後人接受的程度與影響又是為何呢？
都值得進一步探討。當然，杜甫詩作之精粹和宋人對杜詩的接受及推
崇，亦有助於杜甫題畫詩詩法宗師地位之確立，這些皆可列為杜甫題
畫詩研究範疇中關於歷史定位與影響的內容。

（二）架構杜甫審美心理及審美評價的裏表關係

杜甫的題畫詩，可作為觀察詩人（審美主體）對應繪畫作品（審
美對象）之審美活動：一來以詩句去想像不復存在的畫跡，二來檢視
詩人審美活動再現的結果。董其昌於《畫旨》曾就題畫詩能間接保存
繪畫史料說：

> 米元章論畫曰：「紙千年而神去，絹八百年而神去。」非篤
> 論也。神猶火也。火無新故，神何去來？大都世近託形以
> 傳，世遠則記聲以傳耳。曹弗興、衛協輩，妙蹟永絕，獨
> 名稱至今，則千載以上，有耳而目之者矣。薛稷之鶴、曹
> 霸之馬、王宰之山水，故擅國能，即不擅國能，而有甫之
> 詩歌在，自足千古。雖謂紙素之壽，壽於金石可也。神安
> 得去乎！〔註122〕

絹紙之易毀損，不似文字容易流傳，雖然題畫詩中的畫境隱然存有詩
人移情作用的審美主觀存在，但畫家因詩人而名存千古，題畫詩成了
美術史研究材料之一，也是中國詩畫關係中一個值得玩味的現象。

現存唐人題畫詩中，以李杜居多。若將杜甫詩集中「以畫為審美
對象，或寄興、或寓志、或抒情、或比德、或再現畫境、或評論欣賞、
或自述審美感受、或重現審美活動，而以詩創作」為題畫詩界定者〔註

〔註122〕見于安瀾編撰《畫論叢刊》下冊（台北：華正書局，1984年10月
　　　　初版），頁85。
〔註123〕此界定乃依前注118陳華昌之題畫詩定義，及廖慧美對於題畫詩之
　　　　「凡以畫為題，以畫為命意，或議論，或美讚，或寄興，或諷論，
　　　　或抒懷，或寓景，而出之以詩體者」之延伸。見其《唐代題畫詩研
　　　　究》（東海大學中文研究所碩士論文，1991年4月），頁7。另外楊
　　　　國蘭以為杜甫「題畫詩」的題字，宜採品題、品評、品味之意，不
　　　　需限於題跋之意。參見其《杜甫題畫詩研究》（中央大學中文研究所

123〕，按其論題畫之內容分類〔註124〕，爲：

（1）題畫鷹、鶴、鶻者有如下五首：

〈畫鷹〉（五言律詩）

〈畫鶻行〉（五言古詩）

〈姜楚公畫角鷹歌〉（七言古詩）

〈通泉縣署屋壁後薛少保畫鶴〉（五言古詩）

〈楊監又出畫鷹十二扇〉（五言古詩）

（2）題畫馬者有如下四首，另加畫贊一首：

〈天育驃騎歌〉（雜言古詩）

〈題壁上韋偃畫馬歌〉（七言古詩）

〈韋偃錄事宅觀曹將軍畫馬圖〉（七言古詩）

〈丹青引贈曹將軍霸〉（七言古詩）

〈畫馬贊〉（畫贊）

（3）題畫松者有如下兩首：

〈題李尊師松樹障子歌〉（七言古詩）

〈戲爲韋偃雙松圖歌〉（七言古詩）

（4）題畫山水者有如下六題八首：

〈奉先劉少府新畫山水障歌〉（雜言古詩）

〈戲題王宰畫山水圖歌〉（雜言古詩）

〈嚴公廳宴同詠蜀道畫圖〉（五言律詩）

碩士論文，1990年6月），頁4～12。

筆者按：杜甫的題畫詩本是論畫、賞畫、詠畫之作，之所以歸入題畫詩的研究範疇內，本爲題畫詩之詩體產生、發展規律及藝術特徵建立研究體系而擴大定義。如此定義除了能和題畫詩之歷史發展接軌，也符合大多學者之用語。更重要的是杜甫於題畫詩有創始立法之說，若加以正名，在研究詩作審美觀的同時，亦可見出杜甫題畫詩的歷史地位和影響，故筆者也採納題畫詩廣義之界定，不另立「論畫詩」一詞。

〔註124〕本文題畫詩之分類係參考同注93的分類條目，並依內容酌加修改。

〈題玄武禪師屋壁〉（五言律詩）

〈奉觀嚴鄭公廳事岷山沱江畫圖十韻〉（五言排律）

〈觀李固靖司馬弟山水圖三首〉（五言排律）

（5）見人物畫起興為詩者有如下兩首：

〈冬日洛城北謁玄元皇帝廟〉（五言古詩）

〈送許八拾遺歸江寧覲省甫昔時嘗客遊此縣於許生處乞瓦棺寺維摩圖樣志諸篇末〉（五言古詩）

另外，書畫並論者有一首如下：〈觀薛少保書畫壁〉（五言古詩）；而杜甫在詩中抒發與畫有關的，諸如評畫、評畫家，或懷念畫友……等詩作，尚有：

〈大曆三年春白帝城放船出瞿塘峽久居夔府將適江陵漂泊有詩凡四十韻〉（五言古詩）

〈夔州歌十絕句〉其八（七言絕句）

〈能畫〉（五言律詩）

〈送鄭十八虔貶台州司戶傷其臨老陷賊之故闕為面別情見於詩〉（七言律詩）

〈存歿口號二首〉（七言絕句）

綜觀杜甫以上詩篇，繪畫內容涉及鷹、鶴、鶻、馬、松、山水、人物，並觸及書畫並論；而論及的畫家上自漢代毛延壽、六朝顧愷之、隋代楊契丹，唐代的吳道子、王宰、韋偃、畢宏、曹霸、韓幹、薛稷、姜皎、劉單父子、祁岳、李尊師、張景順、馮紹正……等等人，杜甫對繪畫藝術之全面涉獵可見一斑。〔註125〕

當然，在藝術審美範疇內，杜甫評論書法的詩作，如〈殿中楊監見示張旭草書圖〉、〈李潮八分小篆歌〉、〈送顧八分文學適洪吉州〉，在中國書畫同源的命題裏，當可視為佐證杜甫題畫詩審美觀之材料；

〔註125〕參見李栖〈杜甫題畫詩〉，收於《題畫詩散論》（台北：華正書局，1993年2月初版），頁135～138。

其他凡杜甫涉及文藝審美觀的作品，皆列入互相參見的研究範疇內，以明杜甫審美評價判斷之全貌。

再者，詩的風格反映詩人的人格特質，審美心理與審美主體之深層心理有關。因此杜甫剖述自我心路歷程、展現沈鬱風格之詩作，將作為剖析杜甫審美心理之基礎材料，以呈現隱藏在審美觀之後的心理因素，作為杜甫審美評價、審美標準、審美觀之互有關聯的旁證，以見出杜甫觀畫起興之所以「興」的潛在意識。進而由「興」為剖析審美心理之骨架，以題畫詩題詠內容之象喻為骨肉，期能架構出杜甫由審美心理而審美評價、審美標準、審美觀的**裏**與表。

（三）探究杜甫於繪畫美學的繼承與開創

杜甫審美觀之呈現，除了審美心理為其潛在因素外，繼承六朝詩論、畫論應是確立其審美標準的重要依據。但杜甫畢竟是繼承傳統開創典式的大詩人，他對神、骨、肉這個在唐代已成了書畫藝術之共同審美標準〔註126〕，卻有其個人獨持的審美評價。〈丹青引〉云：「弟子韓幹早入室，亦能畫馬各殊相。幹惟畫肉不畫骨，忍使驊騮氣凋喪。」杜甫尚「骨」的審美標準，引發一場杜甫「知不知畫」的審美思辨，而在思辨杜甫「知不知畫」之前，確立杜甫的審美標準，是有其必要的。

從杜甫題詠論畫，好用「眞」、「骨」、「氣」、「神」看來，除「眞」與「風骨」論無直接指涉外，餘者與「風骨」論皆有內在的關聯，因而筆者認為透過「風骨」論之發展、內涵的擴充及其運用於詩書畫的同感互通現象〔註127〕，可以條理出杜甫審美觀強調「骨」、「氣」內涵之所由來。由於書畫之能有「骨」、「氣」是需要透過運「筆」，運「筆」關涉書畫家之藝術精神涵養〔註128〕，因此杜甫品評繪畫重視「骨」、「氣」、「神」，是將詩論、文論所強調的「風骨」，通觀於書畫

〔註126〕同注120，頁57。
〔註127〕同注111，全書即對「風骨」論在中國發展、內涵及其運用於詩書畫的同感互通，有詳盡的論述。
〔註128〕同注111，頁63～70、頁110～123。

的審美態度；而於其題畫詩中主張畫家創作要「意匠經營」、「放筆」，則關涉書畫家藝術精神涵養貫徹於畫面之層次，實是發現了「骨」、「氣」、「神」與「意」、「筆」的聯繫意義，對於其後繪畫重視「立意」，推論當有一定程度之啓蒙與影響。〔註129〕

盛大士在《谿山臥游錄》中說：

> 天下幾人學杜甫，誰得其神與骨。夫杜陵所推爲詩聖者，
> 上至《三百篇》，下至漢魏六朝，無所不學，然後有此神骨。
> 作畫亦然，先於神骨處求之。〔註130〕

由此可知，杜甫不僅以「神」、「骨」題詠論賞繪畫，其詩藝之所以爲後人所推崇，亦在其「神」、「骨」，可見其審美觀和其創作觀有吻合之處，而其審美理論和創作實踐並無差距。另外，由此論亦可看出古典美學中「神」、「骨」之內涵，由詩歌跨位於繪畫的通用現象。〔註131〕

再則，由杜甫對繪畫「神」、「氣」的審美態度看來，其受到顧愷之「傳神」論以及謝赫「氣韻生動」論的影響當是不小，因此探究杜甫對繪畫「傳神」標準的強調、以及對「傳神」論之內涵延伸至崇尚畫家藝術精神涵養的擴充，對於架構杜甫審美觀之來龍去脈，亦有相當的助益。

杜甫爲一詩人，其品評、審美理論跨及詩書畫，融合了「風骨」論、「傳神」論、「氣韻生動」論，因此觀察杜甫在繪畫美學上的繼承與開創，不僅是研究杜甫題畫詩審美觀所必須討論，就是觀察唐代詩畫交流的狀況，此材料亦值得分析。至於杜甫審美標準之運用，以及討論其審美評價與社會審美價值之差異〔註132〕，更是本論文主要的

〔註129〕故探討杜甫這種繼承漢魏六朝「風骨」論，啓發宋人強調「立意」的文人畫思想內涵，當亦在此研究範疇內。

〔註130〕見盛大士《谿山臥游錄》，收於《美術叢書》三集第一集（上海神州國光社，戊辰十月覆印），頁6。

〔註131〕同注111，頁255～263。

〔註132〕審美價值是客觀的，是在社會歷史實踐過程中形成的，而審美評價是對審美價值之主觀表現。此兩者之間有聯系，但非附屬關係，評價未必符合價值，因此兩者之間是有差異的。以上參見《美學百科全書》（北京：社會科學文獻出版社，1990年12月第一版第一次印

研究範疇。

（四）整理杜甫於詩畫融通的實踐及其影響

　　徐復觀在其〈中國畫與詩的融合〉一文中直接指明題畫詩的出現是詩畫融合歷程的第一步。〔註133〕因此研究杜甫題畫詩的另外一個重心是：整理杜甫於詩畫融通的實踐及其影響。一首他題題畫詩的完成，是詩人由審美活動進入創作活動，為讀者與作者、詩人與畫境交流的結果，其中既是詩畫交流的心識活動，亦有詩畫融通於創作技法之實踐。於是整理杜甫於詩畫融通的實踐上，除了以題畫詩見出詩人融入畫境再現審美感興的詩畫交流活動之外，若以杜甫入峽山水詩對照題畫山水詩，以詠馬詠鷹對照題畫馬、鷹詩，來印證杜甫使筆如畫、以畫法為詩法〔註134〕，畫法、詩法交互相用之作詩典範，當亦可發現杜甫在唐代詩畫互涉的藝術氛圍中，詩人本身及其詩究竟起了何種影響或影響了後人什麼？如宋人胡仔於《苕溪漁隱叢畫》（前集卷八）說：「山谷云：〈戲題山水圖歌〉：『十日畫一水，五日畫一石，能事不受相促迫，王宰始肯留真跡。壯哉崑崙方壺圖，掛君高堂之素壁。巴陵洞庭日本東，赤岸水與銀河通，中有雲氣隨飛龍，舟人漁子入浦溆，山木盡亞洪濤風。尤工遠勢古莫比，咫尺應須論萬里。焉得并州快剪刀，翦取吳松半江水。』王宰丹青絕倫，如老杜此作，絕不虛發，而是遂無宰畫。……『尤工遠勢古莫比，咫尺應須論萬里』之句，齊宗室蕭貢於扇上圖山水，咫尺萬里，故杜於此用之，其引事精緻如此。」〔註135〕而金聖歎評杜甫〈畫鷹〉時則說：

> 世人恆言傳神寫照，夫傳神、寫照乃二事也。指如此詩，「搜身」句是傳神，「側目」句是寫照。〔註136〕

〔註133〕同注112，頁475。

〔註134〕王嗣奭評〈奉先劉少府新畫山水障歌〉時說：「杜以畫法為詩法」，見氏著《杜臆》（台灣中華書局，1970年10月臺1版），頁36。

〔註135〕見杜甫卷，（源流出版社，1982年5月初版），頁573。

〔註136〕見（清）金聖歎著，鍾來因整理《杜詩解》（上海古籍出版社，1984年1月第1版第1刷），頁22。

可見後人評杜甫題畫詩者，實已見到杜甫使筆如畫、畫法滲入詩法的
寫作技巧。另外《宣和畫譜》也指出：

　　大抵公麟以立意爲先，布置緣飾爲次。……蓋深得杜甫作
　　詩體制而移於畫。〔註137〕

則可視爲杜甫作詩體制與畫理必有相通之處的佐證。再加上方薰在
《山靜居論畫》說：

　　讀老杜入峽諸詩，奇思百出，便是吳生王宰蜀中山水圖。
　　自來題畫詩，亦惟此老使筆如畫，人謂摩詰詩中有畫，未
　　免一丘一壑耳。〔註138〕

可見杜甫在創作上於詩畫融通有所實踐，並非揣測之想。尤其杜甫在
題畫詩中有以畫爲眞、以眞爲畫的融神境界之特色〔註139〕，故若具
體以時空設計、彩度與明度及景物描寫之筆觸（寫意、工筆）來分析
杜甫之山水詩，應可有所發現。此研究主題實則涉及創作技法及杜詩
意象之經營〔註140〕，然未脫離題畫詩，且與詩畫融通相關，故仍歸
於杜甫題畫詩研究範疇之內。

　　以上四項，爲筆者所歸納出杜甫題畫詩之主要研究範疇，作爲提
供欲研究杜甫題畫詩者參考的幾個觀察面向。由於本文題爲「杜甫題
畫詩之審美觀研究」，故取與論述主軸相關的前三項爲主要研究論述
內容，至於整理「杜甫於詩畫融通的實踐及其影響」一項，則因與審

〔註137〕收於《歷代名畫記》（北京：京華出版社，2000 年 5 月第 1 版第 1
　　　　刷），頁 348。

〔註138〕見方薰《山靜居畫論》，藝文印書館百部叢書集刊，知不足齋叢書，
　　　　上卷，頁 3。

〔註139〕杜甫〈夔州歌十絕句〉其八詩云：「憶昔咸陽都市合，山水之圖張賣
　　　　時。巫峽曾經寶屏見，楚宮猶對碧峰疑。」仇兆鰲評此詩說：「記楚
　　　　王宮也。咸陽所見者畫圖，夔州所對者眞境。但楚公難見，終成疑
　　　　似，即眞境亦同幻相矣。公詩『舟人指點到今疑』即同此意。」見
　　　　仇兆鰲注《杜詩詳注》（台北：里仁書局，1980 年 7 月），頁 1306。
　　　　杜甫在題畫詩中常有以畫爲眞、以眞爲畫的詩語出現。

〔註140〕如林美清《杜詩意象類型研究》（國立政治大學中國文學系博士論
　　　　文，2000 年 6 月），其中第三章圖畫（頁 113～151），亦可歸爲論及
　　　　杜詩與繪畫的融通一項。

美心理反映之「題畫詩審美觀」無直接辯證關聯，因此僅錄於杜甫題畫詩之研究範疇內，於本文並無別立一章詳細之論述，而此主題目前已有學者發表專題單篇之論述。〔註141〕

第四節　本論文研究之動機與方法

一、研究動機

　　研究美雖是近代新興的學科〔註142〕，但對美的追求卻是源自人心靈情感的需求，這是人類與生俱來的。原始巫術禮儀等圖騰活動之中，便隱涵原始人類審美意識和藝術創作的生命力。〔註143〕因此我們可以這麼說：審美活動是人心靈活動的一環，而審美活動的定義，則隨著人對人心靈活動的了解和詮釋，而不斷地擴充其意義。孫良水認為「審美乃是主體心靈與客體環境相乘的完滿活動。」〔註144〕明確地點出了審美活動中審美主體與審美客體的關係。而劉若愚所說：「當他（批評家）描述一件文學作品的美，以及它給與讀者的樂趣，那麼他的理論可以稱為審美理論。」〔註145〕則道出審美理論中作品

〔註141〕有關「整理杜甫於詩畫融通的實踐及其影響」此類主題，已有學者進行研究，如：牟瑞平〈以畫法為詩法在杜甫山水景物中的表現二題〉（杜甫研究學刊，1993年第2期總36期），頁15～20；以及牟鶯瑋〈從《飲中八仙歌》看杜甫對「詩中有畫」的貢獻〉（杜甫研究學刊，2002年第2期總72期），頁85～97。

〔註142〕自德國哲學家鮑姆嘉通（Baumgarten, 1714～1762）提出"Aesthetik"此一學科術語，開啟研究感覺和情感的學科大門，「美學」之研究逐漸成為獨立的科學。參見楊辛·甘霖《美學原理》（台北：曉園出版社，1991年5月第1版第1刷），頁1~11。再參見葉朗主編《現代美學體系》（台北：書林出版，1993年10月1版），頁3～5。

〔註143〕參見李澤厚《美的歷程》（台北：金楓出版社，1991年4月再版），頁1～11。

〔註144〕見孫良水《阮籍審美思想研究》（台北：文津出版社，1999年7月1刷），頁9。

〔註145〕見劉若愚著，杜國清譯《中國文學理論》（台北：聯經出版，1981年9月初版），頁211。

與讀者的關係。而發現人心靈於文藝審美中所獲致的「趣味」，便是
筆者研究「審美觀」的初發動機。

　　次者，了解中國詩畫藝術境界之互滲相融的現象，是筆者以「題
畫詩」爲研究材料一探究竟的最初動力。由於中西畫法最大差異在於
其所表現的空間意識〔註146〕，也因此不同的空間意識，中國詩畫有
別於西方，不僅有孿生的臍帶關係，並在其融通歷程中形成了具體的
特殊藝術形式，題畫詩即是特殊藝術形式之一。題畫詩的初萌雖可上
溯戰國，但體製卻完備於唐朝〔註147〕，而唐朝題畫詩作者中，尤以
杜甫最受矚目。杜甫題畫詩之所以爲後人重視及學習，實因「杜甫於
每一詩皆全力以赴，故其題畫詩特見精采。」〔註148〕張高評說：「宋
以前『詩中有畫』之傳統，於題畫詠畫詩表現最顯著，杜甫爲其中之
宗師。」〔註149〕李栖也說：「借詩發論，氣勢壯闊、布局萬變，原是
杜甫詩的固有特色，至於闡發繪畫理論、美學見解才是杜甫題畫詩不
同於其他杜詩之處，更是杜甫題畫詩遠超於唐代其他詩人題畫詩之所
在。」〔註150〕孔壽山則認爲杜甫〈奉先劉少府新畫山水障歌〉一詩

〔註146〕參見宗白華著《美學與意境》（台北：淑馨出版社，1989 年 4 月），
　　　　頁 162～169。宗氏指出：「西洋繪畫在希臘及古典主義畫風裏所表
　　　　現的是偏於雕刻的和建築的空間意識。」接著説中國畫裏的空間構
　　　　造，「是顯示一種類似音樂或舞蹈所引起的空間感型。」是一種「畫
　　　　法的空間創造。」頁 247 則直指《易經》上所説：「無往不復，天地
　　　　際也。」即是中國人的空間意識。
〔註147〕可參見本論文第一章第二節題畫詩之形成與發展，以輔此論述。
〔註148〕見徐復觀《中國藝術精神》（台北：台灣學生書局，1992 年 7 月 11
　　　　刷）頁 260。
〔註149〕見張高評《宋詩之傳承與開拓——以翻案詩，禽言詩、詩中有畫爲
　　　　例》（台北：文史哲出版社，1990 年 3 月初版）頁 5。作者又在頁
　　　　264 指出：「杜甫有題畫詩二十二首，無論質與量，皆高居唐人之冠，
　　　　開創意境，發明技法，影響後也至深且鉅，爲促進詩畫融合之一大
　　　　功臣。蓋詠畫題畫詩，爲詩畫結合之最具體表現，題畫詩之發展最
　　　　關係詩畫融會之程度。」
〔註150〕見李栖《兩宋題畫詩論》（台北：台灣學生書局，1994 年 7 月初版）
　　　　頁 31。

「綜合運用了題畫詩各種手法，洵爲題畫詩傑出的範例，爲後人所法。」〔註 151〕杜甫詩聖的地位加上其題畫詩宗師的地位，激發筆者想了解在中國詩畫融合的歷程中〔註 152〕，杜甫的題畫詩，究竟呈現詩人與畫境之間一種如何的審美活動。詩人之爲審美主體，畫境之爲審美對象（客體），審美感興之餘，詩人轉變讀者的身分又成爲題畫詩的作者，這種審美與創作的活動轉換，顯露了詩畫之間詩人心靈的意象流動。而藉著詩人詠畫、論畫、題畫的詩作，探究詩畫意境如何地內在交互作用；在架構杜甫題畫詩之審美觀時，去發現中國詩畫在形式上合一之前，詩畫是如何地在精神上交換意見互相滲透，以致能完成與西方詩畫不同的特殊藝術形式。〔註 153〕

　　基於此，筆者以處理杜甫題畫詩之審美觀，來探究杜甫、題畫詩、審美觀三者之間，即作者和其作品（此作品乃出於詩人題賞畫作的審美感興之作），與作者和其審美觀的互相內在聯繫的趣味。而題畫詩這種饒富趣味的藝術形式，其詩境之境界端賴作者之主體心靈於審美活動中，融神於畫境而出爲詩象，所反映出之詩人的審美觀照。筆者選擇杜甫作爲研究題畫詩反映詩人之審美觀的主角，乃因杜甫千錘百鍊的詩藝，以及其深邃沉鬱廣袤的詩心，透過杜甫的詩眼，我們可以看見詩人與畫境相遇時的詩情畫意，而這「情」這「意」即是其審美觀的所由來。在這樣的探視詩人與畫境的審美活動中，自然也能窺見中國詩畫關係裡，互相影響、互相滲透具體體現於題畫詩之一隅，此爲本論文以「杜甫題畫詩」爲材料來探求其「審美觀」的主要研究動機。

〔註 151〕見孔壽山編注《唐朝題畫詩注》（四川美術出版社，1988 年 8 月第 1
　　　　　刷），頁 26。作者以爲杜甫此詩綜合運用題畫詩「眞」、「描」、「借」、
　　　　　「論」等四種手法。
〔註 152〕同註 148，頁 474～484。作者於頁 475 指出：「詩與畫的融合，不是
　　　　　突然出現的，而是經過了相當長的歷程。歷程的第一步，當然是題
　　　　　畫詩的出現。」
〔註 153〕參見林莉娜〈詩情畫意——中國繪畫之特殊藝術形式〉（故宮文物月
　　　　　刊第 66 期，民國 77 年 9 月），頁 100～107。

二、研究方法

　　鍾嶸在《詩品‧序》中指出：「氣之動物，物之感人，故搖蕩性情，形諸舞詠。」〔註154〕又說：「文已盡而義有餘，興也。」〔註155〕因有「情」而起「興」，因有「興」而有「神」〔註156〕，是由作者心靈而至作品神采形成的潛在過程。

　　「審美心理」一詞爲現代美學學科研究之術語，葉朗認爲中國古典美學中「感興」此一概念比「審美感受」、「審美經驗」、「美感」等概念，更能容括審美心理的諸多特點。「興者，有感之辭也。」「感興」之連用，有其心理上的互相牽動。「感」是感動，是生理之感知覺信息引起的心理活動。而「興」是隨著「感」而來的主體發抒行爲，這種發抒行爲是主體將「感動」行爲化了，有趣的是這行爲再度成爲主體自我新的「感動」對象，爲自己正在體驗的感動而感動。這種「興」的體驗觀照可視爲主體對自身的超越及昇華作用。〔註157〕設準「興」涵蓋「審美心理」之意涵，以「審美心理」爲視角所研究的「題畫詩審美觀」，則可以取杜甫論及詩興的詩作，來作爲歸納杜甫審美心理的依據，杜甫曾於詩中詠道：

　　　　詩興不無神。（〈寄張十二山人彪三十韻〉）

　　　　蒼茫興有神。（〈上韋左相二十韻〉）

他將詩六義以來的「興」概念和「神」並列聯繫〔註158〕；說明作品之神采源自於作者內在心靈興寄之發光。至於不同表現媒介的繪畫創作，杜甫依然認爲「興」是創作出傑作的重要心靈過程，他在〈奉先

〔註154〕見鍾嶸《詩品》（台北：金楓出版社，1986 年 12 月初版），頁 18。

〔註155〕同上注，頁 32。

〔註156〕參見吳明賢〈試論杜甫的詩興〉（杜甫研究學刊 1988 年第 1 期總 15 期）頁 19～24。作者於頁 23 指出：「有情、有興、有神，這是杜甫『詩興』主觀意願的三個重要方面。」

〔註157〕參見葉朗主編《現代美學體系》（台北：書林出版，1993 年 10 月），頁 164～171。

〔註158〕參見陳華昌《唐代詩與畫的相關性研究》（陝西人民美術出版社，1993 年 4 月第 1 版第 1 刷），頁 10～11。

劉少府新畫山水障歌〉中詠道：「聞君掃卻赤縣圖，乘興遣畫滄洲趣。
畫師亦無數，好手不可遇。對此融心神，知君重毫素。」由此可知杜
甫認爲作品在創作之前之後的「興」〔註 159〕，是一種自覺的審美觀
照，而非混沌不知其所以然的偶然。而陳華昌也認爲：

> 將「神」和「興」兩概念聯繫起來講，是杜甫對詩論的發
> 展，也是對畫論的發展。〔註 160〕

更由於杜甫題畫詩大多是見畫起興、移情於畫之作〔註 161〕，因此本
論文以「審美心理」呈現之「興」爲主軸，以杜詩爲素材，以「審美
觀」之歷史演變，及唐代藝術氛圍爲經緯，藉之綜合呈現杜甫題畫詩
之審美特質；研究方法由外而內、由內而外，由裡透表、由表顯**裏**，
論述章次非平面直線發展，而是立體有機內外裡表互有連繫的架構。
期使藉由仔細推敲杜甫題畫詩之象喻，呈現出詩人與畫境間的關聯，
實是反映審美主體之心識世界〔註 162〕，以及經由潛藏於杜甫題畫詩
審美觀下之審美心理的分析，見出中國詩畫在發展歷程中，審美心理
與創作心理內在互爲交流之特殊關係。

　　在論述方面，筆者試圖運用中西審美理論，架構詩人（審美主體）
因畫（審美客體）起興，觀察詩人在其深層文化心理、審美心理的背
景底下，所反映出的心靈圖像，以及於焉循其脈絡歸向審美觀的整
理。由於藝術感通〔註 163〕與審美心理（「興」）有密切關聯，因此審

〔註 159〕同注 156，吳明賢於頁 20 指出：「所謂『詩興』，既指觸發詩人創作
　　　　靈感的客觀外界事物，也指詩人創作詩歌的主觀興致和情思，還包
　　　　含著詩成後詩歌藝術欣賞的審美全過程。」
〔註 160〕同注 158，頁 11。
〔註 161〕詳見本論文第二章第三節〈詩人與畫境的關聯〉。
〔註 162〕筆者按：審美心理涉及社會文化成因、詩人心靈意識的討論，此爲
　　　　審美觀成立之潛在因素；而詩人（審美主體）與畫境（審美對象）
　　　　的審美過程之心識活動，則和審美主體之審美心裡有很大的關聯。
　　　　凡此種種，本論文列於第二章杜甫題畫詩審美觀之成因進行論述。
〔註 163〕藝術感通之說請參見本論文第一章第一節〈詩畫關係概論〉（本論文
　　　　頁 6～8）。依筆者研究發現，杜甫論畫是傾向詩書畫合論的審美態
　　　　度。

美心理的研究視角依然可運用於分析詩人題論畫境之詩語，仔細梳理、歸納、分析杜甫之題畫詩，由詩人與畫境之審美活動，及詩人再現畫境、闡述畫理的創作活動中，發現詩人於此審美、創作互爲流動往來活動間，似自成一系列審美觀照、理論及評價標準，而此中所條理出之審美觀照、理論及評價標準，即爲筆者於本文所概括定義之「審美觀」。

　　由於杜甫爲一詩人而非畫家，故並無關於繪畫之系統完整的論述，因此研究杜甫題畫詩之審美觀，極有可能落入讀者自我的解釋〔註164〕，傾向後設理論。但杜甫自云：「轉益多師是汝師」（〈戲爲六絕句〉其六），其藝術審美領域並非僅侷限在詩藝上而已，他在繪畫、書法、舞蹈、音樂各方面皆有造詣，這可由詩人皆曾以擅長的詩律歌詠論賞見出一斑。因此若以杜甫爲例，單點透視詩人的「出位之思」，形成審美觀照、理論、標準之建構，也不無發現中國詩畫由精神而形式結合歷程的可能，並從中發掘在中國詩畫融合歷程裏，深層的文化心理、審美心理於其中所起的作用。因此爲求不失眞，不落入「強杜以爲我」的思考陷阱，對於杜甫題畫詩審美觀之內容，筆者乃採透過對杜甫題畫詩文本的詩語分析、演繹及歸納，將之與六朝至唐之繪畫理論相互的比對及綜論，剝繭抽絲條縷分析，期使架構散之於杜甫各題畫詩有關「眞」、「骨」、「氣」、「神」等詩語，並歸之於「傳神」審美觀的內在聯繫之中。

　　另外，郭因認爲在唐代的繪畫美學思想中，杜甫所提出的「眞宰上訴」、「意匠經營」、「乘興遣畫」等論點，已「全面地接觸到了畫家

〔註164〕參見潘知常《中國美學精神》（江蘇人民出版社，1993 年版），頁 8。作者指出：「中國美學不是什麼絕對的眞理，而是無窮的智慧。……用當代解釋學的話講，中國美學是一種『效應的歷史』，它眞實地生存於後人的解釋之中。或者說，中國美學其實是一種不完全的美學、未完成的美學。它的生存方式只能是：後人的解釋。」以上轉引自同注 144，頁 4。另潘知常在《反美學——在闡釋中理解當代審美文化》（上海：學林出版社，1995 年 12 月 1 版 1 刷）一書中指出：「眞正把美與藝術聯繫在一起，是近代。」（頁 276）

的氣質、品格素養等在繪畫創作中的作用問題及其與繪畫風格的關係問題。」並指出杜甫的「放筆」與「十日一水、五日一石」的論點，是關於表現技巧將現實美轉化爲藝術美時的作用。〔註165〕此亦可視爲是杜甫審美理論影響畫論的說法，筆者於此採分層論述，透過詩人所強調之「意匠經營」，分析藝術創作過程意匠之醞釀、構思、放筆，並以此爲繪畫傳神之道者，由此見出詩人題賞論畫乃崇向畫家涵養論，以明繪畫「本於立意而歸乎用筆」的思想，杜甫堪稱爲先導。

　　然後承上思考脈絡，進而釐清杜甫題畫詩審美觀之審美評價與社會審美價值的同與異，以思辨杜甫在題畫詩中審美評價是否得當的問題。〔註166〕筆者於第五章〈杜甫題畫詩審美觀之爭議〉的分析論述，仍循社會藝術氛圍、心靈意識反映之由外而內、由內而外的思維方式，分別以「外緣轉變」及「內觀投射」兩大因素，來解釋杜甫詩云「幹惟畫肉不畫骨」所引起之審美評價爭議。此中關於「外緣轉變」、「內觀投射」的詮釋，仍傾向佐以深層審美心理來說明杜甫在題畫詩中審美評價的根由，以貫本論文之以「興」（審美心理）爲眼的論述主軸。

　　綜而言之，本論文以「興」（審美心理）爲探究主軸，中西審美理論爲其輔助說明，杜甫題畫詩爲其血肉，導引出詩畫互動「出位之思」——「思」的所由來，乃直指爲「興」（審美心理）的論點。而分析「興」（審美心理）之所成，乃透過社會藝術的氛圍、心靈意識的反映以及作者主體性爲其內涵，由成因的探討、象喻的分析而進展爲審美觀內容的架構，並思辨審美評價的爭議，終而表現杜甫題畫詩審美觀裡外顯微之全貌，此大抵爲筆者研究之思路及方法。

〔註165〕參見郭因《中國古典繪畫美學》（台北：丹青圖書，1986年5月台1
　　　　版），頁104。
〔註166〕詳見本論文第五章〈杜甫題畫詩審美觀之爭議〉。

第二章　杜甫題畫詩審美觀之成因

　　在條理杜甫題詠論賞繪畫之詩作中，有自成一系列「審美觀照、理論及評價標準」之審美觀前，可藉由追溯此審美觀形成之客觀、主觀因素，循線找出杜甫審美評價的心理傾向。於是筆者試著透過詩人乃體現盛唐社會審美觀、以及反映詩人主體心靈意識，由外而內的詮釋，盼能奠立其後論述「題畫詩審美觀之象喻」、「題畫詩審美觀之內容」、「題畫詩審美觀之爭議」等主題之背景資料，以助論文之架構能深入詩人的心靈世界，以窺詩人見畫起興，「興」之所由來；並見其移情於畫，「情」的內中蘊涵。

　　本章由社會客觀現象及詩人主觀情思兩大條件，分析形成杜甫題畫詩審美觀之成因。社會客觀條件著重於論述盛唐氣象以及詩畫互涉、藝友相從對詩人的影響，旨在說明盛唐藝術融通之時代背景，實為涵養杜甫詩藝的溫床；而詩人主觀條件部分，筆者將杜甫生平及詩藝發展，融入於其心路歷程轉折三境界中，分別為衝突與抉擇──終愧巢由未易節、孤獨與觀照──獨立蒼茫自詠詩、自由與釋放──不廢江河萬古流，旨在剖析杜甫內在「狂者」與「儒者」、仕與隱的交互作用、以及融合儒道釋之題畫思惟，反映於杜詩以至題畫詩象喻之所由來，可視為是觀察杜甫審美心理傾向的重要引據。

　　至於詩人與畫境的關聯之論述，是本論文研究路徑之理論基礎。

杜甫提出「興」和「神」的聯繫，不僅在其詩的創作，或於繪畫的審美，似皆以此爲其思想中心，值得仔細推敲「興」、「神」與詩人題畫詩審美觀的關聯。另外在本節論述裡，筆者嘗試運用現今當代美學理論，來詮釋詩人融神於畫境的狀態，以今釋古，用意無非仍在導論後文之論述。

第一節　盛唐社會審美觀的體現

　　杜甫生於玄宗先天元年（西元 712 年）〔註1〕，他乘著文化搖籃與開元盛世同步成長〔註2〕，吸吮著多元、開放之盛唐文化藝術的乳汁，終而養成其豐厚的藝術素養及高超的藝術鑑賞能力。〔註3〕

　　傅紹良指出：「人格構成的關鍵在於人的心靈和意識，而文化學家特別注重的也是在文化人格形成過程中的集體表象和集體無意識。」〔註4〕，當然，偉大的詩人並非純然是時代文化風潮的產物，他一方面接收當代文化藝術氛圍的薰陶，一方面卻又以其主體獨特之方式呈現其殊異於群體的超凡偉大。因而從盛唐社會審美觀的視角，

〔註1〕杜甫生年參見陳師文華《杜甫傳記唐宋資料考辨》（台北：文史哲出版社，1987 年 11 月初版），頁 49～53。又見《杜甫年譜》（台北：學海出版社，1981 年 9 月再版），頁 1。

〔註2〕杜甫二歲時即是開元元年。

〔註3〕參見張春麗〈試論盛唐文化對杜甫的影響〉（河南社會科學，第 10 卷第 2 期，2001 年 3 月），頁 95。

〔註4〕見傅紹良《盛唐文化精神與詩人人格》（台北：文津出版社，1999 年 6 月 1 刷），頁 73。筆者按：集體無意識一詞是卡爾·古斯塔夫·榮格（Carl Gustav Jung，1875～1961）在其分析心理學中最重要的理論假設。他在〈論分析心理學與詩歌的關係〉一文中指出：「集體無意識不能被認爲是一種自在的實體；它僅僅是一種潛能，這種潛能以特殊形式的記憶表象，從原始時代一直傳遞我們，或者以大腦解剖學上的結構遺傳給我們。沒有天賦的觀念，但是卻有觀念的天賦可能性。這種可能性甚至限制了最大膽的幻想，它把我們的幻想活動保持在一定的範圍內。」此後引文見卡爾·古斯塔夫·榮格原著。馮川、蘇克編譯《心理學與文學》（台北：久大文化，1990 年 10 月初版），頁 91。

可以探知杜甫與盛唐社會審美共性的部分；至於關涉杜甫獨特之審美個性，則留待本章第二節分析。

一、文化氛圍薰陶

　　杜甫在〈飲中八仙歌〉一詩中寫出了賀知章等八人醉飲之狂放形態，詩中云：「知章騎馬似乘船，眼花落井水底眠。……李白一斗詩百篇，長安市上酒家眠。天子呼來不上船，自稱臣是酒中仙。……張旭三杯草聖傳，脫帽露頂王公前，揮毫落紙如雲。……。」王嗣奭於《杜臆》評此詩曰：「描寫八公，各極生平醉趣，而都帶仙氣。」〔註5〕此詩活脫脫地描寫了盛唐時期，文藝創作者及欣賞者那種浪漫不羈的生活氣氛。〔註6〕傅樂成認爲形成唐代文化這種異彩特色及獨特風氣的原因，主要乃是承自南北朝，他說：「自魏晉以降，思想界脫離儒家的束縛而得到解放，同時又注入胡族的勇敢進取的精神。佛老思想與胡人習俗，經數百年的揉塑混合，乃能下開隋唐的盛世，文治武功，均極輝煌。」〔註7〕在這種多元開放的社會條件下，群體「對個性自由的肯定，對精神解放的追求」〔註8〕，形成了盛唐的精神文化。〔註9〕

〔註5〕見杜甫著、仇兆鰲注《杜詩詳注》（台北：里仁書局，1980年7月），頁85。

〔註6〕參見余恕誠《唐詩風貌及其文化底蘊》（台北：文津出版社，1999年8月1刷），頁12。再參見霍然《唐代美學思潮》（高雄：麗文文化，1993年10月初版1刷），頁207。筆者按：以上所引兩者皆指出杜甫《飲中八仙歌》呈現了盛唐飄逸浪漫、豪縱不羈的生活氣氛。

〔註7〕見傅樂成〈唐型文化與宋型文化〉，收於《漢唐史論集》（台北：聯經出版，1984年9月第3刷）頁339及頁361。作者認爲佛老胡俗的政治秩序有利有弊，他認爲唐帝國的盛世不如兩漢的長久，乃肇因於此種文化的缺陷。

〔註8〕見余恕誠《唐詩風貌及其文化底蘊》（台北：文津出版社，1999年8月1刷），頁72。

〔註9〕同注4，頁64～75。作者認爲盛唐文化精神形成盛唐詩人集體意識的原因乃物質和精神兩者綜合作用的結果，他說：「盛唐強大的國勢、繁榮的經濟、安寧的社會、開放的思想、活潑多采的風俗，構成了一種時代的主體潮流，在這個潮流中，人們的思想、行爲、作風，都會在有意無意間受其影響和驅使。」

　　日人高橋和巳對文化下了一個言淺意深的定義，他說：「該社會所屬的各個人，到底如何生、如何學習、如何愛、如何工作、如何憂愁，舉凡一切與人類有關的事件的總合，才能稱爲文化。」〔註10〕而藝術活動爲整體文化之一支，當然自在盛唐的文化氛圍之中。

　　唐人生活的胡化〔註11〕，「絲綢之路」不但開啓中外經濟貿易的往來，更引進了各國禮俗、服裝、歌舞音樂、繪畫及工藝技術，以至於宗教思想的融入與匯合。唐朝盛世的自豪感〔註12〕，使唐人「無所畏懼無所顧忌地引進和吸取，無所束縛無所留戀地創造和革新，打破框框，突破傳統」〔註13〕，因而創造了「格高氣暢」〔註14〕的盛唐氣象。

　　在這樣一個古今中外文化交流的時代，藝術感通、融通的現象更是普遍。詩歌、繪畫、書法、音樂、舞蹈雖各具不同的表現媒介，然彼此透過觀摩，激發創造的活水源頭，在交流中互相滲透，在互相滲透中提高不同媒介之形式境界，使彼此間如於萬花筒的奇觀折射中，顯現了花團錦簇的繁華。〔註15〕杜甫在〈觀公孫大娘弟子舞劍器行〉的詩序裏，曾自敘一段觀舞劍器的童年經驗及其中的啓發：

　　大曆二年十月十九日，夔州別駕元持宅，見臨穎李十二娘

〔註10〕見高橋和巳〈唐詩與六朝詩——詩與詩自由聯想〉，中譯收於《大唐盛世》（台北：地球出版社，1979 年 7 月修定版），頁 171。

〔註11〕同注 7，頁 117～120，參見傅樂成〈唐人的生活〉。筆者按：詩人元稹「法曲」中云：「女爲胡婦學胡妝，伎進胡音務胡樂。」即爲唐人胡化的側面寫照，另亦可從唐代出土文物婦女俑之服飾、髮髻、化妝……看出唐風胡化之一斑。

〔註12〕參見霍然《唐代美學思潮》（高雄：麗文文化，1993 年 10 月初版 1 刷），頁 191～193。

〔註13〕見李澤厚《美的歷程》（台北：金楓出版社，1991 年 4 月再版），頁 161。

〔註14〕見明人謝榛《四溟詩話》卷一論唐之氣象云：「格高氣暢，自是盛唐家數。」收於《叢書集成新編》（台北：新文豐出版，1986 年 1 月臺 1 版）第 79 冊，頁 11。

〔註15〕參見趙克堯〈盛唐氣象論〉（復旦學報：社會科學版，1991 年第 4 期），頁 68～74。另外參見林庚《唐詩縱論》（北京：人民文學出版社，1987 年 4 月第 1 刷），頁 25～49。

舞劍器，壯其蔚跂。問其所師，曰：「余公孫大娘弟子也。」
開元三載，余尚童稚，記於郾城，觀公孫氏舞劍器渾脫，
瀏灕頓挫，獨出冠時。……昔者吳人張旭，善草書書帖，
數嘗於鄴縣見公孫大娘舞西河劍器，自此草書長進。豪蕩
感激，即公孫可知矣。〔註16〕

詩中云：

昔有佳人公孫氏，一舞劍器動四方。觀者如山色沮喪，天
地為之久低昂。　　如羿射九日落，矯如群帝驂龍翔。來
如雷霆收震怒，罷如江海凝清光。

另外，杜甫也曾在〈殿中楊監見示張旭草書圖〉用音樂圖畫來比擬張
旭草書的氣勢和形象〔註17〕，其詩云：

悲風生微綃，萬里起古色。鏘鏘鳴玉動，落落群松直。
連山蟠其間，溟漲與筆力。

而對於，書、畫、舞劍、藝術感通的現象，唐人張彥遠在《歷代名畫
記》也有記載：

開元中，將軍裴旻善舞劍道。道玄（吳道子）觀旻舞劍，
見出沒神怪，既畢，揮毫益進。時又有公孫大娘亦善舞劍
器，張旭見之，因為草書，杜甫歌行述其事。是知書畫之
藝，皆須意氣而成，亦非懦夫所能作也。〔註18〕

由此可見，杜甫之所以能「渾涵汪茫，千匯萬狀，兼古今而有之」〔註
19〕，實因詩人在藝術媒介中觸類旁通、轉益多師，既在盛唐文化藝
術氛圍中涵養薰陶，又推而出新創造另一新的審美風潮。

　　杜甫是詩人，然其對書法、繪畫、音樂、舞蹈之涉獵見聞頗廣，
各顯露於其詩作，於此不一一列舉。而杜甫對繪畫的見解則多見於其
題畫詩，論點精深，題材內容豐富，這也相當地反映盛唐詩畫藝術間

〔註16〕同註5，頁1815。
〔註17〕同註3，頁96。
〔註18〕見張彥遠《歷代名畫記》（卷九）（北京：京華出版社，2000年5月
　　　　第1版第1刷），頁72。
〔註19〕同註5，頁7，見宋祁《新唐書》杜甫本傳。

的互滲現象，也是盛唐文化藝術影響杜甫藝術修養的體現之一。

二、詩畫互涉的影響

　　雖然「詩畫一律」的論點一直要到北宋蘇軾才明白地提出，但事實上詩畫兩種藝術媒介的互相影響、滲透的狀況，在唐代已相當程度地顯現在詩畫家互動的社交現象上。

　　因為帝王的提倡，從太宗以至玄宗皆重文藝，尤其玄宗常於宴遊之時吟詩奏樂、時而作畫，因而民間詩畫家亦喜雅集往來、互相酬和。而唐代的詩人兼畫家者亦不少〔註20〕，且詩畫家雅集往來酬和時，與之所致談詩話藝必產生廣泛的交流與影響〔註21〕，因此唐代即有「詩畫相異論」、「詩畫共通論」等詩畫是否合論的意見。〔註22〕受到整個社會文藝風潮的催生，再加上詩人與畫家有著密切的接觸，因此詩與畫兩種藝術媒介，自然地也就產生了如孿生姊妹般密不可分的關聯了！

　　若再往前溯源，美學蓬勃發展的六朝除了建立起完整的文論，對畫論的探討亦是頗有建樹，而其中最為後人應用與討論的則是東晉顧愷之所提出的「以形寫神」以及謝赫六法。顧愷之說「四體妍蚩，本無關妙處，傳神寫照，正在阿堵中」〔註23〕，他是「人物畫論中正式標舉點睛要則，並以之為圖寫人物最首要的技法表現」〔註24〕之創論者，他在〈魏晉勝流畫贊〉中又說：

　　　　凡生人亡有手揖眼視而前亡所對者，以形寫神而空其實
　　　　對，荃生之用乖，傳神之趨失矣。空其實對則大失，對而

〔註20〕據曹愉生《唐代詩論與畫論之關係研究》（台北：文史哲出版社，1997年10月初版），頁69～79統計指出：唐代詩人兼畫家者約有二十多人（包括為帝為王者），較著名者如太宗、玄宗、王維、白居易、閻立本、鄭虔、杜牧……等人。

〔註21〕同上注，頁80～93。

〔註22〕同上注，頁95～122。

〔註23〕同注18，卷五，頁47。

〔註24〕見鄭毓瑜《六朝藝術理論中之審美觀研究》（國立台灣大學中國文學研究所博士論文，1990年5月）頁71。

不正則小失，不可不察也。一像之明昧，不若悟對之通神
也。〔註25〕

這確立了人物畫「以形寫神」之審美標準。陳華昌在《唐代詩與畫的
相關性研究》一書中探討〈唐代詩論與畫論的互相滲透〉此一主題，
他指出顧愷之提出「以形寫神」之畫論，而此一繪畫形神論後來逐漸
走進詩論，其影響即是驅使唐代詩人從形似的追求走出來，並進而往
神似的美學境界向上攀登。〔註26〕由於杜甫曾詩云：「醉裏從爲客，
詩成覺有神」〈獨酌成詩〉、「東閣觀梅動詩興，還如何遜在揚州」〈和
裴迪登蜀州東亭〉、「詩興不無神。」（〈寄張十二山人彪三十韻〉）、「蒼
茫興有神。」（〈上韋左相二十韻〉）。因此陳華昌認爲，杜甫聯繫了「神」
和「興」的概念，不但發展了詩論〔註27〕，也發展了畫論。〔註28〕
他指出杜甫評曹霸之畫馬有神、稱讚韋偃之畫松神妙……，即是將繪
畫中神似的理論，由人物畫擴展到畜獸、花鳥畫的表現。〔註29〕這也
就是說，杜甫詩的創作在唐代詩論與畫論互滲、互涉的影響下，不僅
僅只是被動地受影響，更在其作品中提出了詩人的新見。

　　如果前述無誤，那麼形神論是畫論走在詩論的前面，是由畫論影
響詩論的一個顯例；另外，在創作中強調「意」的表達則可能是詩論

〔註25〕見（唐）張彥遠《歷代名畫記》（台北：廣文書局，1971 年 6 月初版）
　　　　卷五，頁 182～183。（筆者按：本文所用之《歷代名畫記》，係有兩
　　　　版本，一爲台北：廣文書局，一爲北京：京華出版社，兩者互見，
　　　　後者乃多部歷代記、畫論的收錄本。）

〔註26〕參見陳華昌《唐代詩與畫的相關性研究》（陝西人民美術出版社，1993
　　　　年 4 月第 1 版第 1 刷），頁 6～8。

〔註27〕除同注 26，頁 11 陳華昌有此論述外，簡明勇也在《杜甫詩研究》（台
　　　　北：學海出版社，1984 年 3 月初版），頁 97～99 也指出：「杜甫的創
　　　　作，很憑『神』與『興』二個字」，並舉出詩句以佐證，如：「醉裏
　　　　從爲客，詩成覺有神」〈獨酌成詩〉、「東閣觀梅動詩興，還如何遜在
　　　　揚州」〈和裴迪登蜀州東亭〉、「草書何太苦，詩興不無神」〈寄張十
　　　　二山人彪三十韻〉……等。筆者以爲：杜詩中多首多處皆能顯現杜
　　　　甫對詩與「神」、「興」的關係之關注與聯繫。

〔註28〕同注 26，頁 11。

〔註29〕同注 26，頁 10～11。

（文論）走在畫論的前面，是由詩論（文論）影響畫論的另一例證。
〔註30〕孟子早說過詩要「以意逆志」，而陸機更是在〈文賦〉中開頭
即說：「余每觀才士之作，竊有以得其用心，夫放言遣詞，良多變矣。
妍蚩好惡，可得而知。每自屬文，尤見其情。恆患意不稱物、文不逮
意，蓋非知之難，能之難也。」〔註31〕其中強調文學創作需「意能稱
物」、「文能逮意」，即是強調作者的主體「意」在創作上的關鍵性。
至於畫論講究「意」，則要等到謝赫評顧愷之的畫作為三品說：「格體
精微，筆無妄下，但迹不逮意，聲過其實」〔註32〕，才以創作者心中
所欲表達之意象，與實際作品意象之表現的差距，來品評畫作，始具
有較高的論述水準。〔註33〕若從「文不逮意」及「迹不逮意」的敘述
方式及內容來看，筆者認為謝赫引陸機〈文賦〉的觀點來品評顧愷之
的畫作，應非穿鑿附會。其中著重創作者之「意」（意圖）是否能得
以在作品中充分表露、表達，作為作品成功與否的基準，兩者應是相
去不遠。因此若說創作強調「意」是由詩論（唐以前文論、詩論混談）
影響畫論，大抵也是可以成立的。而杜甫在〈丹青引贈曹將軍霸〉中
說：「意匠慘澹經營中」，即是認為在繪畫過程中對所畫之客體進行深
入的觀察研究，再經畫師主體的苦心慘澹經營（選擇、剪裁、組織、
重構），而構思出「既忠實於原型而又比原型更美的藝術形象」〔註
34〕，並具體地落實於畫面的表現，於是能達到「一洗萬古凡馬空」
的畫境。這呈現出詩人論畫強調畫家內在「意」的表達，而非僅求外
在形似之美而已；也是詩人論畫強調畫家骨、氣、神、境界的呈現，
而非著眼在畫作表面技巧之純熟而已。

〔註30〕同注 26，頁 5～50。
〔註31〕見蕭統編《文選》（台北：藝文印書館，1989 年 1 月 11 版），頁 245。
〔註32〕見謝赫《古畫品錄》，收於俞崑《中國畫論類編》（台北：華正書局，
　　　　1977 年年 10 月）中，頁 360。對於當時赫赫有名的顧愷之，強調「氣
　　　　韻生動」的謝赫不拘時俗評其為「迹不逮意」，即是認為顧愷之並不
　　　　能完全達到自己所追求的意境，故說他「聲過其實」。
〔註33〕同注 26，頁 30～33。
〔註34〕同注 26，頁 34。

　　大體來說，詩畫互涉的現象，是一股醞釀自六朝而風行於唐代社會的文藝潮流。至於帝國的繁榮、帝王的提倡，更是推波助瀾將其由潛流激湧爲濤。而詩畫互涉，形成了唐代詩畫兩種藝術媒介，不但在理論上互相滲透，更在形式上（如：詩畫之意境、形神問題、色彩運用與描寫），以及內容上（如：山水、花鳥……等表現題材），產生了或多或少之互相影響、融合的現象。〔註35〕杜甫生逢其時，儘管在資料考據上得知，詩人本身善於書〔註36〕而未善於畫，但由其題畫詩中我們可以看出，整個社會的文藝美學風潮、詩畫之互涉及藝友們之間的交流，對杜甫的繪畫審美觀實起著積極的影響作用。

三、藝友相從的影響

　　若從外在生活環境影響人的心理而言，人的心理發展可說是「取其於不可分割地交織在一起的個體環境和文化環境。」〔註37〕盛唐有容乃大之文化思想、藝術媒介之感通互涉，已具備涵養藝術家的充分條件，正如十六世紀義大利「高度文藝復興」（High Renaissance）時代，誕生了達文西（Leonardo da Vinci，1452〜1519）、米開朗基羅（Michelangelo Buonarroti，1475〜1564）與拉斐爾（Raffaello Santi Raphael，1483〜1520）……等偉大藝術家一樣〔註38〕，中國盛唐文化藝術氛圍，亦是催生藝術巨匠的時代。而其中值得注意的是：藝術家之間的相濡以沫、相互影響，他們對於創作與審美的集體意識，無

〔註35〕同注26，頁1〜4。
〔註36〕參見崔成宗〈杜詩與書法〉一文，收於陳師文華主編《杜甫與唐宋詩學——杜甫誕生一千二百九十周年國際學術研討會論文集》（台北：里仁書局，2003年6月），頁671〜692。
〔註37〕見葛魯嘉、陳若莉《文化環境與內心掙扎—荷妮的文化心理病理學》（台北：貓頭鷹出版，2000年11月初版），頁85。作者在頁64詮釋荷妮之「文化環境」與「個體環境」的意義爲：「文化環境，是特定社會中人們所普遍共有的，有時也被稱之爲文化因素、文化條件」；「個體環境，是個體出生後進入的具體環境，特別是所結成的人際關係，有時也被稱之爲個人經歷。」
〔註38〕參見E.H. Gombrich著，雨云譯《藝術的故事》（台北：聯經出版社，1997年9三版），頁287〜323。

可避免地會滲入任何一位善感的藝術心靈中。

　　杜甫與並世人物交遊廣泛，在現存杜集中有大量記錄〔註39〕，本文旨在析探杜甫題畫詩審美觀之成因，故著眼在詩人與書畫家的人際互動上，以此為觀察，何以杜甫以詩人之姿而能論賞書畫，並進而了解外在之個體環境與文化環境對詩人內在的影響。卡爾・榮格（Carl G. Jung）指出「意識內容會消失轉化為潛意識，而從未不曾被意識到的新內容，也可以由潛意識中發生。……潛意識不只是過去心靈經驗的貯藏所，也充滿了未來心靈處境與念頭的胚芽……」，而「天才的正字標記之一，便是有能力調整出容易感通這些材料的心緒狀態，同時將之有效轉譯為哲學、文學、音樂或科學上的發現。」〔註40〕

　　杜甫相與交遊的藝友，書家有李邕、賀知章、張旭、顧戒奢，詩人兼畫家者有王維，而詩書畫三絕者鄭虔則是杜甫的摯友，此六人是杜甫在長安所結識，其皆為開元天寶年間著名之書畫家。至於杜甫在成都相往來的有書畫家曹霸、善畫馬的韋偃及善畫山水樹石的王宰，而善書的李潮則是杜甫的外甥。〔註41〕

　　談起李邕，杜甫是頗為自豪的，他在〈奉贈韋左丞丈韻〉詩中云：「李邕求識面，王翰願為鄰。」據《法書考》所記載：

〔註39〕　參見陳師文華《杜甫傳記唐宋資料考辨》（台北：文史哲出版社，1987年11月初版），頁121。據李春坪《少陵新譜》的統計，杜甫交遊廣泛，姓名可考者凡171人，名不可考者也有174人。另楊承祖撰有《杜甫交遊考》，可資參考。

〔註40〕　見卡爾・榮格（Carl G. Jung）主編、龔卓君譯〈潛意識探微〉故於《人及其象徵——榮格思想精華的總結》（台北：立緒文化，1999年5月初版1刷），頁24～25。

〔註41〕　參見金啟華〈杜甫的藝術修養〉，收於《杜甫研究論文集》（二）輯（中華書局編輯出版，1963年9月北京1刷，原收於江海學刊1958年第5期），頁172～180。再參見楊國蘭《杜甫題畫詩研究》（中央大學中文研究所碩士論文，1990年6月），頁67～83。以上兩篇論文對於李邕、賀知章、張旭、顧戒奢、王維、鄭虔、曹霸、韋偃、王宰、李潮在當時的書畫成就與杜甫的友誼皆有概略介紹。另外關於「杜甫的交遊」之相關資料，亦可參見簡明勇《杜甫詩研究》（台北：學海出版社，1984年3月初版），頁64～137。

李邕，泰和江都人。唐評華嶽三峯，黃河九曲。邕初學變右軍行法，頓挫起伏，既得其妙，復乃擺脫舊習，筆力一新。李陽冰謂之書中仙手，文翰俱重于時，當時奉金帛求書前後所受鉅萬計，自古未有如此之盛也。〔註42〕

仇注引《唐書》本傳曰：「甫少貧不振，客齊趙間，李邕奇其才，先往見之。」〔註43〕李邕又稱李北海，是當時極具盛名的前輩書家，他讓自覺「脫略小時輩」的詩人建立起「結交皆老蒼」的自信，在其中肯定了自我。

杜甫一生至交有兩位，一位是嚴武，他對杜甫有知遇提擢之情〔註44〕；另一位則是玄宗稱之爲「詩書畫三絕」的鄭虔。〔註45〕在《歷代名畫記》卷九記載：

鄭虔高士也……開元二十五年，爲廣文館學士，飢窮轗軻，好琴酒篇咏。工山水，進獻詩篇及書畫。玄宗御筆題曰『鄭虔三絕』，與杜甫、李白爲詩酒友。〔註46〕

另外，《新唐書》（卷二百二）也有記載：

虔善圖山水，好書，常苦無紙，於是慈恩寺貯柿葉數屋，遂往日取葉肄書，歲久殆遍。嘗自寫其詩并畫以獻，帝大署其尾曰：「鄭虔三絕。」〔註47〕

〔註42〕見《法書考》卷一，收於《叢書集成續編》（台北：新文豐出版，1991年7月臺1版）第98冊，頁250。

〔註43〕同注5，頁75。

〔註44〕同注39，頁147～156。另按：杜甫在嚴武逝後寫了《哭嚴武僕射歸櫬》一詩云：「素慢隨流水，歸舟返舊京。老親如夙昔，部曲異平生。風送蛟龍匣，天長驃騎營。一哀三峽暮，遺後見君情。」頗能見嚴武對甫之知遇交情。

〔註45〕見戴麗珠《詩與畫》（台北：聯經出版社，1978年7月），頁12～13。作者認爲詩書畫三絕的稱法始見於唐玄宗讚美鄭虔。

〔註46〕同注18，頁75。

〔註47〕見歐陽修、宋祁撰《新唐書》（卷二百二），收於楊家駱主編《中國學術類編》（鼎文書局），頁5766。另同注42，《法書考》卷一記載鄭虔說：「家貧，於青龍寺拾柿葉學書，評云：風送雲收，霞催月上。」，頁255。

杜甫在〈醉時歌〉一詩中提到自己在長安時和鄭虔的情誼，其詩云：

> 杜陵野客人更嗤，被褐短窄鬢如絲。日糴太倉五升米，時
> 赴鄭老同襟期。得錢即相覓，沽酒不復疑。忘形到爾汝，
> 痛飲眞吾師。

據《杜甫年譜》指出：杜甫於天寶九年春（西元 750 年），三十九歲時，
「自東京復至長安，與廣文館博士鄭虔漸密。虔精通天文、地理、國
防要塞、音樂、藥理等學；能書，能畫，能詩，故有三絕之譽；又善
詼諧，善飲酒；杜甫客遇京師，貧至不能堪時，輒往尋之，於言談詼
諧間，得不少慰藉。」〔註 48〕詩人又在〈八哀詩〉中〈故著作郎貶台
州司戶滎陽鄭公虔〉一詩中憶及兩人在長安交遊時，詩云：「操紙終夕
醉，時物集暇想。」他在此詩中贊鄭虔云：「圭臬星經奧，蟲篆丹青廣。
子雲窺未通，方朔諧太枉。神翰顧不一，體變鍾兼兩。文傳天下口，
大字猶在牓。昔獻書畫圖，新詩亦俱佳。滄洲動玉階，寡鶴誤一響。
三絕自御題，四方尤所仰。」可見杜甫對鄭虔的贊賞及評價是極高的。
而詩人也爲鄭虔因「祿山授以僞水部員外郎，國家收復，貶台州司戶」
〔註 49〕一事大抱不平，於是在〈八哀詩‧故著作郎貶台州司戶滎陽鄭
公虔〉詩中云：「反覆歸聖朝，點染無滌盪。老蒙台州掾，迴泛浙江
槳。覆穿四明雪，饑拾猶溪橡。」〔註 50〕可見杜甫對聖恩難測，仕途
之寵與貶，有著錯綜複雜感同身受的情緒。杜甫與自身的際遇相似的
朋友尤能相應，且更能發生同情的呼聲，在〈有懷台州鄭十八司戶〉
一詩中即云：「昔如水上鷗，今爲罝中兔。性命由他人，悲辛但狂顧。」
充分表露出才命不相稱的人己同理情感。這種「吾意獨憐才」〔註 51〕

〔註 48〕見《杜甫年譜》（台北：學海出版社，1981 年 9 月再版），頁 47。
〔註 49〕同注 18，頁 75。
〔註 50〕杜甫詩中念及鄭虔的尚有〈戲間鄭廣文兼呈蘇可業〉、〈送鄭十八虔
　　　　貶台州司戶〉、〈題鄭十八著作丈故居〉、〈有懷台州鄭十八司戶〉、〈所
　　　　思〉、〈哭台州鄭司戶蘇少監〉等詩。詩人在〈哭台州鄭司戶蘇少監〉
　　　　直言：「故舊誰憐我，平生鄭與蘇。」可見其交情。
〔註 51〕參見汪師中《杜甫》（台北：國家出版社，1982 年 5 月），頁 131～
　　　　151。所引「吾意獨憐才」詩句出自杜詩〈不見〉，本僅指詩人對李

的同理情感也在詩人與曹霸的詩中清晰可見，〈存歿口號二首〉其二詩云：

> 鄭公粉繪隨長夜，曹霸丹青已白頭。
> 天下何曾有山水，人間不解重驊騮。

杜甫在〈丹青引〉〔註52〕詩云：「將軍魏武之子孫，於今為庶為清門。」又云：

> 將軍善畫蓋有神，偶逢佳士亦寫眞。
> 即今飄泊干戈際，屢貌尋常行路人。
> 途窮反遭俗眼白，世上未有如公貧。
> 但見古來盛名下，終日坎壈終其身。

清人翁方綱評〈丹青引〉為「古今七言詩第一壓卷之作」（見《小石帆亭著錄一》），浦起龍於《讀杜心解》則謂此詩曰：「自來注家只解作題畫，不知詩意卻是感遇也。」《文心雕龍・體性篇》指出：「吐納英華，莫非情性」，〈明詩篇〉又說：「詩者，持也，持人情性」，梁啓超更以「情聖」稱號杜甫。〔註53〕多情的詩人，善感的靈魂，透過了他獨特的心靈感受，傳達出普遍人性至眞至誠的時代之感與人際之情，勾勒出自己和群體共同的缺憾，形成苦澀的美感，吟詠出藝術家才命相妨深沉的心聲，這樣內在眞摯的情感，在杜甫賞畫、論畫、題

白惜才之意，而汪師在《杜甫》一書中，則以此詩句為專章，論述杜甫對才不為君用之懷才不遇者，如對李白、鄭虔、曹霸……等人的人我同理之情感特質，本論文以下引此詩句者，皆指涉杜甫此種情感意涵，不再另加註解。

〔註52〕同註48，頁171指出：〈丹青引〉作於廣德二年，當時杜甫五十三歲，對三國曹門舊族的曹霸今昔境遇的對照，頗能感同身受。

〔註53〕見梁啓超〈情聖杜甫〉一文，收於《杜甫研究論文集》（北京：北京：中華書局出版，1962年12月1版1刷）一輯，頁2。梁啓超論杜甫說：「杜工部被後人上他徽號叫做『詩聖』。詩怎麼樣纔算『聖』，標準很難確定，我們也不必輕易附和。我以為工部最少可以當得情聖的徽號，因為他的情感內容，是極豐富的，極眞實的，極深刻的。他表情的方法又極熟練，能鞭辟到最深處，能將他全部反映不走樣子，能像電氣一般一振一盪的打到別人的心絃上。中國文學界的寫情聖手，沒有人比得上他，所以我叫他做情聖。」

畫之際，也表露無遺的。

　　國家的興與衰，社會的繁華與動盪，藝友際遇的起與伏，都觸動著杜甫深層的意識。另一面，藝友專擅的藝術符號形式當然也影響著詩人的繪畫審美觀。杜甫的畫家朋友大都赫赫有名，如王維即是中國山水南宗之祖〔註54〕，鄭虔、王宰、韋偃、曹霸也都是名家，鄭昶在《中國畫學全史》裏論及：

> 王維之破墨遂爲當時士夫所重，卒以成爲我國文人畫之祖。同時有盧鴻、鄭虔亦以高人逸士而興水墨淡彩之畫風，與王維共揚此時代新思想之波也。……山水之外，若曹霸、韓幹、韋偃之畫馬，皆著名於時。〔註55〕

由此可見，杜甫在其所作賞畫、論畫、題畫之詩，篇篇皆非泛論，而是有其根砥及深厚的理論基礎，其所反映出的藝術審美判準，實來自其涵養於盛唐渾厚多元的文藝氛圍氣象。而詩、書、畫、音樂、舞蹈空前的蓬勃發展，更讓文藝大家得以互相觀摩、互相影響、互相融通而得以創造新的表現形式，這可說是盛唐詩人得天獨厚的創作溫床了！

　　此外，值得一提的是：題詩的風氣在盛唐詩壇已開，從大家耳熟能詳的李白之見崔顥〈黃鶴樓〉詩，而曰：「眼前有景道不得，崔顥題詩在上頭。」其後太白又以同韻〈登金陵鳳凰臺歌〉來與之互別苗頭，可見題詩是爲唐詩人彼此對話流通的傳播方式之一，而杜甫在題賞論畫之時，當亦受此唐人題寫意識風潮影響，而有傳詩存詩、以詩傳畫存畫的題寫意義，而這種題寫意識也直接影響了宋人大量題詩的流行，此亦可視爲是詩友相從相承對創作意識的影響。

〔註54〕王維是詩人兼畫家，也是杜甫的朋友，這從杜甫寫給王維的詩〈奉贈王中允維〉中云：「中允聲名久，如今契闊深」可以得知。又同注48，頁94～95，《杜甫年譜》指出：乾元元年，甫四十七歲，「仍在左拾遺職，時與中書舍人賈至，太子中允王維，右捕闕岑參，京兆少尹兼御史中丞嚴武並肩出入，互相唱和。」亦可參見朱偰《杜少陵先生評傳》（台北：東昇出版，1980年4月初版），頁93～94，此中亦論及杜甫和王維的關係。

〔註55〕見鄭昶《中國畫學全史》（台灣中華書局印行），頁124～126。

第二節　詩人心靈意識的映照

　　杜甫其人其詩的研究，自宋人推戴其為三百年詩人之冠後〔註56〕，在中國古典專家詩研究中蔚然成流。杜甫的人格、情感以至於更隱微的心靈意識，讀者是透過詩作的解讀與詮釋，而不斷地賦予詩人完整的面貌或新的面貌，並由此注入讀者的生命意識於詩人的生命意識之中，形成了讀者解讀杜詩再創造的生命力。〔註57〕

　　劉昫在《舊唐書・文苑本傳》中評論詩人曰：

> 武與甫世舊，待遇甚隆。甫性褊躁，無器度，恃恩放姿，嘗憑醉登武之牀，瞪視武曰：「嚴挺之乃有此兒！」武雖急暴，不以為忤。甫於成都浣花里種竹植樹，結廬枕江，縱酒嘯詠，與田夫野老相狎蕩，無拘檢。嚴武過之，有時不冠，其傲誕如此。〔註58〕

這裏我們看到一個恍似魏晉不拘儀節放浪形骸的狂士形象，而劉昫所認為杜甫對嚴武之傲誕無狀，卻和杜甫在予嚴武諸多詩作中呈現之眷戀顧念大相逕庭〔註59〕，這可能是因為杜甫與嚴武之間摯友深與的情誼，並非外人可以理解所致。但「狂」的人格特質，杜甫自不避諱，而與杜甫同時的任華，亦對詩人這種狂士形象有生動的描寫，其〈寄杜拾遺〉即云：

> 昔在帝城中，盛名君一個。……郎官叢裏作狂歌，丞相閣中常醉臥。……如今避地錦城隅，幕下英僚每日相隨提玉壺。半醉起舞抒髭鬚，乍低乍昂傍若無。古人制禮但為防

〔註56〕參見陳師文華《杜甫傳記唐宋資料考辨》（台北：文史哲出版社，1987年11月初版）頁263～282。文中對杜甫在唐宋兩代地位的升降，及宋人之所以推戴杜甫成為「詩聖」的文化背景均有資料搜羅及思考辯證，相當具有研究參考價值。

〔註57〕蔡振念《杜詩唐宋接受史》（台北：五南圖書，2002年2月1版1刷）一書即是以「接受美學理論」來詮釋唐宋對杜詩的接受態度，參見頁3～25。

〔註58〕見仇兆鰲《杜詩評注》（台北：里仁書局，1980年7月），頁3～4。

〔註59〕現存杜詩中，題目明白標明為嚴武所作之詩，共有二十七首，而內容提到嚴武的，尚另有兩首，可見其眷戀顧念。

俗士，豈得爲君設之乎？〔註60〕

其中所述杜甫目中無人的醉態狂態，比對於杜甫在〈飲中八仙歌〉中所描寫者，眞可謂是盛唐名士狂放之風的體現。由於杜甫肯定「狂」的人格特質，當然也就不否認自己的「狂」，其在〈壯遊〉詩中云：

放蕩齊趙間，裘馬頗清狂。

在〈狂夫〉詩中云：

欲塡溝壑唯疏放，自笑狂夫老更狂。

而由上述可知，杜甫的「狂」，除了史有明文外〔註61〕，杜甫對於自己性格中狂放的部分，是自覺自豪的。詩人在其現存杜詩裏多處出現「狂」字，在〈狂夫〉一詩中並以第一人稱表露自己，在〈遣悶戲呈路十九曹長〉一詩中則說：「唯君最愛清狂客，百遍相過意未闌。」仇兆鰲注「清狂客」三字說：「曠懷豪性，兼而有之，公之自命甚高。」〔註62〕可見，這「狂」的內涵不僅僅是放蕩不羈而已，更是一種不流於時俗的孤高放曠。〔註63〕但這個潛藏在杜甫自我深層的「狂」，卻在後人以「聖」的聚光燈照耀下，較不爲清晰認識到其形成詩人詩風之內在仕隱交錯作用的一面。

宋祁在《新唐書》中評論杜甫說：

甫放曠不自檢，好論天下大事，高而不切。少與李白齊名，時號李杜。嘗從白及高適過汴州，酒酣登吹臺，慷慨懷古，人莫測也。數嘗寇亂，挺節無所汙，爲歌詩，傷時橈弱，情不忘君，人憐其忠云。〔註64〕

陳師文華認爲宋祁指出「數嘗寇亂，挺節無所汙，爲歌詩，傷時橈弱，

〔註60〕見《全唐詩》卷260，收於《四庫全書薈要》（台北：世界書局）第87冊，頁223。

〔註61〕《舊唐書》、《新唐書》對杜甫的「狂」皆所記載。參見丁公誼〈論杜甫之「狂」〉，本文收於蔣寅、張伯偉主編《中國詩學》（北京：人民文學出版社，2002年6月第一版第一刷），頁110～111。

〔註62〕同注58，頁1602。

〔註63〕同注61，頁110～118。

〔註64〕同注58，頁7。

情不忘君，人憐其忠云」一段是「揭開對杜甫思想討論的序幕」，而
蘇軾「若夫發於情、止於忠孝者，其詩豈可同日而語哉！古今詩人眾
矣，而杜子美為首，豈非以其流落饑寒，終身不用，而一飯未嘗忘君
也歟。」則依著《新唐書》的思路，奠定了杜甫為詩人中之儒家代表
者的地位。〔註65〕當然，這「一飯未嘗忘君」的儒者桂冠，也不是無
端地加諸詩人頭上的，杜甫的政治抱負是「致君堯舜上，再使風俗
淳」，而〈自京赴奉先縣詠懷五百字〉則深切地表達了自己「終愧巢
與由，未能易其節」之如「葵藿傾太陽」般的儒家抉擇。

　　但理想和現實有極大的差距，杜甫之狂者「自我」與儒者「理想
我」面對政治現實時，往往產生許多內在的衝突和矛盾；而「朝扣富
兒門，暮隨肥馬塵。殘杯與冷炙，到處潛悲辛」（〈奉贈韋左丞丈二十
二韻〉）及「入門聞號咷，幼子饑已卒」的身心貶損悲痛，更讓詩人
深切體驗到「朱門酒肉臭，路有凍死骨」（〈自京奉先縣詠懷五百字〉）
的黎民苦難，這種有志難伸、懷才不遇卻又「獨恥事干謁，兀兀遂至
今」（〈自京赴先縣詠懷五百字〉）的「君子固窮」節操，在尊儒的宋
代受到推崇〔註66〕，從時代的背景看來，對宋人是具有確立典範的意
義。〔註67〕

〔註65〕同注56，頁203～217。
〔註66〕傅樂成指出：「從北宋起，儒學支配中國的政治動向及社會人心垂千
　　　　年之久，其尊崇與強固，較兩漢猶有過之。」又說：「宋儒因專講修
　　　　養，砥礪名節，有『餓死事小，失節事大』之說。」參見傅樂成〈唐
　　　　型文化與宋型文化〉收於《漢唐史論集》（台北：聯經出版，1984年
　　　　9月第3次印刷）頁372～373及頁379。又同注56，陳師文華於頁
　　　　266也說：「因為廣受儒家思潮的引導，杜甫到了宋代，才被正式定
　　　　位為儒家的一分子；因為深受砥礪名節的要求，杜甫眷愛忠藎的言
　　　　行，也才被宋人所深切注意；因為杜甫具備了更多宋人所喜愛的特
　　　　質，所以他才在眾多的詩人中，備受推崇……。」由此更可明，杜
　　　　甫之歷史地位的完成，實基於作者與讀者的雙重努力。
〔註67〕參見徐國能〈攻杜隅論〉及林淑貞〈蔡夢弼草堂詩話所建構的宋人
　　　　論杜視域及其美感思維〉，收於陳師文華主編《杜甫與唐宋詩學——
　　　　——杜甫誕生一千二百九十年國際學術研討會論文集》（台北：里
　　　　仁書局，2003年6月），頁585～604及頁715～738。徐國能在〈攻

　　如前所述，杜甫的儒聖品格，因宋人之定位而歷來論述者大多採此說，但對詩人性格中狂放的一面，亦較常爲儒聖的光環光彩所奪，而受到有意無意的隱匿。本文將試著另以詩人之爲詩人的心靈意識，論述杜甫狂者與儒者、自我與理想我、仕與隱之內在矛盾衝突，對應外在現實與理想之矛盾衝突，以建構杜甫「飄飄何所似，天地一沙鷗」的獨立蒼茫之詩人形象。並以此觀察杜甫在題畫詩中見畫所起之自我身世感興，及了解杜甫審美觀與社會審美觀有所異同的審美心理基礎。

　　王國維說：「古今成大事業者、大學問者，必經過三種之境界：『昨夜西風凋碧樹。獨上高樓，望盡天涯路』，此第一境也。『衣帶漸寬終不悔，爲伊消得人憔悴』，此第二境也。『眾裡尋他千百度，回頭驀見，那人正在，燈火闌珊處』，此第三境也。」〔註68〕杜甫之爲大詩人，其心靈意識必也千迴百轉，非短短數語而可言盡。本文

子偶論〉一文，頁 587 指出：相對於崇杜的意見，歷代亦有反杜的意見。頁 587 作者又指出除《舊唐書》評杜甫「褊躁」、「無器度」、「傲誕」之外，頁 588 引明人安磐《頤山詩話》品評杜甫人格説：「杜子美〈贈韋左丞丈〉中頗自負，云：讀書破萬卷，下筆如有神，……繼之曰：自謂頗挺出，立登要路津，致君堯舜上，再使風俗淳。不知子美以上所云辭賦，足以致君歟？末云：朝扣富兒門，暮隨肥馬塵，殘杯與冷炙，到處潛悲辛。衰颯不振，致君堯舜者，恐不如此也。今人以爲出於子美便不敢雌黃，亦過矣。」安磐此段話乃質疑杜甫其實是個無實功卻好發大言的人，且批評世人逢杜即不敢批評的現象。而林淑貞於〈蔡夢弼草堂詩話所建構的宋人論杜視域及其美感思維〉一文，頁 720 指出：「杜詩所圖構出來的詩中意象是被杜甫所建構出來的」，而「宋人考察杜甫生平，企圖勾勒杜甫生平行跡，並嘗試從其詩中建構的歷史場域去追溯歷史的眞實，往往受囿於其詩中所圖繪出來的意象，事實上，不論是歷史或是詩中意象皆是被建構出來的，但是，宋人仍在其中不斷地探尋、挖掘，莫不是要尋找一個最貼合杜甫的詮釋……。」以上二段引述，皆可以視爲現今對杜甫其人其詩的研究，應可不必一味遵從宋人崇杜的思維之路徑，而回歸到公允的文學批評上。

〔註68〕見馬自毅注譯《新譯人間詞話》（台北：三民書局，1994 年 3 月）頁 56～57。

因意欲由杜甫之深層審美心理，觀照其審美標準、審美評價，故僅取其反映在審美觀上的心識衝突與抉擇作一簡略概說，以「終愧巢由未易節」、「獨立蒼茫自詠詩」、「不廢江河萬古流」三主題，作為其心路三歷程，並論述在此三歷程中，其詩歌所反映之生命中理想與現實的衝突、人我同病的千古孤獨以及寄託詩藝以成就生命的終極精神自由與釋放。

一、衝突與抉擇──終愧巢由未易節

　　日人厨川白村說：「鐵石相擊，迸出火花；激流岩石相衝擊，飛濺出水花，產生了彩虹。同樣的，惟有兩種力相衝突，才能展現出華麗的人生，一如萬花筒中所幻現的各種圖案。」〔註69〕由此文藝是「人類嚴肅而沉痛的苦悶象徵」，而偉大的藝術作品其實是反應了作家自己的心靈深處。〔註70〕如前所言，杜甫之為詩人中儒者之代表，乃基於杜甫家傳之儒家政治理想，以及宋人依杜詩表現的愛國憂民、君子固窮的儒家精神而加以定位的。但我們若不刻意忽略，詩人求仕經世致用的受挫，確曾衝擊他的內心，令他質疑「奉儒守官」的意義是什麼？所以有如下的詩句：

> 紈袴不餓死，儒冠多誤身。（〈奉贈韋左丞丈二十二韻〉）
> 儒術於我何有哉？孔丘盜跖俱塵埃！（〈醉時歌〉）

除了現實體驗令詩人心嚮往之的儒家價值不再至高無上，盛唐風行的佛道思想，對杜甫也產生了影響〔註71〕，而普遍的功利主義，士大夫

〔註69〕見厨川白村著、林文瑞譯《苦悶的象徵》（台北：志文出版社，1999年8月再版），頁5。

〔註70〕同上注，頁19～36。另外黃永武也說：「詩是作者內心的反映，是心的投影」，見黃永武《中國詩學──鑑賞篇》（台北：巨流圖書，1988年11月一版九印），頁256。

〔註71〕參見杜曉勤〈試論杜甫的個體生命意識〉（貴州文史叢刊，1995年2期總61期），頁55～59。作者認為「江海之志」、「獨往之顧」是杜甫對個體生命意識的體認和追求，與「致君堯舜」共同組成了一個完整的人生價值體系。而「獨往之願」，來源於道家、道教和佛教三大文化思潮。

的好干謁競進〔註72〕，讓體驗「朝扣富兒門，暮隨肥馬塵」（〈奉贈韋左丞丈二十二韻〉）的詩人，在長安期間歷經殘杯冷炙的求仕生涯，終而膺懷「自先君恕、預以降，奉儒守官，未墜素業」（〈進鵰賦表〉）的詩人，亦不免要發出如：

> 平生獨往願，惆悵年半百。罷官亦由人，何事拘形役。（〈立秋後題〉）

> 細推物理須行樂，何用浮名絆此身。（〈曲江二首〉之一）

這種「既自以心爲形役，奚惆悵而獨悲」（陶潛〈歸去來辭〉）的退隱念頭，加上「獨往之願」，乃莊子所說：「江海之士，山谷之人，輕天地、細萬物而獨往」的道家思想，對於杜甫這種心志，王嗣奭認爲：「余謂此詩（〈立秋後題〉），乃公轉念以後一味有高蹈志矣。」〔註73〕

　　杜甫的童年養成教育是儒家忠君愛民的思想，這從〈進雕賦表〉及在〈祭遠祖當陽君父〉中說：「小子築室首陽之下，不敢忘本，不敢違仁」可以得見。但杜甫的本性裏卻有「狂放」的一面，他在〈壯遊〉一詩裏自道：

> 性豪業嗜酒，嫉惡懷剛腸。脫落小時輩，結交皆老蒼。

> 飲酣視八極，俗物多茫茫。

因而我們可以看出，杜甫的內在其實是有兩種力在互相衝激著的。〔註74〕廚川白村說：「一方面內部有湧起的表現個性的慾望，相對地，外面也有社會生活的束縛強制著。」接著又說：「人類本身就已經具備兩種矛盾的要求，例如：我們有要求完全個人生活的慾望，同時爲了要做社會的存在物（Social being），所以又要和家庭、社會、國家等

〔註72〕參見傅樂成〈唐人的生活〉，收於《唐漢史論集》（台北：聯經出版，1984 年 9 月第 3 次印刷），頁 117。作者指出：「唐代兩種特殊的社會風氣，即功利主義和胡化。」而唐代士大夫好干謁競進即與功利主義有關。

〔註73〕同注 58，頁 544。

〔註74〕參見崔際銀〈杜甫處世爲人特徵論略〉（河北學刊第 21 卷第 2 期 2001年 3 月），頁 40～43。文中作者認爲杜甫的處世爲人有兩個特徵，一爲矛盾兩難，一爲有心無力。

協調進行的慾望；一方面有要自由地滿足本能的慾求，同時因爲個人是道德的存在物（moral being），所以又要壓抑這本能的慾求。雖不想被外部的法則或傳統所束縛，而自己的道德卻常抑制、約束自己的要求，在這兩者之間掙扎的便是人類。」〔註75〕

杜甫在〈自京赴奉先縣詠懷五百字〉一詩中，充分地顯露了內在隱與仕的矛盾，生性的不羈與理想的執著之間的拉鋸衝突，詩首云：

　　杜陵有布衣，老大意轉拙。許身一何愚，竊比稷與契。
　　居然成濩落，白首甘契濶。蓋棺事則已，此志常覬豁。
　　窮年憂黎元，嘆息腸內熱。取笑同學翁，浩歌彌激烈。
　　非無江海志，瀟灑送日月，生逢堯舜君，不忍便永訣。
　　當今廊廟具，構廈豈云缺？葵霍傾太陽，物性固難奪！
　　顧惟螻蟻輩，但自求其穴；胡爲慕大鯨，輒擬偃溟渤？
　　以茲誤生理，獨恥事干謁，兀兀遂至今，忍爲塵埃沒！
　　終愧巢與由，未能易其節。沉飲聊自遣，放歌破愁絕。

此詩作於天寶十四年，杜甫四十四歲時〔註76〕，詩人「比稷契」與「江海志」、「憂黎元」與「恥干謁」即是理想道德對自我的要求、以及生性要求自由釋放的欲求之互相衝突，而此時杜甫對自我的了解仍然趨向於儒家經世致用的價值取向，卻步入仇兆鰲所說：「既不能出圖堯舜，又不得退作巢由，亦空負稷契初願矣。居廊廟者，如螻蟻擬黠，公深恥而屑干。遊江海者，若雖愧不肯受」〔註77〕之矛盾兩難情境。

杜甫的矛盾兩難情境，來自於家族儒學傳統教育童年養成和自我對山林生活自由之嚮往相抵觸；儒家理想人格的追求及價值取向〔註

〔註75〕同注69，頁9及頁11。
〔註76〕參見《杜甫年譜》（台北：學海出版社，1981年9月再版），頁65～70。天寶十四年十月，玄宗與貴妃等人在山上華清池度其奢蕩無檢之歲月，而十一月，安祿山即以十五萬人反於范陽，引兵南下，攻陷河北諸郡，唐因此亂而由盛轉衰。
〔註77〕同注58，頁266。
〔註78〕參見韋政通〈傳統中國理想人格的分析〉及文崇一〈從價值取向談中國國民性〉兩篇論文，收於李亦園、楊國樞編《中國人的性格——科際綜合性的討論》（中央研究院民族學研究所專刊乙種第四號，

78〕，總在詩人的心靈深處呼喚著他〔註 79〕，以致詩人總在入世與出世之間舉棋不定，他在〈北征〉一詩中云：

菊垂今秋花，石帶古車轍。青雲動高興，幽事亦可悦。
山果多瑣細，羅生雜橡粟。或紅如丹砂，或黑如點漆。
雨露之所濡，甘苦齊結實。緬思桃源内，益歎身世拙。

「動高興」乃動高人之興，即興起隱居山林的念頭，眼中所見形形色色的山果草木，皆能受到大自然雨露均霑而自由生長，此時詩人頓生嚮往之心。然而儘管身在桃源之中，内在理想人格（實踐仁者）的呼喚，卻使詩人更加感歎自己進退兩難的「拙」了！

杜甫終究選擇了入世一途，他選擇以超乎利害關係〔註 80〕的詩

1972 年 7 月）頁 1～36 及 47～78。上述兩篇論文皆觸及儒家傳統教育所構成的理想人格、價值體系均深深地影響著中國人的性格。

〔註 79〕同注 78，頁 97，見朱岑樓〈從社會個人與文化的關係論中國人性格的恥感取向〉指出：儒家理想人格一旦爲自我所認同，内化爲超我之後，「其超我的壓制功能類似父母的管制功能，超我的命令便成爲心靈深處父母的呼喚。」另筆者按：弗洛伊德將人的心理分爲本我（id）、自我（ego）、超我（superego）三部分，並認爲美和藝術的根源不在外在的世界，而是來自人内在的力比多（libido）。而弗洛伊德這種本我之性的内驅力與超我的衝突，非本文所指入世與出世的衝突。

〔註 80〕王抗敵在其〈對杜甫人格的異議〉（中國古代、近代文學研究，1984第 5 期，頁 71～76）一文中指出杜甫儘管標榜自己『以茲悟生理，獨恥事干謁』，但卻爲謀求利祿，奔走求救於權貴之門（見其頁 71～72）。作者認爲杜甫一面深刻揭露封建社會的黑暗，一面又向達官貴人投遞詩篇，以求薦拔，此可見其人格的兩面性。另外作者認爲杜甫仕與隱的矛盾始終存在，杜甫棄官是嫌官小，與陶潛的不爲五斗米折腰不同。針對作者上述兩點對杜甫人格的異議，筆者淺見如下：唐代士人干謁求仕之功利風氣極盛，杜甫處於其當代時空之下，揹著「奉儒守官」的家族使命，自難外於時代風氣種種現象。由此我們反而可以觀察到一個在穩固的社會機制下，一方面爲求仕而奔走於權貴之門，一方面卻又察覺到政治場域之現實與腐化黑暗的痛苦心靈。再者詩篇中呈現出詩人内在仕與隱的矛盾與衝突，更可見其心靈意識的流動與變化，此即是杜甫之所以爲杜甫的原因了。「詩聖」、「詩史」是後人賦予詩人的桂冠，詩人詩云：「沉飲聊自遣，放歌破愁絕。」可見杜甫藉詩與酒遣興抒情的本懷了！我們可以說杜

歌創作去憂國憂君憂民，「放歌破愁絕」的詩人漸漸地察覺到官場的不適合自己，但「驅蒼生於仁壽之域，反淳樸於羲皇之上」（〈華州試進士策問〉）、「致君堯舜上，再使風俗淳」（〈奉贈韋左丞丈二十韻〉）、「致君唐虞際，淳朴憶大庭」（〈同元使君春陵行〉）之儒家民胞物與的使命感，仍然趨動著他用詩歌實現理想抱負。因此，詩歌創作可以說是他在兩難衝突之間，尋找自由獨立的生存方式以及澎湃洶湧的情感出口之最終歸宿。

二、孤獨與觀照──獨立蒼茫自詠詩

　　高行健說：「文學創作本是一種孤獨的事業」〔註81〕，而何懷碩也說：「偉大的藝術心靈是人的意義的探索者，孤獨而崇高。……人類不甘天地造物之不仁，此生也不願草草苟活，所以追索世界與人的意義。深入人生內核，感受共同的孤獨與痛苦；而超出其外，以悲憫的靜觀，表現藝術家之思感。藝術心靈實則為終極關懷的哲學心靈，我與眾生同悲憫的人道心靈，在聲音色相中發現精神價值的美學心靈，藉狂歌吶喊與絮絮低吟來寄洩生命的抑鬱，表達人生之體驗的詩心。」〔註82〕此二語引來詮釋杜甫在〈樂遊園歌〉中詩云：「此身欲

　　　甫沒有現實感，在政治生涯、經濟生活上都是如此，至少「詩聖」
　　　與「詩史」的封號，皆是對詮釋者的意義大於對杜甫本人。在杜甫
　　　一生中，詩歌創作是他生存的方式，也是記錄他心靈圖象的過程，
　　　所以說是「超乎利害關係的」。何其幸，他的詩作被大量流傳下來，
　　　也歷經千餘年來人們的詮釋與解讀。「聖」對杜甫當時的身命生存境
　　　遇之變與不變而言，根本地說是沒有意義，意義大多來自後人需要
　　　典範，需要情感共鳴及依歸。故攻杜者之所論，與其說是對杜甫人
　　　格的異議，不如說是對後人把杜甫詩人聖人化的異議吧！
〔註81〕語出高行健〈我主張一種冷的文學〉，收於《沒有主義》（香港：天
　　　地圖書，2000年3版），頁20。氏者指出：「文學創作本是一種孤獨
　　　的事業……作家只有作為獨立不移的個人，不隸屬於某種政見集
　　　團和運動，才能贏得徹底的自由。」也就是說，作家從事文學創作，
　　　首先要能自甘寂寞、自得其樂。
〔註82〕見何懷碩〈孤獨的滋味〉，收於菲利浦・科克（Philip Koch）著，梁
　　　永安譯《孤獨》（台北：立緒文化，2001年2月初版6刷）一書中文

罷無歸處，獨立蒼茫自詠詩」，真是古今相映，「藝術心靈」和「孤獨靈魂」的情感共振。

因此，孤獨未必只能指涉負面精神意涵，孤獨對一個追求自由的人卻可能是必要的。亨利·梭羅在《湖濱散記》中這麼說：「是的，這種不同於常人的生活方式完全是一種大膽的實驗；我沒有沽名釣譽的念頭，只是想嘗試暫離那個充滿是非恩怨的功利社會，重新檢視一下自我存在的價值。」〔註83〕而高行健則認為在藝術創作時，孤獨和靜觀是有所聯繫的，他說：「我以為繪畫恰恰是對自我的超越，一雙冷眼，抽身觀審。惹奈把這種境界稱之為孤獨感。我從東方人的感受出發，不妨說是靜觀。」〔註84〕亨利·梭羅離群索居的目的是希望體驗到在孤獨中離俗的自由自在；而高行健則將孤獨感超越，形成自我觀照的境界。因而我們可以如此說：「孤獨」一語聽來似乎是淒涼寂寞、自我封閉、隔絕疏離的生活狀態，但所謂真正的「孤獨」，卻又是最不孤單的。〔註85〕因為孤獨才得以觀照，並從中察覺自我；因為

版序文之一，頁7。另方瑜指出〈樂遊園歌〉結尾四句詩語，若解以「被人間現實政治中心擯斥於外的杜甫，肯定了自然界（皇天）中萬物皆能有生的恩澤，因而在不知歸處的絕望處境下，雖然獨立蒼茫，卻能以一己詩歌創作的滿足，超越現實的寂寞與內心的傷痛。」則「蒼茫」一語固然有茫不可知的境況之意涵，流露了強烈的寂寞、孤獨感，但這也呈現了在現實世界之外，詩人冀盼（自覺）以詩歌為人生歸依的創作者之路。見氏著〈寂寞與超越──試論杜甫長安遊詩四首〉，收於《第一屆國際唐代學術會議論文集》（台北：台灣學生書局，1989年2月初版），頁83。

〔註83〕見亨利·梭羅著，陳柏蒼譯《湖濱散記》（台北：高寶國際有限公司，1998年3月第1版第1刷），頁114～115。

〔註84〕同注81，頁288。

〔註85〕同注82，頁4～5。文中菲利浦·科克引拜倫的詩歌《哈羅德公子訪勝記》：「在孤獨中，激起感情萬千，在孤獨中，我們最不孤單。」他並認為孤獨的價值與功能乃在於使人得以自由、回歸自我、契入自然、反省及創造。（頁138～183）該書對「孤獨」有多層面深入的探討，並引述古今中外關於論述孤獨主題的話題，旨在說明人生中孤獨有其必要性。筆者按：以上之所以引用高行健、何懷碩、亨利·梭羅、拜倫……等人對「孤獨」的詮釋，是想要烘托出「因為孤獨

孤獨才得以釋放，自由穿透於物我之間而渾然忘我於天地之間。

　　當我們釐清「孤獨」並非僅是淒涼之負面意義後，我們才能正面地去觀察孤獨感對杜甫在詩創作的觀照層次。更何況孤獨之感並非只杜甫一人僅有，陳子昂的〈登幽州台歌〉：「前不見古人，後不見來者。念天地之悠悠，獨愴然而涕下！」不正反映了自來藝術心靈於悠邈的宇宙之中油然而生的孤獨；而李白〈月下獨酌〉：「花間一壺酒，獨酌無相親。舉杯邀明月，對影成三人。月既不解飲，影徒隨我身。暫伴月將影，行樂須及春。我歌月徘徊，我舞影零亂。醒時同交歡，醉後各分散。永結無情遊，相期邈雲漢。」也表白在詩仙放曠瀟灑及時行樂的心境之中，尚有形單影隻取酒獨傾，進而邀月、影相伴，卻在醉飲歌舞之際，仍有擺脫不去之孤獨的內在獨白。因而，在詩歌中抒發孤獨之感的，杜甫並非特例。但是，杜甫反映個人孤獨感傷時，是「將自我與社會構成了一個同呼吸命運的統一體，悲己之時有傷時，傷時之中又悲己，增加了作品的真實感和悲劇感」〔註86〕，因而杜甫的作品既是表現其獨特、個別的缺失性體驗，又同時成為世界的回聲，將個別性與社會時代的普遍性合而為一，反映了盛唐由興轉衰的時代悲情。〔註87〕所謂：

　　　　戰哭多新鬼，愁吟獨老翁。（〈對雪〉）
　　　　賦詩獨流涕，亂世想賢才。（〈昔遊〉）
　　　　安得廣廈千萬間，大庇天下寒士俱歡顏，風雨不動安如山。
　　　　嗚呼！何時眼前突兀見此屋，吾廬獨破受凍死亦足。（〈茅屋
　　　　為秋風所破歌〉）

皆顯露出杜甫人我同體大悲的襟懷。

　　杜甫的孤獨首先來自於自我狂放的孤傲，他在詩中云：

　　　　會當凌絕頂，一覽眾山小。（〈望嶽〉）

　　　　才得以觀照，因為孤獨才得以釋放」的情境，以傳達出古今中外，「孤
　　　　獨」是人們皆有的感受，甚至「孤獨」對創作者可能還是有助益的。
　〔註86〕見傅紹良《盛唐文化精神與詩人人格》（台北：文津出版社，1999年
　　　　6月1刷），頁135～136。
　〔註87〕同上注，頁135～137。

自謂頗挺出，立登要路津。致君堯舜上，再使風俗淳。

（〈奉贈韋左丞丈二十韻〉）

白鷗沒浩蕩，萬里誰能馴？（〈奉贈韋左丞丈二十二韻〉）

酒盡沙頭雙玉瓶，眾賓皆醉我獨醒。（〈醉歌行〉）

而仕途的多舛，安史之亂的家國之憂，更增添其沉鬱的詩境，且看〈旅夜書懷〉中所描寫的孤舟、沙鷗意象：

細草微風岸，危檣獨夜舟。星垂平野闊，月湧大江流。

名豈文章著，官應老病休。飄飄何所似，天地一沙鷗。

詩中「獨夜舟」、「一沙鷗」正是杜甫孤獨飄泊於天地間的自我寫照。

再看〈登高〉中杜甫所顯露的蒼茫獨立的情境：

風急天高猿嘯哀，渚清沙白鳥飛迴。

無邊落木蕭蕭下，不盡長江滾滾來。

萬里悲秋常作客，百年多病獨登臺。

艱難苦恨繁霜鬢，潦倒新停獨酒杯。

那「無邊落木蕭蕭下，不盡長江滾滾來」與「星垂平野闊，月湧大江流」則有著在淒苦之外，放眼於遺世獨立的壯闊蒼茫、無邊無際的廣袤空間眺望，令人在愁悶之際，自有一片心路千迴百轉的天地，而不致窒息。這是因為杜甫在執著中尚有隱逸超脫的孤高思想，孤高中又有民胞物與的入世精神，因此杜甫的孤獨是廣闊深沉的，是觸及人我同理、物我同情的孤獨，而非無病呻吟的自我發洩而已。〔註88〕正因為：

世人皆欲殺，吾意獨憐才。（〈不見〉）

的同理情感，因而〈佳人〉一詩中也有杜甫憐人自憐之心，詩云：

絕代有佳人，幽居在空谷。自云良家子，零落依草木。

關中昔喪敗，兄弟遭殺戮。官高何足論，不得收骨肉。

〔註88〕 參見黃玉順〈偉大的孤獨者——爲詩人杜甫誕生 1282 周年作〉（中國古代、近代文學研究，1994 年第 11 期），頁 114～120。本文作者將杜甫的孤獨分爲三個層次來討論，首先爲「自我抒洩之孤獨」，其次爲「人我同病之孤獨」，終爲「物我同情之孤獨」。並將杜甫的自我孤獨感以少年氣盛的孤傲、漂泊潦倒之際的孤淒及隱逸超脫的孤高爲其一生三境界，層次分明，並將杜詩中有關孤獨的詩句搜羅明列，可資索引參考。

世情惡衰歇，萬事隨轉燭。夫婿輕薄兒，新人美如玉。
合昏尚知時，鴛鴦不獨宿。但見新人笑，那聞舊人哭。
在山泉水清，出山泉水濁。侍婢賣珠迴，牽蘿補茅屋。
摘花不插鬢，采柏動盈掬。天寒翠袖薄，日暮倚修竹。

詩人常將自我移情於他人之際遇之上，因此常有：

相看萬里外，同是一浮萍。(〈又呈竇使君〉)

的感動沉吟。且對萬物亦有感知的移情，如：

獨鶴不知何事舞，饑烏似欲向人啼。(〈野望〉)
江邊一樹垂垂發，朝夕催人自白頭。

(〈和裴迪登蜀州東亭送客逢早梅相憶〉)

杜甫的孤獨感是與時代人事物相貫穿的，是投入其中而移情於其人其事其物之上，這種將自我的意志、情感、思想融入所詠對象上的創作精神，在其題畫詩的創作上也無例外，而其評畫之審美觀照亦是其心靈意識的反映。

三、自由與釋放──不廢江河萬古流

莎士比亞在〈仲夏夜之夢〉中有一段詩，他歌詠道：

被一種微妙的念頭所驅使，
瘋狂般地轉動著的詩人之眼，
時而向天看時而向地視，
時而向地視時而向天看，
當它幻想著把未知的事物具體化時，
詩人的筆為它定下形狀，
又為虛無之物正名和給予地位。〔註89〕

〔註89〕同注69，頁34。其書頁35引出其原詩如下：

The poet's eye, in a fine frenzy rolling,
Doth glance from heaven to earth, from earth to heaven,
And, as imagination bodies forth
The forms of things unknown, the poet's pen
Turns them to shapes, and gives to airy nothing
A local habitation and a name
　　　　　──Midsummer Night's Dream, Act V. Sc. I.

這種「微妙的念頭」（fine frenzy），培德（Walter Pater）稱之為「熱情的觀照」（impassioned contemplation），而廚川白村則稱之為激發創作力的「熱」。〔註 90〕但無論引用何種理論分析創作心理這種深層的內驅力，如：弗洛伊德所指的力比多（libido）、容格所指的集體無意識、阿德勒所指的自卑情緒、以及馬斯洛所指的自我實現〔註 91〕，皆似乎能自立其說卻又難盡其超驗隱微非分析所能分析、不可言喻的部分。高行健曾以「沒有主義」的主張來說明理論體系之建立的有限，他說：「沒有主義，不費力枉然構建自圓其說的體系，因為思辨和辯證，邏輯和悖論，連思維藉以實現的語言都大可質疑，人之生存就是個解不開的謎。……沒有主義，不是沒有敬畏，祇不過這敬畏的不是神靈，不是權威，不是死亡，而是死亡這界線後面那不可知，無限深邃而渺渺然。」〔註 92〕又說：

> 自我之於世界，微不足道，可這自我又無限豐富，人對大
> 千世界的感知歸根結柢也還來自這自我。〔註 93〕

由此，可以如此說：矛盾、衝突是自我，孤獨、觀照是自我，而自由、釋放與超越也是自我，由這自我的心識活動而向外投射豐富多變的大千世界。因而藝術創作活動之坐標系的原點是藝術家個人〔註 94〕，創作活動對於孤獨的藝術家心靈而言，確是成就生命圓滿的途徑之一。

自詡「詩是吾家事」的杜甫，在〈偶題〉一詩中說：

> 文章千古事，得失寸心知。作者皆殊列，名聲豈浪垂。騷

〔註 90〕同上注，頁 33～36。
〔註 91〕參見童慶炳《藝術創作與審美心理》（天津：百花文藝出版社，1999年 9 月第 2 次印刷），36～47。作者以馬斯洛自我實現的理論作為創作的顯在動機，他說：「藝術創作作為藝術家的『自我實現』活動，其動力既來自抒發自己的痛苦、憤懣情感的需要，又來自渴望創造和成功的需要，是這兩種需要動機的統一。」而作者又以阿德勒的自卑情緒之理論，說明藝術家是以超越自卑情緒為其驅策力。
〔註 92〕同注 81，頁 5～6。
〔註 93〕同上注，頁 16。此說乃佛理之「一切唯心造」的註腳。
〔註 94〕同注 89，頁 5。

人嗟不見，漢道盛於斯。前輩飛騰入，餘波綺麗爲。後賢兼舊制，歷代各清規。法自儒家有，心從弱歲疲。永懷江左逸，多病鄴中奇。驍驥皆良馬，騏驎帶好兒。車輪徒已斲，堂構惜仍虧。漫作《潛夫論》，虛傳幼婦碑。緣情慰漂蕩，抱疾屢遷移。經濟慚長策，飛棲假一枝。塵沙傍蜂蠆，江峽繞蛟螭。蕭瑟唐虞遠，聯翩楚漢危。聖朝兼盜賊，異俗更喧卑。……不敢要佳句，愁來賦別離。

這首五言排律，可以視爲杜甫的詩學自序〔註95〕，其中「文章千古事」當是沿承曹丕《典論・論文》所說：「文章經國之大業，不朽之盛事」的精神，文學創作可以賦有限的生命於無限的延伸，短暫的心靈意識活動可以藉由文字而永垂不朽。晚年的杜甫歷經國家多難，以及己身的貧病交迫、理想與現實的衝突，漸漸地覺察出理想的實現除了政治一途別有出路，文學可以是人精神自救的一種，也可以是對現存生活模式的一種超越。〔註96〕而「得失寸心知」則來自創作的自由，其非功利、非媚俗亦非盲目，正是這種「文之佳惡，我自知文」〔註97〕的自信，而確立了詩人的創作個性及體現了其他詩人無法轉借的獨特性。〔註98〕杜甫之所以能開創典範，即來自於這種不趨附於時尚的鮮明個性，他「緣情慰漂蕩」、「不敢要佳句」，卻造就了「窮而後工」的傑作。這種僅是「悲緣情而自誘，懷觸物而生端」〔註99〕的超越功利的創作態度，實是杜甫孤獨透視冷暖人生，釋放衝突矛盾的自我，所尋求到的自我解脫、自救的自由之路。因此在〈戲爲六絕句〉其二他曾說過：

〔註95〕參見汪師中《杜甫》（台北：國家出版社，1982 年 5 月），頁 24。
〔註96〕同註 81，頁 22。
〔註97〕同註 58，頁 1541，曹植語。
〔註98〕同註 81，頁 5～20。作者認爲藝術創作活動，藝術家之鮮明的創作個性相當重要，而獨特的題材、獨特的體驗、理解、評價、獨特的藝術構思、獨特的藝術表現這四者的統一，構成了藝術家眞正的藝術個性。
〔註99〕見陸機〈嘆逝賦〉。

> 楊王盧駱當時體，輕薄爲文哂未休。
>
> 爾曹身與名俱滅，不廢江河萬古流。

這「不廢江河萬古流」不僅是稱許初唐四傑之語，更是詩人的自我期許呀！

　　杜甫由早年的「長安苦寒誰獨悲，杜陵野老骨欲折。」(〈投簡咸華兩縣諸子〉) 漸漸地發現自己的「獨往」之願，所謂：

> 吾獨胡爲在泥滓，青鞋布襪從此始。
>
> (〈奉先劉少府新畫山水障歌〉)
>
> 平生獨往願，惆悵年半百。罷官亦由人，何事拘形役。
>
> (〈立秋後題〉)
>
> 我生性放誕，雅欲逃自然。嗜酒愛風竹，卜居必林泉。
>
> (〈寄題江外草堂〉)

但是仕與隱之進退兩難情境，卻始終存在著，如：

> 居然綰章紱，受性本幽獨。平生憩息地，必種數竿竹。事
> 業只濁醪，營茸但草屋。……尚想趨朝廷，毫髮裨社稷。
>
> 形骸今若是，進退委形色。(〈客堂〉)

杜甫在任職之時常起幽獨之興，而去職之時卻又思報效朝廷，這樣矛盾的內在衝突，實起於其本性孤高狂放與後天家庭教育奉儒守官的不協調。由現實面看，內在的矛盾衝突，亦可從杜甫不習於官僚細瑣事務、不耐於基層公務之執行略窺其中端倪。由詩人被嚴武「表爲參謀檢校工部員外郎」正式成爲幕僚後，有感於幕僚生涯不適己所吟詠表露之心跡，即可以嗅到一些苦悶的氣息，如：

> 幕府秋風日放清，澹雲疏雨過高城。
>
> 葉心朱實看時落，階面清苔老更生。
>
> 復有樓台銜暮景，不勞鐘鼓報新晴。
>
> 浣花溪裡花饒笑，肯信吾兼吏隱名。(〈院中晚晴懷西郭茅舍〉)
>
> 清秋幕府井梧寒，獨宿江城蠟炬殘。
>
> 永夜角聲悲自語，中天月色好誰看。
>
> 風塵荏苒音書絕，關塞蕭條行路難。
>
> 已忍伶俜十年事，強移棲息一枝安。(〈宿府〉)

此二詩，仇兆鰲注前詩爲「不樂居幕府而作也」，而後詩「強移」二字，「蓋不得已而暫依幕下耳」。〔註100〕從詩中字裏行間看來，不見伸展己志的歡欣，但見詩人於花間月下之自語不勝惆悵，終於還是起了退隱之意，他說：

　　老去參戎幕，歸來散馬蹄。……暫酬知己分，還入故林棲。

　　（〈到村〉）

　　自水魚竿客，清秋鶴髮翁。胡爲來幕下，祇合在舟中。
　　黃卷眞如律，青袍也自公。老妻憂坐痺，幼女問頭風。
　　平地專欹倒，分曹失異同。禮甘衰力就，義忝上官通。
　　疇昔論詩早，光輝仗鉞雄。寬容存性拙，剪拂念途窮。
　　露裛思藤架，煙霏想桂叢。信然龜觸網，直作鳥窺籠。……
　　束縛酬知己，磋跎效小忠。周防期稍稍，太簡遂忽忽。
　　曉入朱扉啓，昏歸畫角終。不成尋別業，未敢息微躬。
　　烏鵲愁銀漢，駑駘怕錦幪。會希全物色，時放倚梧桐。

　　（〈遣悶奉呈嚴公二十韻〉）

此二詩應可視爲杜甫對任官職以實現「致君堯舜上，再使風俗淳」（〈奉贈韋左丞丈二十韻〉）的志向，已不復當年「終愧巢與由，未能易其節」（〈自京赴奉先縣詠懷五百字〉）的那般執著，「信然龜觸網，直作鳥窺籠。……會希全物色，時放倚梧桐。」不正揭示著自我但求逍遙，不願爲案牘耗神勞形，將生命投擲在細瑣之公務上的宣言。詩人青年「奉儒守官」的信念已然鬆動了，詩人詩云：「愁極本憑詩遣興，詩成吟詠轉凄涼」（〈至後〉），作詩緣情以聊慰漂蕩，而從中安頓身心之意漸次明朗，杜甫詩云：

　　江渚翻鷗戲，官橋帶柳陰。花飛競渡日，草見踏青心。
　　已撥形骸累，眞爲爛漫深。賦詩新句穩，不覺自長吟。

　　（〈長吟〉）

賦詩長吟不輟，既能於其中自得其樂，亦能抒其胸臆諸情，詩人晚年常以孤舟自喻，而這窮愁飄泊的蒼茫孤寂感往往也在創作中釋放與消

〔註100〕同註58，頁1172～1173。

融了。〔註101〕如：

> 昔聞洞庭水，今上岳陽樓。吳楚東南坼，乾坤日夜浮。
> 親朋無一字，老病有孤舟。戎馬關山北，憑軒涕泗流。
>
> （〈登岳陽樓〉）

宇宙、家國、親朋、自我，諸般人之存在於時空中所感受到的澎湃洶湧無邊無際的情思，詩人都得以在賦詩中圓滿了現實中生命的缺憾，以成其真情、熱情、悲情交錯之廣大深邃的詩人情感意象世界。

杜甫在現實挫折、理想幻滅之餘，「放歌破愁絕」、「緣情慰漂蕩」是其初衷，因而杜詩堪稱為詩人自我心靈意識反映出的情感意象世界，包括杜甫的題畫詩也相當程度地反映出詩人的性格及心靈意識，故其題畫詩之審美觀，當亦是詩人心靈意識反映之一面。由此，也才知杜甫不粘在畫上之論畫、賞畫、題畫，實在是其來有自。

第三節　詩人與畫境的關聯

本文緒論論及題畫詩之形成與發展中，筆者已大略提過觀察題畫詩時，一有趣的現象是：詩人題畫是讀者與作者雙疊身分的流動，詩人的心識活動一方面是對作品（畫作）的審美，一方面是作品（詩作）的創作。

美國當代藝術家亞伯拉姆斯（M. H. Abrams）在《鏡與燈》（The Mirror and the Lamp）一書中，將與一件藝術作品相關的四個要素——宇宙、藝術家、作品與觀眾，安排成一個三角形，圖形如下〔註102〕：

〔註101〕見蕭麗華《論杜詩沉鬱頓挫之風格》（國立台灣師範大學國文研究所碩士論文，1986 年 5 月），頁 154。蕭麗華對此也說：「蒼茫孤寂之境是杜公沉鬱的最高境界，這種詩境參天地、涵宇宙，能讓滄海一粟般微渺的人事，在其間得到圓融而純淨的照觀。所謂『莊嚴的悲感』常是在這種氣象下產生。」

〔註102〕參見劉若愚《中國文學理論》（台北：聯經出版，1991 年 10 月第 3刷）頁 12；及夏之放《文學意象論》（廣東：汕頭大學出版社，1993年 1 版 1 刷），頁 39～40。葉維廉曾於《比較詩學》（台北：東大圖書，1983 年 2 月初版），序文中依此圖擴充之。亞伯拉姆斯（M. H.

　　這個圖形簡要地顯示了藝術家（作者）與觀眾（讀者）的關係，
並且深化了作品詮釋上無限延伸的可能。由於藝術家是透過作品來反
映其生命意識於宇宙中之種種感興，並藉作品與觀眾（讀者）進行精
神對話的交流活動，因此面對作品中的意象，「不能停留在具體形象
（物象），也不能只看到心象（作者情志），而是更可以看出興象之縱
深世界（宇宙）。」〔註103〕

　　杜甫並非詩人兼畫家，他創作題畫詩時，一方面因畫家所創作出
的畫中意境形象而觸發感興，一方面將個人心靈圖象移情於畫境圖
象，透過自己獨特的審美觀與意象傳達，再度「以情意鑄象」〔註104〕，
形成了畫境的再創造。因此，我們可以援用亞伯拉姆斯（M. H.
Abrams）的圖形，來看杜甫由鑑賞畫作進而創作題畫詩的過程，並盡
可能地去了解在杜甫題畫詩中再現的畫境之象喻及杜甫自述由畫而

Abrams）此圖目前普遍為文學批評者引用，對於四個要素之間的關
　　係，堪稱簡明扼要。蕭麗華於《論杜詩沉鬱頓挫之風格》（國立台灣
　　師範大學國文研究所碩士論文，1986年5月），頁9中，亦以此理
　　論來解釋「風格」之內涵當包括作者與作品。
〔註103〕見蕭麗華〈神話圖騰與文學意象：中國文學的深層心理〉，發表於第
　　一屆《中華文明的二十一世紀新意義》學術研討會，2000年10月
　　29日。另見氏者濃縮本文部分〈從神話原型看李杜詩中的神鳥意象〉
　　（國文天地，2001年16卷8期），此處引文見後者頁43。
〔註104〕語出江裕斌〈試論杜甫對詩歌意象結構語音律的開拓與創新〉（文學
　　理論研究，1991年第1期），頁65。

聯想的興懷〔註105〕，簡要圖示如下：

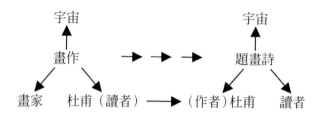

可以這麼說，見畫起興是一個過程。由詩心與畫境的相遇（即人與宇宙世界的相遇）那一刻的感動，讓詩人（審美主體）在畫境（審美對象）的感性外觀上流連徘徊，正如劉勰在《文心雕龍·物色》篇中所說：

> 詩人感物，聯類不窮。流連萬象之際，沈吟視聽之區；
> 寫氣圖貌，既隨物以宛轉；屬采附聲，亦與心而徘徊。
> 〔註106〕

宗炳在《畫山水序》也說：

> 目所綢繆，身所盤桓，以形寫形，以色寫色。〔註107〕

可見畫家與詩人的藝術審美活動實有相通之處，詩人或畫家（可合稱藝術家）在此種「人與自然相乘」〔註108〕的感性觀照與體驗中，興發起審美主體的知覺、想像、領悟……等種種協調的運動，詩人或畫家（可合稱藝術家）依著其情性而創造出一個屬於他的「宇宙」（或

〔註105〕對此周裕鍇亦曾指出：「唐杜甫的作品往往先勾勒出畫中景物的大體輪廓，然後由畫中景物聯想到現實世界或感情世界。」見其作〈中國古典詩歌的三種審美範疇〉（學術月刊，1989 年，第 9 期），頁 45。

〔註106〕見劉勰《文心雕龍註》（台北：明倫出版社，1970 年 9 月初版），頁 693。

〔註107〕見宗炳《畫山水序》，收於俞崑《中國畫論類編》（台北：華正書局，1977 年年 10 月），頁 583。

〔註108〕培根說：「藝術是人與自然相乘。（Arsest homo additus naturae.）」此語轉引自余秋雨《藝術創作工程》（台北：允晨文化，1996 年 4 月初版五刷），頁 9。

稱世界）。這個被審美感興活動激發出來的「宇宙」（世界），便是詩人的心靈「意象」。〔註109〕

一、見畫起興

　　杜甫曾生動地紀錄當自己欣賞到顧愷之畫作時的精神世界，他說：

> 看畫曾飢渴，追蹤恨淼茫。虎頭金粟影，神妙獨難忘。
>
> （〈送許八拾遺歸江寧覲省甫昔時嘗客遊此縣於許生處乞瓦棺寺維摩圖樣志諸篇末〉）

由「看畫曾飢渴」一語，可以看出杜甫對繪畫藝術的渴望熱愛。而關於「虎頭金粟影」（「虎頭」是東晉大畫家顧愷之的別稱，「金粟影」指的是維摩的圖樣〔註110〕。指的即是顧愷之在瓦棺寺所畫的維摩詰圖樣）的神妙，唐人張彥遠《歷代名畫記》記載說：「長康又曾於瓦棺寺北小殿畫維摩詰，畫訖，光彩耀目數日。《京師寺記》云：『興寧中，瓦棺寺初置，僧眾設會，請朝賢鳴利注疏。其時士大夫莫有過十萬者，既至長康（顧愷之，字長康），直打剎注百萬，長康素貧，眾以爲大言。後寺眾請勾疏，長康曰：『宜備一壁。』遂閉戶絕往來一月餘日，所畫維摩詰一軀，工畢，將欲點眸子，乃謂寺僧曰：『第一日觀者請施十萬，第二日可五萬，第三日可任例責施。』及開戶，光照一寺，施者塡咽。俄而得百萬錢。』」〔註111〕由此記載可見這樣一幅遠近馳名的壁畫，之所以令杜甫終生難忘的主因，乃在於其傳神。

〔註109〕參見葉朗《現代美學體系》（台北：書林出版，1993年台1版1刷），頁172。

〔註110〕《阿含經》曰：「金沙地下，便是金粟如來。」《淨名經義疏》曰：「梵語維摩詰，此云淨名。那提之子。過去成佛，號金粟如來。」見杜甫著、仇兆鰲注《杜詩詳注》（台北：里仁書局，1980年7月），頁458。

〔註111〕見（唐）張彥遠等著《歷代名畫記》（北京：京華出版社，2000年5月第1版第1刷），頁48。本書另收錄《圖畫見聞記》、《宣和畫譜》……等重要畫錄，本節中引用《圖畫見聞記》、《宣和畫譜》者，亦見此書。

而顧愷之的人物畫之所以傳神，畫家自述曰：「四體妍蚩，本無關於妙處，傳神寫照，正在阿賭之中。」〔註112〕由此我們看到「神妙」既牽涉到「形神論」，也與亞伯拉姆斯（M. H. Abrams）所說的「宇宙」的內涵——可包括「人和動作、觀念和感情、素材和事件、以及超感觀知覺的素質（super-sensible essences）」〔註113〕有關，而此一內涵涉及審美心理，在中國古典美學中，則常以「興」來涵蓋及探討此一內容。〔註114〕

　　杜甫曾在詩中將「神」和「興」聯繫起來講，他說：

　　　　詩興不無神。（〈寄張十二山人彪三十韻〉）

　　　　蒼茫興有神。（〈上韋左相二十韻〉）

而「興」與「神」的聯繫，正可以作為我們聯貫詩人與畫境一個重要的心理脈絡，以下論述之。

　　1.「興」與「神」的聯繫

　　「興」與「神」的初始聯繫，可以由文學藝術大多源自宗教儀式一說來作進一步的探討。〔註115〕首先先釐清何謂「興」呢？許慎在《說文解字》中說：「興，起也。」而商承祚在《殷契佚存》一書中則認為：「興字，象四手各執盤之一角而興起之……」。〔註116〕若真如商承祚所言，興字乃「象四手各執盤之一角」的意義，則興即是祀

〔註112〕同注 111，頁 47。

〔註113〕同注 102，頁 12。

〔註114〕同注 109，頁 165～171。此書頁 115 曾引王夫之所說：「『詩言志，歌詠言』非志即為詩，言即為歌。或可以興，或不可以興，其樞機在此。」來說明「沒有感興，就沒有意象，也就沒有藝術。」而導出作品可不可引起審美感興，成了區分此作品是否能稱之為詩（藝術）的根本標準。

〔註115〕參見劉懷榮《中國古典詩歌原型研究》（台北：文津出版社，1996年3月初版），頁 4。作者指出許多學者從不同角度證明了藝術的原型即是人類早期的「祭禮儀式」、「宗教儀式」。

〔註116〕轉引自李孝定編述《甲骨文字集釋》（台灣中央研究院歷史語言研究所專刊之五十，1965 年），頁 829。（另可見商承祚《殷契佚存考釋》，頁 62。）

神、請神的儀式，興祭是興的文化淵源之說大抵是成立的。〔註 117〕
另外《樂記》也說:「禮樂偵天地之情，達神明之德，降興上下之神……」
鄭注:「偵猶依象也;降，下也;興猶出也。」故興也釋為「出」，也
是以禮樂的儀式，而引動神明「興」而「出」，而達到通神的祭祀活
動。因此，「興」在興祭活動中，是人的精神與宇宙相互動，也是人
神之間的感通狀態。〔註 118〕

　　《易經‧繫辭》說:「陰陽不測之謂神」，又說:「神無方而易無
體」。韓康伯注曰:「神也者，變化之妙，極萬物而為言，不可以形詰
者也。」這是說萬物生成變化皆源於變幻莫測的陰陽之氣（即神），
非可以形跡求之，但「陰陽之氣」（神）確實存於天地之間。而《禮
記‧樂記》說:「情深而文明，氣盛而化神」的論述則將「神」的概
念由哲學概念納入文藝學範疇中。至劉勰《文心雕龍‧神思篇》所說:
「思理為妙。神與物游。」則說明藝術家的主體精神在與客觀事物相
遇感興時，所發生審美活動與創作活動的心理狀態。〔註 119〕因此，
「興」和「神」在原始意涵上，本有互相聯繫可能。

　　「興」和「神」的聯繫，在於文藝審美、創作與宇宙人神感通的
原理，既符合中國古典文藝理論，也和亞伯拉姆斯（M. H. Abrams）
所畫的圖形相應。

　　2. 感神通靈

　　何謂「感神通靈」？石守謙引 Munakata Kiyohiko 的說法解釋

〔註 117〕同注 115，頁 71～101。作者於頁 100～101 指出:「興祭儀式的『與
　　　　神同一』便自然轉化為『與物同一』。這種變化了的心理原型主要
　　　　是由詩歌來加以表現的。這正是詩與興密不可分的根本原因所
　　　　在。……因此，日後從興祭中分化出的語言、宗教、藝術等精神
　　　　活動的門類，都是以興祭的早期形態圖騰祖先祭祀儀式為原始母
　　　　體的。」
〔註 118〕參見歐天發〈「詩」「興而比」、「興兼比」說析論〉（嘉南學報，第
　　　　27 期，2001 年 11 月），頁 307～317。
〔註 119〕參見戴武軍〈論杜詩中「神」的哲學內涵〉（杜甫研究學刊，1993
　　　　年第 1 期），頁 39。筆者認為:杜甫「乘興遣畫」的說法，即是對
　　　　於詩畫藝術創作心理之共通性有極根源的認知。

說：

> 是一種超乎因逼真而使觀者將畫中物誤爲真物的寫實功力
> 之上的，具有類似誣術的神秘能力。中國古代的藝術家以
> 爲藝術品一旦具有這樣的生命力量，便會因爲「同類相感」
> 原理，與外在的天地自然產生互動，而有靈異的現象發生。
> 〔註120〕

宋人計有功在《唐詩紀事》中引有一段記載：「杜少陵時有病瘧者，
杜謂曰：『誦吾詩可療。』病者曰：『云何？』杜曰：『夜闌更秉燭，
相對如夢寐。』其人誦之，瘧猶是也。杜又曰：『更誦吾詩曰：子璋
髑髏血模糊。』其人如其言，誦之果癒。然則可以感鬼神，信不妄云。」
〔註121〕這段關於杜詩可以療病的記載，固然有些令人懷疑是否屬
實，但卻可說明一點：文藝作品可以「感神通靈」在藝術評論裡，雖
然總是帶有神秘、神異的色彩，卻還是爲人所津津樂道的。石守謙說：
「僅賴現存稀少的唐代繪畫資料來計算，單在玄宗開元、天寶時期，
身爲畫家而有『感神通靈』事蹟傳頌於世的便有吳道子、李思訓、馮
紹正、韓幹等四人。如果再往上追溯，又有北齊的楊子華、梁的張僧
繇、晉的衛拹與顧愷之、吳的曹不興、魏的徐邈，以及東漢的張衡。
這些人幾乎都是當時最重要的畫家。可見這個以『感神通靈』來頌揚
藝術的傳統實是由漢至盛唐綿延不絕。」〔註122〕

我們可由杜甫自詠：「看畫曾飢渴，追蹤恨淼茫。虎頭金粟影，
神妙獨難忘。」（〈送許八拾遺歸江寧覲省甫昔時嘗客遊此縣於許生處
乞瓦棺寺維摩圖樣志諸篇末〉）看來，詩人亦能感受到顧愷之畫作「感
神通靈」的震撼力，所以深刻存留於腦海，而回味無窮。所以當他在
欣賞到玄武禪師屋裡壁畫時，仍不免要說：「何年顧虎頭，滿壁畫滄

〔註120〕見石守謙〈「幹惟畫肉不畫骨」別解——兼論「感神通靈」觀在中國
　　　　畫史上的沒落〉（藝術學，1990年3月第4期），頁175。
〔註121〕收於張忠綱《杜甫詩話六種校注》（齊魯書社，2002年9月第1版
　　　　第1刷），頁37。
〔註122〕同注120，頁180。

州。赤日石林氣，青天江海流。」（〈題玄武禪師屋壁〉）連贊畫都要以顧愷之（虎頭）來媲美，可見杜甫如何地為瓦棺寺顧愷之所畫的維摩詰圖樣吸引，如何地讚嘆顧愷之繪畫的神技了。而在「森羅移地軸，妙絕動宮牆」（〈冬日洛城北謁玄元皇帝廟〉）詩句中，也是用著類似的筆法來讚嘆吳道子人物畫的生動。

　　另外，杜甫在題畫時，對「超乎因逼真而使觀者將畫中物誤為真物的寫實功力」有極高的評價，他讚美「寫真」的能力，是達到如顧愷之所言「畫妙通神」〔註123〕畫境的必要條件。因為，寫真、逼真能使人的審美活動產生如入其境的知覺，進而產生「感神通靈」的神秘體驗。這種超乎尋常的體驗，若依神經學學者塞莫‧薩基（Semir Zeki）的說法：「藝術是一種創造的過程，其功能是視覺腦的功能之延伸。」〔註124〕

　　以神經生物學來詮釋藝術，彌補了中國藝術裏講究只可意會而不能言傳的玄妙情韻中，無法說出個符合科學之確切說法的遺憾。雖然此說法是一個新的視角，但說詩人藉視覺融入畫境神遊其中，是因為「視覺腦的功能之延伸」，其實是應證了「感神通靈」並非只是讚美畫境的誇大其詞而已，還可能具有科學的依據。詩人的心識審美活動以及大腦的視覺區功能〔註125〕，形成與畫感通的「超感觀知覺的素質（super-sensible essences）」也就不是空穴來風，而是生命中心與物交感的真實體驗之意境了。

〔註123〕同注111，頁47。《歷代名畫記》指出：顧愷之「曾以一廚畫暫寄桓玄，皆其妙迹所珍祕者，封題之。玄開之後取之，誑言不開，愷之不疑是竊去，直云『畫妙通神，變化飛去，猶人之登仙也。』顧愷之畫作「感神通靈」的記載除了前述瓦棺寺所畫的維摩詰圖樣形成光彩耀目的奇象外，《歷代名畫記》另有一個奇聞：「人稱愷之三絕：畫絕，才絕，痴絕。又常悅一鄰女，乃畫女於壁，當心釘之，女患心痛，告於長康，拔去釘，乃愈。」

〔註124〕見塞莫‧薩基（Semir Zeki）著，潘恩典譯《腦內藝術館——探索大腦的審美功能》（Inner Vision－An Exploration of Art and the Brain）（台北：商周出版，2002年6月初版五刷），頁12。

〔註125〕同上注，頁72～83。

3. 意象旁通

宋人郭若虛在《圖畫見聞記》卷五故事拾遺中，記載了一件關於唐代畫家吳道子觀賞劍術之後，揮毫畫成、颯然風起的感通繪事：

> 開元中，將軍裴旻居喪，詣吳道子，請於東都天宮寺畫神鬼數壁，以資冥助。道子答曰：「吾畫筆久廢，若將軍有意，爲吾纏結舞劍一曲，庶因猛勵以通幽冥。」旻於是脫去縗服，若常時裝束，走馬如飛，左旋右轉，揮劍入雲，高數十丈，若電光下射，旻引手執鞘承之，劍透室而入。觀者數千人，無不驚慄。道子於是援毫圖筆，颯然風起，爲天下之大觀。道子平生繪事，得意無出於此。〔註126〕

朱光潛曾引此記說：「文藝的創造還有一件有趣的事實，就是意象的旁通。這也有時起於潛意識的醞釀。詩人和藝術家尋求靈感，往往不在自己『本行』的範圍之內而走到別種藝術範圍裏去。他在別種藝術範圍之中得到一種意象，讓他在潛意識中醞釀一番，然後再用自己的特別的藝術把他翻譯出來。」〔註127〕因此藝術創作者是藝術意象的主體，「宇宙」則是藝術心靈的外延世界了！〔註128〕

杜甫的題畫詩，雖然是重現畫境，但顯然已是經過杜甫獨特心靈的再創造，正如黑格爾在《美學》一書中說：

> 詩的特徵在於它能使音樂和繪畫已經開始使藝術從其中解脫出來的感性因素隸屬於心靈和他的觀念。〔註129〕

因此，這互爲旁通的意象，並不是相等的關係，而是互相影響使藝術家各自使用專擅的情感媒介（藝術情感符號），得以激發出更爲深廣的藝術意境。

詩人與畫家「情意」互通而有畫法影響詩法、詩法影響畫法的詩

〔註126〕同注111，頁128，見宋人郭若虛《圖畫見聞記》卷五。
〔註127〕見朱光潛《文藝心理學》（台北：台灣開明書店，1999年1月新排1版），頁242。「意象旁通」和 Gaurier 所說的「藝術換位」（Transposition dart），其實都有藝術媒介互相影響，互相滲透的概念。
〔註128〕同注109，頁130。
〔註129〕見黑格爾著，朱孟實譯《美學》（台北：里仁書局，1981年），頁115。

畫互通現象。方薰在《山靜居論畫》中說杜甫「使筆如畫」；浦起龍
在《讀杜心解》中讚美〈丹青引贈曹將軍霸〉是「摹寫丹青之絕特」
〔註130〕；而王嗣奭在《杜臆》中評〈奉先劉少府新畫山水障歌〉是
「以畫法爲詩法」，並說杜甫總得「畫法經營位置之妙」〔註131〕，這
可以說明畫境影響詩人創造意象，自來已有詩評家發現並加以評贊。
而《宣和畫譜》卷七中說到宋代大畫家李公麟時則說「大抵公麟以立
意爲先，布置緣飾爲次。其成染精緻，俗工或可學焉，至率略簡易處，
則終不近也。蓋深得杜甫作詩體製而移於畫。如甫作〈縛雞行〉，不
在雞蟲之得失，乃在於『注目寒江倚山閣』之時。公麟畫陶潛《歸去
來兮圖》，不在於田園松菊，乃在於臨清流處。甫作〈茅屋爲秋風所
拔歎〉，雖衾破屋漏非所恤，而欲「大庇天下寒士俱歡顏」。公麟作〈陽
關圖〉，以離別慘恨爲人之常情，而設釣於水濱，忘形塊坐，哀樂不
關其意。其他種種類此，爲覽者得之。」〔註132〕也可以看出詩法影
響畫法，始終在一「意」字。而意象旁通畢竟還是來自這象喻的主體：
即藝術家這個自我與宇宙（世界）的關聯。

二、移情於畫

　　杜甫面對畫境時所產生的審美移情〔註133〕，使其在創作題畫詩
時投入了個人的心靈意識，形成了杜甫之題畫詩不粘於畫上發論所以
精釆的原因。

〔註130〕見浦起龍《讀杜心解》（台北：中央輿地出版社，1970 年 12 月初版），
　　　　頁 290。
〔註131〕見王嗣奭《杜臆》（台灣中華書局，1970 年 10 月臺 1 版），頁 36～
　　　　37。
〔註132〕同注 111，頁 349，見《宣和畫譜》卷七，本書中記載李公麟自言「吾
　　　　爲畫如騷人賦詩，吟詠情性而已……」，可見詩人畫家藝術心靈實有
　　　　相通之處。
〔註133〕詩與畫互通的基礎爲「心理上的共感覺（synesthesia）與審美上的移
　　　　情作用（empathy）」。詳見本文第一章第二節詩畫關係概論中的詩畫
　　　　藝術感通之說。

　　杜甫聯繫「興」和「神」作爲其詩歌創作的規律及原則，但其中「情」仍是創作出神妙奇特作品的主因。如他在〈上韋左相二十韻〉中詩云：「感激時將晚，蒼茫興有神。爲公歌此曲，涕淚在衣巾。」「興」、「神」、「情」交融於一詩。又〈四松〉中詩云：「有情且賦詩，事迹可兩忘。」，〈獨酌成詩〉且歌曰：「燈花何太喜，酒綠正相親。醉裏從爲客，詩成覺有神。」透過眞摯的「情」，細緻的生活觀察，才能有「詩興」。而形象地描寫，以形寫神，也才會有「神」。「情」是「見畫起興」的基礎，但卻必須進入融神於物的境界，才能淋漓盡致地將情感發抒出來。〔註134〕

　　面對畫境，移情於畫，是杜甫創作題畫詩之前，一個很重要的審美心理活動。而這種「把我的情感移注到物裏去分享物的生命」〔註135〕的審美活動，朱光潛認爲其實遠在《莊子‧秋水》中莊子與惠子濠梁對話裏，莊子認爲水中之「儵魚出遊從容，是魚之樂也」，即是以自我恬適的感情與知覺，移注於魚，而對魚之出遊從容進行美的觀照。〔註136〕西洋象徵派詩人波德萊爾（Baudelaire）也有相似的體驗，他說：「你聚精會神地觀賞外物，便渾忘自己存在，不久你就和外物渾成一體了。你注視一顆身材亭勻的樹在微風中盪漾、搖曳，不過頃刻，在詩人心中只是一個很自然的比喻，在你心中就變成一件事實：你開始把你的情感、慾望和哀愁一齊假借給樹，它的盪漾、搖曳也就變成你的盪漾、搖曳，你自己也就變成一棵樹了。同理，你看到在蔚藍天空中迴旋的飛鳥，你覺得它表現『超凡、脫

〔註134〕參見吳明賢《試論杜甫的詩興》（杜甫研究學刊，1988 年第 1 期總 15 期）頁 19～24。以及參見楊保建《杜甫詩論管窺──興、神、情》（西安電子科技大學學報（社會科學版），1999 年第 3 期），頁 56～58。此兩篇論文皆以爲有「情」方有「興」，有「興」才會有「神」。又同註 109，葉朗於頁 196 也指出：「興」和「情」不可分，審美感興離不開情感活動。可見「詩緣情」是「詩興」的源頭之一。

〔註135〕同註 127，頁 39。

〔註136〕見徐復觀《中國藝術精神》（台北：台灣學生書局，1992 年 7 月 11 刷），頁 99。

俗』一個終古不磨的希望，你自己也就變成一個飛鳥了。」〔註137〕
這種欣悅於美的感動，移情作用說的倡導者德國美學家里普斯
（Lipps，1851～1914）指出，這其實是來自於自我對宇宙萬物的情
感觸動與聯繫，他說：「審美欣賞的原因就在我自己，或自我。」又
說：「我感到活動並不是對著對象，而是就在對象裡面，我感到欣喜，
也不是對著我的活動，而是就在我的活動裡面。我在我的活動裡面
感到欣喜或幸福。」〔註138〕

　　而「寫情聖手」〔註139〕杜甫當然自不免常對萬物移注詩人藝術
心靈的善感，如〈絕句漫興九首〉詩云：

　　　眼見客愁愁不醒，無賴春色到江亭。
　　　即遣花開深造次，便教鶯語太丁寧。（〈其一〉）
　　　手種桃李非無主，野老牆低還是家。
　　　恰似春風相欺得，夜來吹折數枝花。（〈其二〉）
　　　熟知茅齋絕低小，江上燕子故來頻。
　　　銜泥點污琴書內，更接飛蟲打著人。（〈其三〉）
　　　腸斷春江欲盡頭，杖藜徐步立芳洲。
　　　顛狂柳絮隨風去，輕薄桃花逐水流。（〈其五〉）
　　　隔戶楊柳弱嫋嫋，恰似十五女兒腰。
　　　誰謂朝來不作意，狂風挽斷最長條。（〈其九〉）

所謂「鶯語太丁寧」、「春風相欺得」、「燕子故來頻」、「顛狂柳絮」、「輕
薄桃花」、「楊柳弱嫋嫋……狂風挽斷最長條」……，其實是詩人內在
情感投注於外的詩情、詩境。他的審美觀與莊子不盡相同，他在觀照

〔註137〕同注127，轉引自頁44。
〔註138〕同注109，頁528～529。轉引自葉朗所揭里普斯《論移情作用》，其
　　　　譯文引自《古典文藝理論譯叢》，1964年第8期。
〔註139〕見梁啟超〈情聖杜甫〉一文，收於《杜甫研究論文集》（北京：北京：
　　　　中華書局出版，1962年12月1版1刷）一輯，頁2。梁啟超論杜甫
　　　　說：「因為他的情感內容，是極豐富的，極真實的，極深刻的。他表
　　　　情的方法又極熟練，能鞭辟到最深處，能將他全部反映不走樣子，
　　　　能像電氣一般一振一盪的打到別人的心絃上。中國文學界的寫情聖
　　　　手，沒有人比得上他，所以我叫他做情聖。」

自然時，常投以個人鮮明的情感特質，使那些映入其眼中、形於其筆下的萬物，皆充滿了詩人獨特的心靈意象。〔註140〕

　　而杜甫的題畫詩亦不例外，我們常常看見杜甫不自覺地把自己的感情、意志、思想移之於畫境中的物，結果好像畫境中的物也有了與杜甫相同的感情、意志、思想〔註141〕，畫中鷹、馬、松、山水也都可以看到詩人的性格、境遇、情感以及深沉的潛意識，譬如：

何當擊凡鳥，毛血灑平蕪。（〈畫鷹〉）

烏鵲滿樛枝，軒然恐其出。

側腦看青霄，寧爲眾禽沒。（〈畫鶻行〉）

赤霄有眞骨，恥飲汚池津。

冥冥任所往，脫略誰能馴。（〈通泉縣署屋壁後薛少保畫鶴〉）

表現了詩人「一覽眾山小」的孤高之傲，而：

年多物化空形影，嗚呼健步無由騁。

如今豈無騕褭與驊騮，時無王良伯樂死即休。（〈天育驃圖歌〉）

將軍畫善蓋有神，偶逢佳士亦寫眞。

即今飄泊干戈際，屢貌尋常行路人。

途窮反遭俗眼白，世上未有如公貧。

但看古來盛名下，終日坎壈纏其身。（〈丹青引贈曹將軍霸〉）

則寄寓了懷才不遇人我身世之感。另外，杜甫甚至連在欣賞畫作之

〔註140〕見傅紹良《盛唐文化精神與詩人人格》（台北：文津出版社，1999年6月1刷），頁146。

〔註141〕見李澤厚《美學論集》（台北：三民書局，1996年9月初版）。李澤厚認爲：「移情作用是心理學所承認的一種合乎科學規律的人類心理現象，這就是人們不自覺地把自己的感情、意志、思想賦予外物，結果好像外物也眞正具有這種感情、意志、思想似的。」（頁26）又說：「移情作用」不是一種簡單的主觀直覺的外射，……它具有極爲複雜細緻須要深入研究的社會內容。（頁27）……人的「移情作用」是在增長和豐富，它的根本基礎在於自然與人類的關係在發展、豐富和改變。人對自然的美感欣賞態度的發展和改變，是以自然本身對人的客觀社會關係的發展和改變爲其根據和基礎。所以，人能夠欣賞自然美，人能夠把自己的感情「移」到對象裡去，實際上，這就是說，人能夠在自然對象裡直覺地認識自己本質力量的對象化。（頁28）

時，仍「無處不可見其憂國愛君，憫時傷亂」〔註142〕的詩情，如：

> 自從獻寶朝河宗，無復射蛟江水中。君不見金粟堆前松柏
> **裏**，龍媒去盡鳥呼風。(〈韋諷錄事宅觀曹將軍畫馬圖歌〉)
> 時危安得真致此，與人同生亦同死。(〈題壁上韋偃畫馬歌〉)

而在欣賞山水畫時，杜甫「平生獨往願」之嚮往山林的潛藏心志，總
會悄然出現，形成遊於物外有別於憂國憂民沉鬱的風格，如：

> 得非懸圃裂，無乃瀟湘翻。悄然坐我天姥下，耳邊已似聞
> 清猿。……得非懸圃裂，無乃瀟湘翻。悄然坐我天姥下，
> 耳邊已似聞清猿。(〈奉先劉少府新畫山水障歌〉)
> 雖對連山好，貪看絕島孤。群仙不愁思，冉冉下蓬壺。(〈觀
> 李固請司馬弟山水圖三首其一〉)
> 此生隨萬物，何路出塵氛。(〈觀李固請司馬弟山水圖三首其二〉)
> 浮查並坐得，仙老暫相將。(〈觀李固請司馬弟山水圖三首其三〉)
> 興與煙霞會，清樽幸不空。(〈嚴公廳宴同詠蜀道畫圖〉)
> 似得廬山路，真隨惠遠遊。(〈題玄武禪師屋壁〉)
> 繪事功殊絕，幽襟興激昂。從來謝太傅，丘壑道難忘。
>
> (〈奉觀嚴鄭公廳事岷山沱江畫圖十韻〉)

從杜甫題畫詩詩境之象，可以看見詩人的心象。葉燮對此曾在《原詩·
內篇下》中說：

> 可言之理，人人能言之，又安在詩人之言之；可徵之事，
> 人人能述之，又安在詩人之述之。必有不可言之理，不可
> 述之事，遇之于默會意象之表，而理與事無不燦然于前者
> 也。……如《玄元皇帝廟》作「碧瓦初寒外」句，……設
> 身而處當時之境會，覺此五字之情景，恍如天造地設，呈
> 于象，感于目，會于心。意中之言，而口不能言；口能言
> 之，而意又不可解。劃然示我以默會相象之表，竟若有內
> 有外，有寒有初寒，特借碧瓦一實相發之，有中間，有邊
> 際，虛實相成，有無互立，取之當然而自得，其理昭然，

〔註142〕見葉燮《原詩》，收於楊列歐輯《昭代叢書》(世楷堂藏板，清道光
　　　　癸巳年鐫) 廣編補卷第一，頁51。

其事的然也。〔註143〕

「呈于象，感于目，會于心」，善哉葉燮此言！杜甫畢竟是性耽佳句、語不驚人死不休的偉大詩人，因此對於畫境之象，詩人必有感目會心的詩興，亦有意匠獨具的情意移注，所以這再創的題畫詩詩境，已然有了杜甫的身影在其中。因此，從杜甫如何欣賞一幅畫（象），不但可以看到詩人的心象，更可以輾轉地探索心象之所以然的興象縱深世界了。

〔註143〕同注142，頁33～34。

第三章　杜甫題畫詩審美觀之象喻

　　杜甫的題畫詩不同於六朝者，在於其內容不再只是侷限於詠物詩性質。由於杜甫題畫詩往往是見畫起興、移情於畫之作，故若尋象以觀意，詩象不僅反映了杜甫之主體心靈意識，究其「興」則能歸出詩人之審美心理及深層文化心理。

　　本章先行界說「象喻」，按此定義及畫科分類將杜甫題畫詩中重覆出現者分爲五大類型：一爲題畫鷹、鶻、鶴者；二爲題畫馬者；三爲題畫松者；四爲題畫山水者；五爲論人物畫者。筆者分類探析詩人因觀畫而進行審美、再現畫境之象喻的用意，乃在指明杜甫之題畫詩具有相當濃厚程度之詩人心靈圖像的呈現，諸如沉藏於詩人潛意識之狂傲與理想；詩人現實受阻與懷才不遇之感慨；諷喻政教迷信荒誕與憂國思君之情志；家國與高隱兩種思致的內在交錯跌宕；以及晚年尋求精神自由解脫、嚮往「無住著」之禪佛境界，在在地顯露出詩中畫物之神，有著詩人主觀情志的投影。

　　由此，我們可以看出，杜甫於題詠論賞畫作時，加入「詩言志」的內容，對於後來自題題畫詩以詩境發明畫境，文人畫藉題畫詩豐富畫作之文學意涵及抒揚畫意，應有啓發先導的作用。另外，杜甫常有以畫爲眞的融神詩語，故其題詠論賞之畫境（物），若易以眞境（物），亦有類似之象喻涵意，如鷹、馬、松、山水皆是，因此可舉其詠眞境

　　眞物者來相印證題畫詩象喻之內涵。再者，從杜詩象喻的探析，可得知杜甫心靈意識、處世思想、生命體悟境界的轉變歷程，此轉變必也影響其審美心理，故於其題畫詩審美觀照之象喻，也反映了詩人安頓生命觀點的變易，這由杜甫在題畫詩中雜揉著儒道釋思想，可見一斑。大抵上，青年時期的杜甫尙儒，晚年則以釋道自由境界自期，因此在題畫詩裡反映了融合儒道釋思惟，以及內在思致交錯於入世出世之間的主觀象喻性。

第一節　「象喻」界說

　　一個意象重覆地被引作隱喻，這種隱喻且具有深厚的群體文化心理，它固定反覆地出現，形成了象徵意義。〔註1〕筆者於此將杜甫題畫詩中重覆出現的鷹、馬、松、山水……等詩中畫之意象〔註2〕，其所隱喻、象徵的內涵，以「象喻」一詞來涵蓋這種情感符號〔註3〕之定義。

─────────────

〔註1〕參見韋勒克、華倫合著，王夢鷗等譯《文學論》（台北：志文出版社，1992年12月再版），頁308。華倫於文中指出：「如果一個意象一度被引作隱喻，而它能固定地反覆著那表現的與那重行表現的，它就變成象徵，亦可變成象徵的體系之一部分。」

〔註2〕在目前所存杜集中，罕見專門題寫人物畫的作品，而在詩中論及人物畫的則有〈冬日洛城北謁玄元皇帝廟〉、〈送許八拾遺歸江寧覲省甫昔時嘗客遊此縣於許生處乞瓦棺寺維摩圖樣志諸篇末〉、〈大曆三年春白帝城放船出瞿塘峽久居夔府將適江陵漂泊有詩凡四十韻〉三首，但前列論及人物畫的詩作，亦無涉及「意象重覆地被引作隱喻」之象喻，故本章第六節題爲〈論人物畫之意涵〉，而非〈題人物畫之象喻〉。另外，杜甫的〈觀薛稷少保書畫壁〉，是討論杜甫題畫詩的學者通常將之歸入題畫詩研究範疇內的作品。其中「畫藏青蓮界，書入金榜懸」是杜甫「書畫同論」的證據，而「鬱鬱三大字，蛟龍岌相纏。又揮西方變，發地扶屋椽。慘澹壁飛動，到今色未塡」則是論及書畫之妙之駭動人心的詩句，由於詩中並無涉及詩之象喻的部分，故於此章略而不論。

〔註3〕參見吳曉《詩歌與人生：意象符號與情感空間》（台北：書林出版，1995年3月），頁4～7。吳曉認爲「創造意象是詩人表現情感的基本手段」（頁5），並認爲詩即是意象符號的系列呈現。

　　吳曉認爲：「詩人在進入創作構思時，並非是用語言進行的，而是利用意象進行的，正如一個畫家總是用色彩、線條、形體去思考，一個音樂家總是用音樂去思考一樣」〔註4〕，而黃永武對意象的詮釋，則是：

　　　　「意象」是作者的意識與外界的物象相交會，經過觀察、

　　　　審思與美的釀造，成爲有意境的景象。〔註5〕

這說明主體（作者的意識）與客體（外界的物象）間的審美活動，是以「意」爲基礎的。「意」是什麼？「意」是作者的主觀情志、情思，這「意」牽涉到作者對應「宇宙」的內涵〔註6〕，裡頭有審美主體個別之特性，亦有社會審美意識之共性。

　　李澤厚認爲審美是「一定的社會意識的表現」，他舉中國士大夫看到古松、梅花所興起的清風亮節的美感、看到自然中的菊花或菊花畫所興起高潔人品的移情，其實「是人類長期的社會生活環境的教化熏陶（其中文化教養又佔很重要的地位）所不自覺地形成的直覺反射」。〔註7〕他指出：「中國人常對松竹梅荷『移』進去瀟灑出塵、出污泥而不染的剛勁高標的品質，但外國人對此，就恐怕不如此。所以，『移情』（美感）是具有社會性的……」。〔註8〕但這個說法只論及社

〔註4〕同注3，頁6。

〔註5〕見黃永武《中國詩學——設計篇》（台北：巨流圖書，1976年），頁3。此外陳植鍔於《詩歌意象論——微觀詩史初探》（中國社會科學出版社，1990年8月第1版第1刷），頁39亦有與黃永武「意象爲意境的基礎」的說法相似的論點。陳植鍔指出：「所謂意象，表現在詩歌中即是一個個語詞，它是詩歌藝術的基本單位。意境說側重於全篇的構思和立意，所謂意境，即指全首詩歌所創造的藝術形象。具體到一首詩歌的創作來說，意象的疊加產生了意境，意境等於詩中意象的總合。」

〔註6〕見劉若愚著、杜國清譯《中國文學理論》（台北：聯經出版，1991年10月第3刷），頁12。作者對應「宇宙」的內涵——可包括「人和動作、觀念和感情、素材和事件、以及超感觀知覺的素質（super-sensible essences）。」

〔註7〕見李澤厚《美學論集》（台北：三民書局，1996年9月初版），頁27。

〔註8〕同上注，頁28。

會群體文化意識影響個人審美意識的部分，並未注意到藝術家審美之獨特個性。若能在這之上加入榮格所論及原始原型之深層集體無意識之影響個體心理、潛意識的部分，則能見出藝術家在作品中所表現的「象喻」，其實有無限深微的心識活動，這其中除了有文化淵源之外，還有一些特殊意涵。〔註9〕事實上，王弼在《周易略例‧明象》中即曾說過：

> 夫象者，出意者也；言者，明象者也。盡意莫若象，盡象莫若言，言生於象，故可尋言以觀象；象生於意，故可尋象以觀意，意以象盡，象以言著。〔註10〕

這種言表象、象表意的說法，和現代心理學的分析，實是不謀而合。當我們再以葉燮之「呈于象，感于目，會于心」〔註11〕的說法相輔，就會發現：「象」作為藝術家傳達內在顯意識、潛意識心靈活動的媒介，其象徵喻意之深淺，除了藝術家本身的心靈廣度及文化涵養的深度之外，還在於詮釋者（讀者）探究層次之深淺。因為「個人的象徵，通常很難確認主旨（所表現的東西），雖然媒介（被選來表現某種其他事物的東西）經常是被指明的。」〔註12〕所以，分析出藝術家對一個因襲的意象（即李澤厚所說的集體審美社會性）如何地「再確認，發展，修正或變更它們的意義」〔註13〕，以明瞭藝術家在有意識或無意識下所使用此一意象所顯現之個人象徵，實能解讀出其心境、性格

〔註9〕 見卡爾‧榮格（Carl G. Jung）主編、龔卓君譯《人及其象徵—榮格思想精華的總結》（台北：立緒文化，1999年5月初版1刷），頁2。卡爾‧榮格說：「我們所謂的象徵（symbol），乃是一個名詞、一個名字，甚至是一幅圖畫，它可能為人們日常生活所習見，卻在傳統和表面的意義之外，擁有特殊意涵，蘊涵著某種對我們來說模糊、未知、隱而不顯的東西。」

〔註10〕 見王弼《周易略例》，收於（明）范欽編《范氏二十種奇書》（明嘉靖間四明范氏刊本配補清刊本）。

〔註11〕 見葉燮《原詩》，收於楊列歐輯《昭代叢書》（世楷堂藏板，清道光癸巳年鐫）廣編補卷第一，頁34。

〔註12〕 見劉若愚著、杜國清譯《中國詩學》（台北：幼獅文化，1979年1月再版），頁156。

〔註13〕 同上注，頁208。

及世界（宇宙）觀。〔註14〕而這解讀事實上也間接地呈現讀者自我對此一心境、性格及世界（宇宙）觀的某種程度之再創造。分析杜甫題畫詩依畫內容分類所反映之象喻，會發現其實是同時分析著杜甫在作者與讀者雙重身分下所呈現的藝術意象往返、藝術意象創造及再創造的審美、創作過程。

　　另外，意象（image）、隱喻（metaphor）、象徵（symbol）在媒介形式運用上有其交集，但亦有其本質上的差異。〔註15〕在詮釋上，意象之象徵不同於隱喻，雖兩者皆屬「意在言外」。〔註16〕但詩的隱喻大多可以回溯到最初簡單的形態，且因作者不同，其變化也受著主觀情志、情思不同而有所改變〔註17〕，因此隱喻較之象徵，仍是有跡可循且較易確定其意的。姚一葦認爲構成象徵的三個基本性能及條件爲：符號性、比喻性與暗示性，其蘊含的意念在詮釋上常出現「高度的曖昧」（ambiguity）。〔註18〕基於此，爲避免對「象」的分析形成曖昧不清的詮釋，筆者將傾向於詮釋杜甫在題畫詩中所題論有關鷹、馬、松、山水……等詩中畫之意象的「主觀象喻性」。〔註19〕

〔註14〕同注13，頁202。

〔註15〕同上注，頁151～213論及〈意象與象徵〉。

〔註16〕見姚一葦《藝術的奧秘》（台北：台灣開明書局，1983年1月9版），頁126及頁140。至於意象（image）、隱喻（metaphor）、象徵（symbol）在本質上的差異，亦可參見氏者〈論象徵〉一文，收於同書頁118～188。

〔註17〕參見波赫士著，陳重仁譯《波赫士談詩論藝》（台北：時報文化出版，2001年1月初版1刷），頁32～52。波赫士認爲大多比喻其實都可以回溯到幾個簡單的形態，但有些比喻並無法追溯回我們既定的模式。

〔註18〕同注16，頁126～127。作者於頁126指出：「比喻與象徵雖同屬『意在言外』，但自比喻中所流露出來的意念，極容易找得，亦極易確定，其間絲毫沒有含混之處；但象徵則不然，象徵中所蘊含的意念不容易覓取，即使找獲，亦不易確定，至少不能十分地確定，有時表現出高度的曖昧。」

〔註19〕參見陳植鍔《詩歌意象論——微觀詩史初探》（中國社會科學出版社，1990年8月第1版第1刷），頁147～163。陳植鍔指出：意象的藝術特徵有三，一爲主觀象喻性，二爲遞相沿襲性，三爲多義歧

陳植鍔說:「強調詩人的主觀感受,認為文學是作家的自我表現,乃是我國古代文論中一個源遠流長的基本文學觀。所謂『詩言志』、『文以氣為主』、『文以意為主』,說的都是這個意思。意象的主觀象喻性,正是這種文學觀在詩歌創作中的具體表現。」〔註20〕而卡爾‧榮格也說:「我們最好把創作過程看成是一種紮根在人心中的、有生命的東西。在分析心理學的語言中,這種有生命的東西就叫做自主情結(autonomous complex)。」〔註21〕總之,我們可以如此說:象之表意乃著重在表達詩人的內心世界。而詩人為表達內心世界,選取能夠引起某種聯想的具體事物(杜甫之題畫詩中則重覆出現鷹、馬、松、山水……等詩中畫象)來抒發其內心世界的特點〔註22〕,而此一具體事物之重覆出現,雖能代表著一特定情志,卻也隨著詩人生命體悟境界層次的轉變,而有所變化。〔註23〕所以若尋象觀意,可發現詩人內在情志、情思的發展歷程,也可一窺詩人審美心理之發展歷程了!

第二節　題畫鷹、鶻、鶴之象喻

杜甫題畫詩中,論賞禽鳥類型者有五首,其中〈畫鷹〉、〈姜楚公畫角鷹歌〉、〈楊監又出畫鷹十二扇〉三首之主題為鷹,而〈畫鶻行〉和〈通泉縣署屋壁後薛少保畫鶴〉二首之主題則各為鶻與鶴。

宋人黃徹在《䂬溪詩話》卷二曾說:

　　杜集及馬與鷹甚多,亦屢用屬對。……蓋其致遠壯心,未甘伏櫪,嫉惡剛腸,尤思排擊。〔註24〕

解性。
〔註20〕同注19,頁159。
〔註21〕見卡爾‧古斯塔夫‧榮格(Carl Gastav Jung)著,馮川、蘇克譯《心理學與文學》(台北:久大文化,1990年10月初版),頁84。
〔註22〕同注19,頁147。
〔註23〕參見歐麗娟《杜詩意象論》(台北:里仁書局,1997年12月初版),頁24。另亦可參見曹淑娟〈從杜詩鷙鳥主題看作品與存在的關聯〉(淡江大學中文學報第3期,1996年12月),頁113~144。
〔註24〕見臺靜農《百種詩話類編》(台北:藝文印書館,1974年5月初版),

另清人劉鳳誥在《杜工部詩話》中則說：

> 《畫鷹》一律首云：「素練風霜起，蒼鷹畫作殊」，鷹之猛
> 鷙、畫之神采俱現，與《畫馬》詩「縞素漠漠開風沙」意
> 同。公詩格每因畫及眞，故末聯想到擊凡鳥作結。其題《姜
> 楚公畫角鷹歌》直云：「卻嗟眞骨遂虛傳，梁間燕雀休驚怕。」
> 翻說更妙。咏《楊監又出畫鷹十二扇》，亦因其骨老崖嶂，
> 追憶「天寒大羽獵」之雄。又《畫鶻行》，首從「高堂見生
> 鶻」轉到畫鶻，末以粉墨蕭瑟之畫，忽想到雲沙煙霧之眞。
> 猶「薛公十一鶴，皆寫青田眞」，接云「畫色久欲盡」，又
> 從「豈惟粉墨新」，收到「赤霄有眞骨」，自負自慨，處處
> 跌宕生姿，幾令人迷離莫辯。〔註25〕

由杜詩中鷹與馬之意象的自我設喻，不難看出杜甫「快意豪烈的俠義
追求」〔註26〕，亦可推溯出詩人化自我理想於鷹馬象喻之中的脈絡。
而杜甫詩中鷙鳥（包括鷹、雕、隼、鶻）的意象鮮明，歷來學者多有
深論〔註27〕，研究已有相當成果。因此本文將著重在詩人見畫起興、

頁 328。

〔註25〕 見張忠綱《杜甫詩話六種校注》（齊魯書社，2002 年 9 月第 1 版第 1
刷），頁 212～213。

〔註26〕 參見歐麗娟《杜詩意象論》（台北：里仁書局，1997 年 12 月初版），
頁 134～152。作者於文中指出：「杜甫在塑造鷙鳥意象的一大特點：
從寫物摹神到象喻的境界。」又說：「杜甫詩中鷙鳥的意象，正是結
合了豪宕的氣概與俠義的心腸而成。」……「杜甫在鷙鳥意象中投
射了個人品格自高之心、英雄豪宕之氣與嫉惡剛腸之性，是奉守儒
業、溫柔敦厚的杜甫激烈快意的另一個面向……。」

〔註27〕 以鷙鳥意象爲主題者，參見曹淑娟〈從杜詩鷙鳥主題看作品與存在的
關聯〉（淡江大學中文學報第 3 期，1996 年 12 月），頁 113～144，作
者於文中指出：「觀察詩人鷙鳥主題的衍變，也正看到一個懷抱理想的
士人，在實踐過程中的鬱困、修正與調適。」（頁 113）又說：「詩人
的文字正是其自我存在狀態的描述與說明。」（頁 141）另同注 26，
頁 134～152；此外蕭麗華於〈從神話原型看李杜詩中的神鳥意象〉（國
文天地 16 卷 8 期，2001 年 1 月），頁 42～68，作者對杜甫詩中鷙鳥的
意象亦有探源之新論：「在杜甫之前，鷙鳥意象見於詩文起自周公〈鴟
鴞〉、《詩經・小雅》〈采芑〉〈沔水〉中的飛隼均具有宗國之思。杜甫
素懷大志，自許甚高。他立志要『竊比稷與契』（〈自京赴奉先縣詠懷
五百字〉）『致君堯舜上，再使風俗淳。』（〈奉贈韋左丞丈二十韻〉）他

移情於畫的心靈圖象之主觀象喻詮釋，並說明杜甫題畫詩「其法全在不粘畫上發論」，而是在詩人寄託胸懷於畫境中的物，且其審美觀是詩人的胸懷氣象、心靈意識的映照。

一、「鷙鳥」象喻詩人潛意識之狂傲與理想

屈原在〈離騷〉中云：

> 鷙鳥之不群兮，自前世而固然。

漢人王逸認為屈原之所以鷙鳥自喻，乃「言鷙鳥執志剛厲，特處不群，以言中正之士，亦執分守節，不隨俗人，自前世而固然，非獨於今，比干、伯夷是也。」〔註28〕杜甫承襲屈原以鷙鳥為自喻孤傲不群的藝術形象〔註29〕，隨其人生心路歷程思想境界不同，而有其不同之心志移情作用。

〈畫鷹〉是杜甫現存詩集中論賞畫作最早的作品，當是開元二十九年所作，詩人時年三十。〔註30〕詩云：

> 素練風霜起，蒼鷹畫作殊。攫身思狡兔，側目似愁胡。
> 絛鏇光堪摘，軒楹勢可呼。何當擊凡鳥，毛血灑平蕪。

楊倫箋注引〈西都賦〉云：「風毛雨血，灑野蔽天。因畫鷹而思見真者之搏擊，即〈進雕賦〉意。」〔註31〕而蒲起龍則說此詩「乘風思奮

具有回歸上古三代典型政治淳風的意識，如孔子之思周公一樣，而且『契』是殷商感生神化之始祖，我們正好由這一連串的現象看出杜甫的民族文化意識留有神話圖騰的痕跡。」另外中國大陸學者以杜詩中馬和鷹為題論述之期刊論文，則有：鄧魁英〈杜甫詩中的馬和鷹〉〈北京師範大學學報，1984年第3期，頁18〜24〉、藍旭〈馬與鷹──杜甫思想性格管窺〉〈杜甫研究學刊，1992年第2期總32期，頁58〜64〉及劉進〈杜詩中的鷹·馬意象〉〈杜甫研究學刊，1999年第3期總61期，頁27〜32〉……等文值得參考。

〔註28〕見宋·洪興祖《楚辭補注》〈台北：長安出版社，1984年9月出版〉，頁16。

〔註29〕參見吳鷺山《杜詩論叢》〈浙江文藝出版社，1983年6月第1版第1刷〉，頁74〜77。

〔註30〕參見杜甫年譜〈台北：學海出版社，1981年9月再版〉，頁28〜30。

〔註31〕見清人楊倫箋注《杜詩鏡詮》〈台北：華正書局，1993年9月〉，頁

之心，嫉惡如讐之志，一齊揭出。」〔註32〕詩中不但表現了青年詩人自許不凡奮發飛揚的壯志，更有著〈進雕賦〉：「鷙鳥之特殊，搏擊而不可當，豈但壯觀於旌門，發狂於原隰。引以爲類，是大臣正色立朝之義也」那種「對庸俗的蔑視與醜惡現實的否定和抗爭」。〔註33〕而其中「何當擊凡鳥，毛血灑平蕪」之結語，與詩人〈望嶽〉中所云：「會當凌絕頂，一覽眾山小」，可說是青年時代狂傲自負思想性格的表現〔註34〕。

另外饒富趣味的是本詩首聯寫畫鷹，頷聯卻以眞鷹擬畫，頸聯又從畫鷹見眞，尾聯則以眞鷹氣概作結，我們可以發現杜甫意念思緒遊走於畫鷹、眞鷹之間頗堪玩味的審美活動過程。劉若愚認爲杜甫開始寫〈畫鷹〉時，可能眞是「老實地描寫一隻畫上的鷹，可是這個主題激起了他的想像力，以致這鳥成爲英勇的力與猛烈的美之象徵。」〔註35〕劉氏並舉英國詩人霍普金斯（Gerard Manley Hopkins 1844～1889）的〈紅隼〉中的詩句：

> 殘猛的美和勇氣和行動，啊啊，空氣，豪情，羽毛，在此激烈！
>
> Brute beauty and valour and act，oh，air，pride，plume，here Buckle！

來與之相比〔註36〕，可見鷹之形象所引起詩人的詩興，常有振翅飛揚、忠誠、勇猛行動力的豪情萬丈之象徵聯想。

6。

〔註32〕見清人蒲起龍《讀杜心解》（台北：中央輿地出版社，1970 年 12 月初版），頁 337。

〔註33〕同注 29，頁 76。

〔註34〕杜甫在〈壯遊〉詩中自述：「往者十四五，出遊翰墨場。斯文崔魏徒，以我似班揚。七齡思即壯，開口詠鳳皇。九齡書大字，有作成一囊。」又在〈進雕賦〉中說：「自七歲所綴詩筆，向四十載矣，約千有餘篇。」可見詩人對自己的才華是頗自負的。

〔註35〕見劉若愚著、杜國清譯《中國詩學》（台北：幼獅文化，1979 年 1 月再版），頁 204。

〔註36〕同上注，頁 204～205。

　　從分析心理學來說,「動物主題通常象徵著人類原始本能的特質」
〔註37〕,這種本能的驅力潛藏於潛意識之中。詩人晚年曾在〈壯遊〉
一詩中自剖早年「性豪業嗜酒,嫉惡懷剛腸」的清狂〔註38〕之遊俠生
活〔註39〕,詩云:

　　　放蕩齊趙間,裘馬頗清狂。春歌叢臺上,冬獵青丘旁。
　　　呼鷹皁櫪林,逐獸雲雪岡。射飛曾縱鞚,引臂落鶖鶬。
　　　蘇侯據鞍喜,忽如攜葛強。

這是一部詩人騎馬奔躍於山林之間,呼鷹引箭射獵鶖鶬(凡鳥)的快
意生活紀錄片。乘馬、呼鷹、射擊獵物的速度感,杜甫是真實地體驗
過了!詩人之愛馬與鷹,及詩中擅用馬與鷹的意象,並非僅是文化意
識慣有意象的傳承而已,而是在射獵之際,他曾經同時與馬、鷹合作,
為同一目標努力過。在那當時,馬與鷹讓詩人凌越自我形體的束縛,
以其奔騰、飛翔的速度與追擊獵物的敏銳性,作為詩人的腳及翅膀,
達成詩人完成射獵的目標與理想。這種射獵體驗,讓詩人對馬與鷹的
意象情有獨鍾,也讓詩人運用此一意象時總是形神兼備。

　　所以,詩人見到畫境中的鷹,自然會聯想到鷹飛行的速度,他說
鷹的速度和氣勢就如:

　　　疾禁千里馬,氣敵萬人將。(〈楊監又出畫鷹十二扇〉)

〔註37〕見卡爾‧榮格(Carl G. Jung)主編、龔卓君譯《人及其象徵——榮
　　　　格思想精華的總結》(台北:立緒文化,1999年5月初版1刷),頁
　　　　296。
〔註38〕筆者曾於前第二章第二節〈詩人心靈意識之映照〉文中指出,杜甫
　　　　之自我乃狂放孤傲之性格,他曾自稱「自笑狂夫老更狂」(〈狂夫〉),
　　　　且說「晚節漸於詩律細,誰家數去酒杯寬。惟吾最愛清狂客,百遍
　　　　相看意未闌。」(〈遣悶戲呈路十九曹長〉)關於杜甫性格中的「狂」,
　　　　可參見丁公誼〈論杜甫之「狂」〉,收於蔣寅、張伯偉主編的《中國
　　　　詩學》(北京:人民文學出版社,2002年6月第1版第1刷),頁110
　　　　～118。
〔註39〕同注31,頁698,楊倫說此為「一幅遊俠少年圖」。同注9,頁162,
　　　　蒲起龍亦指出此段「似遊俠氣味」。王嗣奭《杜臆》(臺灣中華書局,
　　　　1970年10月臺1版),頁257,則說:〈壯遊〉一詩「乃公自為傳,
　　　　其行徑大都與李白相似,然李一味豪放,而杜卻豪中有細。」

而在〈畫鷹〉中所說鷹的那種「何當擊凡鳥，毛血灑平蕪」之猛烈，
讓燕雀、烏鵲生懼之追擊獵物的準確性以及鷙鳥之特出卓絕不凡，在
其他題畫鷙鳥的詩中尚有三處，如：

> 梁間燕雀休驚怕，亦未搏空上九天。（〈姜楚公畫角鷹歌〉）
>
> 烏鵲滿樛枝，軒然恐其出。側腦看青宵，寧爲眾禽沒。長
> 翮如刀劍，人寰可超越。（〈畫鶻行〉）
>
> 殊姿各獨立，清絕心有向。〔註40〕（〈楊監又出畫鷹十二扇〉）

〈畫鶻行〉一詩中所題之畫中鶻，不但爲烏鵲所懼，而且志向遠大，
對滿枝的烏鵲不屑一顧，不輕易爲眾禽凡鳥而飛，這何等的狂傲自負
其實是杜甫在論賞畫作時的移情作用所致！可見，杜甫題畫詩中的
鷹、鶻，已非僅是射獵工具的形象了！畫中寫實如眞的鷙鳥〔註41〕，
有著兇猛蒼健、超寰獨步及孤傲不馴的特殊性格〔註42〕，那氣勢軒
昂，足以令燕雀烏鵲望之驚恐，充分反映出杜甫以其英勇搏擊鳥雀，
象徵其能懲姦除惡，維持正色於朝廷的大臣之正義〔註43〕，更何況這
「長翮如刀劍」的大鶻，其志並不在擊凡鳥而已啊！就在這將己志移
情於畫中鷙鳥的審美過程**裏**，畫中鷙鳥已儼然成爲杜甫的理想人格的
自畫像。〔註44〕就連詩人「一飯未嘗忘君」奉儒守官的忠君思想，也
鮮明地移情於畫中鷙鳥的意象**裏**，如：

> 爲君除狡兔，會是翻鞲上。（〈楊監又出畫鷹十二扇〉）

仇兆鰲注〈楊監又出畫鷹十二扇〉一詩曰：「寫一畫鷹，而世之治亂，

〔註40〕見林同華《中國美學史論集》（下冊）（台北：丹青圖書，1986 年
　　　　4 月臺一版），頁 170。作者也認爲「殊姿各獨立，清絕心有向。」
　　　　（〈楊監又出畫鷹十二扇〉）「是詩人思想情感移注於鑑賞對象的結
　　　　果。」

〔註41〕杜甫寫燕雀烏鵲恐懼畫中鷙鳥騰空搏擊，一者顯在讚美畫詩寫眞傳
　　　　神的畫技，二者隱則能反映出自我潛意識中的自負與狂傲。

〔註42〕參見藍旭〈馬與鷹──杜甫思想性格管窺〉（杜甫研究學刊，1992 年
　　　　第 2 期總 32 期），頁 59。

〔註43〕參見鄧魁英〈杜甫詩中的馬和鷹〉（北京師範大學學報，1984 年第 3
　　　　期），頁 22。

〔註44〕同注 42，頁 62。

身之用舍，俱在其中，眞是變化百出。」〔註45〕而浦起龍則說：「公
鷹詩及畫鷹詩凡數首，首首轉意，使筆如陽羨鵞籠，幻化愈奇，而暮
年壯心，亦不覺躍然一露。」〔註46〕所以，說杜甫在其題畫詩裏鷙鳥
（鷹、鶻）意象反覆所呈現出的象喻中，反映出杜甫潛意識自我之自
負狂傲及理想，實不是揣想之詞。

二、「不能奮飛」象喻詩人現實受阻

　　除了鷹、鶻之外，杜甫論賞畫鶴也並非僅僅著眼在遊仙幻化的寄
託而已，尚著眼於獨立特出、志高不馴之心志比德象喻，如〈通泉縣
署屋壁後薛少保畫鶴〉中所吟：

　　　　威遲白鳳態，非是倉庚鄰。

而畫中寫實如眞的鷹、鶻、鶴，往往讓詩人在讚賞畫師畫技之餘，油
然湧起深藏於心中的家國之痛、身世之感，形成了杜甫題畫詩中獨特
的沉鬱審美風格。〔註47〕

　　經過「朝扣富兒門，暮隨肥馬塵」（〈奉贈韋左丞丈二十二韻〉）
殘羹冷炙之求仕經歷，也看清自己「恥事干謁」（〈自京赴奉先縣詠懷
五百字〉）的本性，杜甫早年「竊比稷與契」的自負與「致君堯舜上，
再使風俗淳」（〈奉贈韋左丞丈二十韻〉）之儒家民胞物與的使命感與
政治理想，隨著現實的打擊逐漸地幻滅了。

　　隨著政治理想的幻滅，杜甫欲飛而不得飛的苦悶，亦隨之在題畫
詩中呈現了有志難申的象喻意義。《詩經‧邶風‧柏舟》中「靜言思
之，不能奮飛」〔註48〕，是飛翔意識受到現實阻礙的一種反映，杜甫
論賞鷹、鶻、鶴之時，亦常出現「通過飛翔形象透露出作者想要衝出

〔註45〕見仇兆鰲注《杜詩詳注》（台北：里仁書局，1980年7月），頁1342。
〔註46〕同注32，頁141。
〔註47〕參見蕭麗華《論杜詩沉鬱頓挫之風格》（國立台灣師範大學國文研究
　　　　所碩士論文，1986年5月）頁147～149所論及之「情感心志意象化」。
〔註48〕見王靜芝《詩經通釋》（台北：輔仁大學文學院出版，1991年10月
　　　　12版），頁80。

某種不適境遇以擺脫現實中的苦悶與侷促的要求」。〔註49〕畫中鷹、
鶻、鶴雖然「軒楹勢可呼」(〈畫鷹〉)、「殺氣森森到幽朔」(〈姜楚公
畫角鷹歌〉)，但「亦未搏空上九天」(〈姜楚公畫角鷹歌〉)，因爲畫中
的鷹、鶻、鶴無論是搏擊前「攫身思狡兔，側目似愁胡」(〈畫鷹〉)
的威猛神態，或是「低昂各有意，磊落如長人」(〈通泉縣署屋壁後薛
少保畫鶴〉)的「飛伏之致、英奇之狀」〔註50〕，那種神氣昂揚畢竟
只是畫師筆下營造出的神駿而已，因此詩人對這畫幅中蓄勢待發卻終
究無法振翅高飛的畫中鳥，時常移注以個人際遇的同情於畫鳥中，他
咏道：

　　　　粉墨形似間，識者一惆悵。(〈楊監又出畫鷹十二扇〉)
　　　　乾坤空崢嶸，粉墨且蕭瑟。(〈畫鶻行〉)
　　　　曝露牆壁外，終嗟風雨頻。(〈通泉縣署屋壁後薛少保畫鶴〉)

其中有如詩人曾說的：「奮飛既胡越，局促傷樊籠」(〈苦雨奉寄隴西
公兼呈王徵士〉)之傷感，這種徒有飛高之志，空有搏擊之姿，卻未
能有如眞鳥般付諸眞實的行動，相似的情境使「一飯未嘗忘君」〔註
51〕的詩人，觸動自我懷才不遇、熱切報效國家而毫無事功的詩興，
所以他說：

　　　　吾今意何傷，顧步獨紆鬱。(〈畫鶻行〉)

這種對現實灰心、失望而「無復飛騰之志」〔註52〕，詩人終以企望隱
逸爲心靈歸宿，來尋求個人自我精神之解脫與釋放，這在〈奉留贈集

〔註49〕見劉進〈杜詩中的鷹‧馬意象〉(杜甫研究學刊，1999 年第 3 期總
　　　　61 期)，頁 29。
〔註50〕同注 45，頁 962。
〔註51〕杜甫在〈楊監又出畫鷹十二扇〉一詩中仍由畫鷹之「疾禁千里馬，
　　　　氣敵萬人將」，而產生「憶昔驪山宮，冬移含元仗。天寒大羽獵，此
　　　　物神俱王。當時無凡材，百中皆用壯。」的聯想，王嗣奭說：「『識
　　　　者一惆悵』，無限感慨！雖奇才異能，用之有時；如今干戈少有暇日，
　　　　則眞骨老於崖嶂矣。『少暇日』謂主上不暇羽獵也。」見王嗣奭《杜
　　　　臆》(台灣中華書局，1970 年 10 月臺 1 版)，頁 281。可見，說杜甫
　　　　是「一飯未嘗忘君」，並未過言。
〔註52〕同注 45，頁 131。

賢院崔于二學士〉一詩中表露無遺，詩人說：

> 天老書題目，春官驗討論。倚風遺鶂路，隨水到龍門。
>
> 竟與蛟螭雜，空聞燕雀喧。青冥猶契闊，陵厲不飛翻。
>
> 儒術誠難起，家聲庶已存。故山多藥物，勝概憶桃源。

詩人亦曾說：「胡雁翅溼高飛難」（〈秋雨歎三首〉之三），契闊不飛乃情非得已，奮飛之志受阻恐怕是詩人一生以詩言志抒情的潛在動機，亦是詩人一生砥礪詩境的磨刀石。﹝註53﹞而隱遁思想的移注畫境，我們另可於詩人之題山水畫詩見出一斑，此待本章第五節論述之。

三、「脫略難馴」象喻詩人精神自由的釋放

詩人奮飛不能的傷感並不在個人功名的得失，而是理想的遙不可及，人飢己飢、人溺己溺的痌瘝在抱，讓詩人在仕與隱之間進退兩難，然現實是理想的落空、求仕的不遇、生活的困頓，志高孤傲的心靈豈願爲世俗所拘，所以詩人在〈見王監兵馬使說近有白黑二鷹二首〉詩云：

> 在野只教心力破，于人何事網羅求。一生自獵知無敵，百中爭能恥下韝。（二首之一）
>
> 虞羅自覺虛施巧，春雁同歸必見猜。（二首之二）

自傲自信不爲人役的內在情思，移注於鷹之形象而顯露出不拘於俗世「遇與不遇」的自負，這種超越世俗「誰能馴」的自我投射，在〈通泉縣署屋壁後薛少保畫鶴〉一詩中有更鮮明的表達，詩人說：

> 赤霄有眞骨，恥飮洿池津。冥冥任所往，脫略誰能馴。

楊倫於《杜詩鏡銓》中認爲「脫略誰能馴」乃言：「此地既無人知賞，鶴亦將破壁而飛去矣，兼帶自寓意。」﹝註54﹞而浦起龍則於《讀杜心解》說：「『赤霄』四句，本由將傾發慨，卻以眞鶴之隱形，設一解譬，

﹝註53﹞ 同注 47，頁 84～110。蕭麗華認爲杜甫之人格世界成就沉鬱之質，其情性爲酋領，思想爲輔翼，挫折爲礪石。

﹝註54﹞ 同注 31，頁 430。詩人另還有以白鷗來映照自我「誰能馴」者，如〈奉贈韋左丞丈二十二韻〉詩云：「白鷗沒浩蕩，萬里誰能馴。」

超然以遠。」〔註55〕而仇兆鰲也注此詩說:「此從畫壁生慨。……赤霄冥舉,即眞鶴有時遁形。凡物皆當曠觀矣。」〔註56〕

眞人羽化登仙乘鶴而去的傳說,常賦予鶴超遠曠觀的意象,如〈相鶴經〉即說:「鶴者,陽鳥也……飲而不食,與鸞鳳同羣,胎化而產,為仙人之驥驢矣……能翔于霄漢……」。〔註57〕而薛稷在唐代是鼎鼎大名的畫鶴名家,畫史有「薛鶴」之稱〔註58〕,因此詩人由薛稷畫鶴之森然會神,興起嚮往「恥飲洿池津」的眞鶴〔註59〕,得以遁入無涯自由地翱翔、不為世俗繫縛的無拘無束。這象喻著「恥干謁」的詩人厭離糾葛的憂思,意欲超越有限之身命,遊化於無止無盡、無限廣闊的精神世界,這是杜甫相對於政治理想之心靈理想。

《宣和畫譜·花鳥敘論》中說:

> 詩人六義,多識於鳥獸草木之名,而律曆四時,亦記其榮枯語默之候。所以繪事之妙,多寓興於此,與詩人相表裏焉。……至於鶴之軒昂,鷹隼之搏擊,……展張於圖繪,有以興起人之意者,率能奪造化而移精神遐想若登臨覽物之有得也。〔註60〕

其實就是畫能興詩人之意,詩人能移精神於畫中的註腳。曹淑娟曾以音樂為譬,將杜甫鷙鳥主題的詩作,視〈雕賦〉中「大臣正色立朝之義」為主調,其中三層「由期待到失望」、「由自許到許人」、「由思用到自用」的詩象則視其為主調之變奏,是詩人隨著其生命經歷及存在

〔註55〕同注32,頁105。

〔註56〕同注45,頁962。

〔註57〕見周履靖校梓〈相鶴經〉,收於《叢書集成新編》(台北:新文豐出版,1986年1月臺1版)第44冊,頁257。

〔註58〕參見王伯敏《唐畫詩中看》(台北:東大圖書,1993年初版),頁100。另參見陸綏祥《隋唐繪畫史》(北京:人民美術出版社,2001年8月第1版第1刷),頁113~114。陸綏祥認為薛稷所畫的鶴,在唐一代被視為鶴畫中難以超越的典範,影響深遠,目前已不見其眞跡。筆者案:由杜甫之題畫詩可間接地保存美術史材料。

〔註59〕同注45,頁962。朱鶴齡云:「本咏畫鶴,以眞鶴結之,猶之咏畫鷹而及眞鷹,咏畫鶻而及眞鶻,咏畫馬而及眞馬也。」

〔註60〕見俞崑《中國畫論類編》(台北:華正書局,1977年10月),頁1037。

體驗的轉變，而有了描述與說明「自我存在狀態」的豐富樂曲〔註61〕，這可以佐證杜甫的題畫鷹、鶻、鶴詩並非僅是單純詠物之作，而是杜甫融入生命情調於畫作之中，反芻而爲詩，詩中有畫、畫中有我，而我（詩人）在詩、畫之中遊走的詩情。

我們可以如此簡約地說：杜甫孤傲狂放的潛在自我與「致君堯舜上」的理想自我之內在衝突，本然地在詩人面對畫境圖象時，引發詩興進而移情畫境，而形成在繪畫論賞審美之中，詩人神遊於畫境，化身爲畫中之鷹、鶻、鶴，再出離畫中框限的畫幅直抒己志，審美意識自由地出入於物（畫中圖象）我之間，在創作題畫詩之間，反映了詩人內在的修正與調適，昇華了內在情志轉折的衝突，得到藝術境界提升的精神釋放。

第三節 題畫馬之象喻

杜詩集中，詩中有「馬」字者，共有二百多首，可見杜甫喜以馬入詩。榮格說：「許多原始初民認爲一個人有一個『叢林魂』（bush soul）和一個屬於自己的靈魂，叢林魂會附身在一隻野獸或一棵樹上，藉著附身於這隻野獸或這棵樹，個人便有了心靈的認同。」〔註62〕杜甫固然非如原始初民般將馬視爲自己的「叢林魂」，但詩人對馬的長驅負重、一心爲主，有著「英雄氣概」、「忠悃戀主」的深層認同感，更延伸而有「君臣遇合」、「知遇難覓」、「國事盛衰」、「先帝追思」……等等情愫。〔註63〕

〔註61〕 參見曹淑娟〈從杜詩鷙鳥主題看作品與存在的關聯〉（淡江大學中文學報第 3 期，1996 年 12 月），頁 113～144。

〔註62〕 見卡爾‧榮格（Carl G. Jung）主編、龔卓君譯《人及其象徵——榮格思想精華的總結》（台北：立緒文化，1999 年 5 月初版 1 刷），頁 6。

〔註63〕 參見黃永武《中國詩學——思想篇》（台北：巨流圖書，1991 年 5 月 1 版 7 印），頁 149～161。黃永武認爲杜甫筆下的馬，有「代表英雄的氣概」、有「申述暮年的壯志」、有「自況一生的辛勞」、有「象徵君臣的遇合」、有「比喻知遇的難覓」、有「暗示國事的盛衰」、也

　　馬在中國歷史及文學的傳統意識中，其實有著很豐富的文化意涵。自戰國至南北朝之際，由於馬在戰爭與儀杖中的作用，因而馬作為藝術創作的主要題材有其必然性。〔註64〕歷代帝王多喜名馬，擁有眾多良駒寶馬幾可象徵帝王之尊嚴和權威；另外戰國策士、思想家亦好引馬為喻，如《韓非子‧說林》中老馬識途的故事，及《莊子‧馬蹄篇》通篇以馬作喻申說老子所云：「無為自化，清靜自正」順應自然之理〔註65〕……等。以至到曹操在碣石篇第四首〈步出夏門行〉以「老驥伏櫪，志在千里，烈士暮年，壯心不已」來表達自己晚年的雄心壯志，直接影響了杜甫寫出「老驥思千里，飢鷹待一呼」（〈贈韋左丞丈濟〉）的詩句。因此筆者同意鄧魁英所說：杜甫之愛馬是受了古代歷史及文學的傳統影響〔註66〕，但筆者卻以為這只點出了文化集體意識對詩人的影響而已，尚未指出詩人對馬之意象亦有其與傳統不同的內在情志之反映。

　　杜甫專題咏馬的十多首詩中，其中有咏真馬、題咏畫馬兩類，本文將就其題咏畫馬之部份，分析詩人在面對畫馬時所引起的審美感興，及由題畫馬詩所反應出之詩人心靈意識的移情作用，以探討馬之圖象所引起詩人內在之主觀象喻。

一、實踐儒家君子比德觀

　　「清峻」、「神駿」〔註67〕是杜甫對馬的審美標準，從詩句看來，

有「綰連對先帝的追思」，「從他的寫馬詩中，可以覘見民族文化的理想與意念，以及其個人忠悃戀主的思想風槩。」

〔註64〕參見陳綬祥《隋唐繪畫史》（北京：人民美術出版社，2001年8月第1版第1刷），頁89。
〔註65〕見清‧王先謙《莊子集解》（台北：木鐸出版社，1988年6月初版），頁82。
〔註66〕參見鄧魁英〈杜甫詩中的馬和鷹〉（北京師範大學學報，1984年第3期），頁18～19。作者對杜甫詩中的馬鷹意涵進行溯源，並認為杜甫之喜愛馬鷹，乃是受了古代歷史及文學的傳統影響之結果。
〔註67〕語出杜甫詩句「伊昔太僕張景順，監牧攻駒閱清峻。遂令大奴字天育，別養驥子憐神駿。」（〈天育驃圖歌〉）

杜甫認爲畫馬之是否具備「骨」〔註68〕與「氣」〔註69〕，是畫馬是否能傳神地呈現良馬之「清峻」、「神駿」的必要條件，這中間是有著詩人自己的藝術眼光（主體審美評價）於其中的。余秋雨說：「藝術眼光就是爲主體情感尋找客觀對應物的眼光，而這種客觀對應物，大多是蘊含著精神潛流的感性生命體。」〔註70〕因此，當杜甫贊嘆曹霸畫馬爲：

> 可憐九馬爭神駿，顧視清高氣深穩。（〈韋諷錄事宅觀曹將軍畫
> 馬圖歌〉）

就可看出詩人對「清高深穩」的風骨有著精神認同。王嗣奭曾在《杜臆》中評此詩句說：「『清高深穩』四字評馬，此公獨得之妙；馬有此四字，是謂國馬，士有此四字，是爲國士，孔子所云驥德盡於此矣，正以之比君子也。」〔註71〕其實，杜甫不管咏眞馬或咏畫馬，皆有將之情思化、人格化的寓意〔註72〕，所以劉鳳誥就說：「馬之爲物最神駿，古詩畫名家多藉以托喻。若少陵咏馬詩十餘首，自慨生平，兼及時事，又不專以體物爲工。大抵狀馬之相、種、才、德，《房兵曹胡馬》一律盡之。」〔註73〕由此，我們可以看出儒家比德觀對中國詩畫的影響，也看出杜甫題咏畫馬時受到此文化意識的影響之深遠。

　　君子比德觀是由荀子在〈法行〉篇中以孔子和子貢的對話，首次

〔註68〕見杜甫詩句「矯矯龍性合變化，卓立天骨森開張。」（〈天育驃圖歌〉）
　　　　「騰驤磊落三萬匹，皆與此圖筋骨同。」（〈韋諷錄事宅觀曹將軍畫
　　　　馬圖歌〉）「瞻彼駿骨，實惟龍媒」（〈畫馬贊〉）
〔註69〕見杜甫詩句「可憐九馬爭神駿，顧視清高氣深穩。」（〈韋諷錄事宅
　　　　觀曹將軍畫馬圖歌〉）「幹惟畫肉不畫骨，忍使驊騮氣凋喪。」（〈丹
　　　　青引贈曹將軍霸〉）杜甫欣賞畫馬之審美觀強調「骨」與「氣」，筆
　　　　者將於第四章再行詳論。
〔註70〕見余秋雨《藝術創造工程》（台北：允晨文化，1996 年 4 月初版五刷），
　　　　頁 79。
〔註71〕見王嗣奭《杜臆》（台灣中華書局，1970 年 10 月臺 1 版），頁 198。
〔註72〕參見劉進〈杜詩中的鷹・馬意象〉（杜甫研究學刊，1999 年第 3 期總
　　　　61 期），頁 31。
〔註73〕見張忠綱《杜甫詩話六種校注》（齊魯書社，2002 年 9 月第 1 版第 1
　　　　刷），頁 211。

明確提出來的，其文云：

> 子貢問於孔子曰：「君子之所以貴玉而賤珉者，何也？爲夫
> 玉之少而珉之多邪？」孔子曰：「惡！賜！是何言也！夫君
> 子豈多而賤之，少而貴之哉！夫玉者，君子比德焉。濕潤
> 而澤，仁也；栗而理，知也；堅剛而不屈，義也；廉而不
> 劌，行也；折而不撓，勇也；瑕適並見，情也；扣之，其
> 聲清揚而遠聞，其止輟然，辭也。故雖有珉之雕雕，不若
> 玉之章章。《詩》曰：『言念君子，溫其如玉』。此之謂也。」
> 〔註74〕

在這段話裏，將玉與君子之「仁」、「知」、「義」、「行」、「勇」、「情」、「辭」作了類比，這種類比表面上看似「人比德於物」，實際上是「物比德於人」，是將所比之物視爲君子人格修養的參照，目的乃在以進行類比之中，達到不斷反省進而修養人格以向上提升的功夫〔註75〕，這尚停留在思想哲學的部分。而真正將君子比德觀具體運用到文學創作的則以屈原爲典範，其作品中又以〈九章·橘頌〉爲代表〔註76〕，頌云：

> 后皇嘉樹，橘徠服兮。……受命不遷，生南國兮。……深
> 固難徙，更壹志兮。……獨立不遷，豈不可喜兮？深固難
> 徙，廓其無求兮。蘇世獨立，橫而不流兮。……行比伯夷，
> 置以爲像兮。〔註77〕

此頌表面上是詠嘆橘之有德，實際上是自明遭讒佞所害後「獨立不遷」、「蘇世獨立，橫而不流」之不變節的堅持。因此王逸在《楚辭章句·離騷序》中說：「離騷之文，依《詩》取興，引類譬喻。故善鳥、香草以配忠貞，惡禽、臭物以比讒佞，……虬龍、鸞鳳以托君子，飄

〔註74〕見李滌生《荀子集釋》（台北：台灣台北書局，1991 年 10 月第 6 次印刷），頁 659。

〔註75〕參見張晨《中國詩畫與中國文化》（遼寧教育出版社，1993 年 12 月第 1 版第 1 次印刷），頁 6。

〔註76〕同上注，頁 8～9。

〔註77〕見宋·洪興祖《楚辭補注》、清·蔣驥《山帶閣註楚辭》（台北：長安出版社，1984 年 9 月），頁 153～155。

風、雲霓以爲小人……」﹝註78﹞，這裡所指各種意象之比興觸及咏者內在人格、情志之移情於物，也是儒家理想人格影響中國文人集體意識之文學顯象。

由此比德審美觀之脈絡看杜甫的題咏畫馬詩，會很清晰地看到詩人將自我人格、情志化身於畫馬之上的現象，如：

> 驊騮老大，騕褭清新。魚目瘦腦，龍文長身。
> 雪垂白肉，風蹙蘭筋。逸態蕭疏，高驤縱恣。
> 四蹄雷電，一日天地。(〈畫馬贊〉)
> 毛爲綠縹兩耳黃，眼有紫焰雙瞳方。
> 矯矯龍性合變化，卓立天骨森開張。(〈天育驃圖歌〉)

杜甫寫出畫中良馬那種神氣風骨，正似屈原〈橘頌〉中咏橘曰：「綠葉素榮，紛其可喜兮。曾枝剡棘，圓果摶兮。青黃雜揉，文章爛兮。精色內白，類可任兮。紛縕宜脩，姱而不醜兮。」﹝註79﹞表面是純粹咏物之美，其實是自我形象認知的投射，是詩人自我人格、情志的托物表白，所以自許不凡的杜甫看到曹霸所繪之畫馬，會說：

> 斯須九重眞龍出，一洗萬古凡馬空。
> 玉花卻在御榻上，榻上庭前屹相向。(〈丹青引贈曹將軍霸〉)

藍旭說：杜甫「咏馬常有忠心，咏鷹常見孤傲」。﹝註80﹞杜甫咏畫馬所自許之不凡不同於咏畫鷹的孤傲自負，這裡反映出的是受到伯樂（唐玄宗）發現才能的千里馬（照夜白、玉花驄……等御用寶馬），能於御前才爲所用的內在願望，隱微表現出杜甫懷才願爲驅馳「奉儒守官」的忠心。

二、反映懷才不遇之感慨

但杜甫懷才願爲君主驅馳的理想心志，在其求仕屢屢不遇後，終究是落空了！因此他在題咏畫馬時，也寄寓了懷才不遇的感慨，他說：

﹝註78﹞見王逸《楚辭章句》（明嘉靖間吳郡黃省曹校刊本），卷一。
﹝註79﹞同注77，頁154。
﹝註80﹞見藍旭〈馬與鷹——杜甫思想性格管窺〉（杜甫研究學刊，1992年第2期總32期），頁62。

> 韓幹畫馬，毫端有神。……瞻彼駿骨，實惟龍媒。……良
> 工惆悵，落筆雄才。(〈畫馬贊〉)

〈畫馬贊〉是杜甫讚美韓幹畫馬「毫端有神」的作品，其結語表面是寫韓幹之知馬、善畫馬尚且慨歎駿馬不遇王良伯樂，而以畫筆留存駿馬「逸態蕭疏」、「高驤縱恣」的不凡神姿，反襯出杜甫藉題咏畫馬而抒其懷才不遇之情〔註81〕，這樣落寞感歎的傷懷，在〈天育驃圖歌〉一詩中有更直接的表達，詩云：

> 年多物化空形影，嗚呼健步無由騁。如今豈無騕褭與驊騮，
> 時無王良伯樂死即休。(〈天育驃圖歌〉)

浦起龍說〈天育驃圖歌〉一詩：「結更從畫馬空存，翻出異材常有來。既為畫馬轉一語，亦為奇士叫一屈」，「其寓意也悲矣，其運法也化矣！」〔註82〕仇兆鰲則評此詩說：「末乃撫圖興歎，蓋傷知馬者難逢，而自慨不遇也。」〔註83〕

　　杜甫作此詩時（天寶十三年）人在長安，雖生活困頓，但求仕之心未死〔註84〕，繼獻〈三大禮賦〉之後，此年再獻〈封西岳賦〉〔註85〕，以求唐玄宗識其才，表序云：「臣本杜陵諸生，年過四十，經術淺陋，進無補於明時，退嘗困於衣食，蓋長安一匹夫耳。頃歲，國家有事於郊廟，幸得奏賦（即〈三大禮賦〉），待罪於集賢，委學官試文章，再降恩澤，仍猥以臣名實相副，送隸有司，參列選序。」〔註86〕可歎所獻之賦如石沉大海，也難怪詩人要藉題詠畫馬時寄寓馬有真才而世無

〔註81〕參見孔壽山編注《唐朝題畫詩注》（四川美術出版社，1988年8月第1刷），頁142。

〔註82〕見浦起龍《讀杜心解》（台北：中央輿地出版社，1970年12月初版），頁241。

〔註83〕見仇兆鰲注《杜詩詳注》（台北：里仁書局，1980年7月），頁255。

〔註84〕參見《杜甫年譜》（台北：學海出版社，1981年9月再版），頁60～65。

〔註85〕參見陳師文華《杜甫傳記唐宋資料考辨》（台北：文史哲出版社，1987年11月初版），頁67～76。依師文華所考，〈三大禮賦〉當作於天寶九年。〈封西岳賦〉乃作於天寶十三年。

〔註86〕同註83，頁2158。

知遇者之感慨了！後來韓愈寫了〈馬說〉指出：「世有伯樂，然後有千里馬，千里馬常有，而伯樂不常有。」又說：「曰天下無馬，嗚呼！其真無馬耶？其真不知馬也」，其意可能是本於此章詩句。〔註87〕

「吾意獨憐才」的杜甫有著人我同憐的情感特質，懷才不遇的詩人，對於曾受君主恩寵終為庶人的畫家曹霸之畫馬有著強烈的感觸，他在〈韋諷錄事宅觀曹將軍畫馬圖歌〉、〈丹青引贈曹將軍霸〉充分地表達了滄海桑田、物換星移的感歎悲涼，其中今昔人情冷暖之對照，相當程度地反映詩人對受君恩寵與得罪遭貶之深刻觀照。詩人寫到曹霸昔日為君主召見畫馬、畫功臣像的情形說：

將軍得名三十載，人間又見真乘黃。曾貌先帝照夜白，龍池十日飛霹靂。（〈韋諷錄事宅觀曹將軍畫馬圖歌〉）
開元之中常引見，承恩數上南熏殿。凌煙功臣少顏色，將軍下筆開生面。良相頭上進賢冠，猛將腰間大羽箭。褒公鄂公毛髮動，英姿颯爽猶酣戰。先帝御馬玉花驄，畫工如山貌不同。是日牽來赤墀下，迥立閶闔生長風。……玉花卻在御榻上，榻上庭前屹相向。至尊含笑催賜金，圉人太僕皆惆悵。（〈丹青引贈曹將軍霸〉）

我們可以看到，詩人極盡詩筆讚嘆曹霸畫馬、畫人物的生動傳神，有「榻上庭前屹相向」以假亂真、真假難分之妙筆，並有「龍池十日飛霹靂」之「感神通靈」現象。《歷代名畫記》裏曾記載曹霸說：「魏曹髦之後。髦書稱於後代。霸在開元中已得名。天寶末，每詔寫御馬及功臣，官至左武衛將軍。」〔註88〕另董逌在《畫跋》中說：「曹霸畫馬，與當時人絕迹。其經度似不可得而尋也。」〔註89〕可見，杜甫對曹霸的讚美並不誇大。曹霸的受君主恩寵，讓畫家的名氣水漲船高，才人、權貴……皆以爭得曹霸的畫作為光榮，杜甫描

〔註87〕同注83，頁256。
〔註88〕見（唐）張彥遠《歷代名畫記》（北京：京華出版社，2000年5月第1版第1刷），頁76。
〔註89〕見《杜甫卷》（杜甫研究資料彙編）（台北：源流出版社），頁258。

寫這種盛況說：

> 內府殷紅瑪瑙盤，婕妤傳詔才人索。
>
> 盤賜將軍拜舞歸，輕紈細綺相追飛。
>
> 貴戚權門得筆跡，始覺屏障生光輝。
>
> （〈韋諷錄事宅觀曹將軍畫馬圖歌〉）

但曾幾何時，今日的曹霸已因得罪削籍爲平民〔註90〕，榮景不再，流落爲街頭畫家，而更甚的是竟遭不識畫的庸俗之輩輕視，真是情何以堪，詩人爲此感歎詩云：

> 即今飄泊干戈際，屢貌尋常行路人。
>
> 途窮反遭俗眼白，世上未有如公貧。
>
> 但看古來盛名下，終日坎壈纏其身。（〈丹青引贈曹將軍霸〉）

曹霸這種昔寵今黜、昔盛今衰的際遇，深深地觸動著詩人善感的心靈，這是經歷過漂泊、困頓，體驗過世態炎涼、人情冷暖的杜甫，所同感同憐同慨的。君不見詩人吟詠道「往時文采動人主，此日飢寒趨路旁。」（〈莫相疑行〉）又說：「殘杯與冷炙，到處潛悲辛。」（〈奉贈韋左丞丈二十二韻〉）這畫中有我、我中有畫；而由曹霸之途窮見我、我之飢寒亦見曹霸，這人己同感、人我同理的情懷，是杜甫社會詩作品中一大特色，在其他題畫詩中表現亦多如是，難怪申涵光要說杜甫：「是古今題畫第一手。」〔註91〕

浦起龍評〈丹青引贈曹將軍霸〉說：「自來注家只解作題畫，不知詩意卻是感遇也。但其盛其衰，總從畫上見，故曰〈丹青引〉。……見今異昔時，宣寂頓判，此則贈曹感遇本旨也。結聯又推開作解譬語，而寄慨轉深。」〔註92〕另外，王嗣奭則說：「蓋盛名之下，坎壈纏身，……余謂此詩公借曹霸以自狀」〔註93〕，故說杜甫鑑賞畫馬之時，「自慨

〔註90〕見蔡夢弼《草堂詩箋》（台北：廣文書局，1971 年 9 月初版），頁 480
指出：「霸乃操之後，其門也最清高，玄宗末年得罪，削籍爲庶人」。

〔註91〕同注 81，轉引自頁 140。

〔註92〕同注 82，頁 290。

〔註93〕同注 71，頁 200。

不遇」的內在心識不覺興動，因而移情於畫，進而於題咏畫作時寄慨，應是合理的推論。

三、移注憂國思君之情志

在唐代，馬不但是重要的交通工具，也是國防力量的表徵〔註94〕，因此馬之多寡即反映著國勢之盛衰〔註95〕。杜甫在題畫詩中歌云：

> 伊昔太僕張景順，監牧攻駒閱清峻。
> 遂令大奴字天育，別養驥子憐神駿。
> 當時四十萬匹馬，張公歎其材盡下。（〈天育驃圖歌〉）

若按仇注引張說《隴右監牧頌德碑序》中所說：「開元元年，牧馬二十四萬匹，十三年乃有四十三萬匹。上（唐玄宗）顧謂太僕少卿監牧使張景順曰：『吾馬蕃息，卿之力也。』對曰：『帝之力也，仲之令也，臣何力之有。』」〔註96〕則杜甫所言「當時四十萬匹馬」，是對當時盛唐國力的寫實，並非是寫作上的誇飾。而觀賞馬畫也讓詩人的神緒回到昔日繁華的盛世，當憶及玄宗東遊，其「翠華拂天來向東」之旌旗蔽天，與「騰驤磊落三萬匹」之塵煙覆地，國勢之壯盛對照於安史亂後的衰微，詩人不禁悲從中來，歌曰：

> 憶昔巡幸新豐宮，翠華拂天來向東。
> 騰驤磊落三萬匹，皆與此圖筋骨同。
> 自從獻寶朝河宗，無復射蛟江水中。
> 君不見金粟堆前松柏裏，龍媒去盡鳥呼風。
>
> （〈韋諷錄事宅觀曹將軍畫馬圖歌〉）

王嗣奭認為此詩結意乃：「因畫馬想及真馬，又因曾貌照夜白想及玄宗之世，始而騰驤三萬，終而龍媒盡空，不勝盛衰之感焉。馬之盛衰，國之盛衰也，公閱此圖，有不勝其痛者矣。」〔註97〕我們從此詩句可

〔註94〕同注64，頁89。
〔註95〕同注63，頁158～159。
〔註96〕同注83，頁254
〔註97〕同注71，頁198。善哉此評，筆者以為王嗣奭在這裡也因閱讀杜公

以看出杜甫心中之痛與悲有二：一是唐朝因安史之亂已由盛轉衰，故爲天下生民而痛；二是玄宗已西歸升遐，因爲追思先帝而悲。

劉昫在《舊唐書・文苑本傳》中記載杜甫：「天寶末，獻《三大禮賦》，玄宗奇之，召試文章，授京兆府兵曹參軍。」〔註98〕因此，杜甫畢生雖未受玄宗重用，但詩人對玄宗召試時「集賢學士如堵牆，觀我落筆中書唐」（〈莫相疑行〉）之短暫聲名烜赫，存有著知遇之恩。因此，就算杜甫內心充滿著懷才不遇、時不我予的慨歎，但文治武功彪炳一時的玄宗，卻始終讓詩人永生難忘，所以蘇軾說杜甫「一飯未嘗忘君也歟。」〔註99〕黃永武認爲：「杜甫晚年寫馬，總是縐連著先帝，對故君惓惓不忘。」〔註100〕就連〈丹青引贈曹將軍霸〉一詩，黃永武也認爲那詩題表面上是看曹霸畫馬，骨子裏其實是對先帝的追思，他說此詩：「第二段呼『開元』年號，追憶『承恩』的榮寵，實在是全詩的重點。第三段又呼『至尊』，末段寫先帝歿後，……可見全詩以先帝爲核心……。」〔註101〕玄宗愛眞馬亦愛畫馬，詩人一見畫馬，便喚起深藏在心中之對玄宗的懷念，念茲在茲，見畫馬思先帝，成了杜甫在題畫詩中見畫起興、移情畫境的證據，也是杜甫題畫詩不粘畫上發論的表現特色。

另外，杜甫在觀馬畫時所引動的身世之感、時局之痛，亦在〈題壁上韋偃畫馬歌〉一詩結聯中有所明志，詩云：

　　時危安得眞致此，與人同生亦同死。

此詩作於肅宗上元元年（四十九歲），當年杜甫安身於浣花溪西之草堂，詩人雖處閒靜，但對國家安危、百姓痛苦之關懷卻仍未稍減。〔註102〕仇兆鰲評此詩說：「韋偃畫馬在草堂壁上，乃臨行流蹟也。公愛

題咏畫馬詩，進入詩人的心靈世界，方能有如此確切的詩評。

〔註98〕同注83，見劉昫《舊唐書・文苑本傳》，頁3。
〔註99〕同注85，頁203～217。
〔註100〕同注63，頁160。
〔註101〕同注63，頁160～161。
〔註102〕同注84，頁118～125。

其神駿，而欲得此以同生死，其所感於身世者深矣。」〔註103〕浦起龍則說由此詩結聯可「見公本色」。〔註104〕杜甫不僅是剛直的忠臣，也是眞誠的朋友。〔註105〕由這題馬畫詩之結語〔註106〕，就可見出詩人那種人溺己溺、人饑己饑與人同生死共患難的豪情萬丈，並未因暮年而喪失。〔註107〕而値得一提的是杜甫能不計個人得失而以誠待友，也充分地表現出他那種「士爲知己者死」的俠義精神。《舊唐書‧文苑本傳》記載：「房琯布衣時，與甫善。時琯爲宰相，請自帥師討賊，帝許之。是年十月，琯兵敗於陳濤斜。明年春，琯罷相，甫上疏，言琯有才，不宜罷免。肅宗怒，貶琯爲刺史，出甫爲華州司功參軍。」〔註108〕就以杜甫冒著生命危險爲房琯向君主直言，這衝犯聖顏之罪，若不是宰相張鎬以「甫若抵罪，絕言者路」〔註109〕，向肅宗進言而有所寬容，杜甫恐怕不僅是終身疏放與潦倒而已。但杜甫卻從未爲此事後悔，這與他詩中所云：「眞堪托死生」（〈房兵曹胡馬〉）、「與人同生亦同死」（〈題壁上韋偃畫馬歌〉），實有著以馬之忠（對國家、對君主、對朋友）自喻的深層情感認同。

　　詩人關心時局，願見知於君主，願生死戮力於國家的心志，是至老猶見的。〔註110〕其憂以天下、經世致用的儒家思惟在題咏畫馬詩**裏**，與其憐人之才與自慨生平，宛如經緯交錯之織布，織成清晰可見的杜甫對現實世界之心靈圖像。

〔註103〕同注83，頁754。

〔註104〕同注82，頁267。

〔註105〕同注63，頁145～148。

〔註106〕同注81，頁122。此詩句亦可與〈房兵曹胡馬〉中：「所向無空闊，眞堪托死生」詩句相參看。孔壽山指出〈題壁上韋偃畫馬歌〉此一結聯不僅寄託著爲國建立功業的精神，更因爲這題馬畫詩是寫於安史之亂之後，故詩中寄託著匡復唐世的理想。

〔註107〕詩人曾在〈驄馬行〉中說：「吾聞良驥老始成，此馬數年人更驚」，可見其並不因暮年而喪報國之志。

〔註108〕同注83，頁3。

〔註109〕同注83，見宋祁《新唐書本傳》，頁5。

〔註110〕同注63，頁151～153。

第四節　題畫松之象喻

　　杜甫題畫松詩雖只有〈題李尊師松樹障子歌〉、〈戲爲韋偃雙松圖歌〉兩首，但杜甫以松爲題的詠物詩卻另有〈憑韋少府班覓松樹子〉、〈嚴鄭公階下新松〉、〈四松〉三首，且杜甫亦喜在詩句中使用「松」字以點染畫境，於現存詩集中共出現了約八十次，可見詩人除了關注熱愛鷹馬的神態及意象之外，更觀照到植物中松的意象。

　　松樹是唐代畫家喜愛的題材，名家有畢宏、劉商、韋偃、張璪、王宰、王墨、釋道芬、荊浩……等。〔註111〕荊浩是唐末五代重要的山水畫家，喜畫松並善畫松，他在《筆法記》中說：

> 松之生也，枉而不曲，如密如疎，匪青匪翠，從微自直，萌心不低。勢既獨高，枝低復偃。倒掛未墜於地下，分層似疊於林間，如君子之德風也。〔註112〕

「歲寒而知松柏之後凋」是將松之歲寒後凋的秉性比喻君子時窮節現的節操，是儒家影響中國詠物詩與花鳥畫「把人格與物性對應，把人生與自然對應」〔註113〕的比德文化思維方式，因此說松「如君子之德風也」。

　　松在中國詩人的眼中是龍的化身，也是君子的化身。黃永武說：「數千年來，大抵受易經乾卦的影響，君子與龍，二位一體……。君子與龍相似，松樹也與龍相似，松有堅心、有高節，雜生草叢時像『潛龍』，干霄凌雲時像『飛龍』，一但成爲棟樑，利益天下，若逢危難，又有能力『扶大廈之將傾』，所以詩人把松看做是龍的化身，也看作是君子的化身。」〔註114〕可見松之象喻意義，亦有其中國深層之文化集體意識。如詩人們歌頌松說：「凌風知勁節，負雪見眞心！」（范

〔註111〕參見陳華昌《唐代詩與畫的相關性研究》（陜西人民美術出版社，1993年4月第1版第1刷），頁224～225。

〔註112〕見俞崑《中國畫論類編》（台北：華正書局，1977年10月），頁607。

〔註113〕見張晨《中國詩畫與中國文化》（遼寧教育出版社，1993年12月第1版第1次印刷），頁3。

〔註114〕見黃永武《中國詩學———思想篇》（台北：巨流圖書，1991年5月1版7印），頁44～45。

雲詠寒松詩）〔註115〕，松之承霜雪而不改其色，已被中國詩人移情
為超絕凡俗的堅貞本性了。

一、文化傳統之承襲：以龍形喻松狀

　　杜甫在題畫詩中，也以「龍形」來描摹松樹「承霜雪」之神態，
如：

　　　　陰崖卻承霜雪幹，偃蓋反走虯龍形。（〈題李尊師松樹障子歌〉）

仇兆鰲說此乃「記畫松之神妙」，又注曰：「松勢逆盤，故云反走。」
〔註116〕另外杜甫又以龍虎〔註117〕來形容畫松之皮裂幹剝，以狀其蒼
勁有力，詩云：

　　　　兩株慘裂苔蘚皮，屈鐵交錯迴高枝。

　　　　白摧朽骨龍虎死，黑入太陰雷雨垂。（〈戲為韋偃雙松圖歌〉）

此詩所題乃唐代韋偃的畫作，張彥遠在《歷代名畫記・論畫山水樹石》
說：「樹石之狀，妙於韋鷗（偃），窮於張通。」〔註118〕又說韋鷗（偃）
是「工山水，高僧奇士，老松異石，筆力勁健，風格高舉。……俗人
空知鷗（偃）善馬，不知松石更佳也。咫尺千尋，駢柯攢影，烟霞翳
薄，風雨颼颼，輪囷盡偃蓋之形，婉轉極蟠龍之狀。」〔註119〕由此
可見，韋偃的松畫並非凡作，而杜甫之讚辭當亦不是應酬語。

　　王嗣奭在《杜臆》中引《杜詩通》說：「『白摧』一句，言松之枯
淡處。『黑入』句，言畫之濃潤處。此聯超邁奇古。」而劉鳳誥在《杜
工部詩話》中更演申此說曰：「……點明兩株，即狀其皮裂，玩其枝
迴。『白摧朽骨龍虎死，黑入太陰雷雨垂』二語，玄構幽思，真有鬼

〔註115〕同注114，詩句轉引自頁44～45。
〔註116〕見仇兆鰲注《杜詩詳注》（台北：里仁書局，1980年7月），頁460。
〔註117〕同上注，頁758～759。《唐詩紀事》裏記載了湯文圭《九華雨吟》「雷
　　　　劈老松疑虎怒，雨衝陰洞覺龍腥」之詩句，與杜詩此處「白摧朽骨
　　　　龍虎死，黑入太陰雷雨垂」，皆造語奇峭，足以相當。
〔註118〕見張彥遠等著《歷代名畫記》（北京：京華出版社，2000年5月第1
　　　　版第1刷），頁18。
〔註119〕同上注，頁79。

神之助。則皮裂則幹已剝蝕，故以龍虎骨朽擬之；枝迴則葉自陰森，故以雷雨下垂擬之。曰『白摧』，摹畫之枯淡處；曰『黑入』，摹畫之濃潤處。」〔註120〕這可以看出杜甫承襲了以龍形喻松狀的文化傳統，也說明了杜甫雖不是畫家，但卻是頗諳畫理的。〔註121〕

二、入世出世之交錯：家國與高隱兩種思致的內在跌宕

　　另外，仇兆鰲注杜詩引《酉陽雜俎》所說曰：「松千歲方頂平偃蓋」〔註122〕，引《玉策記》說：「千歲松如偃蓋」，又引《抱朴子》說：「天靈偃蓋之松，大谷倒生之柏，皆與天齊其長，與地等其久也。」〔註123〕「松樹三千歲者，其皮中有聚脂，狀如龍形。」〔註124〕而松能千歲偃蓋，是一般植物與松無法相提並論的地方，這個「與天齊其長，與地等其久」的特點在杜甫其他的詠松詩，亦常為詩人所吟詠感嘆，如詩云：

落落出群非欅柳，青青不朽豈楊梅。

欲存老蓋千年意，為覓霜根數寸栽。（〈憑韋少府班覓松樹子〉）

這裡可以看出，杜甫對松之「落落出群」及「青青不朽」有其讚嘆，亦有其內在自我的移情，這當中仍隱微顯露出詩人自負的內在性格，如詩云：

弱質豈自負，移根方爾瞻。細聲侵玉帳，疏翠近珠簾。

未見紫烟集，虛蒙清露霑。何當一百丈，欹蓋擁高簷。

（〈嚴鄭公階下新松〉）

〔註120〕見張忠綱《杜甫詩話六種校注》（齊魯書社，2002 年 9 月第 1 版第 1
　　　　刷），頁 210～211。

〔註121〕同上注，頁 211，清人劉鳳誥在《杜工部詩話》中評〈戲為韋偃雙
　　　　松圖歌〉說：「要之非精畫理者不能道。」另外王伯敏亦說：「白摧
　　　　朽骨龍虎死，黑入太陰雷雨垂」這種說水墨畫具有黑、白、枯、濕
　　　　等對比特點論述，道著了水墨畫的緊要處。見王伯敏《唐畫詩中看》
　　　　（台北：東大圖書，1993 年初版），頁 90。

〔註122〕同注 116，頁 733。

〔註123〕同上注，頁 1118。

〔註124〕同上注，頁 460。

張上若指出〈嚴鄭公階下新松〉和〈嚴鄭公宅同詠竹〉是：「松竹皆公自喻幕中效職之意，不能無望於鄭公之培植也。」〔註 125〕，而王嗣奭則說兩詩結語皆「自負不淺」〔註 126〕，可見杜甫詠松詩中「松」並非著眼在「君子之德風」，主要還是在於詩人主觀情感的移注。〔註 127〕情感如何移注到物上呢？詩人需運用圓熟的象徵手法，將物作為自我人格精神的象徵，這種象徵手法乃詩處處著眼於物本身，巧妙地刻畫物之形與神，表面看起來僅為詠物，其實在描繪的物象後面，還有被象徵的詩人的意識情志。〔註 128〕所以當杜甫詠〈四松〉時，其中有「會看根不拔，莫計枝凋傷」之無限情深；亦有「敢為故林主，黎庶猶未康。今避賊始歸，春草滿空堂」憂以天下之情操；而詩中並有著悲喜相參、寓意於物的情思在其中，如詩云：

> 清風為我起，灑面若微霜。足為送老資，聊待偃蓋張。
> 我生無根蒂，配爾亦茫茫。有情且賦詩，事迹可兩忘。
> 勿矜千載後，慘澹蟠穹蒼。（〈四松〉）

因此，松在中國文人眼中常象徵的君子之人格特質，在杜詩松的象喻裏並非是主調，反而是詩人因松起興、移情於松，賦予杜甫之情思於松之上了。

這種悲喜相參、寓意於松的情思在詩人的題畫松詩中，亦有如是詩句：

> 松下丈人巾屨同，偶坐似是商山翁。
> 悵望聊歌紫芝曲，時危慘澹來悲風。（〈題李尊師松樹障子歌〉）

仇兆鰲注此說：「此對畫而有感也。因松下老人，忽動商山之興，蓋世亂而思高隱也。慘澹悲風，畫景亦若增愁矣。」〔註 129〕這裡可以

〔註 125〕見楊倫箋注《杜詩鏡詮》（台北：華正書局，1993 年 9 月），頁 544。
〔註 126〕見王嗣奭《杜臆》（台灣中華書局，1970 年 10 月臺 1 版），頁 206。
〔註 127〕杜詩「蟄龍三冬臥，老鶴萬里心。昔時賢俊人，未遇猶視今。嵇康不得死，孔明有知音。又如壟底松，用舍在所尋。大哉霜雪幹，歲久為枯林。」（〈遣興五首〉之一），即是藉壟底松來自喻懷才不得志。
〔註 128〕同注 111，頁 211。
〔註 129〕同注 116，頁 460。

推想出杜甫自我之對於入世的熱情（家國之思──仕）與出世的嚮往（高邈之思──隱），呈現出交錯跌宕的內在沉思與猶豫不決的悲劇英雄之色彩。

三、「無住著」之嚮往：禪佛直觀生活的境界

杜甫有一首記載自己訪高僧未遇的詩歌：「巫山不見廬山遠，松林蘭若秋風晚。一老猶鳴日暮鐘，諸僧但乞齋時飯。香爐峰色隱晴湖，種杏仙家近白榆。飛錫去年啼邑子，獻花何日許門徒。」（〈大覺高僧蘭若〉）〔註130〕這其中「松林蘭若秋風晚」的背景**裏**，有著紅塵褪盡、絕塵脫俗的意涵。〔註131〕

劉鳳誥在《杜工部詩話》中說：「少陵不學仙，而自有仙氣」〔註132〕，又說：

> 少陵不佞佛，亦又深通佛理，如……「松根胡僧憩寂寞，龐眉皓首無住著。偏袒右肩露雙腳，葉**裏**松子僧前落。」
> （〈戲為韋偃雙松圖歌〉）絕妙好機鋒，知自有證人處。〔註133〕

說杜甫有仙氣、深通佛理可能是過譽，但在詩人〈戲為韋偃雙松圖歌〉一詩中「松根胡僧」後四句，確可見出詩人對畫中松下之僧人，有一種對詩中所述「無住著」心靈境界之深深地嚮往。王嗣奭說〈戲為韋偃雙松圖歌〉一詩：「後入『胡僧』，窅冥靈超，更有神氣。」〔註134〕孔壽山曾引《楞嚴經》「名無住行，名無著行」，來說明其中「無住著」為不受束縛之意。〔註135〕但我們若能深入其中「松根胡僧憩寂寞」、

〔註130〕賈島〈尋隱者不遇〉一詩所云：「松下問童子，言師採藥去。只在此山中，雲深不知處。」亦似有相近之尋訪名師未遇的悵然。

〔註131〕歐麗娟在《唐詩的樂園意識》（台北：里仁書局，2000年2月初版）一書，頁232～255中，分析唐人「尋道不遇」詩時指出：「透過被訪者的缺席，而引發尋訪者內在精神轉化的契機，從而啟發了超凡入聖的心靈體驗。」（見頁232）

〔註132〕同注120，頁188，見劉鳳誥《杜工部詩話》。

〔註133〕同上注，頁189。

〔註134〕同注126，頁125。

〔註135〕見孔壽山編注《唐朝題畫詩注》（四川美術出版社，1988年8月第1

「葉裏松子僧前落」的詩境，便能體會詩中僧人的生命境界不僅是「不受束縛」而已。此僧人形體上是「龐眉皓首」、「偏袒右肩露雙腳」，心境則是「無住著」。至於「偏袒右肩」，《金剛般若波羅密經》經首代替眾生向世尊請法的長老須菩提，即是「偏袒右肩」，可見這是原始佛教中證道者的衣裝外象，經文如是說：

> 如是我聞，一時佛在舍衛國，祇樹給孤獨園，與大比丘眾，千二百五十人俱。爾時世尊食時，著衣持鉢，入舍衛大城乞食，於其城中，次第乞已，還至本處，飯食訖，收衣鉢，洗足已，敷座而坐。時，長老須菩提，在大眾中，即從座起，偏袒右肩，右膝著地，合掌恭敬，而白佛言：「希有世尊，如來善護念諸菩薩，善付囑諸菩薩。世尊，善男子善女人，發阿耨多羅三藐三菩提心，云何應住？云何降伏其心？」佛言：「善哉！善哉！須菩提，如汝所說，如來善護念諸菩薩，善付囑諸菩薩。汝今諦聽，當為汝說，善男子善女人，發阿耨多羅三藐三菩提心，應如是住，如是降伏其心。」「唯然，世尊，願樂欲聞。」〔註136〕

「飯食訖，收衣鉢，洗足已，敷座而坐」顯示佛於行住坐臥之際與常人無異，正如永嘉玄覺大師在《證道歌》裏所說的：「行亦禪坐亦禪，語默動靜體安然……江月照松風吹，永夜清宵何所為，佛性戒珠心地印，霧露雲霞體上衣。」〔註137〕

　　而所謂「應如是住」的「住」即是「無住」，在《金剛般若波羅密經》中對此也有極清楚的說法：

> ……是故須菩提，諸菩薩摩訶薩，應如是生清淨心，不應住色生心，不應住聲香味觸法生心，應無所住而生其心。〔註138〕

刷），頁123。
〔註136〕見《金剛般若波羅密經》法會因由分第一及善現啟請分第二，頁10～11。因《金剛般若波羅密經》是佛經中流通極廣的經典，本文所引為台北市「妙法堂」所流通助印之版本。
〔註137〕見永嘉玄覺大師《證道歌》，收於聖嚴法師編著《禪門修證指要》（台北：法鼓文化，1999年12月2版1刷），頁68。
〔註138〕同註136，莊嚴淨土分第十，頁31～32。

什麼叫做「無住」呢？聖嚴法師說：「就是不在一個念頭或任何現象上產生執著，牢牢不放。」〔註139〕靈雲志勤禪師說：「青山原不動，浮雲任去來。」〔註140〕寒山禪師曾詩云：「泣露千般草，吟風一樣松。」〔註141〕大自然界中，「葉裏松子僧前落」即是僧人「無住著」的還物本來面目之直觀生活態度。

　　在唐代，詩人與僧人、詩僧相往來是普遍的現象，杜甫當亦不例外。中國知識份子大多奉行儒家經世致用之思想（如杜甫之奉儒守官即是），而內在則以道、釋之「虛」、「靜」、「空」等思想，來作爲他們因社會政治因素所產生內心之不安、憤懣的心靈寄託。〔註142〕而更深層的是知識份子對功名利祿的質疑，如李白在〈登鳳凰臺歌〉中歌詠道：「吳宮花草埋幽徑，晉代衣冠成古邱。」因此超越時空的拘俘，尋求自我身心之解脫，亦是知識份子於世俗成就追求之外，一種深層的內在欲求。〔註143〕而我們在杜甫〈戲爲韋偃雙松圖歌〉一詩中看到詩人因畫起興，而油然詠出「松根胡僧……僧前落」等「窅冥靈超」之詩句，約略也能見到時時憂國憂時、憂君憂民的情聖，對「無住著」禪境深層的嚮往，更可見出杜甫雖未必如劉鳳誥所說：「少陵不佞佛，亦又深通佛理……絕妙好機鋒，知自有證人處」，但杜甫之佛、禪造詣，也可由此見出一二。

　　杜甫與禪學關係的問題，近來已受到學者注意〔註144〕，據鄧喬

〔註139〕見聖嚴法師《聖嚴說禪》（台北：遠流出版，1996 年 9 月 16 初版二刷），頁 44～45。聖嚴法師說：「『心無所住』是身在紅塵能不受紅塵困擾；『生其心』是出入紅塵還能救濟紅塵中眾生，爲他們說法。」另外，《大乘起信論》也說：「心生種種法生，心滅種種法滅。」

〔註140〕同上注，頁 109～111。

〔註141〕同上注，頁 269～271。

〔註142〕參見程亞林《詩與禪》（江西人民出版社，1998 年 10 月第 2 版），頁 193。

〔註143〕如依馬斯洛的心理需求而區分，對生命終極價值的完成，是最高層次「真善美的需求」。

〔註144〕參見劉衛林〈杜甫與禪學〉（杜甫研究學刊，2001 年第 1 期，總第67 期），頁 23～31。另亦可參見惕忱〈唐代詩人的巨擘──杜甫與

彬指出：「禪理通於詩理，禪風影響詩風，使唐人詩歌呈現出部分作品有詩禪結合的初態」〔註 145〕，而杜甫的題畫松詩便有著詩禪結合的意味。由此看來，雖不能以單證斷言杜甫的題畫松詩，在詩畫禪互通的歷程中起著先導的影響，但詩人以詩題賞論畫，而詩中畫境通向禪境的嚮往，似乎在詩畫互滲之際，已融入禪境的觀想，這其實是透露出禪之所以入於畫，很有可能是透過詩禪關係、詩畫關係的互相聯繫，進而使詩畫禪三者在精神層次有所匯通。而詩畫禪匯通在盛唐，雖尚無具體形之於外的表現方式及系統性理論的完成，但晚於王維的杜甫所作之〈戲為韋偃雙松圖歌〉，仍可視為是當時詩畫禪在精神層次有所匯通後，開始表現於作品上之顯象。也就是說，由題畫松詩不但可見出禪學注入杜甫心靈後所反映出之象喻，更可由此象喻見出以詩畫論禪在盛唐已有所萌芽的迹象。

第五節　題畫山水之象喻

　　中國詩人山水審美思維的根本，源於道、佛所講求的虛靜與空無的心靈境界〔註 146〕，道家的退隱相對於儒家的進仕，皆是中國知識份子價值取向與政治態度的行為外顯〔註 147〕，而知識份子在政治黑暗或仕途困塞之際，藉著徜徉於自然山水，以達「心凝形釋，與萬化冥合」〔註 148〕

　　禪〉（佛學研究，1998 年），頁 181～187；及參見秦彥士、瘐光蓉〈杜甫與禪宗〉（天撫新論，1996 年第 4 期），頁 69～91。以上三篇論文，皆論及杜甫於詩中自述之禪學宗派、禪學因緣與杜詩禪學思想之例證。惕忱在〈唐代詩人的巨擘——杜甫與禪〉一文，頁 184～187 中更舉杜詩為例說明：杜甫的禪學思想主要習自《金剛般若波羅密經》，與本文所引可謂相合。

〔註 145〕見鄧喬彬《有聲畫與無聲詩》（上海：上海社會科學院出版社，1993 年 5 月第 1 版），頁 273。另參見同注 142，頁 184～273。

〔註 146〕參見王國瓔《中國山水詩研究》（台北：聯經出版，1986 年 10 月），頁 392～400。

〔註 147〕同上注，頁 101～103。

〔註 148〕語出柳宗元〈始得西山宴遊記〉一文。

的思想解脫，描寫自然刻畫山水，成了文人常有隱逸思想的語言指涉。

而自然山水作為詩畫表現的主題，則始於魏晉玄風盛行的時代，宗白華在〈中國詩畫中所表現的空間意識〉一文中就說：「晉代是中國山水情緒開始與發達時代。……山水詩有了極高的造詣（謝靈運、陶淵明、謝朓），山水畫開始奠基。」〔註149〕又說：「早在《易經》《繫辭》傳裏已經說古代聖哲是『仰則觀象於天，俯則觀法於地，觀鳥獸之文與地之宜，進取諸身，遠取諸物。』俯仰往還，遠近取與，是中國的觀照法，也是詩人的觀照法。而這觀照法表現在我們的詩中畫中，構成我們詩畫中空間意識的特質。」〔註150〕可見，對於大自然之觀照，儒道釋三家皆有其深層的思維，而中國山水詩與山水畫，亦在此精神意識裏互相涵攝影響。

晉代，人們開始建立起「情因物感」、「睹物思情」的觀點，自然山水逐漸入於詩成為詩中主要內容，當時蔚成風氣之「游仙詩」創作，可視為是山水詩的早期型態。山水詩的出現，隨著魏晉時代求仙、隱逸的思想背景，及文人自放山水的風氣所致而不斷發展，使詩歌除了言志抒情之外，也往山水景物描寫上著力。而這種山水詩的創作觀，也由注重由內至外的情感抒發，轉而由外而內的感覺體驗。而側重感覺，是繪畫的主要特徵之一，詩因為重視景物描寫，因此就和繪畫愈加靠近〔註151〕，並增加其互相影響的深度與廣度了。而魏晉之山水詩畫發展因受到求仙、隱逸、老莊思想的影響，山水不再僅是山水而已，山水已然是中國知識份子怡情養性，甚或是找尋精神解脫、體驗物我同一的心靈歸宿了！

以下就讓我們循著詩人鑑賞山水畫時的審美活動，尋求他「神與

〔註149〕見宗白華《美學與意境》（台北：淑馨出版社，1989 年 4 月），頁 253。
〔註150〕同上注，頁 258。
〔註151〕參見鄧喬彬《有聲畫與無聲詩》（上海：上海社會科學院出版社，1993年 5 月第 1 版），頁 145～146。

物遊」進入山水畫境中時的內心世界，並探究其以辭令所「刻鏤聲律」
之詩歌〔註152〕，來一窺詩人內在願望之投射反映。〔註153〕

一、透由畫境暢神游心的審美意境

　　杜甫的題畫山水詩，具有無聲詩與有聲畫媒介換位、越位的特殊
意義，這主要是因為山水詩的時空設計與山水畫的散點透點法，具有
相當的共容特性，因而以詩題畫，詩人的精神情志便藉著詩進入畫裏
了！詩人因相當重視文藝作品中之傳神〔註154〕，並強調畫境需形神
兼備，故在〈奉先劉少府新畫山水障歌〉一詩中說：「對此融心神，
知君重毫素。」而詩人自身在賞題山水畫時亦常融神於畫境，故詩中
山水畫境「以畫為真、以真為畫」，大抵是基於詩人賞畫之神遊體驗
應運而生的。仇兆鰲曾引楊廷秀所說注曰：「老杜『沱水臨中座，岷
山赴（到）北堂』，此以畫為真也。」曾吉父云「『斷崖韋偃樹，小雨
郭熙山』，此以真為畫也。」〔註155〕劉鳳誥更在《杜工部詩話》中細
論杜甫題山水畫詩之種種說：

> 少陵畫山水詩兩篇，各具一格。題王宰者，山則崑崙、方
> 壺，水則洞庭、日本，皆自極西而極東，所謂「尤工遠勢」，

〔註152〕現在杜詩集中可見的題山水畫共有六題八首，即〈奉先劉少府新畫
　　　　山水障歌〉、〈戲題王宰畫山水圖歌〉、〈嚴公廳宴同詠蜀道畫圖〉、〈題
　　　　玄武禪師屋壁〉、〈奉觀嚴鄭公廳事岷山沱江畫圖十韻〉、〈觀李固靖
　　　　司馬弟山水圖三首〉。
〔註153〕關於杜甫詩歌投射反映詩人內在情感的論題，請參見本論文〈第二
　　　　章杜甫題畫詩審美觀之成因〉中〈第二節詩人心靈意識之反映〉之
　　　　所論述。對此，李遠志也有相似說法，他說：「杜甫甚少為山水而寫
　　　　山水，其山水詩的寫作態度一如社會詩的寫作一般，著重在自我的
　　　　情感的反射。」見李遠志《盛唐山水詩研究》（國立高雄師範大學國
　　　　文學系博士論文，2002年6月），頁289。筆者按：杜甫的題畫山水
　　　　詩亦有相當濃厚的個人情思在其中，大抵「詩言志」、「詩緣情」即
　　　　如是，而「情聖」杜甫更是其中翹楚。
〔註154〕詳論見第四章第一節：確立審美標準──以「傳神」為中心之審美
　　　　觀。
〔註155〕見仇兆鰲注《杜詩詳注》（台北：里仁書局，1980年7月），頁1188。

非真畫是山是水也。「中有雲氣隨飛龍」，「山木盡亞洪濤
風」，縮萬里於咫尺，盡彷彿震盪之致，此格之以空靈勝者。
題劉少府，起句「堂上不合生楓樹，怪底江山起烟霧」，將
畫作真，奇語驚人。通篇以畫法為詩法，天姥，山也，瀟
湘，水也，滄洲、玄圃，仙境也，赤縣、蒲城，州邑也，
春氣也，暝色也，風雨也，岸也，島也，溪也，寺也，亭
也，舟也，雜花也，斑竹也，老樹也，猿也，漁翁也，山
僧也，童子也，湘妃也，真宰也，鬼神也，祁岳、鄭虔也，
楊契丹也，劉侯也，大兒、小兒也，自自跳躍，天機盎然，
初不覺其煩碎，此格之以精細勝者。他若〈嚴公廳詠蜀道
畫圖〉「華夷山不斷，吳蜀水相通」，直以真形說畫景。〈岷
山沱江畫圖〉，一句山，一句水，分寫對寫，或遠或近，或
高或下，或虛或實，或大或小，無不形容刻畫。昔人謂此
詩開宋人咏畫之祖。〔註156〕

而王嗣奭評〈奉先劉少府新畫山水障歌〉也說：

畫有六法：『氣韻生動』第一，『骨法用筆』次之。杜以畫
法為詩法，通篇字字跳躍，天機盎然，見其氣韻。乃『堂
上不合生楓樹』，突然而起，從天而下，已而忽入『前夜風
雨急』，已而忽入兩兒揮灑，突兀頓挫，不知所自來，見其
骨法。至末因貌山僧，轉雲門、若耶，青鞋布襪，闋然而
止，而篇中最得畫家三昧，猶在『元氣淋漓障猶溼』一語，
試一想像，此畫至今在目，真是下筆有神；而詩中之畫，
令顧、陸奔走筆端。〔註157〕

根據劉鳳誥、王嗣奭以上兩則詩話，我們可以看出杜甫題山水畫詩有
如下三項特色：一者為詩人將畫作真，以真形說畫景；再者為詩人以
畫法為詩法，總得畫法經營位置之妙；次者為詩人題山水畫詩下筆有
神，技法高超，有以空靈勝者，亦有以精細勝者，堪稱開宋人咏畫之

〔註156〕收於張忠綱《杜甫詩話六種校注》（齊魯書社，2002 年 9 月第 1 版
　　　　第 1 刷），頁 209～210。
〔註157〕見王嗣奭《杜臆》（台灣中華書局，1970 年 10 月臺 1 版），頁 36～
　　　　37。

祖。其中「詩人將畫作真，以真形說畫景」，不僅是一種寫作技法的
表現〔註158〕，更是詩人透由畫境而「暢神遊心」的具體呈現。何謂
「暢神遊心」呢？杜甫的題畫山水詩，之所以獨步的原因，即在於詩
人身心情志全然投入畫境之中，「暢神遊心」於畫境，並揮詩筆如畫
筆，正如劉勰於《文心雕龍・神思》所說：

> 思理為妙，神與物遊。神居胸臆，而志氣統其關鍵；物沿
> 耳目，而辭令管其樞機。……登山則情滿於懷，觀海則意
> 溢於海，我才之多少，將與風雲而並驅矣。……神用象通，
> 情變所孕。物以貌求，心以理應。刻鏤聲律，萌芽比興。
> 結慮思契，垂惟制勝。〔註159〕

只是這山水是畫中山水，此「神與物遊」是神遊畫境。所謂「神與物
遊」於六朝已不僅出現於文論，宗炳在〈畫山水序〉中所述之畫論，
已有著與劉勰「神思」相近的說法。在《歷代名畫記》中記載南朝宋
人宗炳不就宰相隱遁山水的情志，記曰：「宗炳字少文，南陽涅陽人。
善書畫。夏王義恭曾薦炳於宰相，前後辟召竟不就。善琴書，好山水，
西陟荊巫，南登衡岳，因結宇衡山，懷尚平之志。以疾還江陵，歎曰：
『噫！老病俱至，名山恐難遍遊。唯當澄懷觀道，臥以遊之。』凡所
遊歷，皆圖於壁，坐臥向之，其高情如此。」〔註160〕可見神遊山水
畫境並非始自杜甫。宗炳在〈畫山水序〉中說：

> 余眷戀廬衡，契闊荊巫，不知老之將至。愧不能凝氣怡身，
> 傷跕石門之流，於是畫家布色，構茲雲嶺。夫理絕於中古
> 之上者，可意求於千載之下，旨微於言象之外者，可心取
> 於書策之內。況乎身所盤桓，目所綢繆，以形寫形，以色
> 貌色也。……以應目會心為理者。……於是閒居理氣，撫

〔註158〕如「堂上」是真境，「楓樹」、「江山」、「煙霧」則是畫境，詩人運用
『不合』二字來作為反襯，更使人覺得畫景之不尋常。參見王伯敏
《唐畫詩中看》（台北：東大圖書，1993年初版），頁63。

〔註159〕見劉勰著黃叔琳輯註《文心雕龍註》（台北：明倫出版社，1970年9
月初版），頁495。

〔註160〕見（唐）張彥遠《歷代名畫記》（台北：廣文書局，1971年6月初
版），頁54。

觴鳴琴，披圖幽對，坐究四荒，不違天勵之藂，獨應無人之野。峯岫嶢嶷，雲林森眇，聖賢暎於絕代，萬趣融其神思，余復何爲哉？暢神而已，神之所暢，孰有先焉！〔註161〕

從劉勰、宗炳以上兩段話可以看出，文學與繪畫理論中，心與象的關係，乃是透過藝術家的耳目，運用藝術媒介（文學以辭令聲律，繪畫以色彩線條）產生情感形式，而此創作的心理活動其旨在「暢神」。按照宗炳所指出的藝術創作規律是：「神→自然→審美→作畫→藝術美→暢神」〔註162〕，可見宗炳發現了「山水是神的具象化」。「因山水可以入畫，故棲息於山水之形裏的神，可以感通於繪畫之上」〔註163〕，而此「神」即曠達的「玄心」，將神（玄心）寄託於山水之上，可達暢神的境界，所以徐復觀認爲此所謂「暢神」，即是莊子之所謂逍遙遊。〔註164〕簡單地說，「暢神」是藝術家的心靈意識，能不爲世俗拘執，達到自由自在之釋放暢快的境界。

《莊子·人間世》談到游心說：「且夫乘物以游心，托不得已以養中，至矣。」〔註165〕薛富興指出：「『暢神』就是『游心』，只是此時（魏晉）人們已不滿足於像莊子那樣，被動地依賴自然，已不滿足於自然美欣賞中的諸種物質條件的限制，而要把自己從自然的限制中解放出來，自覺地發揮人的主觀能動性，去積極地創造藝術美來滿足自己的精神需求了，爲『暢神』而『構茲雲嶺』，就是造境以游心。」〔註166〕可見，由藝術家創造出來的畫境需能讓鑑賞者融心神於其

〔註161〕見俞崑《中國畫論類編》（台北：華正書局，1977 年年 10 月），頁583～584。

〔註162〕見朱孝達、朱芳仟《仁山智水——中國山水畫》（吉林美術出版社，1999 年 1 月第 1 版第 1 刷，頁 9。

〔註163〕見徐復觀《中國藝術精神》（台北：台灣學生書局，1992 年 7 月 11 刷），頁 241。

〔註164〕同上注，頁 237～243。

〔註165〕見清·王先謙《莊子集解》（台北：木鐸出版社，1988 年 6 月初版），頁 39～40。

〔註166〕見薛富興《東方神韻：意境論》（北京：人民文學出版社，2000 年 6 月第 1 版第 1 刷），頁 22。

中,乃山水畫是否爲傑作之判准條件之一;而鑑賞者在山水畫中因「暢神」、「游心」以達到莊子「逍遙遊」中的境界時,自我的精神也因此得到了自由解放。〔註167〕

　　反觀杜甫由神遊「元氣淋漓障猶溼,眞宰上訴天應泣」的畫境,以畫境爲眞境,看來是物我相即相融〔註168〕的畫境再現,但其詩語所造之山水畫境,其實亦可視爲詩人自我的心靈圖像的反映,如詩云:

　　　　舟人漁子入浦漵,山木盡亞洪濤風。(〈戲題王宰畫山水圖歌〉)

　　　　方丈渾連水,天台總映雲。(〈觀李固請司馬弟山水圖三首其二〉)

　　　　赤日石林氣,青天江海流。(〈題玄武禪師屋壁〉)

　　　　野橋分子細,沙岸繞微茫。紅浸珊瑚短,青懸薜荔長。(〈觀李固請司馬弟山水圖三首其三〉)

不管是廣闊場景無邊雲氣的流動,抑或是細緻景物對比色彩的描寫,詩中境界看似——畫中山水即我、我即畫中山水,山水與詩人已相融合一,但這當中詩人的自我意識還是存在的,因爲再現的山水之境(不論是畫境或自然山水),實際上是主體心境的一種象徵,它並非眞正的無我之境,而是「藉無我之相,釋純我之懷」〔註169〕的藝術創造。因此,可以如此說:畫境之營構本於畫家,但畫境的意義終究是來自於鑑賞者。因此我們不但可以經由杜甫題畫山水畫詩見出詩人的生命境界與藝術涵養,更可觀照出詩人出入畫境之際,透遊畫境而「暢神遊心」的審美意境。

二、尋求精神自由解脫的滄洲境地

　　依筆者觀察,杜甫因情眞意摯,其社會詩之刻畫入微、鞭辟入裡成其詩人巨匠之獨特特色,但觀照詩人一生,其早年在仕與隱的內心衝突中,抉擇了儒家民胞物與、憂國憂民的生命之路,然其晚年則順

〔註167〕同注163,頁60～64。
〔註168〕同注146,頁401～411。另參見楊國蘭《杜甫題畫詩研究》(中央大學中文研究所碩士論文,1990年6月),頁183～184。
〔註169〕同注166,頁85。

己放曠本性，漸次走入佛道潛隱自我、心靈釋放之途〔註170〕，這可由其題山水畫詩尋到一些蛛絲馬跡。且看杜甫於〈奉觀嚴鄭公廳事岷山沱江畫圖十韻〉一詩結句云：

　　繪事功殊絕，幽襟興激昂。從來謝太傅，丘壑道難忘。

仇注引《晉書》記曰：「謝安放情丘壑，雖受朝寄，東山之志，始末不渝。」〔註171〕仇兆鰲注此詩句又說：「因畫圖中江山，而想見謝公丘壑，比意貼切。」〔註172〕杜甫此詩既因觀畫而以謝安讚頌嚴武身仕心隱的超遠之志，也反映出詩人自我對歸隱之志的正面肯定的態度，這是自宋以來以儒家詩聖桂冠加之於杜甫的詩評者，較少論述著墨的。

　　一如我們在杜甫題畫松詩中所見，詩人因畫境而興起高隱之思（即〈北征〉詩中所言「青雲動高興，幽事亦可悅」），在題畫山水詩中，詩人這種「思託身世外」〔註173〕的願望，有著更清晰的語言呈現，如：

　　若耶溪，雲門寺，吾獨胡為在泥滓，青鞋布襪從此始。

（〈奉先劉少府新畫山水障歌〉）

從仇兆鰲引水經注說：「若耶溪水，上承嶕峴麻溪，溪下孤潭周數畝，甚精深。有孤石臨潭，垂崖俯視，猿狖驚心，寒木被潭，森沉駭觀。溪水至清，照眾山倒影，窺之如畫。」〔註174〕又引胡夏客說：「若耶溪常數十里，凡有六寺，皆以雲門冠之。」〔註175〕可見詩人由逼真的畫境以神遊其中，進而興動隱歸的念頭。王嗣奭於評杜甫〈奉先劉

〔註170〕筆者淺見以為：這也是自魏晉以後，中國知識份子仕則儒、隱則佛道的兩條人生路徑，處於多元開放、佛道思想盛行之盛唐社會的杜甫其實是儒道釋思想兼具的，只是宋人特別推崇其儒家性格，以致於影響到宋以後至今，杜詩中屬於佛道思想者，較其社會詩受到詩評者之重視闡述，比較不被深入探討的。

〔註171〕同注155，頁1187。

〔註172〕同上注，頁1187。

〔註173〕同上注，頁278。

〔註174〕同上注，頁278。

〔註175〕同上注，頁278。

少府新畫山水障歌〉一詩中「聞君掃卻赤縣圖，乘興遣畫滄洲趣」時
說：

> 而奉先次赤，劉爲奉先尉，以其邑之山水爲障，故云「掃
> 卻赤縣圖」。所畫本奉先山水，而不爲奉先所局。乘興自遣，
> 遂寫滄洲，此一句乃一篇之綱。前後描寫，大而玄圃、瀟
> 湘，細而野亭、側島，皆滄洲景。而身苦漂泊，亦思歸老
> 滄洲，故以青鞋布襪終焉，此用謝玄暉語。〔註176〕

可見，「滄洲」除了有神仙境之意涵〔註177〕，似尚具有深層心理之喻
意，讓我們從杜詩中多次運用「滄洲」之詩語，來進一步了解詩人所
謂「滄洲」之意境象喻，詩云：

> 苑外江頭坐不歸，水精宮殿轉霏微。
> 桃花細逐梨花落，黃鳥時兼白鳥飛。
> 縱飲久判人共棄，懶朝真與世相違。
> 吏情更覺滄洲遠，老大悲傷未拂衣。(〈曲江對酒〉)
> 江發蠻夷漲，山添雨雪流。大聲吹地轉，高浪蹴天浮。
> 魚鱉爲人得，蛟龍不自謀。輕帆好去便，吾道付滄洲。
> (〈江漲〉)
> 懶心似江水，日夜向滄洲。不道含香賤，其如鑷白休。
> 經過凋碧柳，蕭瑟倚朱樓。畢娶何時竟，消中得自由。
> 豪華看古往，服食寄冥搜。詩盡人間興，兼須入海求。
> (〈西閣二首其二〉)
> 千崖無人萬壑靜，三步回頭五步坐。
> 秋山眼冷魂未歸，仙賞心違淚交墮。……
> 玄圃滄洲莽空闊，金節羽衣飄婀娜。(〈憶昔行〉)
> 流年疲蟋蟀，體物幸鶺鴒。孤負滄洲願，誰云晚見招。
> (〈奉贈盧五丈參謀琚〉)

〔註176〕同注157，頁36。
〔註177〕同注155，頁813。另據張忠綱主編《全唐詩大辭典》(北京：語文
出版社，2000年9月第1版第1刷)，頁540指出：滄洲是濱水之
地，古爲隱士居處。再者參見李時人主編《古今山水名勝詩詞辭典》
(陝西人民出版社，1991年8月第1版第1刷)，頁117。

往與惠詢輩，中年滄洲期。天高無消息，棄我忽若遺。

（〈幽人〉）

昔獻書畫圖，新詩亦俱往。滄洲動玉陛，寡鶴誤一響。

三絕自御題，四方尤所仰。

（〈八哀詩・故著作郎貶台州司戶滎陽鄭公虔〉）

以上七首詩，除了〈八哀詩・故著作郎貶台州司戶滎陽鄭公虔〉詩中
「滄洲動玉陛」之「滄洲」，指的是鄭虔的山水畫之外，其餘六首詩
中所云「吏情更覺滄洲遠」〔註178〕、「吾道付滄洲」、「日夜向滄洲」
〔註179〕、「玄圃滄洲莽空闊」、「孤負滄洲願」〔註180〕、「中年滄洲期」
〔註181〕所指的「滄洲」，皆有與「仕進」相對的求仙求道隱逸出世的
願望在其中。據丁啓陣指出：「滄洲」在詩歌中的用法，和「江湖」、
「江海」……相近〔註182〕，而「江湖」一詞在現存杜詩中亦出現了
三十多次〔註183〕，其概念意涵是「由適合於魚生存的環境，始於莊
子〔註184〕；轉而指隱居場所，成於陶淵明；再擴大而有在野（與出
仕爲官相對）、不在都城（與在朝廷相對）的意義，『江湖』的這樣一
條詩歌語義系列，可以說至杜甫而明確、定型。」〔註185〕可見「滄
洲」對杜甫而言，已不是「濱水之地爲隱士居處」如此簡單的意涵而

〔註178〕同注155，頁449。仇兆鰲注此曰：「日縱飲，懶參朝，見入世不能。
滄洲遠，未拂衣，又見出世不能。公蓋不得已而飽繫一官歟。」

〔註179〕同上注，頁 1474～1475。仇兆鰲注此曰：「結到欲往滄洲意。……
猶孔子乘桴浮海之歎歟。」

〔註180〕同上注，頁 2003。仇兆鰲注此此曰：「負滄洲，不能避世。」

〔註181〕同上注，頁 2028。仇兆鰲注〈幽人〉曰：「詩以〈幽人〉命題，蓋
公年已老不能用世，欲託高人以遯迹……。」

〔註182〕參見丁啓陣〈中國古代詩歌中「江湖」概念的嬗變〉（中國典籍與文
化，2002 年 3 期），頁 8。

〔註183〕同上注，頁 5。

〔註184〕同注165，頁 58。《莊子・大宗師》中說：「泉涸，魚相與處於陸，……
不如相忘於江湖。」

〔註185〕同注182，頁 7。另參見陳秀瑞〈心在天山，身老滄洲──談放翁詞〉
（國文天地，1993 年 8 月 9 卷 3 期），其文中敘述「滄洲」之意，
已是「在野（與出仕爲官相對）、不在都城（與在朝廷相對）」的借
代詞了！

已，實可視為是詩人厭棄求仕、尋求精神自由解脫，由具象的地名涵括抽象的心靈之境地。

　　杜甫神遊畫境進而尋求「滄洲」心靈境地的聯想，在詩人其他題山水畫詩中，不止一次地表現在思修佛道，以超離俗情拘執的詩興中，如詩云：

　　　劍閣星橋北，松州雪嶺東。(〈嚴公廳宴同詠蜀道畫圖〉)

　　　錫飛常近鶴，杯度不驚鷗。似得盧山路，真隨惠遠遊。

　　(〈題玄武禪師屋壁〉)

王嗣奭評〈嚴公廳宴同詠蜀道畫圖〉說：「松州在雪山之西，與吐蕃界，今云『雪嶺東』，何也？余謂此佛祖修道之所……。」〔註186〕而仇兆鰲注〈題玄武禪師屋壁〉曰：「錫飛、杯度，從山水想見人物，起下惠遠意。」錫飛、杯度乃記載佛教得道者神通的事蹟，惠遠則是中國佛教淨土宗開宗始祖，固然杜甫未必「深通佛理」〔註187〕，但從他的題畫山水、松詩，我們可以看出詩人亦涉獵佛理，並嚮往得道者之超脫生命拘執的空靈境界。另外，除了嚮往佛道空靈境界，杜甫在〈觀李固請司馬弟山水圖三首〉一詩中，還傳達了求仙之內心願望，詩云：

　　　雖對連山好，貪看絕島孤。群仙不愁思，冉冉下蓬壺。

　　(其一)

　　　范蠡舟偏小，王喬鶴不群。此生隨萬物，何路出塵氛。

　　(其二)

　　　紅浸珊瑚短，青懸薜荔長。浮查並坐得，仙老暫相將。

　　(其三)

王嗣奭評此詩說：「其一：『絕島孤』，謂蓬壺也，然後說羣仙，亦倒插法。己有愁思，而不知不覺發之於羣仙，喜其不愁思，真味外味。……其二：范蠡、王喬皆『出塵氛』者，『隨萬物』即物役變語。『隨萬物』、『出塵氛』，此仙凡之辨也。……其三：『高浪』、『崩崖』，何等

〔註186〕同注157，頁148。

〔註187〕同注156，頁189。劉鳳誥於《杜工部詩話》說：「少陵不佞佛，亦又深通佛理……。」

雄大！小之而『野橋』、『沙岸』，又小之而『珊瑚』、『薜荔』，粗中有細，此畫家妙處。三首結同一意，而變幻不拘。」〔註188〕這所謂「結同一意」之「意」即是山水詩、山水畫中的游仙、求仙思想，亦即是詩人縈繞心中的江湖志、滄洲意。

　　杜甫的題山水畫詩和其山水詩很大不同的是，少見儒家入世的熱情〔註189〕，多見釋道求佛求仙出世的嚮往。固然劉勰在《文心雕龍・明詩》中說：「人稟七情，應物感斯，感物吟志，莫非自然。」〔註190〕又說：「莊老告退，而山水方滋」〔註191〕，但游仙詩、隱逸詩或是玄理詩，仍有向山水詩靠攏的趨勢，因此游仙詩、隱逸詩、玄理詩、山水詩等詩體的互相影響與發展並不能截然劃分〔註192〕；而中國山水畫亦本源於魏晉玄學（綜合了佛教、老莊的空靈、虛靜、冥想、無爲……等思想）〔註193〕，至唐確立了山水畫科的地位，故而山水詩與畫成了中國文學藝術家的心靈歸宿，不無其創作意識之文化底蘊。〔註194〕因此，杜甫當也受到魏晉以來山水詩「游仙隱逸」及山水畫「暢神游心」思想的影響，也在神遊畫中山水時，尋求主體在現實中疲憊不堪的心靈之解脫釋放〔註195〕，而這暢神游心其實是自由的靈魂呼喚一個空間〔註196〕，並在咫尺有千里之勢的山水畫裏，中國詩與畫尋到

〔註188〕同注 157，頁 208。

〔註189〕牟瑞平在〈杜甫山水景物詩中的情感心態〉（杜甫研究學刊 1994 年第 1 期總 39 期），頁 14～16 指出杜甫山水景物詩中的情感營構方式有三：一爲景哀則情哀、景樂則情樂；二爲情哀則景哀、情樂則景樂；三爲以樂景與哀、以哀景與樂——倍增其哀樂。筆者認爲這種種情景交融的哀樂情感，皆來自詩人入世的熱情。

〔註190〕同注 159，頁 65。

〔註191〕同上注，頁 67。

〔註192〕參見張海明《玄妙之境》（東北師範大學出版社，1998 年 5 月第 2刷），頁 231～252。

〔註193〕參見朱孝達、朱芳仟《仁山智水——中國山水畫》（吉林美術出版社，1999 年 1 月第 1 版第 1 刷），頁 6～7。

〔註194〕同上注，頁 30～31。

〔註195〕同注 166，頁 85。

〔註196〕此空間詩人慣以「江湖」、「滄洲」概稱之。

了自由心靈歸宿的一個絕好的象徵。〔註197〕

　　由詩人的題山水畫詩裡，我們更清楚地看到，在憂國憂君憂民的詩聖心中，尋求無憂的淨土，仍是蟄伏在詩人內在意識，使之嚮往遯跡山水，遠離政治泥淖的另一個人生抉擇。

第六節　論人物畫之意涵

　　唐朝不但是詩歌發展鼎盛的年代，也是繪畫發展鼎盛的年代。人物畫不同於山水、花鳥畫是在唐代才成熟並獨立為一畫科，它經歷了長期的發展，融合了秦漢的純樸豪放、魏晉的含蓄雋永，在唐代進入一個精湛神妙的新時期。〔註198〕但杜甫異於對山水、鷹馬畫的關注，在目前所存杜集中，罕見專門題寫人物畫的作品，詩中論及人物畫的只有〈冬日洛城北謁玄元皇帝廟〉、〈送許八拾遺歸江寧覲省甫昔時嘗客遊此縣於許生處乞瓦棺寺維摩圖樣志諸篇末〉、〈大曆三年春白帝城放船出瞿塘峽久居夔府將適江陵漂泊有詩凡四十韻〉三首而已。

　　中國「人物畫」畫論的發展不同於西方，受到儒家藝術教化觀影響頗深。唐太宗於貞觀十七年下詔曰：「自古帝王，褒崇勛德，既勒名於鍾鼎，又圖形於丹青。是以甘露良佐，麟閣著其美；建武功臣，雲臺紀其蹟。」〔註199〕明確地指出人物繪畫之功能及目的乃在「褒崇勛德」，其實是具有相當濃厚的政治教化意涵。〔註200〕因此，能將人物內在的德行品格傳神地以形象表現出，以達到「褒崇勛德」的政治教

〔註197〕同注166，頁83。

〔註198〕見陳綬祥《隋唐繪畫史》（北京：人民美術出版社，2001年8月第1版第1刷），頁15。

〔註199〕同上注，頁16。

〔註200〕參見陳華昌《唐代詩與畫的相關性研究》（陝西人民美術出版社，1993年4月第1版第1刷），頁109。陳華昌說：「據說孔子觀看周代的名堂，見壁畫上有『有堯舜之容，桀紂之像』，並且『各有善惡之狀』。漢宣帝在麒麟閣圖畫功臣霍光等人的像，漢明帝在凌煙閣圖繪中興功臣三十二人，都是為政治服務。」可見，自漢以後，便有功臣像的畫作，目的即在「褒崇勛德」。

化功效，直接影響了人物畫「以形寫神」、「形神兼備」爲其藝術審美標準，其中「畫聖」吳道子即是此一審美標準下指標性的人物。〔註201〕

　　因爲君主以人物繪畫藝術爲政治教化手段之一，故歷代人物畫仍難脫此限制，唐代人物畫的題材雖然「突破了漢魏六朝描寫聖賢、功臣、義士、烈女等的狹窄範圍，轉向描繪世俗生活的各個方面。」〔註202〕但就杜甫目前所存論賞人物畫之詩作，其內容並未出君王、功臣、儒佛道畫像三類，故筆者亦僅就於此討論。杜甫在觀賞人物畫時，和觀賞其他畫作（鷹、馬、松、山水）一樣，皆因「見畫起興」而作詩論評；但不同的是，杜甫觀賞人物畫時並無「移情於畫」的詩象，而是引發了自我對政治立場的隱微議論，因此在其「論人物畫詩」中，並無連貫重覆的象喻一再出現。因此我們可以這麼說：杜甫論賞人物畫，與論賞鷹、馬、松、山水畫一樣，皆有見畫起興的現象，但論賞人物畫之喻象並沒有似後者，形成了相當重覆明顯的象喻來。雖然如此，杜甫的論人物畫詩中，見畫起興的「興」裏仍反映了詩人寓「感時憂國」於詩中的特色，以下詳論之。

一、贊嘆畫家畫藝超卓

　　杜甫詠嘆佛像的有〈送許八拾遺歸江寧覲省甫昔時嘗客遊此縣於

〔註201〕同注198，頁27～34，有關於吳道子在唐朝美術史傑出表現之論述。另外，董逌在《廣川畫跋》跋人物畫說：「吳生之畫如塑然，隆顂豐鼻，跌目陷臉，非謂引墨濃厚，面目自具，其勢有不得不然者。……旁見周視，蓋四面可意會，其筆跡圓細如銅絲縈盤，朱粉厚薄，皆見骨高下，而肉起陷處，此其自有得者。……此畫人物尤小，氣韻落落，有宏太放縱之態，又其難者也。」收於俞崑《中國畫論類編》（台北：華正書局，1977年年10月），頁463～464。

〔註202〕見葛路《中國古代繪畫理論發展史》（台北：華正書局，1987年5月初版），頁51。另唐朝亦有仕女圖，此一主題描寫唐朝貴族中之美貌女性與宮妃的生活情趣與其肖像，旨在表現女性的柔美之美。以上所述或與唐朝仕女圖之相關資料可參見余輝《形神兼備——中國人物畫》（吉林美術出版社，1999年1月第1版第1刷），頁85～97。筆者按：由於杜甫論畫人物中，並無仕女圖主題，故不於行文中多加著墨。

許生處乞瓦棺寺維摩圖樣志諸篇末〉一詩，詩人於詩中自表熱愛繪畫藝術，對在瓦棺寺所欣賞到顧愷之的維摩詰圖樣終生難忘，詩云：

看畫曾飢渴，追蹤恨淼茫。虎頭金粟影，神妙獨難忘。

這是杜甫由衷讚嘆顧愷之繪畫的「畫妙通神」。〔註203〕而對於畫聖吳道子丹青超絕的「五聖圖」，在〈冬日洛城北謁玄元皇帝廟〉一詩中，我們可以見到詩人對吳道子人物畫的讚辭，詩曰：

畫手看前輩，吳生遠擅場。森羅移地軸，妙絕動宮牆。

五聖聯龍袞，千官列雁行。冕旒俱秀發，旌旆盡飛揚。

吳道子下筆如有神助，《歷代名畫記》、《唐朝名畫錄》皆有所記載〔註204〕，因此杜甫所言：「畫手看前輩，吳生遠擅場」是知畫之言。

朱景玄在《唐朝名畫錄》將吳道子列為神品上一人說：「吳道玄，字道子，東京陽翟人，少孤貧，天授之性，年未弱冠，窮丹青之妙。浪跡東洛，時明皇知其名，召入內供奉。……畫玄元廟五聖千官，宮殿冠冕，勢傾雲龍，心歸造化，故杜員外詩云：『森羅移地軸，妙絕動宮牆。』……凡畫人物、佛像、神鬼、禽獸、山水、臺殿、草木，皆冠絕於時，國朝第一。」〔註205〕《杜詩詳注》也引康駢在《劇談錄》說：「玄元壁上有吳道子畫五聖真容及《老子化胡經》事，丹青絕妙，古今無比。」〔註206〕可見，吳道子在玄元皇帝廟所畫的「五聖圖」，在藝術成就上是傑出的，而仇兆鰲也認為上列詩句，杜甫是讚嘆吳道子的畫藝超卓，他說：「此記繪畫之精工。移地軸，言山水

〔註203〕這個部分，筆者曾於第二章第三節〈詩人與畫境的關係〉中「感神通靈」裏詳論過，由於「畫妙通神」並非呈現詩人見畫起興之象喻部分，故於此不多論述。

〔註204〕見《歷代名畫記》（北京：京華出版社，2000年5月第1版第1刷）。頁72，《歷代名畫記》引張懷瓘之語記載吳道子說：「吳生之畫，下筆有神，是張僧繇後身也。」又在頁21〈論顧陸張吳用筆〉中談及吳道子之所以能達到「天衣飛揚，滿壁風動」、「下筆有神」的效果，是因為「守其神，尊其一，合造化之功，假吳生之筆，向所謂意存筆先，畫盡意在也」。

〔註205〕同上注，頁302～303，見朱景玄《唐朝名畫錄》。

〔註206〕見仇兆鰲注《杜詩詳注》（台北：里仁書局，1980年7月），頁92。

逼眞。動宮牆，言殿宇生色。冕旒承龍袞，從衣及冠也。旌斾承千官，由扈從及儀仗也。」〔註207〕這「森羅移地軸，妙絕動宮牆」寫的是吳道子繪畫藝術的生意活動〔註208〕，而「冕旒俱秀發，旌斾盡飛揚」寫的則是畫聖「吳帶當風」的繪畫風格。〔註209〕從詩句看來，吳道子人物畫之表現淋漓盡致，杜甫不但是稱許有加，且可看出詩人對其繪畫風格亦有相當的了解，相當程度地反映出詩人對繪畫藝術的鑑賞涵養及論畫之精當。

二、諷喻政教迷信荒誕

　　詩人在〈冬日洛城北謁玄元皇帝廟〉一詩中，所強調的「五聖聯龍袞，千官列雁行」之詩句，其中有何意涵呢？這需從「五聖」所指爲何談起。所謂「五聖」，各家杜詩注本皆以《通鑑》所言：「天寶八載六月，上以符瑞相繼，皆祖宗修烈，上高祖諡曰神堯大聖皇帝，太宗諡曰文武大聖皇帝，高宗諡曰天皇大聖皇帝，中宗諡曰孝和大聖皇帝，睿宗諡曰玄貞大聖皇帝。」〔註210〕玄宗將「五聖圖」（五位先帝）畫在崇奉老君（道教稱老子爲老君）的玄元皇帝廟裏〔註211〕，即有以此爲宗廟的意涵。而詩人隱隱約約地在評論此「五聖圖」畫境之詩語中，暗藏了其對當時政權過分崇信道教的感慨。

〔註207〕同注206，頁91。
〔註208〕見元人湯垕《畫鑑》論人物畫中說：「吳道子筆法超妙，爲百代畫聖。早年行筆差細，中年行筆磊落揮霍，如蓴菜條。人物有八面，生意活動。……其傅采於焦墨痕中，略施微染，自然超出縑素，世謂之吳裝。」（圖書集成作吳袖當風，美術叢書作吳帶當風），收於俞崑《中國畫論類編》（台北：華正書局，1977年年10月），頁478。
〔註209〕參見王伯敏《唐畫詩中看》（台北：東大圖書，1993年初版），頁130。
〔註210〕同注206，頁92。另見楊倫箋注《杜詩鏡詮》（台北：華正書局，1993年9月），頁27；蒲起龍《讀杜心解》（台北：中央輿地出版社，1970年12月初版），頁689。及錢謙益《杜公部集註》第九卷，收於《叢書集成續編》（台北：新文豐出版，1991年7月臺1版）第164冊，頁159；皆引同條資料。
〔註211〕同上注，頁89，「五聖聯龍袞」是天寶八年閏六月事。

　　唐朝以老君爲始祖，並無血緣考據，藉著神怪之說，便追封與唐皇室同姓的老君爲玄元皇帝，仇兆鰲引封演《見聞記》裏的記載說：「高祖武德三年，晉州人吉善行，於羊角山見白衣老父，呼謂曰：『爲吾語唐天子，吾是老君，即汝祖也，今年無賊，天下太平。』高祖即遣使致祭立廟其地。」〔註212〕而仇注亦引《唐書》中之記錄高宗幸亳州、追尊老君爲玄元皇帝，與玄宗相信「玄元皇帝降於丹鳳門之通衢」、「親享新廟」的史事。〔註213〕由以上記載，與其說唐皇室、玄宗迷信，不如從皇室統馭臣民之術的角度思考，其實也能嗅出統治階層意欲運用宗教攏絡民心的政治意涵。但看在政治立場以儒家爲宗的杜甫眼中，現實上是無力反對唐皇室以老君爲始祖之政治手段，卻又有其個人與唐皇室不同的見解，因此在〈冬日洛城北謁玄元皇帝廟〉一詩中便反映了詩人之政治意識異於唐皇室的時事感興，而其中諷諭之曲筆，也引發後來詩評者「諷與頌之辯」，以下就筆者之淺見思辨之。

（一）諷與頌之辯

　　極力主張杜甫在〈冬日洛城北謁玄元皇帝廟〉一詩中，有「諷」意者乃錢謙益也。錢氏認爲「玄宗篤信而崇事之（道教），公作此詩以諷諫也」，〔註214〕他在〈冬日洛城北謁玄元皇帝廟〉〔註215〕一詩後箋曰：

　　　　配極四句，言玄元廟用宗廟之禮，爲不經也。碧瓦四句，

〔註212〕同注211，頁89。
〔註213〕同上注，轉引自頁89中有關《唐書》之記載。
〔註214〕同注206，頁93。
〔註215〕附〈冬日洛城北謁玄元皇帝廟〉原詩如下：「配極玄都閟，憑高禁籞長。守祧嚴具禮，掌節鎮非常。碧瓦初寒外，金莖一氣旁。山河扶繡戶，日月近雕梁。仙李盤根大，猗羅奕葉光。世家遺舊史，道德付今王。畫手看前輩，吳生遠擅場。森羅移地軸，妙絕動宮牆。五聖聯龍袞，千官列雁行。冕旒俱秀發，旌旆盡飛揚。翠柏深留景，紅梨迥得霜。風箏吹玉柱，露井凍銀床。身退卑周室，經傳拱漢皇。谷神如不死，養拙更何鄉。」

識其宮殿踰制也。世家遺舊史，謂史記不列于世家，開元
中敕升爲列傳之首，然不能升之于世家，蓋微詞也。道德
付今王，謂玄宗親注道德經及置崇玄學，然未必知道德之
意，亦微詞也。畫手以下，記吳生畫圖，冕旒旌旆，炫燿
耳目，爲近于兒戲也。〔註216〕

筆者以爲：錢謙益所說「配極四句，言玄元廟用宗廟之禮，爲不經
也」，是其卓見；但「畫手以下，記吳生畫圖，冕旒旌旆，炫燿耳目，
爲近于兒戲也」，似乎又不顧杜甫知畫、論畫的藝術見解，一味往「諷
諭之意」解去，似有以自意解詩意的傾向，還需再加以斟酌「兒戲」
之說是否和詩人同意。所以仇兆鰲、楊倫雖與錢謙益同樣認爲此詩
有諷諭意味，但說法都含蓄了些。〔註217〕尤其對於「畫手看前輩」
一段八句，仇兆鰲認爲「此記繪畫之精工」，蒲起龍說此爲「贊畫壁
之妙」〔註218〕，而楊倫則引汪伯玉所說：「此詩清麗奇偉，勢欲飛
動，可與吳生畫手並絕古今」來評此段，進一步認爲詩聖、畫聖之
詩畫足以相媲美，可見仇、蒲、楊三人與錢謙益所認爲「冕旒旌旆，
炫燿耳目」爲「兒戲」之說，意見頗有出入。

　　而與錢謙益持相反意見的是毛先舒，他說：「此篇錢氏以爲皆屬
諷刺，不知詩人忠厚爲心，況於子美耶？即如明皇失德致亂，子美於
《洞房》、《宿昔》諸作，及《千秋節有感》二首，何等含蓄溫和。況
玄元致祭立廟，起於唐高祖，歷代沿祀，不始明皇，在洛城廟中，又
五聖並列，臣子入謁，宜何如肅將者。且子美後來獻《三大禮賦》，
其《朝獻太清宮》，即老子廟也。賦中竭力舖揚，若先刺後頌，則自

〔註216〕見錢謙益《杜工部集註》第九卷，收於《叢書集成續編》（台北：新
　　　　文豐出版，1991年7月臺1版）第164冊，頁159。
〔註217〕同註206，頁94。仇兆鰲說：「此詩雖極意諷諫，而舖張盛麗，語意
　　　　渾然，所謂『言之無罪，聞之足戒』者也。」另楊倫說：「結語略含
　　　　諷意，卻只以吞吐出之，渾然不覺。」見楊倫箋注《杜詩鏡詮》（台
　　　　北：華正書局，1993年9月），頁28。
〔註218〕見蒲起龍《讀杜心解》（台北：中央輿地出版社，1970年12月初版），
　　　　頁689。

相矛盾亦甚矣，子美必不出此也。」〔註219〕毛先舒舉《朝獻太清宮》
來佐證杜甫必無「先刺後頌」的矛盾，顯然忽略了詩人獻賦求仕與見
畫起興之作，在個人情志表達上，其根本的不同。獻賦之意本在懇求
皇恩青睞，豈能諷刺玄宗之崇信道教？這有違常理；而見「五聖圖」
興起議論政治時事的感慨，反映了詩人個人的政治意見，似有諷意在
其中，也是詩人寓憂國憂民於詩中的常態，這兩者並不衝突。杜甫願
效忠君主，但並非愚忠，對君主的作為，杜甫是有其個人之獨立思考
的，這在詩人向肅宗諫房琯一事，便可了然。倒是毛先舒認為杜甫「忠
厚為心」，就算明皇失德致亂，憂國感時之詩語對明皇亦「含蓄溫和」
以待，沒有嚴厲刻薄之語，筆者以為這是較為貼近詩人「忠悃戀主」
之傾向的說法。〔註220〕

另外，浦起龍認為〈冬日洛城北謁玄元皇帝廟〉一詩是：「字字
典重，句句高華，據事直書，不參議論。純是頌體。」〔註221〕他反
駁錢謙益的說法說：「蓋題係朝廷鉅典，體宜頌揚。非比他事諷諫，
尚可顯陳也。」〔註222〕這裡，我們來推敲蒲氏所謂「純是頌體」且
「不參議論」是否為然。筆者淺見以為「虛頌實諷」的詩法，便是詩
人在詩中雖含諷意，讀者若不深究其中便渾然不覺其諷諭的關鍵，若
對照〈麗人行〉〔註223〕一詩，就更可看出杜甫諷諭朝政時，是擅用

〔註219〕同注206，頁94。

〔註220〕筆者無意折衷錢說與毛說，而是淺見認為：要發覺詩象之象喻，需
盡力由詩人自我心靈意識去理解，縱然這當中免不了會有讀者之自
我心靈意識的滲入，但由詩人主觀創造出的「詩語」回到其「詩意」，
避免出現詮釋上「高度的曖昧」（ambiguity）之問題，雖失之於潛意
識層面之心理解剖，但也不至妄自揣測自解詩意了！

〔註221〕同注218，頁689。

〔註222〕同上注，頁689。

〔註223〕附〈麗人行〉原詩如下：三月三日天氣新，長安水邊多麗人。態濃
意遠淑且真，肌理細膩骨肉勻。繡羅衣裳照莫春，蹙金孔雀銀麒麟。
頭上何所有，翠微㔉葉垂鬢脣。背後何所見，珠壓腰衱穩稱身。就
中雲幕椒房親，賜名大國虢與秦。紫駝之峰出翠釜，水精之盤行素
鱗。犀箸厭飫久未下，鸞刀縷切空紛綸。黃門飛鞚不動塵，御廚絡
繹送八珍。簫鼓哀吟感鬼神，賓從雜遝實要津。後來鞍馬何逡巡，

「虛頌實諷」之寫作技巧的。楊倫便說杜甫在此詩中是:「略含諷意,卻只以吞吐出之,渾然不覺。」〔註 224〕若從時代背景去思考,君權社會,天子聖顏不可衝犯、君權至上不可忤逆,只能婉詞屈意,故可知詩人諷諭之意隱微吞吐,亦有不得不然的苦衷。

　　杜甫「奉儒守官」的政治立場是很鮮明的,唐朝開放的宗教及思想,以及早年詩人與李白接觸道教的經歷,都沒有改變杜甫奉儒的家學堅持,甚至到了晚年出峽,還去參拜孔子及顏子等先哲,他在〈大曆三年春白帝城放船出瞿塘峽久居夔府將適江陵漂泊有詩凡四十韻〉中詩云:

　　　　喜近天皇寺,先披古畫圖。〔註 225〕

杜甫對儒聖的傾慕,「喜近」兩字是一覽無疑了!對懷抱「致君堯舜上,再使風俗淳」之儒家政治理想的杜甫而言,儒家以仁德治國,才是聖人入世使人民獲得幸福的正途,而道家思想固然玄妙,但其出世精神,對少壯時時刻刻憂國憂民的詩人來說,終究是其至晚年時生命境界的再抉擇。至於以附會宗教的方式來攏絡人心,以神怪之說作為追尊始祖之根據,杜甫是不認同的。否則,杜甫何以在詩結語處詩云:「谷神如不死,養拙更何鄉」,此處頗有玄機,待後文引道家老莊之原典再論。

　　(二) 諷諭皇室道家與道教混淆不清之迷思

　　道教雖以老子為老君,但其教義與老子《道德經》是大相逕庭。杜甫對老子道家「谷神不死」之旨與道教追求「長生不死」的大不同,就在〈冬日洛城北謁玄元皇帝廟〉一詩結語處有明確的質疑,詩云:

　　　　谷神如不死,養拙更何鄉。

杜甫引老子所說:「谷神不死,是謂玄牝。玄牝之門,是謂天地根。

　　　　當軒下馬入錦茵。楊花雪落覆白蘋,青鳥飛去銜紅巾。炙手可熱勢
　　　　絕倫,慎莫近前丞相嗔。
〔註 224〕見楊倫箋注《杜詩鏡詮》(台北:華正書局,1993 年 9 月),頁 28。
〔註 225〕同註 206,頁 1871。天皇寺「有晉王右軍、張僧繇畫孔子及顏子十
　　　　哲形像」,古畫圖即指張僧繇之人物畫也。

緜緜若存，用之不勤。」〔註226〕為其詩結語，老子自己說：「神得一
以靈，谷得一以盈。」〔註227〕可見這「谷」與「神」並非合義，而
是分為二義，嚴復說：「以其虛，故曰谷；以其因應無窮，故稱神；
以其不屈愈出，故曰不死。三者皆道之德也。」〔註228〕因此所謂「谷」
乃形容道之虛靜，所謂「神」乃形容道之玄妙，而所謂「不死」並非
指人的長生不死，而是指道之永恆不絕。〔註229〕

　　至於「養拙」一詞出處可能是引自潘岳的〈閒居賦〉：「養眾妙〔註
230〕而絕思，終優游以養拙。」〔註231〕至於「更何鄉」一詞來處可能
是莊子所謂「無何有之鄉」。〔註232〕而《莊子》一書談到「無何有之
鄉」者有三處，如下：

　　惠子曰：「吾有大樹，人謂之樗，其大本擁腫而不中繩墨；
　　其小枝卷曲而不中規矩，立之塗，匠者不顧。今子之言，
　　大而無用，眾所同去也。」莊子曰：「子獨不見狸狌乎？卑
　　身而伏，以候敖者；東西跳梁，不辟高下；中於機辟，死
　　於網罟。今夫斄牛，其大若垂天之雲。此能為大矣，而不
　　能執鼠。今子有大樹，患其無用，何不樹之於無何有之鄉，
　　廣莫之野，彷徨乎無為其側，逍遙乎寢臥其下。不夭斤斧，
　　物無害者，無所可用，安所困苦哉！」（〈逍遙遊〉）〔註233〕

　　天根遊於殷陽，至蓼水之上，適遭無名人而問焉，曰：「請

〔註226〕見余培林注譯《新譯老子讀本》（台北：三民書局，1997年10月12
　　　　版），頁13。
〔註227〕同上注，頁82。
〔註228〕同上注，轉引自頁13。
〔註229〕同上注，頁13～14。
〔註230〕同上注，頁1。所謂「眾妙」，老子說：「玄之又玄，眾妙之門。」
〔註231〕同注206，頁93。對「終優游以養拙」一語之解，參見毛詩所曰：「優
　　　　哉游哉，亦是戾矣！」及鄭玄所曰：「戾，止也。優游自安止言，思
　　　　不出其位。」引自梁·昭明太子編《文選》（台北：藝文印書館，1989
　　　　年1月11版），頁232。
〔註232〕同注206，頁93。
〔註233〕見清·王先謙《莊子集解》（台北：木鐸出版社，1988年6月初版），
　　　　頁7～8。

問爲天下。」無名人曰：「去！汝鄙人也，何問之不豫也！
予方將與造物者爲人，厭則又乘夫莽眇之鳥，以出六極之
外，而遊無何有之鄉，以處壙埌之野。汝又何帛以治天下感
予之心爲？」又復問。無名人曰：「汝遊心於淡，合氣於漠，
順物自然而無容私焉，而天下治矣。」（〈應帝王〉）〔註234〕

小夫之知，不離苞苴竿牘，敝精神乎蹇淺，而欲兼濟道物，
太一形虛。若是者，迷惑於宇宙，形累不知太初。彼至人
者，歸精神乎無始，而甘冥乎無何有之鄉。水流乎無形，
發泄乎太清。悲哉乎！汝爲知在毫毛，而不知大寧！（〈列
禦寇〉）〔註235〕

由上述可知，所謂「無何有之鄉」，即是莊子所言逍遙之道境。而從
以上三則關於莊子提到「無何有之鄉」的行文來看，杜甫詩中運用《莊
子》中隱微之語典，去佐證道家之哲學和道教根本上的不同。在〈逍
遙遊〉一篇中談到「大而無用」之樹在「無何有之鄉」，其實是「不
夭斤斧，物無害者，無所可用，安所困苦哉！」沒有可用與無用二元
對立的境界，是精神上的遊於無窮與自由。而從〈應帝王〉中所說：
「順物自然而無容私焉」，可見莊子的政治觀乃沿自老子「無爲之治」
之道家思想，老子說：

是以聖人處無爲之事，行不言之教。〈第二章〉〔註236〕
將欲取天下而爲之，吾見其不得已。天下神器，不可爲也，
爲者敗之，執者失之。故物或行或隨，或歔或吹，或強或
羸，或挫或隳。是以聖人去甚、去奢、去泰。〈第二十九章〉
〔註237〕

這相應於〈列禦寇〉所說：「汝爲知在毫毛，而不知大寧！」我們可
以看出錢謙益爲何在〈冬日洛城北謁玄元皇帝廟〉一詩後箋曰：

老子五千言，其要在清靜無爲，理國立身，是故身退而周

〔註234〕同注233，頁71。
〔註235〕同上注，頁281～282。
〔註236〕同注226，頁4。
〔註237〕同上注，頁62。

衰。經傳則漢盛，即令不死，亦當藏名養拙。安肯憑人降形。爲妖爲神，以博世主之崇奉也。身退以下四句，一篇諷諭之意，總見於此。〔註238〕

在此錢氏繼前段所言：認爲杜甫詩曰「世家遺舊史，道德付今王」皆是微詞，說杜甫認爲「玄宗親注道德經及置崇玄學，然未必知道德之意」。錢氏箋語口吻似乎不像詩人「一飯未嘗忘君」、「忠悃戀主」之向來本色，但由玄宗之大舉崇奉老君，而老子處世思想卻又旨在「藏名養拙」，其中兩者有所矛盾，恐怕此處眞是杜甫所隱微諷諭重點所在了！玄宗親注道德經，卻又不「去甚、去奢、去泰」，只是置廟求福；不能會通老子所言：「不欲以靜，天下將自定」(〈第三十七章〉)〔註239〕，以及「清靜爲天下正」(〈第四十五章〉)〔註240〕的政治哲學，卻僅妄崇老子爲李氏皇族之始祖。皇室與一般匹夫匹婦同樣，不務老子思想之眞髓，虛附神怪之說，使道家與道教混淆不清。崇尚自然無爲之老子，豈有離「無何有之鄉」，而降靈自稱始祖，玄宗之不辨道聽塗說，直使詩人百感交集，慨歎政教之不倫不類，因而在讚嘆「五聖圖」之中，寄寓著個人對盛唐政教不經鞭辟入裡的見解了。

綜上所述，筆者簡約歸納如下：在〈冬日洛城北謁玄元皇帝廟〉一詩中，詩人因見吳道子所繪「五聖圖」，除讚嘆畫家畫藝精湛之外，亦因見畫而起政教不經之感興，並於詩中運用「虛頌實諷」的詩法諷諭。在此詩中，詩人對其一向念茲在茲的玄宗，將「五聖圖」置於玄元皇帝廟（道教）中，詩語表層彷似讚頌，但經仔細探究，詩人於詩結處詩云：「谷神如不死，養拙更何鄉」，即是藉語典反映詩人諷諭之意。其諷諭的重心乃在：君主隨神怪之說穿鑿附會，不務思想之溯源，道家之思想與道教之教義混淆不清，而君主若沉溺於妄求長生不死之術，終將導致政教流於浮誕，而國家未來運勢則堪憂啊！〔註241〕

〔註238〕同注216，頁159。
〔註239〕同注226，頁78。
〔註240〕同上注，頁94。
〔註241〕杜甫諷諭國事的視角是深遠獨到的，天寶十四年，安史之亂後唐朝

　　由上述分析論證，我們認爲〈冬日洛城北謁玄元皇帝廟〉一詩中，反映了詩人對政教不經的諷諭之意，應是合理的推斷。而此詩作於天寶八年〔註 242〕，對照於杜甫其他具有奉諭精神之批評當朝、諷諭君王的詩作，如：〈同諸公登慈恩寺塔〉〔註 243〕、〈樂遊園歌〉〔註 244〕、〈曲江三章章五句〉〔註 245〕、〈麗人行〉……等詩作，其完成時間較早，故此作當可視爲是杜甫批評當朝、諷諭君王之詩作的起點。

　　由此，我們更可見出詩人欣賞畫境（人物以外，鷹、馬、山水亦然）之時的聯想，實與詩人之心靈世界互相觸發關聯的，就連諷諭君王的思想也隱於論畫之中，可見杜甫題詠論畫實多出於主體心靈意識的映照，在此又是一個例證。

　　盛況即已難再！在這之前，詩人所作〈自京赴奉先縣詠懷五百字〉詩中云：「君臣留歡娛，樂動殷膠葛。……朱門酒肉臭，路有凍死骨。」對國事即有所諷、有所憂。

〔註 242〕　見《杜甫年譜》（台北：學海出版社，1981 年 9 月再版），頁 45〜47。
〔註 243〕　〈同諸公登慈恩寺塔〉詩云：「惜哉瑤池飲，日宴崑崙丘。」
〔註 244〕　〈樂遊園歌〉詩云：「青春波浪芙蓉園，白日雷霆夾城仗。」
〔註 245〕　〈曲江三章章五句〉詩云：「短衣匹馬隨李廣，看射猛虎終殘年。」

第四章　杜甫題畫詩審美觀之內容

　　身處詩書畫創作及理論全盛互涉的唐代，杜甫雖不是畫家，但擅詩能書且嫻熟畫理。這由其題畫詩中反覆運用「眞」、「骨」、「氣」、「神」等論畫概念群入詩，以及強調畫家「意匠經營」的創作過程，可見一斑。當然嚴格地說，詩人並未自成一套畫論，因此本章所謂審美觀之內容，乃是筆者透過杜甫題畫詩所表現：詩人（審美主體）因畫（審美客體）起興之時，由於詩人深層文化心理，而影響其畫之審美及詩之創作的活動，並在題畫詩中所形成出之於詩人主體性的「審美觀照、理論及標準」，筆者於此將之概括定義整理爲詩人題畫詩「審美觀」之內容。

　　詩人在題畫、論畫之際，常是遊於詩書畫三種藝術媒介之間，發出屬於詩人主體的審美感興。因而經過一翻梳理、推敲、聯繫，筆者大致將其題畫詩審美觀內容分爲兩部分：一者爲杜甫題畫詩條理出其審美標準，發現詩人雖也以形神論來評賞繪畫，但歸其「寫眞」、「畫骨」、「重氣」之旨，其內在意涵大抵皆通向「傳神」。詩人涵泳出入於六朝文藝美學甚深，其受劉勰《文心雕龍》「風骨」論、顧愷之「傳神」論以及謝赫「氣韻生動」論……等文藝思想薰染，在六朝美學風起雲湧以至盛唐文藝繽紛燦爛的氛圍裏，終而形成其「不僅傳物之神，亦傳畫家情思之神」的「傳神」繪畫審美思想。二者，詩人強調

畫家「意匠經營」的藝術創造過程，亦可經由創作過程意匠之醞釀、構思、放筆之分析，以明詩人此乃崇尚畫家涵養論，並以其為繪畫傳神之道者。

而在釐清詩人以「傳神」為其審美觀之中心，以及詩人強調畫家「意匠經營」的藝術創造過程時，我們可以察覺，張彥遠在《歷代名畫記》中所說：「骨氣形似，皆本於立意而歸乎用筆」的繪畫創作論，杜甫雖未立論但思想隱於其題畫詩而成其先。此詩人題畫、論畫對後續文人畫畫論的發展，從「傳神」論內涵之延伸至畫家涵養論，杜甫繪畫審美觀似乎亦從中有其先導的作用。

第一節　確立審美標準
——以「傳神」為中心之審美觀

「神」字從其本質來看，本為形而上之哲學範疇，在哲學範疇中，「形」是「神」所棲寓之質，「形」從於「神」〔註1〕，這個思想提供了藝術範疇形神論的理論基礎。形神論發展應用到藝術鑑賞領域時，多以「傳神」、「神似」、「神妙」……等用語來品評其藝術境界的等第，從目前可考的資料看來，顧愷之所提出的「傳神寫照」、「以形寫神」之畫論，是具體地將「傳神」的概念應用到評論繪畫領域，也是將形神論運用於藝術美學範疇的發軔；而延續六朝藝術美學，將「神」的概念廣泛地應用到評論詩文、舞劍、書法、繪畫……等藝術各種媒介的則是杜甫。〔註2〕

由於杜甫在詩句中常用「神」字〔註3〕，因此杜詩中「神」字之涵義，並非僅止於應用到評論藝術境界而已。戴武軍在〈論杜詩中「神」的哲學內涵〉一文中，即將杜詩中「神」的哲學內涵概分為三：一者

〔註1〕 參見林翠華《形神理論與北宋題畫詩》（國立成功大學中國文學研究所碩士論文，1997年5月），頁49。
〔註2〕 參見陳華昌《唐代詩與畫的相關性研究》（陝西人民美術出版社，1993年4月第1版第1刷），頁93～107。
〔註3〕 用電子檢索方式查詢，杜甫在詩句中用「神」字者共有134首。

爲主體精神與靈粹之氣；二者爲神妙莫測的神靈與靈感；三者爲藝術
創作的佳境之一。〔註4〕而本文主要論述者，應屬第三類。我們於此
旨在探討在杜甫的題畫詩中，詩人所呈現之審美判斷〔註5〕及標準的
內容，故筆者將僅著眼於杜甫應用「神」的概念和其題畫詩審美觀的
關聯，以下論述之。

　　杜甫慣用「神」字來談論、讚賞文藝作品，如詩文類：
　　　義方兼有訓，詞翰兩如神。
　　　（〈奉賀陽城郡王太夫人恩命加鄧國太夫人〉）
　　　文章有神交有道，端復得之名譽早。（〈蘇端薛復筵簡薛華醉歌〉）
　　　揮翰綺綉揚，篇什若有神。（〈八哀詩·贈太子太師汝陽郡王璡〉）
　　　乃知蓋代手，才力老益神。（〈寄薛三郎中璩〉）
　　　醉**裏**從爲客，詩成覺有神。（〈獨酌成詩〉）
　　　詩應有神助，吾得及春遊。（〈遊修覺寺〉）
評論舞劍者，有詩云：
　　　臨潁美人在白帝，妙舞此曲神揚揚。
　　　（〈觀公孫大娘弟子舞劍器行〉）
又評論書法者，有詩云：
　　　苦縣光和尚骨立，書貴瘦硬方通神。（〈李潮八分小篆歌〉）
而詩人鑑賞評論畫作時，在其題畫詩上則更常見以「神妙」、「有神」
爲繪畫作品已達上乘藝術境界的讚賞，如詩云：
　　　看畫曾飢渴，追蹤恨淼茫。虎頭金粟影，神妙獨難忘。
　　　（〈送許八拾遺歸江寧覲省甫昔時嘗客遊此縣於許生處乞瓦棺寺維摩
　　　圖樣志諸篇末〉）
　　　天下幾人畫古松，畢宏已老韋偃少。絕筆長風起纖末，滿
　　　堂動色嗟神妙。（〈戲爲韋偃雙松圖歌〉）

〔註4〕 參見戴武軍〈論杜詩中「神」的哲學內涵〉（杜甫研究學刊，1993年
　　　第1期），頁39～66。
〔註5〕 康德認爲「審美判斷是一美學判斷，即是說，它是一個基於主體的
　　　根據上的判斷。」譯文引自牟宗三譯註《康德：判斷力之批判》（台
　　　北：台灣學生書局，1993年10月初版），頁200。

國初已來畫鞍馬，神妙獨數江都王。將軍得名三十載，人間又見真乘黃。（〈韋諷錄事宅觀曹將軍畫馬圖歌〉）

將軍畫善蓋有神，偶逢佳士亦寫真。（〈丹青引贈曹將軍霸〉）

韓幹畫馬，毫端有神。（〈畫馬贊〉）

萬里不以力，群遊森會神。〔註6〕（〈通泉縣署屋壁後薛少保畫鶴〉）

由以上引詩可見，「神」是杜甫在藝術審美觀照中一個重要的判斷標準。筆者以為：杜甫題畫詩中所遣「神妙」、「有神」之詩語，乃形容畫作能「傳神」，意在凸顯畫家所欲傳達之藝術境界。

那麼「傳神」所傳之「神妙」為何呢？今人何根海詮釋杜甫「神妙」之繪畫審美標準的意涵為：「『神妙』就是畫家將審美對象形式美、風格美、抽象美的愉悅與胸中勃勃之氣相激盪，將自己的胸次、人格、情志、追求、藝術涵養融化到客觀對象之中，這樣，客觀對象的氣韻正好是畫家情義襟懷、性靈城府的外化。」〔註7〕這也就是說，一幅畫作之所以能稱為「傳神」，畫家對繪畫對象形神的捕捉和掌握是一個要素，但另一個抽象的內涵則在於：畫家融入其主觀的氣質、素養、品格、思想感情於其所表現的藝術意象上之藝術感染力。〔註8〕

基於這個推論，我們從杜甫全部的題畫詩去尋求線索，發現詩人於鷹、鶴、鶻、馬、松畫的題咏，以至對山水畫、人物畫的題咏，其論點是建立在以「真」、「骨」、「氣」等意涵去評價畫作是否「傳神」的思路上，故「傳神」堪稱為其中心之審美觀。由於「真」是詩人讚嘆畫家對繪畫對象能形神兼備的詩語；而畫家之內在精神世界反映於

〔註6〕 仇兆鰲注此詩句曰：「此詳寫畫筆神妙。……萬里兩句，想其精神。……勢可萬里，可見志氣之遠。森然會神，不在粉墨之迹矣。」見仇兆鰲注《杜詩詳注》（台北：里仁書局，1980 年 7 月），頁 962。

〔註7〕 見何根海〈杜甫題畫詩繪畫美學思想芻探〉（杜甫研究學刊，1991 年第 4 期總 30 期）頁 48。

〔註8〕 參見許麗玲〈唐人題畫詩之論畫美學研究〉（中正嶺學術研究集刊，1997 年 12 月第 16 卷），頁 116。作者指出：「唐代已經認識到繪畫作品只有既反映繪畫對象的形神，又表現出畫家主觀的氣質、素養、品格、思想感情、藝術形象等，才能算是美的藝術作品。」

畫作者，詩人則以「骨」、「氣」之詩語融入於畫家所經營之藝術意象上，以達到畫家與繪畫對象、賞畫者與畫作之間，雙重的主客融神之藝術效果的再現。因此簡而言之，杜甫所謂的「眞」可視爲畫作之能「傳神」的基礎，而杜甫所強調之「骨」、「氣」，則可歸爲畫家之藉畫作達到「傳神」的內涵。

一、「傳神」的基礎——寫眞

所謂「存形莫善於畫」，「存形」固然在攝影術發達的今日，已不是繪畫藝術之主要目的，但在唐代仍是繪畫藝術的基本要件，尤其對人物畫而言，更是首要任務。因此藝術範疇的形神論之始自人物畫，大抵是起於其繪畫目的與功能的需要。到了唐代，「繪畫美學趨向畫作兼備客體的形、神，及主體的情思」〔註9〕，並延續「傳神」在畫作審美評價的重要地位，而形神兼備的審美要求也由人物畫延伸到其他畫科。〔註10〕因此對「存形」的審美要求，就分爲兩個層次：一者爲逼眞、奪眞，指形似之眞；二者爲以眞傳神、以神寫眞，指神似之眞。〔註11〕前文我們提過，「感神通靈」基本上是建立在「超乎因逼眞而使觀者將畫中物誤爲眞物的寫實功力之上的」〔註12〕，因此我們可以這麼說：「寫眞」與「傳神」之間不無密切的關聯，而「形似之眞」是爲達到「神似之眞」而服務的。爲什麼可以如此說呢？因爲藝術家的創作，不僅是要捕捉如攝影機鏡頭似的全然寫眞而已〔註13〕，他更是要「透過千姿百態的事物的外殼，捕捉到其深沉的本質內核」〔註14〕，他將

〔註9〕同注8，頁115。

〔註10〕同注2，頁113～114。作者認爲：「將神似的標準擴展到其他畫科，是唐代題畫詩的功勞。」

〔註11〕參見李祥林〈畫骨、傳神、寫眞——杜甫的繪畫美學形神觀〉（杜甫研究學刊，1992年第4期總34期），頁39～40。

〔註12〕見石守謙〈「幹惟畫肉不畫骨」別解——兼論「感神通靈」觀在中國畫史上的沒落〉（藝術學，1990年3月第4期），頁175。

〔註13〕參見王振民《比較審美心理學——詩人·詩品·詩心》（北京：中國文學出版社，1992年10月第1版第1刷），頁43。

〔註14〕同上注，頁44。

自己的經驗、想像、思考、直覺，融入描寫的客體中，敏感地洞察與
感知，並發掘其中深層的本質蘊含，因而透視人事物內在的靈魂與神
態，亦即以神寫真。

因此，杜甫在題畫詩中不僅以「神妙」、「有神」來讚嘆畫作出神
入化之畫境，也常以「寫真」來讚許畫家寫生逼真之畫技，如詩云：

　　將軍畫善蓋有神，偶逢佳士亦寫真（〈丹青引贈曹將軍霸〉）

　　此鷹寫真在左綿（〈姜楚公畫角鷹歌〉）

　　薛公十一鶴，皆寫青田真。（〈通泉縣署屋壁後薛少保畫鶴〉）

　　故獨寫真傳世人，見之座右久更新。（〈天育驃圖歌〉）

　　能事不受相促迫，王宰始肯留真跡。（〈戲題王宰畫山水圖歌〉）

杜甫在這裡所說的「寫真」大抵即是指「存形」的形似以至神似之
「真」。詩人對這種因畫境形似、神似以致逼真得令鑑賞者視假為真
之審美知覺〔註15〕，常在起筆即有所著墨，如詩云：

　　素練風霜起，蒼鷹畫作殊。（〈畫鷹〉）

　　高堂見生鶻，颯爽動秋骨。初驚無拘攣，何得立突兀。

　　（〈畫鶻行〉）

　　堂上不合生楓樹，怪底江山起烟霧。

　　（〈奉先劉少府新畫山水障歌〉）

　　沱水臨中座，岷山到北堂。

　　（〈奉觀嚴鄭公廳事岷山沱江畫圖十韻〉）

宋人張孝祥指這種題畫筆法叫「倒插法」〔註16〕，孔壽山認為杜甫
善用這種倒插起筆，以發揮先聲奪人的藝術效果。〔註17〕而筆者以
為：這是詩人訴之於直覺，描寫此畫寫真如實，以致在「應目會心」、
「心領神會」之際，融神於畫境而達到物我界線泯滅的表現方式。
〔註18〕像這類描寫賞畫者因畫境逼真，不知不覺以畫境為真的詩

〔註15〕姚一葦指出：「美感經驗的產生，主要係來自知覺……。」見姚一葦
　　　　《審美三論》（台灣開明書店，1993年1月初版），頁128。

〔註16〕同注6，頁18。

〔註17〕參見《中國畫論》（板橋：駱駝出版社，1987年8月），頁260。

〔註18〕同注15，頁81～82。

句，尚有如：

> 倏鏇光堪擿，軒楹勢可呼。(〈畫鷹〉)
>
> 觀者貪愁掣臂飛〔註19〕(〈姜楚公畫角鷹歌〉)
>
> 烏鵲滿樛枝，軒然恐其出。(〈畫鶻行〉)
>
> 戲拈禿筆掃驊騮，欻見騏驎出東壁。一匹齕草一匹嘶，坐
> 看千里當霜蹄。(〈題壁上韋偃畫馬歌〉)
>
> 玉花卻在御榻上，榻上庭前屹相向。(〈丹青引贈曹將軍霸〉)
>
> 障子松林靜杳冥，憑軒忽若無丹青。(〈題李尊師松樹障子歌〉)

皆是描寫畫境中之鷹、鶻、馬、松……等生靈活現的神態，其躍然畫
上而呼之欲出，讓人感動而不辨其真假。這感動其實是有著創作與審
美兩層趣味在其中的，一者是詩人再現畫家透過他的雙眼捕捉所描繪
對象之神姿；另外則是詩裡充滿了詩人面對畫境時，透過畫家呈現所
描繪對象之神姿，而產生的詩人個別之審美想像。對於畫作和畫家內
在精神的關係，法國古典主義繪畫奠基人普桑（Nicolas Poussin，1594
～1665）說：「儘管繪畫再現主體，然而，它不是別的，只不過是精
神的事物的一種意象罷了。」〔註20〕姚一葦也指出：「任何一個藝術
家，即使一個最寫實畫家，都有他個人的主觀作用在，都是通過他的
眼睛所捉住的世界，他的自我世界，他的人格。」〔註21〕這也就可以

〔註19〕同注 6，頁 924。仇兆鰲注此詩句曰：「貪愁有二義，貪其能飛，又
　　　　愁其飛去。……人見畫鷹神似，反覺真鷹少色。」

〔註20〕轉引自（法）雅克・馬利坦著，劉有元、羅選民等譯《藝術與詩中
　　　　的創造性直覺》（北京：生活・讀書・新知三聯書店，1992 年 6 月第
　　　　3 刷），頁 108。另外，法國當代文藝美學家雅克・馬利坦對此亦多
　　　　有論述，其於頁 105 指出：「畫家把自然看作是一個創造的神秘物，
　　　　他試圖模仿這個神秘之物的奧秘活動和內在的作用方式，他還通過
　　　　他的雙眼，借助詩性直覺使之作為客體即行將問世的作品的胚芽或
　　　　翅果而進入他自身的創造的主觀性的幽淵。就建設性的或可行性的
　　　　色彩和線條而言，畫家的智性在事物和他自身的自我的幽夜中所捕
　　　　獲的只是有形的肉體存在的無窮深奧的一個方面罷了；……」

〔註21〕同注 15，頁 78。此處所謂的人格，姚一葦於《藝術的奧秘》（台灣
　　　　開明書店，1983 年 1 月 9 版），頁 59 中曾詮釋說：「是不自覺意志與
　　　　自覺意志的全盤顯露，是本能、遺傳、後天的知識、教養、習慣的
　　　　綜合。」

輔助說明杜甫所謂「寫眞」之「眞」，代表的當不僅僅是畫師能寫物如眞的畫技而已，更可能代表的是畫家能透過筆墨、線條、色彩等媒介，傳達出他靈魂深處的精神世界所反映出來的「眞」。

因此，杜甫將「寫眞」與「眞骨」聯繫起來，其詩云：

此鷹寫眞在左綿，卻嗟眞骨遂虛傳。〔註22〕（〈姜楚公畫角鷹歌〉）

薛公十一鶴，皆寫青田眞。……赤霄有眞骨，恥飲洿池津。（〈通泉縣署屋壁後薛少保畫鶴〉）

粉墨形似間，識者一惆悵。干戈少暇日，眞骨老崖嶂。〔註23〕（〈楊監又出畫鷹十二扇〉）

這「眞」與「骨」的聯繫〔註24〕，並非只是遣詞用字的遊戲而已，更是將畫作之形似、神似（眞）和畫作所反映之畫家意欲表現的精神風骨聯繫起來。吳建輝指出：「『眞骨』不僅是剛健有力的骨骼，而且是內在的、骨氣、氣度。畫出這些動物的『眞骨』，也即傳達出了其精神，表現出了其情態，一句話，捉住了本質的東西。」〔註25〕這意味著杜甫所強調的「眞」是深入畫家內在風骨、氣韻所形諸於外在的審美內容，而這理論，也落實在杜甫於題畫詩創作時所表露之自我世界。〔註26〕

〔註22〕林同華指出杜甫在〈姜楚公畫角鷹歌〉一詩中，「把『寫眞』和『眞骨』對照起來，說明繪畫的寫眞形式，雖在左綿，但其畫的眞實精神和表現的骨氣卻足以傳遠方。『虛傳』，是藝術的『假』。『假』中有『眞』，眞寫而有眞骨，是通過特定的藝術形式，通過『虛傳』的幻覺，達到感染觀眾的審美目的。」見林同華《中國美學史論集》（下冊）（台北：丹青圖書，1986 年 4 月臺一版），頁 169。

〔註23〕筆者以爲「粉墨形似間」在此處，亦是「眞」的另一表達語詞，指的即是形似之眞。

〔註24〕「眞骨」聯用，鍾嶸在《詩品》中評劉楨就曾說：「眞骨凌霜，高風跨俗。」，見鍾嶸《詩品》（台北：金楓出版社，1986 年 12 月初版），頁 65。

〔註25〕見吳建輝〈淺析杜甫題畫詩所追求的風骨〉（杜甫研究學刊，1991 年第 3 期總 29 期），頁 41。

〔註26〕筆者認爲杜甫的題畫詩也是透過詩人的審美觀照，以再現畫境爲其

　　王嗣奭說：「形容佳畫，止於奪眞，而窮工極變，如『高堂見生鶻，颯爽動秋骨』（〈畫鶻行〉），奇矣，『卻疑（嗟）眞骨遂虛傳』（〈姜楚公畫角鷹歌〉），愈出愈奇。」〔註27〕另清人朱鶴齡評杜甫題畫詩說：「本咏畫鶴，以眞鶴結之，猶之咏畫鷹而及眞鷹，咏畫鶻而及眞鶻，咏畫馬而及眞馬也。公詩格往往如是。」〔註28〕前者以爲杜甫寫奪眞之畫境的詩句出奇而引人入勝，後者以爲杜甫題咏鷹、鶴、鶻、馬畫，總是能優遊出入於畫境與眞境之間，題畫卻又不限於畫幅之中。此兩者都間接地指出了，畫師之寫實、寫眞能力及畫境之奪眞、逼眞的描寫，是提供杜甫在題畫詩中，之所以融入心神、移注情感、興發詩語的重要因素。

　　杜甫曾在詩中云：「觀者貪愁掣臂飛，畫師不是無心學。」（〈姜楚公畫角鷹歌〉）又詩云：「高堂見生鶻，颯爽動秋骨。初驚無拘攣，何得立突兀。乃知畫師妙，巧刮造化窟。」（〈畫鶻行〉）不但是反映出詩人讚賞畫師「寫眞」畫技之高妙，也說明了「寫眞」之所以能「眞」，乃來自於畫師「巧刮造化」意象經營的精神世界。所以仇兆鰲注「畫師不是無心學」說：「後之畫師，不是無心學，但不能學耳。」〔註29〕即是指出：自然物形似之眞可學，移注了畫師情志於其中的意象神似之眞則無法可學，亦即著重畫師創作主體性中「眞」的內涵之可貴，並表達了創作主體風格之殊異，乃由其體性所體現，有其不可學的部分。在這個理論基礎上，我們才能釐清杜甫將「眞」與「骨」聯繫的思想脈絡，也才能理解，詩人在〈丹青引贈曹將軍霸〉中，以「幹惟畫肉不畫骨，忍使驊騮氣凋喪」此一詩句，將「骨」與「氣」聯繫起來的內在聯繫，皆不離從創作者主體藝術精神爲觀察原點。亦由此可見，杜甫在其審美評論中，「神」、「眞」、「骨」、「氣」的　意涵，與在

　　意象，象喻亦反映了詩人內在的心靈意識。
〔註27〕見王嗣奭《杜臆》（台灣中華書局，1970 年 10 月臺 1 版），頁 152。
〔註28〕同注6，頁 962。
〔註29〕同上注，頁 924。

畫幅中畫師主體精神之呈現此一主題，皆有其緊密互涉的關聯性。

二、「傳神」的內涵——畫骨與重氣

劉勰在《文心雕龍》〈風骨〉篇中說：「骨勁而氣猛」〔註30〕，道出了「骨」與「氣」相生的關係。而杜甫在〈丹青引贈曹將軍霸〉詩中說：「弟子韓幹早入室，亦能畫馬窮殊相。幹惟畫肉不畫骨，忍使驊騮氣凋喪。」則明顯地點出了作品中「骨」與「氣」的內在貫通之聯繫性。晚於杜甫的張彥遠在《歷代名畫記》中雖對杜甫「幹惟畫肉不畫骨，忍使驊騮氣凋喪」的審美評價不認同，但他對「氣韻生動」、「骨法用筆」、「應物象形」互有聯動的見解，卻意外地組織了杜甫在題畫詩中「真」（形似）、「骨」、「氣」本於立意的理論脈絡；而張彥遠所說：「工畫者多善書」，即是指出了書法對線條的掌握，和繪畫之用筆並無二分的看法，事實上也與杜甫書畫審美傾向「硬瘦通神」皆著眼在其骨力，也並無二致，他在論謝赫六法時說：

> 古之畫，或能移其形似而尚其骨氣，以形似之外求其畫，此難可與俗人道也。今之畫縱得形似，而氣韻不生，以氣韻求其畫，則形似在其間矣。……夫象物必在於形似，形似須全其骨氣。骨氣形似，皆本於立意而歸乎用筆，故工畫者多善書。〔註31〕

這裡我們看到張彥遠以「骨氣」合稱來探討繪畫「象物形似」以外「傳神」的重要性。由張彥遠對顧愷之「神妙亡方，以顧為最」的推崇看來〔註32〕，「傳神寫造」對其影響亦深，故認為「張彥遠借用了早在

〔註30〕見劉勰《文心雕龍註》（台北：明倫出版社，1970 年 9 月初版），頁514。另參見李澤厚、劉綱紀主編《中國美學史》二卷（台北：谷風出版社，1987 年 12 月臺一版），頁 853 指出：「『風骨』的產生在劉勰看來是離不開『氣』，亦即離不開作家的情感、氣質、個性、才氣的。」

〔註31〕見俞崑《中國畫論類編》（台北：華正書局，1977 年年 10 月），頁32。

〔註32〕張彥遠曾引張懷瓘所云來讚嘆、推崇顧愷之畫作的神妙，他說：「顧公運思精微，襟靈莫測，雖寄迹翰墨，其神氣飄然在煙霄之上，不

六朝人物品藻中就曾出現過的『骨氣』這個詞，代替『神』來表達他對古人作畫不但形似、骨氣更佳的藝術情趣的深自推許」〔註33〕，應是合理的推論。另外，吳玉如研究歸納指出：「『風骨』者，『氣韻生動』是也。……謝赫的『氣韻生動』一詞則使劉勰的「風骨」意義具象化。……以『氣韻生動』看『風骨』，對書、畫來說，就是『傳神』，於文學作品而言，就是感染力，而此感染力已非單純的辭趣，亦即『風』，乃是鎔鈞『風』、『骨』之後的新產物。」〔註34〕於此其將「傳神」、「氣韻生動」、「風骨」形成聯繫，實與本文所主張「骨」、「氣」、「神」之內涵互涉相應。〔註35〕因此，我們可以如此說：對繪畫而言，「骨」、「氣」是「傳神」的內涵，杜甫重視繪畫之「骨」與「氣」的表現，即是重視繪畫之「傳神」與否，故杜甫是以「傳神」爲其中心之審美觀，而「寫眞」、「畫骨」、「重氣」之審美評價，皆指涉「傳神」之審美標準。

　　除此之外，我們亦可於杜甫的題畫詩發現，詩人對劉勰〈風骨〉篇中所說的「風清骨峻」〔註36〕之美，是深表認同的，詩人常以相近

　　可以圖畫間求。象人之美，張得其肉，陸得其骨，顧得其神，神妙亡方，以顧爲最。」見（唐）張彥遠《歷代名畫記》（台北：廣文書局，1971 年 6 月初版），頁 176～177。另參見趙憲章主編《美學精論》第七卷（北京：中國青年出版社，2000 年 5 月第 1 版第 1 刷），頁 262。

〔註33〕見趙憲章主編《美學精論》第七卷（北京：中國青年出版社，2000 年 5 月第 1 版第 1 刷），頁 261。

〔註34〕見吳玉如《劉勰文心雕龍之審美觀》（國立台灣師範大學國文研究所碩士論文，1996 年 7 月），頁 98。

〔註35〕「氣韻生動」就是傳神，在《中國古代美學範疇》（台北：木鐸出版社，1987 年 7 月初版）頁 81 中亦採此說。其中引元人楊維禎所說：「故論畫之高下者，有傳形，有傳神；傳神者，氣韻生動是也」，來證明此論點。

〔註36〕見劉勰《文心雕龍註》（台北：明倫出版社，1970 年 9 月初版），頁 514。另同注 34，頁 104 中亦有關於「風清骨峻」和「氣韻生動」內在關聯之論述，吳玉如以爲：「『風骨』論之主要內涵，在於藝術感染力的追求，這種感染力的體現，劉勰稱作『風清骨峻』，而其具體的呈現則爲『氣韻生動』。」

詞「清絕」、「清峻」、「清高」、「清新」、「駿骨」來形容畫中物「神駿」
的「骨」與「氣」，如詩云：

> 殊姿各獨立，清絕心有向。疾禁千里馬，氣敵萬人將。
>
> （〈楊監又出畫鷹十二扇〉）
>
> 矯矯龍性合變化，卓立天骨森開張。伊昔太僕張景順，監
> 牧攻駒閱清峻。遂令大奴字天育，別養驥子憐神駿。
>
> （〈天育驃圖歌〉）
>
> 可憐九馬爭神駿，顧視清高氣深穩。
>
> （〈韋諷錄事宅觀曹將軍畫馬圖歌〉）
>
> 韓幹畫馬，毫端有神。驊騮老大，騕褭清新。瞻彼駿骨，
> 實惟龍媒。（〈畫馬贊〉）

從以上詩句，我們可以清晰地看到，杜甫詩中所謂「神駿」、「有神」
與「風清骨峻」及「氣」之間，有一種緊密的關係，它們是一組概念
群，雖各自獨立，卻互有因果關係。

　　至於在杜甫的題畫詩中，「畫骨」與「重氣」此二者之內容意涵
為何，以下分別敘述之。

（一）畫骨——內涵之外現

　　自先秦至兩漢魏晉，「骨」的觀念，和人的生命力量之強弱，以
及人的倫理道德、智慧、才能、個性等情性品藻問題有相當密切的關
係，因此自然地被引用到與人不能分離的文藝理論中。由於書法為
「線」的藝術，和生命的力量與運動有極密切的關聯，因此西晉初年
的書法家衛瓘等人即開始以「骨」論書〔註37〕；後來將「骨」引入文
學的是西晉後期葛洪的《抱朴子》，他以「骨鯁迴弱」形容「妍而無
據，證援不給」的文章；而將「骨」運用到畫論的則是東晉顧愷之〔註

〔註37〕衛瓘說：「我得伯英（張芝）之筋，恒（衛瓘之仲子）得其骨，靖（索
　　　靖）得其肉。」（語出張懷瓘《書斷》中）參見熊秉明《中國書法理
　　　論體系》（台北：谷風出版社，1987 年 11 月）頁 16～19；另參見李
　　　澤厚、劉綱紀主編《中國美學史》二卷（台北：谷風出版社，1987
　　　年 12 月臺一版），頁 844。
〔註38〕顧愷之在《論畫》中多處以「骨」評畫，如在《醉客》中說：「作人

38〕，他在〈畫雲臺山記〉中所說的：「瘦形而神氣遠」〔註39〕，對杜甫「畫骨傳神」的主張，應有相當程度的影響。〔註40〕而劉勰的《文心雕龍》和謝赫的《古畫品錄》〔註41〕，更是發展了「骨」在文學、繪畫理論上的運用。〔註42〕杜甫以「骨」論書畫者亦多，相信也是吸收前人文藝理論的滋養，而有所創發。今人王飛即認爲：「杜甫書論之『瘦硬通神』、畫論之『畫骨傳神』以及詩論之『凌雲健筆』，無不體現出對漢魏風骨、神韻的極力推崇。」〔註43〕

　　杜甫早慧，他在〈壯遊〉一詩中自云：「七齡思即壯，開口詠鳳皇。九齡書大字，有作成一囊。」詩人自幼詠詩習書，詩藝成就自是非凡，而書藝成就，則證之《書林藻鑑》中所引《書史會要》說：「（杜）甫於楷、隸、行、草無不工。」〔註44〕可見其對書法是頗有心得的，他在〈李潮八分小篆歌〉所標舉的：「苦縣光和尙骨立，書貴瘦硬方通神」之理論，充分地表現出其重瘦硬而輕肥俗的審美傾向。

　　概觀中國傳統之審美趣味，漢代以前較喜歡「厚重拙樸」。六朝時期，受到清談玄風的影響，較喜歡「清瘦疏朗」，表現在書法美學上，則是重骨而輕肉。〔註45〕這可以由衛夫人《筆陣圖》中所說：

形，骨成而制衣服幔之，亦以助神醉耳。多有骨俱，然蘭生變趣，佳作者矣。」參見李澤厚、劉綱紀主編《中國美學史》二卷（台北：谷風出版社，1987年12月臺一版），頁540～541。

〔註39〕同注31，頁581。
〔註40〕參見王飛〈論杜甫的藝術審美傾向〉（杜甫研究學刊，1994年第3期總41期）頁27。
〔註41〕同注31，頁355。謝赫六法，一氣韻生動是也，二爲骨法用筆是也，……。
〔註42〕同注38，頁842～845。
〔註43〕同注40，頁28。
〔註44〕見馬宗霍《書林藻鑑》（台灣商務印書館，1965年12月臺1版）卷8，頁145。
〔註45〕參見黎孟德〈書貴瘦硬方通神──論杜甫與書法〉（杜甫研究學刊，1993年第3期總37期），頁61～62。作者以爲：「多骨」即是「瘦硬」，而「多肉」即是「肥俗」。故重瘦硬而輕肥俗即是所謂重骨而輕肉。

> 善筆力者多骨，不善筆力者多肉。多骨微肉者謂之筋書，多
> 肉微骨者謂之墨豬。多力豐筋者聖，無力無筋者病。〔註46〕

來證明六朝書法審美，是傾向骨力瘦勁的追求。李銘宗徵之於《筆陣
圖》所說的「下筆點畫波撇屈曲，皆須盡一身之力而送之」指出：「衛
夫人把『骨』的概念用於書道的審美觀照，『骨力』表示書道用筆的
內在力度，是力的奮發；表達主體通過運筆所表現的一種內在人格力
度。」〔註47〕另外從文論來看，「建安風骨」以及劉勰於《文心雕龍·
風骨》中所強調的「骨」之力，對杜甫亦有相當的影響，〈風骨〉篇
中說：

> 辭之待骨，如體之樹骸，情之含風，猶形之包氣。
> 豐藻克瞻，風骨不飛，則振采失鮮，負聲無力。
> 若瘠義肥辭，繁雜失統，則無骨之徵也。〔註48〕

約簡地說：劉勰認爲「肥辭」則「無骨」，「無骨」則「無力」，和衛
夫人《筆陣圖》所強調的「骨力」之說，其文藝理論意涵之指涉均有
極高的相似，他們對有「骨」之作品能產生內在人格生命之穿透力，
皆採肯定正面的論點。

　　而從杜甫於〈丹青引贈曹將軍霸〉中所云：「幹惟畫肉不畫骨，
忍使驊騮氣凋喪。」便可看出，詩人的書畫審美標準大致受到六朝美
學重視作品中「骨」、「氣」的影響，也傾向於作品中「骨力」的呈現，
著重創作者透過筆法所煥發而出的「內在人格力度」，貫穿於作品中
靈動的「氣」，進而達到「傳神」的藝術感染力。

　　杜甫在其題畫詩中，除了前者所列有關「眞骨」之聯用外，另外

〔註46〕見（晉）衛夫人《筆陣圖》，收於（明）吳永編《續百川學海》（明
　　　　刊本）壬集。對於書法中關於「風骨與骨肉之喻」，另可參見汪湧豪
　　　　《中國古典美學風骨論》（中國人民大學出版社，1994 年 9 月第 1 版
　　　　第 1 刷），頁 70～74。
〔註47〕見李銘宗《六朝美學點描》（台北：亞太圖書，2001 年 12 月初版 1
　　　　刷），頁 283。
〔註48〕以上引句，見劉勰《文心雕龍註》（台北：明倫出版社，1970 年 9 月
　　　　初版），頁 513。

還有「秋骨」、「天骨」的詩語，其詩句如下：

> 毛為綠縹兩耳黃，眼有紫焰雙瞳方。矯矯龍性合變化，卓
> 立天骨森開張。(〈天育驃圖歌〉)
>
> 高堂見生鶻，颯爽動秋骨。……寫此神駿姿，充君眼中物。
> (〈畫鶻行〉)

另外，尚有「筋骨」、「駿骨」、「朽骨」等詩語，其詩云：

> 騰驤磊落三萬匹，皆與此圖筋骨同。
> (〈韋諷錄事宅觀曹將軍畫馬圖歌〉)
>
> 瞻彼駿骨，實惟龍媒。(〈畫馬贊〉)
>
> 兩株慘裂苔蘚皮，屈鐵交錯迴高枝。白摧朽骨龍虎死，黑
> 入太陰雷雨垂。〔註49〕(〈戲為韋偃雙松圖歌〉)

杜甫延申其對書法「瘦硬通神」的「骨力」審美觀，亦以之評論繪畫中鷹、鶻、鶴、松之「風清骨駿」的傳神〔註50〕，其支撐的思想是書畫同源〔註51〕，亦是標舉詩文書畫皆需著重「風骨」的詩人主體審美特性。另外，我們也可從上列引詩觀察到，杜甫也用「龍性」來形容畫中馬之靈動神現，而杜甫亦曾在〈題李尊師松樹障子歌〉中以「龍」來形容畫松之神妙〔註52〕，詩云：「陰崖卻承霜雪幹，偃蓋反走虯龍形。」〔註53〕而詩人在〈觀薛稷少保書畫壁〉一詩中又說：「鬱鬱三大字，蛟龍岌相纏。」〔註54〕除了看出杜甫對「龍性」奔騰拿攫之動

〔註49〕同注6，頁757。仇兆鰲引朱注曰：「皮裂，故幹之剝蝕如龍虎朽骨。」

〔註50〕同注34，本書於頁87中指出：「劉勰提倡『風骨』，要求詩文作到『風清骨駿』，這實際上和當時人物品評中重視風神的觀念有密切聯繫，它本身也包括著傳神的要求。」

〔註51〕杜甫有書畫共論的詩作，如〈觀薛稷少保書畫壁〉，其詩云：「少保有古風，得之〈陝郊篇〉。惜哉功名忤，但見書畫傳。我游梓州東，遺跡涪江邊。畫藏青蓮界，書入金榜懸。仰看垂露姿，不崩亦不騫。鬱鬱三大字，蛟龍岌相纏。又揮西方變，發地扶屋椽。慘澹壁飛動，到今色未填。此行疊壯觀，郭薛俱才賢。不知百載後，誰復來通泉。」

〔註52〕同注6，頁460。

〔註53〕同注6，頁460。仇兆鰲注此詩句曰：「霜雪、虯龍，此即奇古。精靈指畫……」。

〔註54〕同注6，頁961。仇兆鰲引《法書要錄》說：「至於蛟龍駭獸，奔騰

態美與畫筆骨力的聯繫，書畫皆並重線條筆力「心手隨變」的運作，概亦是詩人意之所在。除此之外，詩人在〈題李尊師松樹障子歌〉一詩中連帶地自述「老夫平生好奇古，對此興與精靈聚」的審美觀照，仇兆鰲注此詩句曰：「霜雪、虯龍，此即奇古。精靈指畫……」。杜甫面對有「奇古」之美的畫境，能引起他的「興」，而得神在於「興」〔註55〕，可見「奇古」也是杜甫的審美標準之一。

什麼是「奇」？「雅與奇反」〔註56〕，指的是不同於流俗的奇特之美；而什麼是「古」呢？依〈題李尊師松樹障子歌〉的詩句：「障子松林靜杳冥，憑軒忽若無丹青。陰崖卻承霜雪幹，偃蓋反走虯龍形」看來，杜甫是神遊於由「骨法用筆」所經營之「氣韻生動」的畫境之中了；因而這「古」應可推斷是以唐而言，堪稱爲「古」之六朝講究「骨」、「氣」、「神」的審美觀。這也就是說：杜甫對自己好「奇古」而不同於流俗、異於宮廷崇「肉」〔註57〕之審美趣味的審美觀，是有自覺的。

楊國蘭曾推斷杜甫題畫詩中所談的「骨」有以下四種可能：一爲「骨相」，指外貌形相之長短大小等特徵；二爲「骨質」，指對象內部的精神狀態與氣質；三爲「骨法」，指線條勾畫之筆力；四爲「骨架」，指支撐全局的骨架、骨骼。〔註58〕筆者以爲：所謂的「骨」應是畫家透過線條勾畫之筆力，而呈現出繪畫對象內在之精神與氣質；並以線條骨力爲媒介，呈現畫境之「氣」與「神」來傳達畫家自我內在之精神世界。正如楊國蘭所引述：「所謂『骨』，不僅是用筆方面樹立骨幹，還有在深

拿攫之勢，心手隨變，不知所如，是謂達節。」筆者以爲：所謂「心手隨變」，乃意在筆先，而以筆力所形成線條之骨力，可以透出書畫家之意。

〔註55〕參見張法《中國美學史》（上海人民出版社，2000 年 12 月第 1 版第 1 刷），頁 180～181。

〔註56〕同上注，頁 127。

〔註57〕同上注，頁 147～148。

〔註58〕參見楊國蘭《杜甫題畫詩研究》（中央大學中文研究所碩士論文，1990 年 6 月），頁 270 及頁 311～312。

入體物，進到對象內部的核心，……而最理想的方式，乃用筆之『骨』與內部核心之『骨』的結合。」亦即所謂「已由技巧性進而為思想性，或精神性，由局部性進而為全體性，以形成統一的骨骼之骨，猶言『骨髓』。」〔註59〕因而所謂的「畫骨」，並非僅是畫中線條骨力足以表現繪畫對象內在之精神與氣質而已，更是畫家「風骨」之美透過畫作散發其「神氣」之美。這樣才能釐清，「畫骨」之所以「傳神」，傳的不僅是畫中物之神態，傳的更是畫家藉繪畫所反映之精神世界。

　　綜上所言，杜甫強調的「骨」，是書畫審美趣味之共通本質的標舉，其源來自於魏晉人物品藻「風骨」的概念〔註60〕，並引進書畫詩文之文藝領域中。因而，「畫骨傳神」與創作主體之「體氣」應有緊密的關聯，而所傳之神，同時反映了作家的心靈意識與精神世界。

（二）重氣——內涵之意蘊

　　杜甫在〈丹青引贈曹將軍霸〉詩中說：

> 弟子韓幹早入室，亦能畫馬窮殊相。幹惟畫肉不畫骨，忍
> 使驊騮氣凋喪。

引發了後來很多關於杜甫審美評價是否得當的評論。因而，讓我們回到詩本，詩人在此詩中提到一個其以為是畫馬之所以能「斯須九重真龍出，一洗萬古凡馬空」的關鍵——即以「骨」生「氣」，進而以「氣」傳「神」的審美觀。

　　杜甫引用「氣」的概念來論曹霸「畫善蓋有神」，自有其藝術涵養及其個人審美標準而致，並非知畫與不知畫之可二分。現在，就讓我們概觀杜甫題畫詩，去釐清詩人對「骨」、「氣」、「神」的審美理路，而後再進行詩人審美評價是否得當的思辨。

　　1. 「氣」與「骨」的關係

　　「氣」的概念在先秦是哲學的原型範疇〔註61〕，涵蓋的範圍包

〔註59〕同注58，頁270。
〔註60〕同注55，頁120。另同注35，頁88中亦採此說。
〔註61〕關於氣的範疇，張立文約略歸納成以下六種意涵：一、氣是自然萬

括由物質存有樣態上升至道德境界，由主觀推向客觀、由人（己）至天（宇宙）的哲學思維。〔註62〕而首先將哲學上「氣」的概念引入文藝理論的是曹丕，曹丕在《典論‧論文》提出：

> 文以氣爲主，氣之清濁有體，不可力強而致。譬諸音樂，曲度雖均，節奏同檢，至於引氣不齊，巧拙有素，雖在父兄，不能以移子弟。〔註63〕

曹丕在此所說的「氣」，乃是直指藝術創造主體之氣質、個性、天才各有不同，其所形成作品中特有「清濁」之氣與藝術感染力，是獨特無法模仿與學習的。而劉勰在《文心雕龍》〈風骨〉篇中援用此說，演申風骨重氣之旨的論點，指出：「詩總六義，風冠其首，斯乃化感之本源，志氣之符契也。」〔註64〕且說：

> 情之含風，猶形之包氣。〔註65〕
>
> 情與氣偕。〔註66〕

這說明了：風是化感之本源，而風之所以具有藝術感染力，是來自作家之情志在作品中的表現，「氣」則是發自作家情志賦以「風」之生命與氣勢的力量。〔註67〕另外劉勰又說：

> 結言端直，則文骨成焉；意氣駿爽，則文風清焉。〔註68〕

物的本原或本體。二、氣是客觀存在的質料或元素。三、氣是具有動態功能的客觀實體。四、氣是充塞宇宙的物質媒介或媒體。五、氣是人生性命。六、氣是道德境界。參見張立文主編《氣》（台北：漢興出版社，1994年初版），頁4～5。

〔註62〕參見劉長林〈說氣〉一篇，收於楊儒賓主編：《中國古代思想中的氣論及身體觀》（台北：巨流圖書公司，1993年1版），頁101～109。

〔註63〕見梁‧昭明太子編《文選》（台北：藝文印書館，1989年1月11版），卷五十二，頁734。

〔註64〕同注48，頁513。

〔註65〕同上注，頁513。

〔註66〕同上注，頁514。

〔註67〕同注38，頁842。文中並說：「『氣』從藝術創造的主體來說，是指與『情』的不能分離的氣質、個性、天才，而當它表現於作品時，也就形成爲作品所特有的一種氣勢和感染力量，直接關係到作品的成敗和藝術性的高低。」

〔註68〕同注48，頁513。

　　骨勁而氣猛。〔註69〕

則道出沒有「風」，「骨」無從著力，沒有「骨」，則「風」無以表現。
〔註70〕因此「氣是風骨之本」的說法〔註71〕，是符合劉勰論述之本旨
的。而氣為骨之本這個說法，也可以解釋在杜甫題畫詩中，為何論及
「氣」即涉及「骨」的審美觀點了！杜甫強調「畫骨」，源於「重氣」；
由於「重氣」，因而標舉「骨勁」、「瘦硬」，所以筆者於此推論：詩人
可能認為「骨力」是「氣韻」、「氣概」、「氣勢」〔註72〕的能動來源，
因此詩人才會認為畫馬若只畫肉而不畫骨，驊騮神駿之氣便會凋喪，
也就是僅存其形而不傳其神，更不能「一洗萬古凡馬空」了！

　　劉熙載曾在《詩概》中說：「杜詩只有無二字足以評之。有者，
但見性情氣骨；無者，不見語言文字也。」此處所謂「氣骨」大抵即
是指內容的主體精神而言〔註73〕，而杜甫以詩人之姿賞畫評畫論畫，
當亦不離其主體性情氣骨之精神，有相當濃厚的文人論畫之獨特審美
個性。

　　2.「氣」與「神」的關係

　　在文藝理論中，「骨」與「氣」固然皆與「傳神」有內在的聯繫，
然從形式上來看，「骨」代表的線條骨力之呈現仍有具象可循，而囊
括「宇宙生命意識」的「氣」，則是虛化而超象的。〔註74〕由於先秦

〔註69〕同注48，頁514。
〔註70〕參見趙憲章主編《美學精論》第七卷（一）（北京：中國青年出版社，
　　　　2000年5月第1版第1刷），頁164。
〔註71〕參見蒲震元《中國藝術意境論》（北京大學出版社，2000年8月第2
　　　　刷），頁144。文中引黃侃《札記》評劉勰《文心雕龍》〈風骨〉中論
　　　　重氣之旨時說：「氣是風骨之本」。
〔註72〕同注58，頁261～265。楊國蘭認為杜甫題畫詩中談到的「氣」，可
　　　　約略分為「氣韻」、「氣概」、「氣勢」三類。
〔註73〕參見林淑貞《詩話論風格》（國立台灣師範大學國文研究所博士論
　　　　文，1998年5月），頁60。作者以為劉氏之所謂「氣骨」即是指內
　　　　容的主體精神而言。
〔註74〕同注71，頁108～113。關於氣之審美本質，蒲震元於頁122與頁125
　　　　分別指出：「中國傳統氣之審美，往往是一種體認宇宙萬物內在的生

中國思想裡，有天人生氣相通之交感律動的觀念，如：《左傳》認為「天生六氣」，《皇帝內經素問》提出「生氣通天」論，而《管子・內業》亦有：「搏氣如神，萬物備存」的說法〔註75〕，這些都代表著早期中國思想裏，即有人是小宇宙，天是大宇宙，而小宇宙與大宇宙之間，藉著「氣」與天地互相聯繫維持動態平衡的關係，代表著人可以藉著氣的通貫天地，超越身體的有限進入宇宙的無限，獲得「萬物備於我」的感應，構成了「天人合一」與「宇宙一體」--由主體推向客體的生命體驗與思維基礎。〔註76〕因此，「氣」被運用於文藝審美上，由於其本質為陰陽之天人交感〔註77〕，故與「感神通靈」常互相引論。

劉勰在《文心雕龍》〈神思〉中說：「神居胸臆，而志氣統其關鍵」〔註78〕，又在〈養氣〉篇中說：「神疲而氣衰」〔註79〕，顯然已覺察到「氣」與「神」內在之聯繫。而宋人董羽在《畫龍輯議》中，則具體地以母子來形容「氣」與「神」的關係，他說：

神猶母也，氣猶子也，以神召氣，以母召子，孰敢不致。〔註80〕

機活力和深層生命內涵的審美，是一種由有形悟入無形、雖無形而實有的審美。」而且是一種「建立在象之審美基礎上又與象不同的由實境悟入虛境的審美。」

〔註75〕《左傳》（昭公元年）中「天生六氣」的說法為：「六氣曰陰、陽、風、雨、晦、明也。分為四時，序為五節。過則為災，陰淫寒疾，陽淫熱疾，風淫末疾，雨淫腹疾，晦淫惑疾，明淫心疾。」《皇帝內經素問》之「生氣通天」論，則曰：「夫自古通天者，生之本。本於陰陽，天地之間，六合之內，其氣九州九竅五藏十二節，皆通乎天氣。」另外，《管子・內業》則曰：「是故此氣也……敬守勿失，是為成德，德成而智出，萬物畢得。搏氣如神，萬物備存。」由此可見先秦思想中已有天人生氣交感的觀念。

〔註76〕同注62，頁108～110。另參見黃俊傑著《孟學思想史論》（台北：東大出版，1991年初版）頁37～40。

〔註77〕同注4，頁39～40。《易・繫辭》說：「陰陽不測之謂神」，而《莊子・則陽》說「天地者，形之大者也；陰陽者，氣之大者也。」可見「神」的根源是陰陽之氣。

〔註78〕同注48，頁493。

〔註79〕同注48，頁646。

〔註80〕轉引自傅抱石《中國繪畫理論》（台北：里仁書局，1995年4月初版

則將畫論中「氣」與「神」之主從關係清晰地表達出來。而元人楊維禎在《圖繪寶鑑序》中更直接地說：

> 故論畫之高下者，有傳形，有傳神。傳神者氣韻生動是也。
> 〔註81〕

這種說法，更是將「氣韻生動」的內涵歸於「傳神」之下了。

　　現在，反觀杜甫詩中所說：「豈知異物同精氣，雖未成龍亦有神。」（〈沙苑行〉）則可看出詩人所說的「精氣」趨向於「龍」性，是「永恆運動著的物質實體，自身包含著浮沉、升降、動靜相感的性能」〔註82〕，與「骨」一樣是「傳神」的動能內涵。而杜甫在其題畫詩中，提到「氣」的，有詩云：

> 巴陵洞庭日本東，赤岸水與銀河通，中有雲氣隨飛龍。
> （〈戲題王宰畫山水圖歌〉）
> 赤日石林氣，青天江海流。（〈題玄武禪師屋壁〉）
> 反思前夜風雨急，乃是蒲城鬼神入。元氣淋漓障猶溼，眞
> 宰上訴天應泣。（〈奉先劉少府新畫山水障歌〉）

這裡所指「雲氣」、「石林氣」、「元氣」，可概括稱之爲自然造化天地之氣，雖然詩人於此題山水畫詩中，並無直接說明這種造成畫面形成動感的氣，能營造足以使鑑賞者「見畫起興」、「移情於畫」的藝術感染力，但詩境中縹緲悠遠的意象，則讓人得以由詩境見畫境，恍若歷歷在目。金聖歎評〈戲題王宰畫山水圖歌〉「中有雲氣隨飛龍」說：「原來王宰此畫，滿幅純畫大水，卻于中間連水亦不復畫，只用烘染法，留取一片空白絹素。……『隨飛龍』三字妙，寫一片空白雲氣，是活雲，不是死雲。」〔註83〕而王嗣奭則評〈奉先劉少府新畫山水障歌〉說：「篇中最得畫家三昧，尤在『元氣淋漓障猶溼』一語，試一想像，

　　　　3刷），頁38。
〔註81〕同注31，頁93。
〔註82〕同注4，頁40。
〔註83〕見（清）金聖歎著，鍾來因整理《杜詩解》（上海古籍出版社，1984年1月第1版第1刷），頁105。

此畫至今在目，眞是下筆有神；而詩中之畫，令顧、陸奔走筆端。」
〔註84〕宗炳在《畫山水序》中有「暢神」〔註85〕之說，詩人因畫境之
氣韻生動而暢神、融神其中，而藉著「雲氣」、「石林氣」、「元氣」等
詩語，再現山水畫之淋漓猶濕的生氣盎然。所以詩人說：「眞宰上訴
天應泣」，這「眞宰」即莊子所說的「眞君」〔註86〕，亦即「天神」、
「元神」〔註87〕，詩語以「元氣」通「天神」，無異旨在讚美畫之傳
神。〔註88〕

　　清人方薰在《山靜居畫論》中說：「氣韻生動，須將生動二字省
悟，能會生動，則氣韻自在。氣韻生動爲第一義，然必以氣爲主。氣
盛則縱橫揮灑，機無滯礙，其閒韻自生動矣。杜老云：『元氣淋漓障
猶濕』，是即氣韻生動。」〔註89〕前文筆者曾引楊維禎在《圖繪寶鑑
序》中所說：「傳神者氣韻生動是也」，若聯繫此二者之說法，那麼更
可確立杜甫以「氣」論山水畫，是導向其中心審美觀——「傳神」。
〔註90〕

〔註84〕同注27，頁37。
〔註85〕同注31，頁583～584。
〔註86〕《莊子‧齊物》說：「必有眞宰，而特不得其朕。……其遞相爲君臣
　　　　乎，其有眞君存焉。」「眞君」即上「眞宰」。見（清）王先謙《莊
　　　　子集解》（台北：木鐸出版社，1988年6月初版），頁12。
〔註87〕見孔壽山編注《唐朝題畫詩注》（四川美術出版社，1988年8月第1
　　　　刷），頁113。孔壽山以爲眞宰即天神。亦有以眞宰爲元神者，如同
　　　　注58，頁259～260。
〔註88〕同注31，頁127。明人謝肇淛在《五雜俎論畫》中說：「人之技巧至
　　　　於畫而極，可謂奪天地之工，洩造化之秘，少陵所謂眞宰上訴天應
　　　　泣者，當不虛也。然古人之畫，細入毫髮，飛走之態，罔不窮極，
　　　　故能通靈入神，役使鬼神。」
〔註89〕見方薰《山靜居畫論》收於原刻景印《百部叢書集成》（台北：藝文
　　　　印書館），頁2。
〔註90〕參見韓林德《境生象外：華夏審美與藝術特徵考察》（北京：生活‧
　　　　讀書‧新知三聯書店，1996年3月北京第2刷），頁47。韓林德認
　　　　爲：謝赫所提「氣韻生動」之命題與顧愷之所提「傳神」之命題，
　　　　固然兩者之間存有相通之處，但二者並非即是等號，「氣韻生動」的
　　　　內涵顯然較「傳神」來的豐富。筆者以爲，韓林德於此所述，涉及

　　除題山水畫詩外，詩人尚有於題鶴、馬畫詩中直接聯繫「氣」與
「神」者，詩云：

　　　　佳此志氣遠，豈惟粉墨新。萬里不以力，群遊森會神。

　　　　（〈通泉縣署屋壁後薛少保畫鶴〉）

　　　　可憐九馬爭神駿，顧視清高氣深穩。

　　　　（〈韋諷錄事宅觀曹將軍畫馬圖歌〉）

《韻語陽秋》記載：「薛稷不特以書名，而畫亦居神品。」〔註91〕杜甫
曾在〈觀薛稷少保書畫壁〉一詩中讚美薛稷之書畫說：「畫藏青蓮界，
書入金榜懸。」而詩人於〈通泉縣署屋壁後薛少保畫鶴〉一詩中，則以
「志氣遠」、「森會神」來描寫薛稷之畫鶴神絕。〔註92〕另外杜甫不止一
次地讚嘆曹霸善畫有神〔註93〕，在〈韋諷錄事宅觀曹將軍畫馬圖歌〉詩
中以「曾貌先帝照夜白，龍池十日飛霹靂」來凸顯曹霸畫馬「感神通靈」
的傳聞，以「清高氣深穩」來形容畫馬「神駿」之姿，而以「騰驤磊落
三萬匹，皆與此圖筋骨同」之「筋骨」一詞來概括「氣」「神」充足、
神氣活現的畫馬。這裡我們循著詩語，可以清晰地觀察到杜甫「骨」「氣」
「神」之審美聯繫，「氣」是畫中物之生命力，此無形之生命力由有形
之骨力彰顯之，而有「骨」有「氣」之畫，不僅傳畫中物之神妙，亦傳

　　「傳神」繪畫審美論定義廣狹之差異，以及繪畫「傳神」論之後續
　　發展的問題。所謂後出者轉精，顧愷之是首度引「神」之命題來論
　　繪畫者，其論述是點到為止，未作全面周備之闡述，因此以顧愷之
　　所提「傳神」一詞，已不能囊括後來依此所發展出的繪畫「傳神」
　　論。而本論文所指之杜甫「傳神」審美觀，在內涵上則涵蓋顧愷之
　　所提「傳神」與謝赫所提「氣韻生動」之範疇。

〔註91〕收於臺靜農編《百種詩畫類編》（台北：藝文印書館，1974年5月初
　　　　版），頁322。

〔註92〕唐人朱景玄於《唐朝名畫錄》評薛稷時指出：「……畫鶴，時號一絕。
　　　　筆力瀟灑，風姿逸秀……並居神品。」收於《歷代名畫記》（北京：
　　　　京華出版社，2000年5月第1版第1刷）頁306～307。另王伯敏指
　　　　出：「薛稷畫鶴最有名，畫史有『薛鶴』之稱。」見其著《唐畫詩中
　　　　看》（台北：東大圖書，1993年初版），頁100。

〔註93〕杜甫在〈存歿口號二首〉之二、〈韋諷錄事宅觀曹將軍畫馬圖歌〉及
　　　　〈丹青引贈曹將軍霸〉……等詩中，皆對曹霸繪畫有極高讚譽。

畫家之情志、風骨與氣神。因而我們可以說：杜甫於題畫詩中，以「傳神」爲其中心之審美觀，而「骨」與「氣」爲其能動內涵。

　　總結以上所說，由藝術範疇形神論來觀察，杜甫在其題畫詩中所再而三反覆運用之審美標準用詞有：「眞」、「骨」、「氣」、「神」，而「骨」可分爲骨線形式與情志內容內外兩部分。「眞」與骨線形式之「骨」〔註94〕屬「形」；情志內容之「骨」〔註95〕與「氣」屬「神」，而杜甫所要求的形神兼備〔註96〕，形似是作爲神似的條件，其旨仍在「傳神」。因此筆者歸納杜甫之題畫詩乃反映了以「傳神」爲中心之審美觀，並將其歸納架構圖示如下：

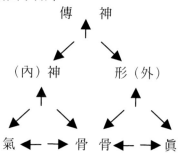

筆者以爲：杜甫之所以強調「寫眞」，乃在由形似之眞以達神似之眞，而透過畫師內在涵養之「骨」與「氣」，所感染出畫面「傳神」的藝術效果。〔註97〕而「骨」分爲骨線形式與情志內容內外兩部分，兩者則是內外交互作用，爲以骨力達到氣韻生動進而傳神。杜甫是個詩人，亦擅

〔註94〕見葛路《中國古代繪畫理論發展史》（台北：華正書局，1987年5月初版），頁54。作者指出：「骨和肉指的是形體的描繪，是形似問題」。

〔註95〕同上注，頁54。葛路於文中以爲張懷瓘在《畫斷》中評陸探微時指出：「秀骨清像，似覺生動，令人凜凜然若對神明。」是聯繫了「骨」和「神」的關係。

〔註96〕見郭因《中國古典繪畫美學》（台北：丹青圖書，1986年5月台1版），頁98。作者指出：「詩人杜甫論畫要求形神兼備，如畫山水，他認爲就得『悄然坐我天姥下，耳邊已似聞清猿。』（〈奉先劉少府新畫山水障歌〉）」

〔註97〕同注11，頁39～40。李祥林指出：「杜甫其實是認爲『欲『寫眞』，須『傳神』；惟『傳神』，方『寫眞』。』」

書法，雖不是畫家，但繪畫藝術涵養頗深，由其題畫詩中論畫之畫論皆有來源，可見一斑。他的論畫既非「以形寫神」，也非「以神寫形」〔註98〕，雖講究形神兼備，其旨仍在「傳神」。這是因為詩人跨越於詩書畫不同藝術媒介之間，尋求共通藝術規律之際，產生了相互借鑑與融合的現象。〔註99〕杜甫首先運用「神」來評論詩歌〔註100〕，似是受到六朝文藝「形神論」的啟發，溯源顧愷之「傳神寫照」的畫論，可視為詩論受到畫論的影響；而杜甫題畫詩之審美觀強調「寫眞」、「畫骨」、「重氣」、「傳神」，擴大了繪畫「傳神」論的內涵，對繪畫理論發展有其影響。

　　陳華昌在《唐代詩與畫的相關性研究》中說：「唐代詩人將傳神論從人物畫擴展到動物畫和一些植物畫的美學意義也不能低估，這是以詩人的眼光，將自然人化的重要一步，是詩歌意識向繪畫滲透的重大勝利。沒有唐代詩人的參與，山水畫中的傳神觀念很難建立起來。」〔註101〕可見宋人繪畫「傳神」論，相當程度地受到唐代詩人之題畫詩的影響了。詩聖杜甫題畫詩之審美觀貫穿著「傳神」的思想，詩人見畫起興，並將人我同感之情思移注於畫境，而題畫詩中之畫境，又處處可見詩人內心世界之象喻，這些對後來著重「畫中帶有文人之性質，含有文人之趣味」，但求「氣韻骨法」之文人畫〔註102〕的發展，也不能說毫無影響。

〔註98〕同注 34，頁 108。根據藝術家對形神統一所採取的方式不同，大體可以分為「以形寫神」、「以神寫形」兩派。……顧愷之主張通過寫形來表現神，張彥遠主張通過寫神來表現形，前者重寫形，神在形內；後者不重形，神於象外。

〔註99〕同注 2，頁 94。

〔註100〕同上注，頁 103。

〔註101〕同上注，頁 117～118。

〔註102〕見陳衡恪〈文人畫之價值〉，收於于安瀾編撰《畫論叢刊》下冊（台北：華正書局，1984 年 10 月初版），頁 692～697。作者於頁 692指出文人畫的定義是：「即畫中帶有文人之性質，含有文人之趣味，不在畫中考究藝術上之工夫，必須於畫外看出許多文人之感想，此之所謂文人畫。」又於頁 694 說「藝術之勝境，豈僅以表相而定之哉。……捨氣韻骨法之不求，而斤斤於此者（此指形似），蓋不達乎

第二節　崇尚畫家涵養
——強調意匠經營之藝術創造過程

　　杜甫在題畫詩中，不但以詩再現畫境、見畫起興移情於畫，更由其論賞畫家畫作之「眞」、「骨」、「氣」、「神」之內在聯繫關係，而發現詩人之審美觀乃以「傳神」為中心。除此之外，詩人也在其題畫詩中，討論了關於畫家主觀情思與藝術技巧影響一幅畫作能否「傳神」等創作過程的問題。如詩人讚美曹霸畫馬傳神，而其畫馬之所以能傳神，則在其創作過程的「意匠慘澹經營」，詩人詩云：

> 先帝御馬玉花驄，畫工如山貌不同。
> 是日牽來赤墀下，迥立閶闔生長風。
> 詔謂將軍拂絹素，意匠慘澹經營中。
> 斯須九重眞龍出，一洗萬古凡馬空。
> 玉花卻在御榻上，榻上庭前屹相向。
> 至尊含笑催賜金，圉人太僕皆惆悵。（〈丹青引贈曹將軍霸〉）

由詩中，我們可以看出，畫御馬「玉花驄」者是「畫工如山貌不同」，但曹霸所畫卻是「斯須九重眞龍出，一洗萬古凡馬空」，由詩中思路看來，詩人似乎認爲這是畫家之創作「意匠慘澹經營」的結果。王飛認爲在這裡，杜甫「生動地描寫了畫家凝神運思、意匠經營的創作情形，以及作品完成後神采飛揚、驚心動魄的藝術感染力。」〔註 103〕因此詩人所謂的「意匠經營」，當是指畫家在經過細微地觀察繪畫對象後，融入畫家主觀情思，並將之轉化爲藝術形象這個過程之心神活動。亦即郭因所說：「所謂『意匠』，指的是熔鑄客觀現象，鍛鍊藝術意象與創造藝術形象的一種主觀的爐冶，而『慘澹經營』則指的是這種爐冶的功能。」〔註 104〕〈丹青引贈曹將軍霸〉詩中所云畫馬的以

　　文人畫之旨耳。」最後於頁 697 說：「文人畫之要素，第一人品，第二學問，第三才情，第四思想，具此四者，乃能完善。」
〔註 103〕見王飛〈論杜甫的藝術審美傾向〉（杜甫研究學刊，1994 年第 3 期總 41 期），頁 27。
〔註 104〕見郭因《中國古典繪畫美學》（台北：丹青圖書，1986 年 5 月台 1版），頁 42。

假亂眞，以致「玉花卻在御榻上，榻上庭前屹相向」，而使「至尊含笑催賜金，圉人太僕皆惆悵」，即是因爲創作過程是「意匠」之「慘澹經營」，所以曹霸爲皇帝所畫牽到庭前的御馬「玉花驄」，不但是畫得形神兼備，而且超越了眞馬之美、具足了眞馬美之理想，所以堪稱「一洗萬古凡馬空」。〔註105〕郭因認爲杜甫強調「意匠慘澹經營」的看法「和張璪的『外師造化，中得心源』說一樣，實際上都是李嗣眞『經諸目，運諸掌，得之心，應之手』這種觀點的另一種概括與發揮。」〔註 106〕而張璪所說之「外師造化」即是指向自然物學習，忠實於創作之對象，而中得心源則是指對觀察捕獲的藝術形象，進一步在頭腦中加工而爲藝術意象。因此若沒有「外師造化」，則失去「寫眞」之能力，但若無「中得心源」的主觀情思加工，則傳神難以達到。〔註107〕也就是如同朱光潛所說：藝術的創造是天才加上人力。〔註108〕

　　法國當代文藝理論家雅克‧馬利坦（Jacques Maritain）在論到「作爲創造性的詩性直覺」時曾說：

> 儘管詩性直覺一開始即是充實和完整的，它卻在開初便包含了大量的效能。在創造過程中，這種包含在詩性直覺中的效能，正是依靠專注於形式的完美的智力的不懈的勞動，才得以發揮自己的作用，實現了自我。接著，藝術的技巧和智性穎悟發揮作用，它們對所有無意義的、虛假的

〔註105〕參見《中國繪畫美學史稿》（台北：木鐸出版社，1986 年 6 月初版），頁 65。

〔註106〕同注 104，頁 42。

〔註107〕參見鄧喬彬《有聲畫與無聲詩》（上海：上海社會科學院出版社，1993 年 5 月第 1 版），頁 221。

〔註108〕參見朱光潛《文藝心理學》（台北：台灣開明書店，1999 年 1 月新排 1 版），頁 244～265。朱光潛於頁 255 指出：「窮到究竟，藝術的創造都不過讓所欣賞的意象支配筋肉的活動，使筋肉所發動作，恰能把意象畫在紙上，譜在樂調裏，或是刻在石上。這種筋肉活動像走路、泅水一樣，都得習慣得來，不是天生的。習慣的養成都需要人力。」又於頁 256 說：「畫家能做我所不能做的事，就因爲他的筋肉已養成一種意到筆隨的習慣，這種筋肉習慣就是書藝中的特殊技巧。」

和膚淺的成分，進行了一番選擇、判斷和淘汰的工作，從
而迫使──恰恰因爲藝術技巧和智性穎悟總是聽命於創造
性情感並求助於它──新的片斷的詩性直覺的閃現在工作
的每一步中釋放出來。沒有「智力」這種不懈的勞動，詩
性直覺通常一定不能展露它的全部功效。〔註109〕

這個說法不但吻合詮釋杜甫所提出：一個畫家在創作中需要「意匠慘
澹經營」，才能發揮創作中詩性直覺之全部功效，而使作品達到「傳
神」的效果。更貼切地說明了詩人頌揚畫家們創作過程之融神巧刮、
嘔心瀝血的「智力」活動，如詩云：

十日畫一水，五日畫一石。能事不受相促迫，王宰始肯留
眞跡。(〈戲題王宰畫山水圖歌〉)
對此融心神，知君重毫素。(〈奉先劉少府新畫山水障歌〉)
良工惆悵，落筆雄才。(〈畫馬贊〉)
已知仙客意相親，更覺良工心獨苦。(〈題李尊師松樹障子歌〉)
乃知畫師妙，巧刮造化窟。(〈畫鶻行〉)

筆者以爲：以上所謂「十日畫一水，五日畫一石」、「融心神，重毫素」、
「良工惆悵」、「良工心獨苦」、「巧刮造化窟」皆是描寫畫家「意匠慘
澹經營中」的藝術創造過程，此「中」即雅克‧馬利坦(Jacques Maritain)
所說：藝術技巧和智性穎悟與創造性情感之間相互運作的過程。以下
筆者將就杜甫在題畫詩中，所論及有關於繪畫藝術創造過程者，分由
意匠之醞釀、構思、放筆三層來分析詩人之以「意匠慘澹經營中」爲
繪畫傳神之道者。此處，意匠之醞釀、構思雖看似同屬心識活動，但
意匠之醞釀乃審美主體（畫家）「感興」、「融神」的潛意識活動過程，
而構思則是畫家創作前對於畫幅中意象藝術加工之過程，兩者仍有心
識活動階段前後的不同，因而分爲兩層敘述。至於意匠之放筆，則是
畫家將心象實際創作出來，乃由心識之藝術加工而運筆的過程，屬於

───────────────────────

〔註109〕見（法）雅克‧馬利坦著，劉有元、羅選民等譯《藝術與詩中的創
造性直覺》（北京：生活‧讀書‧新知三聯書店，1992 年 6 月第 3
刷），頁 114。

透過技巧顯現情志熔鑄的創造最後階段，以下分別詳述之。

一、意匠之醞釀

　　何謂「意」？「意」本指思想情感，在古典美學中可引申為審美心理感受。〔註110〕而藝術家的創作目的之一，即在於表現其對生活的審美心理感受（即表情達「意」），但審美心理感受（意）是抽象而難以傳達的，因此藝術家在透過藝術媒介傳達審美心理感受前，便需要投入心神加以鍛鍊冶鑄之醞釀構思過程，這個過程似乎即是杜甫所指的「意匠」。方薰說：「筆墨之妙，畫者意中之妙也，故古人作畫意在筆先。」〔註111〕又說：「作畫必先立意以定位置，意奇則奇，意高則高，意遠則遠，意深則深，意古則古，庸則庸，俗則俗矣。」〔註112〕由此可見，藝術家的主體情思引發之審美心理感受「意」的境界，影響著藝術作品意境的境界層次。

　　對於畫家在創作過程中主體情思的作用，杜甫除了強調「意匠經營」外，更提出「乘興遣畫」、「真宰上訴」之見解。〔註113〕杜甫在其題畫詩中，將其論詩所強調之「興」，跨位至繪畫領域，詩人詩云：

　　　繪事功殊絕，幽襟興激昂。

　　（〈奉觀嚴鄭公廳事岷山沱江畫圖十韻〉）

　　　華夷山不斷，吳蜀水相通。興與煙霞會，清樽幸不空。

　　（〈嚴公廳宴同詠蜀道畫圖〉）

用「興」字以代「意匠醞釀」神融思馳之體驗，是詩人著意在藝術創造中，審美心理創造性「詩性直覺」之廣泛運用。另外詩人也將論詩

〔註110〕參見韓林德《境生象外：華夏審美與藝術特徵考察》（北京：生活·讀書·新知三聯書店，1996 年 3 月北京第 2 刷），頁 11。
〔註111〕見方薰《山靜居畫論》，收於原刻景印《百部叢書集成》（藝文印書館），頁 6。另亦可見於俞崑《中國畫論類編》（台北：華正書局，1977 年年 10 月），頁 232。
〔註112〕見俞崑《中國畫論類編》（台北：華正書局，1977 年年 10 月），頁 239。
〔註113〕同註 105，頁 65。

之「興」、「神」相繫的理論，沿用至論畫之「傳神」，且看詩人詩云：

> 聞君掃卻赤縣圖，乘興遣畫滄洲趣。畫師亦無數，好手不
> 可遇。對此融心神，知君重毫素。……元氣淋漓障猶溼，
> 眞宰上訴天應泣。（〈奉先劉少府新畫山水障歌〉）

「元氣淋漓障猶溼，眞宰上訴天應泣」是杜甫對山水畫傳神之境的描
寫，而此山水畫之所以能達此神境，從詩意看來，詩人認爲是畫家「乘
興遣畫」、「對此融心神」意匠醞釀構思所導引出來的。所謂「乘興遣
畫」，可能與畫家受到自然物感動觸發，內心充滿一股創作欲望與源
源不絕之神思有關。而所謂「眞宰上訴」則可能與畫家之「神與物遊」
有關，是畫家將自己之心神投入於繪畫對象之中，將自然物轉化爲畫
家意匠經營之意象後，加以表現的「感神通靈」現象。由於杜甫認爲
「興」可以通「神」，因此畫家之能「乘興遣畫」，方得以畫出令人「對
此融心神」的「滄州趣」；而畫家因審美起興融神之精神狀態，便是
畫作達到「元氣淋漓障猶溼」、「天應泣」、「滿堂動色嗟神妙」之藝術
境界的創作精神狀態。筆者以爲：杜甫這種聯繫「興」、「神」而爲意
匠潛在醞釀之內涵，和顧愷之的「遷想妙得」說，似乎皆涉及繪畫傳
神實踐論。〔註114〕鄧喬彬認爲：「『遷想妙得』這四個字包含著兩個
過程、兩層意義：『遷想』是指畫家在創作前通過觀察對象物，在深
入一步探求和推測其思想感情（人）和精神氣概（人、山水、狗馬），
『妙得』是指畫家在逐步掌握了對象的思想、精神、氣勢之後，經過
提煉而獲得的藝術構思。」〔註115〕而杜甫所說「乃知畫師妙，巧刮
造化窟。寫此神駿姿，充君眼中物。」（〈畫鶻行〉）亦即是這種「遷
想妙得」的功夫。「巧刮造化」是畫師全神貫注於審美對象，而轉化

〔註114〕鄧喬彬認爲顧愷之的「遷想妙得」，實質上是傳神之論。見鄧喬彬《有
　　　　聲畫與無聲詩》（上海：上海社會科學院出版社，1993 年 5 月第 1
　　　　版），頁 220。
〔註115〕同上注，頁 220。文中鄧喬彬又說：「如果說『遷想妙得』是對創作
　　　　的準備及過程而言，那麼『氣韻生動』則是言作品完成後所表現出
　　　　之『神』了。」

爲意中藝術形象的過程，至於「寫此神駿姿，充君眼中物」就已是傳
神〔註116〕畫境的呈現了！

二、意匠之構思

　　王國維說：「自然中之物，互相關係，互相限制。然其寫之於文
學及美術中也，必遺其關係、限制之處。故雖寫實家，亦理想家也。
又雖如何虛構之境，其材料必求之於自然，而其構造，亦必從自然之
法則。故雖理想家，亦寫實家也。」〔註117〕這裡所謂「遺其關係、
限制之處」即是藝術家「意匠」構思之所在，亦即裁減取捨、藝術加
工的過程。杜甫曾在〈戲題王宰畫山水圖歌〉一詩中，道盡藝術家意
匠經營以小見大的境界〔註118〕，詩云：
　　　　尤工遠勢古莫比，咫尺應須論萬里。
這裡所謂的咫尺已不限於畫幅，萬里也非真實之萬里，而是藝術家融
自然景物、個人情境、時代風潮於咫尺中，將萬里廣闊的生活閱歷、
感受，概括凝聚於一有限咫尺的意象經營上。因此在咫尺的畫幅中，
欣賞者藉著這概括凝聚意象經營，可以遨遊於無窮無盡的想像意境空
間。咫尺是實，萬里是虛，從創作到欣賞，即是由虛而實、而由實而
虛的過程，因此杜甫所說「咫尺應須論萬里」，其實是涉及藝術創作

〔註116〕見衣若芬〈寫真與寫意：從唐至北宋題畫詩的發展論送人審美意識
　　　　的形成〉（中國文哲研究集刊，2001年3月第18期），頁52。作者
　　　　認爲杜甫所云：「乃知畫師妙，巧刮造化窟。寫此神駿姿，充君眼中
　　　　物。」乃是指出畫家所面臨的審美對象不僅是單一的個體，而是創
　　　　生萬物的造化自然，高明的畫家能參造化之精要，所以運筆可傳審
　　　　美對象之神。作者認爲：杜甫的這個見解可以從兩個層面闡釋其意
　　　　義：一是「傳神」指涉範圍的擴充，二是提出「筆侔造化」的藝術
　　　　進程。
〔註117〕見王國維《人間詞話》（台北：三民書局，1994年馬自毅注譯初版），
　　　　頁9～10。
〔註118〕參見張高評《宋詩之傳承與開拓——以翻案詩、禽言詩、詩中有畫
　　　　爲例》（台北：文史哲出版社，1990年3月初版），頁319～323。作
　　　　者指出：以小見大，尺幅千里的理論，在六朝已有所見，並且是之
　　　　後唐宋詩「詩中有畫」傳統技法之一。

與欣賞規律之層面了！〔註119〕清人笪重光在《畫筌》中說：

> 空本難圖，實景清而空景現；神無可繪，眞境逼而神境生。
> 位置相戾，有畫處多屬贅疣；虛實相生，無畫處皆成妙境。
> 〔註120〕

而清人湯貽汾在《畫筌析覽》中闡述其義說：

> 人但知有畫處是畫，不知無畫處皆畫，畫之空處全局所關，
> 即虛實相生法。人多不著眼空處，妙在通幅皆靈，故云妙
> 境也。〔註121〕

虛與實本是對立，虛實相生是矛盾之對立統一。中國山水詩畫處理空
間問題，十分強調畫面靈氣往來，亦即「元氣淋漓」的境界〔註122〕，
因此杜甫所再現之山水畫境，如詩云：

> 巴陵洞庭日本東，赤岸水與銀河通，中有雲氣隨飛龍。……
> 焉得并州快剪刀，翦取吳松半江水。(〈戲題王宰畫山水圖歌〉)
> 方丈渾連水，天台總映雲。(〈觀李固請司馬弟山水圖三首其二〉)
> 沱水臨中座，岷山到北堂。(〈奉觀嚴鄭公廳事岷山沱江畫圖十
> 韻〉)
> 劍閣星橋北，松州雪嶺東。華夷山不斷，吳蜀水相通。
>
> (〈嚴公廳宴同詠蜀道畫圖〉)

大抵皆是描寫畫師在山水畫中「工遠勢」的繪畫手法，而中國畫這種
以小見大、咫尺萬里的空間表現，大多是依賴「虛實相生」的理論以
及中國畫特殊之散點透視：三遠法。〔註123〕所謂三遠即高遠、深遠、

〔註119〕參見任輝〈論杜甫題畫詩〉(錦州師範學院學報，2001 年 1 閱第 23
卷第 1 期)，頁 69。
〔註120〕見笪重光《畫筌》，收於于安瀾編撰《畫論叢刊》上冊 (台北：華正
書局，1984 年 10 月初版)，頁 171。
〔註121〕同上注，頁 525，見湯貽汾《畫筌析覽》。
〔註122〕參見宗白華〈中國詩畫中所表現的空間意識〉，收於《美學與意境》
(台北：淑馨出版社，1989 年 4 月)，頁 244～263。另參見同注 110，
頁 40～42。
〔註123〕同注 112，頁 639。何謂三遠法？宋畫家郭熙在《林泉高致》中明白
地說：「山有三遠，自山下而仰山巔謂之高遠，自山前而窺山後謂之
深遠，自近山而望遠山謂之平遠。高遠之色清明，深遠之色重晦，

平遠，亦即關涉到謝赫六法中「位置經營」一項，是影響畫面能否傳神（氣韻生動）的關鍵之一。因此，宗白華曾引用奧國近代藝術學者芮格（Riegl）所主張的「藝術意志」說，來解釋中國畫家採用散點透視法的立意用心，他認爲：

> 中國畫家並不是不曉得透視的看法，而是他的「藝術意志」
> 不願在畫面上表現透視看法，只攝取一個角度，而採取了
> 「以小觀大」的看法，從全面節奏來決定各部分，組織各
> 部分，中國畫法六法上所說的「經營位置」，不是依據透視
> 原理，而是「折高折遠自有妙理」。全幅畫面表現的空間意
> 識，是大自然的全面節奏與和諧。〔註124〕

因此，畫家的眼睛絕非如照相機一般，集中在一個透視的焦點上，他要將心神游覽的全部景象，組織成時空流動如詩、構思成既有節奏又有和諧的藝術畫面，而在這把握全境陰陽開闔、上下起伏的節奏、和諧中，畫境之氣韻生動即能油然而生。〔註125〕而中國山水詩畫之能緊密互相融通、滲透、影響，實亦是由此「散點透視法」所形成畫面時空不限於一的「詩性」特質，而有了非西方詩畫所可比擬的相關性，並漸使中國畫走向意境的追求以及「氣韻生動」的審美標準。

　　而「散點透視法」與「焦點透視法」在「位置經營」的構思上，前者之成敗更是歸之於畫家的苦心孤詣。至於畫家這種意在筆先、位置經營嘔心瀝血之苦，自述性耽佳句、語不驚人死不休的詩人，是頗能體會的，所以他說：

> 十日畫一水，五日畫一石。能事不受相促迫，王宰始肯留

平遠之色有明有晦。高遠之勢突兀，深遠之意重疊，平遠之意沖融
而縹縹緲緲。其人物之在三遠也，高遠者明瞭，深遠者細碎，平遠
者沖澹。明瞭者不短，細碎者不長，沖澹者不大。此三遠也。」另
見宗白華《美學與意境》（台北：淑馨出版社，1989 年 4 月），頁 255。
作者以爲「由這『三遠法』所構的空間不復是幾何學的科學性的透
視空間，而是詩意的創造性的藝術空間。趨向著音樂境界，滲透了
時間節奏。它的構成不依據算學，而依據動力學。」

〔註124〕見宗白華《美學與意境》（台北：淑馨出版社，1989 年 4 月），頁 246。
〔註125〕同上注，頁 246。

真跡。(〈戲題王宰畫山水圖歌〉)

在方薰的《山靜居畫論》裡，常見其以杜甫題畫詩句來論畫，他說：「杜陵謂十日一石，五日一水者，非用筆十日五日而成一石一水也，在畫時意象經營，先具胸中邱壑，落筆自然神速。」〔註126〕意思是說：杜甫之意並非指王宰作畫精雕細琢、慢工出細活，而是指畫家意象經營之時間、過程，是歷經周密而深刻的構思，並非輕率而爲，這周密而深刻的構思者，即方薰接著所說之：「不知古人丘壑生發不已，時出新意，別開生面，皆胸中先成章法位置之妙也。」〔註127〕所以杜甫說「能事不受相促迫，王宰始肯留真跡」，指的即是王宰寧願先於意中琢磨，等到位置經營已成章，始肯從容揮毫，也因此方能達到「尤工遠勢古莫比，咫尺應須論萬里」的繪畫藝術境界，強調的是藝術家對於作品要求完美的創作精神。

此外，杜甫又說「良工惆悵」、「良工心獨苦」，可見其明指繪畫「咫尺應須論萬里」位置經營之意匠，以及「十日畫一水，五日畫一石」之創作精神，並不只是論山水畫而已，也適用於其他畫科，如詩人詩云：

> 觀者貪愁挈臂飛，畫師不是無心學。此鷹寫真在左綿，卻
> 嗟真骨遂虛傳。(〈姜楚公畫角鷹歌〉)

由「不是無心學」，可以看出詩人認爲經由畫師之苦心孤詣、意匠經營，畫境之真方得以呈現，而所謂「始肯留真跡」、「巧刮造化窟」，亦即是認爲觀察自然物後之意匠經營，是繪畫得以寫真傳神的主要原因。因此，畫中物之意，其實是畫家之意呈現而反映於畫作之上的，因此杜甫題畫詩中所云：

> 低昂各有意，磊落如長人。(〈通泉縣署屋壁後薛少保畫鶴〉)
> 是何意態雄且傑，駿尾蕭梢朔風起。(〈天育驃圖歌〉)

此中鶴、馬之「意」，其實已有了畫家之意匠經營的藝術加工了！薛少保的畫鶴之所以能「佳此志氣遠，豈惟粉墨新。萬里不以力，群遊

〔註126〕見方薰《山靜居畫論》，收於原刻景印《百部叢書集成》（藝文印書館），頁6。另同注112，頁232～233。
〔註127〕同上注。

森會神。威遲白鳳態，非是倉庚鄰」（〈通泉縣署屋壁後薛少保畫鶴〉）；
而天育驃圖中的馬之所以能「毛爲綠縹兩耳黃，眼有紫焰雙瞳方。矯
矯龍性合變化，卓立天骨森開張」（〈天育驃圖歌〉），不就是因畫家能
觀照出萬物造化之精要，而傳審美對象之神於畫面之咫尺畫幅中，也
算是達到廣義之「咫尺應須論萬里」意匠經營的境界。可見杜甫重視
畫家意匠經營，乃是認爲所謂繪畫之傳神，一者是對自然物之審美觀
照，再者是藝術家精神意志之傳照。

三、意匠之放筆

　　經過意匠之醞釀構思，接下來便是落實用筆於畫面的實際創作
了。雖然杜甫強調「十日畫一水，五日畫一石」這種意在筆先、苦心
經營之創作精神，但詩人也主張「乘興遣畫」〔註 128〕，因此詩人在
描寫畫家用筆表現其意時，則以「掃卻」、「放筆」來形容畫家意到筆
隨、揮灑自若的狀態，詩人詩云：

　　　　聞君掃卻赤縣圖。（〈奉先劉少府新畫山水障歌〉）

　　　　我有一匹好東絹，重之不減錦繡段。已命拂拭光凌亂，請

　　　　公放筆爲直幹。（〈戲爲韋偃雙松圖歌〉）

這裡的「掃卻」、「放筆」指的是畫家全神貫注於俐落超絕、縱橫逸俊
之筆迹上的表現方式。由於中國畫用筆著重在「線」的表現，因此在
用筆「掃」、「放」之間所形成線條本身之跌蕩起伏，轉折變化，以及
墨色之飛白與潤澤的運用，皆能體現出畫家的精神風貌與個性色彩。
在看似簡單的筆墨中，往往蘊含著畫家之精神氣力於其中，甚至在行
筆、收筆之際，亦爲畫家內在人格涵養外現的環節。〔註 129〕關於筆
與意的關係，衛夫人在《筆陣圖》中有一段精論：

〔註 128〕同注 105，頁 65～66。另同注 2，頁 100，郭因認爲：杜甫所主張者，
　　　　乃畫家既要能「放筆」，又要能「十日畫一水，五日畫一石。」即畫
　　　　家創作既要有激情，又要能細緻。

〔註 129〕參見鍾躍英《氣韵論》（上海人民美術社，2000 年 5 月第 1 版第 1
　　　　刷），頁 60～61。

> 有心急而執筆緩者，有心緩而執筆急者。若執筆近而不能
> 緊者，心手不齊，意後筆前者敗；若執筆遠而急，意前筆
> 後者勝。〔註 130〕

此處所指「意前筆後」之書道，論的雖是書法藝術寫意之本質，但其
強調主體心意與用筆法度之前後關聯〔註 131〕，基於中國書畫筆法同
源，亦適用於繪畫。而詩人以「放筆」請韋偃畫松，劉鳳誥在《杜工
部詩話》中說：

> 「我有一匹好東絹」，「請公放筆爲直幹」。匹絹幅長，當足
> 盡畫之能事。難之乎？抑進之乎？要之非精畫理者不能
> 道。〔註 132〕

劉鳳誥認爲詩人懂得「放筆」兩字，即是精通畫理者。另筆者認爲：
詩人運用「放」字和「掃」字來形容畫家作畫，似乎還可以解釋爲詩
人可能已覺知到，畫家於作畫之時乃一氣呵成，其章法佈局渾然一
體，絲毫不見意匠經營的痕跡之重要性。這也就是說：詩人固然強調
意匠經營，但那是創作之前的醞釀構思階段，一旦落筆作畫，其用筆
絕非是凝滯徘徊，而是筆隨意轉、意到筆到而骨氣神現，因此詩人才
會在「詔謂將軍拂絹素，意匠慘澹經營中」之後，便接著說：「斯須
九重眞龍出，一洗萬古凡馬空。」「斯須」二字即是形容曹霸運筆神
速，一如庖丁運刀解牛之神乎其技。而「一洗萬古凡馬空」、「尤工遠
勢古莫比」形容的則是經過意匠醞釀、構思而放筆創作出之畫，是具
有高度藝術概括且別出心裁、超越自然物與其他作品的礦世佳作，這
「一洗萬古」、「古莫比」既點出畫家之意匠經營達到極致的境界，也
表現出對畫作之自古絕倫的最高讚賞。〔註 133〕

〔註 130〕見（晉）衛夫人《筆陣圖》，收於（明）吳永編《續百川學海》（明
　　　　刊本）壬集。

〔註 131〕參見儀平策《中國審美文化史・秦漢魏晉南北朝卷》（山東畫報出版
　　　　社，2000 年 10 月第 1 版第 1 刷），頁 344。

〔註 132〕收於張忠綱《杜甫詩話六種校注》（齊魯書社，2002 年 9 月第 1 版
　　　　第 1 刷），頁 211。

〔註 133〕讀杜甫題畫詩至此，眞覺得杜詩堪稱詩語多義，細細嚼之餘味無窮。

　　由於書畫之骨法用筆，自唐代以後，往往已涉及書畫家之主體精神內涵〔註134〕，鍾躍英指出：

> 強調生命勁健力量思想在儒家的道德準則中體現出君子的
> 精神風貌。由這種體現力量的概念被轉化在藝術中，便要
> 求藝術表現在用筆上將個人的氣與力貫注於筆墨中，而用
> 筆所展現的筆墨形迹就是「骨」的體現。……「骨」與作
> 者的生命精神內容聯繫在一起，與氣、力相對應，是一種
> 端莊正大的品格，正如儒家所講的是一種「至大至剛」、「結
> 言端直」的體現。〔註135〕

因為骨法用筆在書畫中是既涉及到技巧，又涉及到精神氣力的美學問題，因此書畫家下筆若要骨氣神兼具，精神涵養不能不深厚。杜甫曾說作詩是「讀書破萬卷，下筆如有神」，此理詩人可說是詩書畫同論的〔註136〕，他著重的是藝術家內在精神骨氣之涵養，而下筆之所以能有神，乃是由藝術家之內在而經由筆端透出其精神骨氣，因而也能見出杜甫書畫審美觀之特別崇尚畫骨通神，並非僅是因詩人之審美傾向是取「瘦骨」而棄「多肉」。〔註137〕而從李祥林所認為：「杜子美『瘦硬通神』的書法審美觀，宏觀視角看，既可謂是初唐書風之理論反照又可謂是盛唐書風之美學批判；微觀視角看，則可謂是其偏愛瘦勁骨力美之個人審美趣味的體現。」〔註138〕固然亦能看出杜甫審美觀異於盛唐時尚豐美之特色，但更多的可能則是：書畫之骨法用筆顯

〔註134〕同注129，頁54。

〔註135〕同上注，頁52～53。

〔註136〕同注116，頁54。衣若芬認為：「杜甫稱讚韓幹畫馬『毫端有神』，認為『神』自『毫端』出，鍛鍊用筆則可能傳神，正如同作詩『讀書破萬卷，下筆如有神』，靠的是紮實的養成訓練。」另見臺靜農編《百種詩話類編》（台北：藝文印書館，1974年5月初版），頁294《中山詩話》裡亦說：「唐人為詩，量力致工，精思數十年，然後名家。杜工部云：『更覺良工用心苦』，然豈獨畫手心苦耶？」故筆者以為：下筆要有神，杜甫是詩書畫同論的。

〔註137〕同注103，頁28。

〔註138〕見李祥林〈論杜甫的書法美學思想〉（杜甫研究學刊，1999年第3期總61期），頁19。

現勁健骨氣，其實是書畫家之儒家理想人格特質所反映，因而杜甫所強調的「畫骨」，應並非瘦骨伶仃的直解，而是崇尚畫家內在骨氣人格的體現。

　　另外詩人也曾指出「靜」的功夫和創作的關係，詩云：

　　靜者心多妙，先生藝絕倫。草書何太古，詩興不無神。

（〈寄張十二山人彪三十韻〉）

仇兆鰲注「靜者心多妙」說：「心靜，固有妙悟，此藝能之本。」〔註139〕因為「靜」方能「虛」能「空」，才能靜觀萬物、以心照物，韓林德就指出：「在審美和藝術活動中，主體心態惟有虛靜，才能『虛而萬境入』、『空故納萬境』；才能使個體審美心理與道相契合一，真正感受到天地萬物的生機活力，體悟到大千世界之美；才能接受、容納和加工外部世界的真景實物，創作出美的藝術來。」〔註140〕這裡我們看到杜甫的藝術創作觀，除了強調涵養儒家骨氣人格精神以貫注於書畫之骨法用筆外，其實已注意到道、釋思想「靜」的涵養，在藝術境界得以達到「妙」的重要性。固然杜甫沒有提出如嚴羽之主張詩歌創作「妙悟說」〔註141〕，但從詩人在讚美張彪「先生藝絕倫」時，將「靜」、「妙」、「興」、「神」聯句並用，依稀可以見出詩人不但重視「興」、「神」聯繫之關係，對創作者之心境處於「靜」的狀態，及潛在心念相引動的精神流動，詩人似乎亦有初步的認知甚或切身的體驗，因此才能出此詩語。

　　總之，杜甫的藝術審美觀，在表現技巧（寫真）外涉及並著重藝術家的人格精神涵養，而這人格涵養表現於儒者風範時，詩人重視其「風骨」的外現；表現於隱身道、釋者風範時，詩人重視其「靜妙」的內攝。因此，詩人所強調之「意匠慘澹經營中」，實是畫家創作前

〔註139〕見仇兆鰲注《杜詩詳注》（台北：里仁書局，1980年7月），頁656。
〔註140〕同註110，頁43。
〔註141〕參見張思齊〈「妙悟說」比較探源〉，收於蔣寅、張伯偉主編《中國詩學》（北京：人民文學出版社，2002年6月第一版第一刷），頁222～234。

人格精神涵養之能內攝、外現的意識活動，所以我們可以說：杜甫在論畫題畫的同時，相當重視畫家透過筆端，所煥發出長期紮實養成之人文涵養的骨氣風神。換句話說，在杜甫以「傳神」為中心之審美觀裏，畫家的人格精神涵養是畫作之所以得以「傳神」的主要原因。猶如詩人說「讀書破萬卷，下筆如有神」，藝術家若深入於內在紮實養成，以及意匠醞釀構思周密成章，用筆自然得以運之如神，而其線條骨法亦自能彰顯描寫對象之神及畫家之意，故筆者認為：張彥遠在《歷代名畫記》中所說：「骨氣形似，皆本於立意而歸乎用筆，故工畫者多善書」〔註 142〕，此「本於立意而歸乎用筆」的繪畫創作論，杜甫發現的應可說較張彥遠早，但理論的成熟仍歸之張彥遠所完成者。

　　由於謝赫的「氣韻生動」論，實可視為是顧愷之「傳神」論的延續發展。〔註 143〕而謝赫六法中，「骨法用筆」、「經營位置」更與「氣韻生動」（傳神）的關係頗為密切，而詩人所強調之「意匠慘澹經營中」同時涉及此三者。詩人「意匠慘澹經營中」之繪畫創作論，和其以「傳神」為中心審美觀實是相聯繫的，因為透過意匠之醞釀、構思、放筆，畫家之神才能經由描繪對象之神而傳達出去，以達到「寫真」、「畫骨」、「重氣」之「傳神」要旨。因此我們說：「意匠慘澹經營中」是杜甫所以為的藝術「傳神」之道，並由此申明詩人崇尚畫家涵養以達立意的見解。由此思路，我們可以清晰地看到，杜甫的「傳神」審美觀之內涵，不但聯繫了顧愷之「傳神」論及謝赫的「氣韻生動」論，更延伸「傳神」的意涵擴大到畫家「立意」的部分，而此一由杜甫題畫詩所顯現出的繪畫美學思想〔註 144〕，似乎亦可視為宋人重視畫家

〔註 142〕同注 112，頁 32。
〔註 143〕參見徐復觀《中國藝術精神》（台北：台灣學生書局，1992 年 7 月 11 刷），頁 159。
〔註 144〕見何根海〈杜甫題畫詩繪畫美學思想芻探〉（杜甫研究學刊，1991 年第 4 期總 30 期）頁 49。作者認為杜甫的繪畫美學思想是：「客觀對象的個性典型性與畫家主觀的藝術涵養藝術個性結合起來才能創造出真正形神兼備氣韻生動的畫面。」

涵養的前鋒。

因爲強調「意匠經營」的用意，是基於「杜甫認爲，作家的學識、才力修養是藝術創作傳神的必要條件。」〔註145〕而宋人郭若虛也在《圖畫見聞志》中說：

> 竊觀自古奇迹，多是軒冕才賢，岩穴上士，依仁遊藝，探賾鈎深，高雅之情，一寄于畫。人品既已高矣，氣韻不得不高；氣韻既已高矣，生動不得不至。所謂神之又神，而能精焉。〔註146〕

郭若虛所謂繪畫乃是「高雅之情，一寄于畫」，其意亦是：繪畫是作家主觀人品的表現，而繪畫能否氣韻、生動、傳神，都取決於作家的涵養。故其所謂傳神（神之又神），與其說是傳達描寫對象的神氣，還不如說即是表現作家的主觀情趣和逸氣，而這個說法和杜甫在題畫詩中所呈現的繪畫理論，其實是相當接近的。

另外後人亦好舉杜詩詩語來強調畫師涵養之重要，除了前文提到清人方薰在《山靜居畫論》中常引杜詩詩語論畫，另如清人唐岱在《繪事發微》中說：「古今畫家，無論軒冕巖穴，其人品質必高。……少陵詩云：『十日畫一水，五日畫一石。能事不受相促迫，王宰始肯留眞跡。』（〈戲題王宰畫山水圖歌〉）斯言得之矣。」〔註147〕而清人盛大士也在〈谿山臥遊錄〉中說：「嚴滄浪以禪喻詩，標舉興趣，歸於妙悟。其言適足爲空疏者藉口，古人讀萬卷書，下筆有神。謂之詩有別腸，非觀學問可乎？若夫揮毫弄墨，霞想雲思，興會標舉，眞宰上訴，則似有妙悟焉。然其所以悟者，亦由書卷之味，沉浸於胸。偶一操翰，汩乎其來，沛然而莫可禦。不論詩文詩畫，望而知爲讀書人手

〔註145〕見《中國古代美學範疇》（台北：木鐸出版社，1987 年 7 月初版），頁 88。

〔註146〕見郭若虛《圖畫見聞志》，收於《歷代名畫記》（北京：京華出版社，2000 年 5 月第 1 版第 1 刷），頁 91。

〔註147〕引自傅抱石《中國繪畫理論》（台北：里仁書局，1995 年 4 月初版 3 刷），頁 24～25。

筆。若胸無根柢，而徒得其迹象，雖悟而猶未悟也。」〔註 148〕此二人所論，幾可視爲杜甫論畫「崇尙畫家涵養」思想之延伸。除此之外，近人陳衡恪在〈中國文人畫之研究〉一文中，則明言道：「夫文人畫，又豈僅以醜怪荒率爲事耶？曠觀古今文人之畫，其格局何等嚴謹，意匠何等精密，下筆何等矜愼，立論何等幽微，學養何等深醇。豈粗心浮氣，輕妄之輩，所能望其肩背哉？」〔註 149〕雖僅有「意匠何等精密」一語似引用杜詩「意匠經營」之意，但其論文人畫之精神，也和杜甫強調傳神之道乃在立意，基本上是不謀而合。僅從以上三則敍述，我們多少可以看出，杜甫在〈丹青引贈曹將軍霸〉〔註 150〕、〈奉先劉少府新畫山水障歌〉〔註 151〕、〈戲題王宰畫山水圖歌〉〔註 152〕三首題畫詩中，所強調畫師「意匠經營」的部分，對後代文人畫論重視畫師修養論，具有啓蒙之影響。

〔註 148〕同注 147，頁 30。

〔註 149〕同上注，頁 30。

〔註 150〕此詩詩云：「詔謂將軍拂絹素，意匠慘澹經營中。」其中「意匠」常爲後代畫論引用。

〔註 151〕此詩詩云：「聞君掃卻赤縣圖，乘興遣畫滄洲趣。……元氣淋漓障猶溼，眞宰上訴天應泣。」常爲後代畫論引用。

〔註 152〕此詩詩云：「十日畫一水，五日畫一石。」亦常爲後代畫論引用。

第五章　杜甫題畫詩審美觀之爭議

　　由於韓幹是唐代畫馬大師，杜甫在〈丹青引贈曹將軍霸〉詩中云：「幹惟畫肉不畫骨，忍使驊騮氣凋喪」，引起中晚唐張彥遠的注意，並在書寫《歷代名畫記》時加以批駁，而成爲杜甫繪畫審美觀中，受到後人因此爭議不斷的主要處。另外由此爭議分立出來的別議，則是杜甫在〈丹青引贈曹將軍霸〉之評語，和〈畫馬贊〉中所謂「韓幹畫馬，毫端有神」之贊語，似也有審美評價不一、自相矛盾的現象。

　　因此，本章筆者先敘「幹惟畫肉不畫骨」所引起審美評價之爭議，及簡述後人續論之各種意見，之後再進一步思辨解決杜甫在題畫詩中審美評價是否得當的問題。而對於此爭議，筆者試圖由外緣轉變及內觀投射兩大方向去思辨。而外緣轉變者大致可再分歧爲兩個各別因素去探討，一者爲六朝至唐宋，審美趣味在崇「骨」、崇「肉」之間的位移；二者爲韓幹畫馬風格可能由曹風走向獨創的改變。另外，若由杜甫題畫、論畫、詠畫時，常是見畫起興、移情於畫的審美心理狀態來思索，內觀投射（感興移情）是詩人審美評價一個重要的判准，而這由詩人內觀投射所反映出的審美評價卻又有別於社會審美價值，極有可能是因此形成後世對此一審美評價爭議的主因。也或許由此外緣、內觀之不同視角的多元思考，藉由審美風潮遞變的外象，由畫家繪畫風格改革見詩人審美評價的變異，及對深潛於詩人內在審美心理的發現，在釐清杜甫於韓幹之審美評價，爲何讓後人爭議不休其是否

得當的原因時，多了一種可能。筆者曾作：〈戲論杜工部丹青引贈曹霸二首〉，其一詩云：

> 工部題詩論畫眞，形兼骨氣筆相因。
> 明皇習好移風尚，難契清新瘦硬神。

其二詩云：

> 縱使龍媒心有象，幹唯廐馬畫師成。
> 東坡詩譽肉中骨，子美惜稱曹霸名。

亦能略盡其中原委。

第一節　評價的爭議
——「幹惟畫肉不畫骨」引起後人續論

因爲唐以後書畫審美風潮已隨著明皇習好，以及多元開放的社會，不再獨獨青睞六朝所謂「風骨」之美，因此杜甫對繪畫「畫骨傳神」的審美要求，尤其是對韓幹畫馬「骨」、「氣」不如曹霸的評價，引起了後人褒貶不一的討論與批判。而這些後人續論大致可分爲四種態度，一者持相反意見；二者爲相似意見；三者持不同意見；四者則是另解杜詩詩法、詩意來解決爭議，以下簡略地敘述主要代表此四者的評論。

一、相反意見

張彥遠（815年至857年）的《歷代名畫記》（847年寫成），是中國首部自成體系的繪畫通論，由於此書在繪畫史上有其重大價值〔註1〕，所以張彥遠在評論韓幹此一畫家之繪畫史地位時，對杜甫於〈丹青引贈曹將軍霸〉詩中以爲曹霸畫馬優於韓幹的審美評價，首開前例〔註2〕表達不以爲然的批評，甚至以「杜甫豈知畫者」來爲韓幹

〔註1〕見葉朗《中國美學史》（台北：文津出版社，1999年7月2刷），頁172。

〔註2〕參見石守謙〈「幹惟畫肉不畫骨」別解——兼論「感神通靈」觀在中國畫史上的沒落〉（藝術學，1990年3月第4期），頁167。作者指

畫馬之繪畫價值翻案，引發了後人後續對杜甫認爲「曹霸優於韓幹」
之審美評價的種種意見。〔註3〕而張彥遠此一批評及其後續的爭議討
論，則突顯出審美觀有其共性也有其獨特性，他說：

> 杜甫《曹霸畫馬歌》曰：「弟子韓幹早入室，亦能畫馬窮殊
> 相，幹惟畫肉不畫骨，忍使騏驎氣凋喪。」彥遠以杜甫豈
> 知畫者，徒以幹馬肥大，遂有畫肉之誚。〔註4〕

接著張彥遠又從繪畫史的角度，指出由古至今（唐）畫馬風格的改變，
證明杜甫對韓幹有「畫肉之誚」是不當的，他說：

> 古人畫馬有「八駿圖」，或云史道碩之迹，或云史秉之迹，
> 皆螭頸龍體，矢激電馳，非馬之狀也。晉、宋間，顧陸之
> 筆已稱改步；周齊間，董、展之流亦云變態。雖權奇滅沒，
> 乃屈產蜀駒，尚翹舉之姿，乏安徐之體，至於毛色，多騏
> 驎雜駮，無他奇異。玄宗好大馬，御廄至四十萬，逆有沛
> 艾大馬，命王毛仲爲監牧，使燕公張說作《駉牧頌》。天下
> 一統，西域大宛，歲有來獻，詔於北地置群牧，筋骨行步，
> 久而方全，調習之能，逸異並至。骨力追風，毛彩照地，
> 不可名狀，號「木槽馬」。聖人舒身安神，如據床榻，是知
> 異於古馬也。時主好藝，韓君間生，逆命悉圖其駿。則有
> 玉花驄、照夜白等。時岐、薛、寧、申王廄中，皆有善馬，
> 幹並圖之，遂爲古今獨步。〔註5〕

這裡我們看出張彥遠認爲唐朝畫馬的風格已由過去「螭頸龍體，矢激
電馳」之古風，轉變而爲韓幹寫實大馬之畫風，所以才說：「聖人舒
身安神，如據床榻，是知異於古馬也。」

　　出：在現在可考的資料中，張彥遠可說是第一位討論杜甫此評的人。
〔註3〕參見李祥林前揭期刊〈畫骨、傳神、寫眞──杜甫的繪畫美學形神
　　　　觀〉，頁36。氏者認爲後人對此意見有三：或採否定、或採肯定、或
　　　　爲辯解三種態度。另參見同注2，頁165～174。後者對杜甫此評後
　　　　人之各意見，有賅詳資料可循。
〔註4〕收於《歷代名畫記》（北京：京華出版社，2000年5月第1版第1刷），
　　　　頁76。
〔註5〕同上注，頁76。

　　張彥遠的批評乃根據時尚畫馬風格的轉變而發，自然不能視爲無稽之談。他的意見受到晚唐（九世紀末葉）顧雲的呼應，他在看過韓幹作品之後詠詩說：「杜甫歌詩吟不足，可憐曹霸丹青曲，直言弟子韓幹馬，畫馬無骨但有肉，今日披圖見筆蹟，始知甫也眞凡目。」〔註6〕（〈蘇君廳觀韓幹馬障歌〉）顧雲之批評杜甫所詩「幹惟畫肉不畫骨」不當，用詞遠較張彥遠之說更加譏諷，「眞凡目」一辭幾乎是認爲詩人毫無審美品味可言，批評反對之意可說是有過之而無不及。

二、相似意見

　　張彥遠、顧雲所認爲「杜甫豈知畫者」、「甫也眞凡目」的意見，果眞是如此嗎？杜甫的審美觀眞的有問題？亦或是審美判斷本就各有不同呢？朱景玄在《唐朝名畫錄》（約西元 760 年前後）〔註7〕中周昉小傳裡，有一段趙夫人評韓幹人物畫的記載說：

　　　郭令公（郭子儀）婿趙縱侍郎嘗令韓幹寫眞，眾稱其善。
　　　後又請周昉長吏寫之，二人皆有能名，令公嘗列二眞，置
　　　於坐側，未能定其優劣。因趙夫人歸省，令公問云：「此畫
　　　何人？」對曰：「趙郎也」。又云：「何者最似？」對曰：「兩
　　　畫皆似，後畫尤佳。」又問：「何以言之？」對曰：「前畫
　　　者空得趙郎狀貌，後畫者並移其神氣，得趙郎情性笑言之
　　　姿。」令公問曰：「後畫何人？」乃云：「長史周昉。」是
　　　日遂定二畫優劣。〔註8〕

在此記載中，趙夫人認爲韓幹所畫只得狀貌，不如周昉所畫之傳神，和杜甫所認爲「幹惟畫肉不畫骨，忍使驊騮氣凋喪」，皆在指出韓幹之畫作於「傳神」上力有未逮，亦即缺乏所繪對象之「靈魂」，正如康德所說：「美學意義的『靈魂』指表心靈中『使心靈實體有生氣』

〔註6〕見《杜甫卷》（杜甫研究資料彙編），台北：源流出版社，頁34。
〔註7〕見俞崑《中國畫論類編》（台北：華正書局，1977 年年 10 月），頁22。
〔註8〕同注4，頁304。

這『使有生氣之原則』（animating principle）。」〔註9〕另外石守謙也指出：「在北宋徽宗大觀（1107年至1110年）年間，黃伯思於其《東觀餘論》中便云：『曹將軍畫馬神勝形，韓丞畫馬形勝神』，雖然黃伯思並沒有明言本身對〈丹青引〉的支持與否，但說韓幹畫馬形勝神，基本上還是以爲其畫馬形似有餘而神采不足，正好是張彥遠意見的相反。」〔註10〕從以上《唐朝名畫錄》及《東觀餘論》兩條資料看來，再加上宋人慕容彥達於〈跋李伯時馬〉中說：「杜工部稱韓幹馬能窮殊相，而畫馬不畫骨，獨曹將軍爲盡善。予觀二人遺跡，信然。伯時筆法蓋得於曹韓，士大夫寶之爲神品。」〔註11〕可見，杜甫所評也並非毫無道理，還不至於是「豈知畫者」、「眞凡目」之流。

三、不同意見

到了宋代，韓幹畫風影響力逐層擴大〔註12〕，當時畫馬知名的李公麟受其影響頗深〔註13〕，再加上蘇軾等人對韓幹畫馬也讚譽有加，因此韓幹以「大師」之姿列於繪畫史中，漸次成型。而此時杜甫詩聖的地位也已確立，蘇軾就曾在〈書吳道子畫後〉中說：「詩至于杜子美，文至于韓退之，書至于嚴魯公，畫至于吳道子，而古今之變，天下之能事備矣。」由此語，可見東坡對杜詩之尊崇。

蘇軾推崇杜甫爲詩聖，但對韓幹畫馬的審美評價亦高，因此其對杜甫在〈丹青引贈曹將軍霸〉中抑韓尊曹的詩語，採取的態度已不似張彥遠、顧雲指名直接批評，完全不顧詩人顏面的駁斥，而是基於當時社會審美品味對韓幹畫馬的認同，站在杜甫審美評價的基礎上有所

〔註9〕　見牟宗三《康德：判斷力之批判》（台北：台灣學生書局，1993年10月初版），頁349。

〔註10〕同注2，頁169。

〔註11〕同注6，頁168。

〔註12〕參見《歷代畫家評傳》（香港：中華書局香港分局，1986年5月重印），頁13。

〔註13〕同上注，頁13及頁17；另參見衣若芬《蘇軾題畫文學研究》（台北：文津出版社，1999年5月初版一刷），頁207～210。

衍論，而持有不同的審美意見。這種由露骨反對到含蓄議論之批評方式的轉變，似乎和杜甫在唐宋地位之升降的社會因素，有著間接的關係。蘇軾尊崇詩聖的詩心與詩藝，但書畫審美品味隨著時代遷移，和杜甫傾向六朝美學觀已有所發展流變，因此對杜甫在〈丹青引贈曹將軍霸〉中所論曹、韓師徒之評語，當然也就會有不同的意見。但蘇軾並非和張彥遠一樣，將杜甫所說「畫肉不畫骨」之「肉」與「骨」，只是直解爲「肥」與「瘦」而已。他在〈書韓幹牧馬圖〉中詩云：

> 先生曹霸弟子韓，廄馬多肉尻脽圓，肉中畫骨誇尤難，金
> 羈玉勒繡羅鞍。〔註14〕

此詩中所云「肉中畫骨誇尤難」，已顯現出蘇軾對韓幹所畫「多肉尻脽圓」御廄之馬，已不似杜甫之以爲缺失，甚至還有某種程度的喜好。固然蘇軾和杜甫一樣也主張繪畫「傳神」論，但其內涵各有著眼處已不盡相同〔註15〕，而從這裡我們更可以看出，蘇軾將書畫作品視同爲具有生命感之形體〔註16〕，他主張「肉」、「骨」兼具的審美標準，認爲「肉中畫骨」是美感的呈現，故與杜甫「畫骨重氣」可以傳神的審美觀，彼此的審美品味，經過時代的遷移發展，已有相當的差異〔註17〕，亦有審美主體評價之不同。

其次蘇轍在李公麟處見其所藏韓幹〈三馬圖〉，作〈韓幹三馬〉詩云：

> 物生先後亦偶爾，有心何者能忘之。
> 畫師韓幹豈知道，畫馬不獨畫馬皮。

〔註14〕見清・王文誥輯註《蘇軾詩集》（台北：莊嚴出版社，1990 年 10 月初版），頁 722～723。

〔註15〕參見衣若芬《蘇軾題畫文學研究》（台北：文津出版社，1999 年 5 月初版一刷），頁 231～248。氏者於頁 248 中指出：蘇軾的「傳神」論需以「常理」爲考量基礎才能充分詮釋之。

〔註16〕參見熊秉明《中國書法理論體系》（台北：谷風出版社，1987 年 11月），頁 16～17。

〔註17〕參見劉朝謙〈杜甫、蘇軾繪畫美學的分歧——「骨」與「肉」的價值評定〉（杜甫研究學刊，2001 年第 3 期總 69 期），頁 8～15。

　　　畫出三馬腹中事，似欲譏世人莫知。

　　　伯時一見笑不語，告我韓幹非畫師。〔註18〕

而後蘇軾賦詩〈次韻子由書李伯時所藏韓幹馬〉和之，詩云：

　　　伯時有道真吏隱，飲啄不羨山梁雌。

　　　丹青弄筆聊爾耳，意在萬里誰知之。

　　　幹惟畫肉不畫骨，而況失實空餘皮。

　　　煩君巧說腹中事，妙語欲遣黃泉知。

　　　君不見韓生自言無所學，廄馬萬匹皆吾師。〔註19〕

明顯地蘇軾、蘇轍兩兄弟對韓幹畫馬亦覺其有不盡之處。然而，蘇軾對
韓幹畫馬的審美趣味，並不似杜甫僅著眼在「骨」、「氣」之上而已，他
另也欣賞韓幹以廄馬為吾師的精神，以及韓幹所開創的畫風。〔註20〕

〔註18〕同注14，頁1503。

〔註19〕同注14，頁1504～1505。

〔註20〕宋人中和杜甫採相似的意見者，另有黃庭堅在〈次韻子瞻和子由觀
　　　　韓幹馬因論伯時畫天馬〉詩中云：「曹霸弟子沙苑丞，喜作肥馬人笑
　　　　之。李侯論幹獨不爾，妙畫骨相遺毛皮。翰林評畫乃如此，賤肥貴
　　　　瘦渠未知。況我平生賞神駿，僧中云是道林師。」（卷七）又在〈次
　　　　韻子瞻詠好頭赤圖〉中讚美李公麟（伯時）畫馬說：「李侯畫骨不畫
　　　　肉，筆下馬生如破竹。秦駒雖入天仗圖，猶恐真龍在空谷。」（卷九）
　　　　從此處可見出宋人並非完全反對杜甫強調「畫骨」之審美觀，對於
　　　　杜甫「幹惟畫肉不畫骨」的審美評價，蘇轍、黃庭堅並非採否定的
　　　　態度。以上所引黃庭堅詩語，見宋·任淵等注《山谷全集》，收於《四
　　　　部備要》（台北：中華書局據仿宋刻本校刊，1965年台1版）第486
　　　　～487冊，卷七及卷九。而筆者傾向黃庭堅和蘇軾於此審美意見不盡
　　　　相同者，乃參酌下列論述：

　　（一）宋·任淵等注《山谷全集》於「李侯畫骨不畫肉」詩句注云：
　　　　　「老杜〈丹青引〉曰：『幹惟畫肉不畫骨』，此反而用之。」（卷
　　　　　九）可見黃庭堅此詩語出於杜詩。另蔡振念《杜詩唐宋接受
　　　　　史》（台北：五南圖書，2002年2月1版1刷），於頁312～
　　　　　344指出：黃庭堅是宋代詩人中全力學杜的，其詩法得於少
　　　　　陵，意境胎息於杜詩，因而江西詩派有以杜甫為祖之說。

　　（二）關於黃庭堅審美意識與杜甫相似傾向「欣賞瘦硬樸拙的老蒼
　　　　　美」之論述，參見吳晟〈黃庭堅文藝審美觀及其文化精神〉（廣
　　　　　州師院學報，1995年第3期），頁24～26。

　　（三）至於蘇軾、黃庭堅於此處審美意見不同之論述，可參見劉雅
　　　　　芳《蘇軾、黃庭堅之交遊及其唱和詩研究》（國立台灣師範大

　　由於蘇軾繪畫審美趣味趨向「骨肉兼具」﹝註21﹞，因此和杜甫有不同的意見，此可視爲是文藝審美觀演變發展的現象，並非是蘇軾對杜甫的否定。

四、別解詩意

　　杜甫在寫〈丹青引贈曹將軍霸〉前，曾以〈畫馬贊〉來稱美韓幹之畫馬有神，其贊云：

> 韓幹畫馬，毫端有神。驊騮老大，騕褭清新。魚目瘦腦，
> 龍文長身。雪垂白肉，風蹙蘭筋。逸態蕭疏，高驤縱恣。
> 四蹄雷電，一日天地。御者閑敏，云何難易。愚夫乘騎，
> 動必顛躓。瞻彼駿骨，實惟龍媒。漢歌燕市，已矣茫哉。
> 但見駑駘，紛然往來。良工惆悵，落筆雄才。

詩人在此詩運用「有神」、「清新」、「魚目瘦腦」、「風蹙蘭筋」、「逸態蕭疏」、「駿骨」等贊語，可見韓幹畫馬是符合杜甫所傳承劉勰「風清骨駿」之審美觀的。但這和詩人於〈丹青引贈曹將軍霸〉詩中評韓幹畫馬「氣凋喪」，顯然也未成一貫之審美標準，形成了杜甫自我審美評價不一的現象。再加上「幹惟畫肉不畫骨，忍使驊騮氣凋喪」的審美評價之是否得當，乃是由於張彥遠認爲杜甫詩中意指韓幹畫馬不如曹霸，故而引發了後續爭議。

　　因此，爲了同時解決杜甫應不致「凡目」到不知韓幹畫馬的成就，和〈丹青引贈曹將軍霸〉、〈畫馬贊〉二作所發生評價不一的現象，因

學國文研究所碩士論文，2001 年 6 月），頁 247～252；再者參見李栖《兩宋題畫詩論》（台北：台灣學生書局，1994 年 7 月初版），頁 258～2645 中關於蘇軾「形式與傳神的討論」，及頁 287、頁 305～306 關於黃庭堅以上兩首引詩的文藝觀詮釋論述，對照此兩者所言，亦可見出蘇、黃審美意見有同有異。

由於蘇、黃審美意見之同異非攸關本論題之主要爭議處，故不進行申論演釋，僅於本注說明：「骨」、「肉」審美趣味在宋代仍因審美主體不同而各有側重。

﹝註21﹞此部分待〈外緣轉變——社會審美趣味的位移〉一節再細論。

此後人有別解杜甫詩意者：或別解以杜詩「借客形主」「尊題」詩法說；或別解以「感神通靈」觀沒落以致詩意遭誤解說。其意多在脫離張彥遠之解，進而詮釋杜甫詩意其實是同時肯定曹韓畫馬，至於杜甫以爲韓幹「畫肉」不如曹霸「畫骨」之審美評價不當的爭議，此一系論者則歸之於張彥遠解釋錯誤所致。

（一）別解爲「借客形主」、「尊題法」之詩法

王嗣奭在《杜臆》中爲〈丹青引贈曹將軍霸〉作詮釋時，即以詩人「借客形主」詩法之說，起而爲杜甫辨言，他說：

> 韓幹亦非凡手「早入室」「窮殊相」，已極形容矣，而借以形曹，非抑韓也。如孟子借古聖人百世師而形容孔子之生民未有。此借客形主之法。……至韓之畫肉，非失於肥，蓋取姿媚以悅人者，於馬非不婉肖，而骨非千里，則「驊騮喪氣」矣。此又孔子聞達之辨，剛毅木訥之近仁，而巧言令色之鮮仁者也。〔註22〕

而浦起龍在《讀杜心解》中也說：

> 以「韓幹」作襯，非貶韓，乃尊題法也。〔註23〕

此兩者皆以杜甫詩法來解決詩人在詩作中，對其之於曹霸優於韓幹的審美評價作解釋。

筆者發現，杜甫審美評價不一的現象，其實在詩人論書法時也有同一狀況，詩人才在〈殿中楊監見示張旭草書圖〉一詩中大大地讚美張旭草書說：「悲風生微綃，萬里起古色。鏘鏘鳴玉動，落落群松直。連山蟠其間，溟漲與筆力。有練實先書，臨池眞盡墨。」可是在〈李潮八分小篆歌〉中卻又說：「吳郡張顚誇草書，草書非古空雄壯。豈如吾甥不流宕，丞相中郎丈人行。」美者在「起古色」，而「空雄壯」亦在「非古」，這種在不同詩中對同一人之書畫審美評價有所不同，

〔註22〕見王嗣奭《杜臆》（台灣中華書局，1970年10月臺1版），頁200。
〔註23〕見蒲起龍《讀杜心解》（台北：中央輿地出版社，1970年12月初版），頁290。

但書畫審美標準皆在「古」、「神」，也可見出杜甫的書畫審美觀似是一致的，但對書畫作者的審美評價，則因其所見之書畫作品不同而起不同之詩興〔註24〕，和書畫史家為同一書畫作者作統一之審美評價並確立其歷史定位有異。而相對於詩人在〈李潮八分小篆歌〉詩中，認為張芝草書非古空雄壯，豈如李潮八分小篆不流宕，套入王嗣奭認為詩人有「借客形主」之詩法，及浦起龍所說之「尊題法」，王、浦的杜詩詩法之說也似乎頗有幾分道理。所以徐復觀也贊同此說，認為「這一公案的形成，不在杜甫的不知畫，而在一般人忽視了杜甫作詩的詩法，東坡後來所下的轉語，要不為無因了。」〔註25〕

另外，尚有別解「忍使驊騮氣凋喪」的「忍使」為「豈忍使」之意〔註26〕，來說明杜甫其實是讚美韓幹畫馬傳神，並無貶抑之意。蕭滌非引清人吳興祚在《杜詩論文》序中說：「不強杜以從我，而舉杜以還杜」，稱道該書作者吳見思不離杜詩詩意〔註27〕，筆者認為若將「忍使」釋為「豈忍使」，似有強解詩意，故僅錄此一說，而姑且不論，以免落入解無可解時即「強杜以從我」的思考陷阱。

（二）別解以「感神通靈」觀

前文曾提過蘇軾高度肯定杜甫在詩史的地位，並在詩藝上亦多有所承，如蘇軾的社會寫實詩、題畫詩、論詩詩無不受到杜甫的影響〔註

〔註24〕〈畫馬贊〉雖是畫贊，但仍歸之於杜甫見畫起興的作品，故將之與杜甫〈丹青引贈曹霸〉對列比較，發現此二詩杜甫對韓幹畫馬有不同審美評價，筆者認為此乃「因其所見之書畫作品不同而起不同之詩興」所致。

〔註25〕見徐復觀《中國藝術精神》（台北：台灣學生書局，1992年7月11刷），頁262。氏者所言東坡之轉語乃其於〈韓幹馬〉詩中所云：「少陵翰墨無形畫，韓幹丹青不語詩。此畫此詩今已矣，人間駑驥謾爭馳。」

〔註26〕同注12，頁10～11；另參見同注2，頁173。

〔註27〕見蕭滌非《杜甫研究》（山東：齊魯書社，1980年12月新1版第1刷），頁370。

〔註28〕參見蔡振念《杜詩唐宋接受史》（台北：五南圖書，2002年2月1版1刷），頁293～311。

28〕，這位宋朝詩詞書畫代表性人物對推崇杜詩毫不吝言，何以在韓幹畫馬審美評價上對杜甫所評持有不同意見呢？今人石守謙認為：杜甫是以「感神通靈」觀評曹韓畫馬，對兩者皆採肯定之審美評價，而杜甫以「忍使驊騮氣凋喪」之詩語，乃謂韓幹之所以「畫肉不畫骨」，實是韓幹不忍畫殺眞馬、奪馬之魂魄，「免得其『通靈』之妙畫會造成『奪眞』之遺憾」〔註 29〕，詩意旨在曹韓畫馬足以相媲美，非以為韓幹畫馬無「骨」、「氣」。石氏又說由於安史亂後「感神通靈」觀沒落，因此張彥遠不再以「感神通靈」觀論畫，故誤解杜甫詩意，進而誤斷杜甫對韓幹「畫肉」審美評價為不當。由此推論，蘇軾不以肥瘦評畫馬，所論並非是與杜甫不同調，而蘇軾所說「肉中畫骨誇尤難」其實也是補充杜甫「幹惟畫肉不畫骨」之意。總之，石氏認為由於安史亂後，以「感神通靈」觀來論畫的現象逐漸消失，因此杜甫此詩語才會遭到誤解及誤用，並非杜甫評價不當、也無評價不一的矛盾。〔註30〕

　　石氏這個論點提出：因為美術評論「感神通靈」觀之沒落，故自張彥遠《歷代名畫記》以來，對杜甫「幹惟畫肉不畫骨，忍使驊騮氣凋喪」的審美評價可能形成誤讀，故而引起後續爭論，也就是將爭議源頭，歸之於張彥遠未察知杜甫乃以「感神通靈」觀評論韓幹畫馬，因而造成歷史的曲解。這個論點似乎可以同時解決三個問題：一是杜甫對韓幹之審美評價與美術史定位不一者；二是杜甫在不同作品中，對韓幹之審美評價自相矛盾者；三是為尊崇杜詩的蘇軾，提出其審美意見實與杜甫相似，並無否定反對之意的別解。〔註31〕此論述提供了思辨另一視角，當列為一說。

　　綜上所述，我們可以發現，杜甫繪畫審美觀之受到爭議始於中唐，而中晚唐至宋時期，相反、相似、不同三種意見，因著杜甫、韓

〔註29〕同注 2，頁 179。
〔註30〕同注 2，頁 165～191。
〔註31〕筆者按：因石氏認為若以「感神通靈」觀來解杜甫所詩云「幹惟畫肉不畫骨，忍使驊騮氣凋喪」，杜甫並未貶抑韓幹，而宋代蘇軾與黃庭堅的意見，也不能稱之為否定杜甫的意見。

幹詩畫地位提升，而交相受到藝壇有關審美品味的討論，而其中最受到重視的，則是張彥遠與蘇軾的意見。以往論者多將張彥遠與蘇軾的見解，視爲否定杜甫者而歸爲反對一類，然筆者認爲此二者的評論態度不同故一分爲二，原因在於張彥遠是純粹反對杜甫的重「骨」而肯定韓幹的畫「肉」；而蘇軾是處於肯定杜甫的立場進而主張「骨」「肉」兼具之審美觀。而由中唐張彥遠、宋蘇軾以後，經過元明時期此爭議尚是無解，到了清時期，解杜詩者試圖解決杜甫此一審美觀爭議點，故別解以詩法、詩意。而近人綜觀詩畫史上此一爭議，亦就其所見，時有相關主題之論述，尤以石守謙「感神通靈」觀沒落一說，脫前人所見，有所創發，是較新的別解看法。

第二節　外緣的轉變
——審美趣味的位移與畫馬風格的創變

　　除了別解詩意的方式之外，是否還有其他思考方式可以解釋中晚唐及宋人，特別是書畫評論家張彥遠，以至兼擅詩詞文書畫的蘇軾，爲何在杜詩「幹惟畫肉不畫骨」處，會與杜甫採相反或不同的意見呢？最大的可能即是杜甫所處時代的審美趣味〔註32〕趨向，正是「骨」「肉」審美標準位移並各有消長的時間轉換點。一方面正如鄭昶在《中國畫學全史》中指出：「開元天寶間，承平日久，世尚輕肥」。〔註33〕可見盛唐宮廷審美品味向「豐肌」〔註34〕之獨領風騷，引領著時尚審美趣味，終而蔚爲傾向雄強健美之審美風潮〔註35〕；而另一方面杜甫受六

〔註32〕何謂審美趣味？「審美趣味是在一定審美理想和審美觀念下受一定審美標準規範的主體的審美偏愛。」參見邢煦寰《藝術掌握論》（北京：中國青年出版社，1997年4月第2刷），頁233～243。
〔註33〕見鄭昶《中國畫學全史》（台灣中華書局），頁122。
〔註34〕筆者按：「環肥燕瘦」即是宮廷審美品味。而宮廷文化統攝學術、思想、文藝時尚之論述，可參見龔斌《宮廷文化》（遼寧教育出版社，1996年3月第2刷），頁195～233。
〔註35〕參見霍然《唐代美學思潮》（高雄：麗文文化，1993年10月初版1刷），頁204。另同註34，頁218～219。龔斌指出：唐代宮廷中的繪

朝詩書畫美學影響極深，未趨附於時尚審美風潮，仍持「瘦硬有神」、尚「風清骨駿」之美，這可能即是造成杜甫和張彥遠、蘇軾……等人「骨」、「肉」審美意見各異的主要原因。因此，求證於繪畫史料審美評論之側重何者，或可約略看出「骨」、「肉」位移的時間痕跡。

一、時尚審美趣味的轉移

（一）顧、陸、張審美評價之爭論

藝術評論者所處時尚審美趣味趨向有所轉移，和其對畫家審美評價時有不一的問題，常有連帶關係。在六朝繪畫評論中，各家品評顧愷之、陸探微、張僧繇三者孰優孰劣時，早已出現各有偏好側重的現象。如既是宮廷畫師也是提出「六法」畫論的謝赫，在其《古畫品錄》中，就將陸探微標爲上品，評其爲：

> 窮理盡性，事絕言象。包前孕後，古今獨立。非復激揚所
> 能稱贊，但價重之極乎，上上品之外，無他寄言，故屈標
> 第一等。〔註36〕

認爲陸畫是第一等還算屈標，謝赫於此眞是顯露了對陸探微至高無上的崇敬。但他對提出「傳神」論的顧愷之，卻僅將之列爲下品，指其爲：

> 格體精微，筆無妄下，但迹不逮意，聲過其實。〔註37〕

而謝赫此一對顧愷之「聲過其實」的評價，則受到之後姚最的質疑，姚最在《續畫品並序》中說：

> 至如長康之美，擅高往策，矯然獨步，終始無翼。有若神
> 明，非庸識之所能效；如負日月，豈未學之所能窺？〔註38〕

姚最雖未點名謝赫所評有所偏失，但說顧愷之「矯然獨步」、「有若神

畫藝術堪稱一流，唐代藝術的大潮，正是由宮廷推波助瀾，更匯合民間藝術家的創造，而成爲遠播海外的強大文化輻射源。

〔註36〕見俞崑《中國畫論類編》（台北：華正書局，1977 年年 10 月），頁356。

〔註37〕同上注，頁360。張嗣眞亦認爲謝赫此評甚不當也。

〔註38〕同上注，頁368。

明」則是讚譽有加，不認同謝赫所謂「迹不逮意，聲過其實」的批評，是相當明顯的。但姚最評張僧繇所說：

> 右善圖塔廟，超越羣工。朝衣野服，今古不失。奇形異貌，殊方夷夏，實參其妙。俾畫作夜，未嘗厭怠；惟公及私，手不停筆。但數紀之內，無須臾之閒。然聖賢曬曬，小乏神氣，豈可求備於一人。雖云晚出，殆亞前品。〔註39〕

指張僧繇畫作「小乏神氣」，即是僅將張僧繇視爲超越羣工、畫不厭怠的宮廷畫師而已。而這個見解，則又遭到唐人李嗣眞的反對，他在《續畫品錄》中爲張僧繇翻案說：

> 顧陸已往，鬱爲冠冕，盛稱後葉，獨有僧繇。今之學者，望其塵躅，如周孔焉，何寺塔之云乎？且顧陸人物衣冠，信稱絕作，未覩其餘。至於張公骨氣奇偉，師模宏遠，豈唯六法精備，時亦萬類皆妙。千變萬化，詭狀殊形，經諸目，運諸掌，得之心，應之手。意者天降聖人，爲後生則。何以制作之妙，擬於陰陽者乎？請與顧陸同居上品。〔註40〕

李嗣眞所謂「得之心，應之手」，將張僧繇推崇至「聖人」而「爲後生則」，幾乎超過謝赫之尊陸探微、姚最之尊顧愷之的崇高讚譽了！而此一關於謝赫尊陸探微而反抑顧愷之、姚最尊顧愷之而反抑張僧繇、然李嗣眞則標舉張僧繇畫作的一場繪畫史品評爭論，最後是由唐人張懷瓘總結了前人的論點，得到兼容並蓄的廣泛重視，他在《畫斷》中說：

> 求象人之美，張得其肉，陸得其骨，顧得其神，神妙亡方，以顧爲最。〔註41〕

這即是主張：顧、陸、張三家各得「神」、「骨」、「肉」之妙，也就是說：在唐代的繪畫審美標準裏，「神」、「骨」、「肉」是並列的。〔註42〕

〔註39〕同注38，頁372。張彥遠亦認爲姚最此評最謬。
〔註40〕同上注，頁394。
〔註41〕同上注，頁402。
〔註42〕以上論述參見葛路《中國古代繪畫理論發展史》（台北：華正書局，1987年5月初版），頁53～57。

而顧、陸、張審美評價之爭論，也可視爲審美趣味在「神」、「骨」、「肉」之間位移消長所形成的畫評爭論，而此一爭論卻是有助於察覺畫論、畫評之發展演變過程的。張法認爲：

> 從顧愷之的「神」，到陸探微的「骨」，到張僧繇的「肉」的發展過程，正體現了時代的審美理想從士大夫的重「神」爲主轉變到以宮廷的崇「肉」爲時尚。〔註43〕

意即是說：由寫神、重骨、崇肉的審美風潮轉變，依繪畫的歷史演變來看，顧、陸、張所反應出的畫家繪畫風格之改變，其實是宮廷審美品味逐步影響時尚審美趣味，爲其歸結性代表意義的表現。〔註44〕

（二）唐宋「骨」、「肉」審美趣味之位移消長

唐代社會時尚的審美趣味，從唐代畫家畫風的轉移，可以見出由「筋骨」漸向「豐肥」位移之一二。閻立本是初唐知名畫家，在《唐朝名畫錄》中有一段記載說：

> 古之畫馬，有「穆王八駿圖」，後立本亦摹寫之，多見筋骨，皆擅一時，足爲希代之珍。〔註45〕

由此可知，閻立本「多見筋骨」的馬畫摹本，在初唐仍被視爲希代珍寶。但曾幾何時，這尚「骨」之風，漸隨太平盛世的豐饒，而有了不同，董逌於〈書伯時藏周昉畫〉中指出：

> 嘗見諸說太眞妃豐肌秀骨，今見於畫亦肥勝於骨，昔韓公言曲眉豐頰，便知唐人所尚以豐肥爲美。昉於此時知所好而圖之矣。〔註46〕

《宣和畫譜》也說：

> 世謂昉畫婦女，多爲豐厚態度者，亦是一蔽。此無他，昉

〔註43〕見張法《中國美學史》（上海人民出版社，2000 年 12 月第 1 版第 1 刷），頁 148。氏者以爲：「神是虛靈的，骨是實質的，由神到骨，也就是由虛靈轉向實質。」（頁 147）

〔註44〕同上注，頁 147～148。

〔註45〕收於《歷代名畫記》（北京：京華出版社，2000 年 5 月第 1 版第 1 刷），頁 306。

〔註46〕同註 36，頁 463。

貴遊弟子，多見貴而美者，故以豐厚爲體。而又關中婦人，
纖弱者爲少，致其意穠態遠，宜覽者得之也。此與韓幹不
畫瘦馬意同。〔註 47〕

周昉〔註 48〕人物畫多寫女性健美豐腴的體態〔註 49〕，而董逌指其爲
「昉於此時知所好而圖之矣」，可見鄭昂所指開元天寶年間，太平盛
世而時尚輕肥的說法〔註 50〕，應是無誤。由此看來，初唐時畫家猶延
六朝美學重「骨」之風，但開元天寶年間繪畫風格，大致漸走向「肥
勝於骨」的審美趣味，由閻立本、周昉的重骨、崇肉畫風之別，當可
看出唐代審美趣味在「骨」、「肉」之間位移消長的轉換點。而韓幹爲
皇室御馬作畫，張昉爲關中婦人作畫，其繪畫對象多爲豐厚，故繪畫
風格皆尚「肉」，有其相似之社會成因與繪畫背景。

到了宋代，帝室獎勵畫道、優遇畫工，超過前朝〔註 51〕，而兼
擅多種藝術媒介的蘇軾雖未爲皇室畫院所網羅〔註 52〕，但其審美趣味
未必不受其影響。因此蘇軾固然尊崇杜詩，但東坡的書論卻和杜甫「瘦
硬通神」迥然有異〔註 53〕，他說：

東坡平時作字，骨撐肉，肉沒骨，未嘗作此瘦妙也。

（〈題自作字〉）〔註 54〕

〔註 47〕同注 45，頁 342。
〔註 48〕周昉生卒年不詳，主要活動於八世紀下半葉至九世紀初的中唐時
代，爲出生於顯貴的官宦之家。見陳綏祥《隋唐繪畫史》（北京：人
民美術出版社，2001 年 8 月第 1 版第 1 刷），頁 42。
〔註 49〕參見何恭上編著《隋唐五代繪畫》（台北：藝術圖書，1995 年 11 月
出版），頁 126～139。
〔註 50〕同注 33，頁 122。
〔註 51〕同上注，頁 237。
〔註 52〕同上注，頁 238。蘇軾與李公麟爲畫院外文藝知名者。
〔註 53〕劉雅芳指出：「蘇軾的看法是書畫同源的，杜甫詩云：『書貴瘦硬方
通神。』蘇軾〈孫莘老求墨妙亭記〉卻認爲『杜陵評書貴瘦硬，此
論未公吾不憑。短長肥瘦各有態，玉環飛燕誰感憎？』此處以書畫
同源的關係來看的話，他也是認爲肥瘦皆有其美。」見氏者《蘇軾、
黃庭堅之交遊及其唱和詩研究》（國立台灣師範大學國文研究所碩士
論文，2001 年 6 月），頁 249。
〔註 54〕見蘇軾撰〈東坡題跋〉卷四，收於《元豐題跋》（據津逮秘書本影印）。

書必有神、氣、骨、肉、血五者，闕一不爲成書也。(〈論書〉)
〔註55〕

此兩段話雖是蘇軾的書論，但基於書畫筆法同源，蘇軾之書畫美學主張「骨撐肉，肉沒骨」，且講求神、氣、骨、肉、血兼具融合的理論，大異於杜甫「瘦硬通神」之崇「骨」精神，循其脈絡仍可視爲唐宋書畫審美趣味發展位移消長的痕跡。而蘇軾在〈書韓幹牧馬圖〉中詩云：「先生曹霸弟子韓，廄馬多肉尻脽圓，肉中畫骨誇尤難，金羈玉勒繡羅鞍。」〔註56〕，主張的「肉中畫骨」與杜甫不同，似亦可歸之於杜、蘇審美品味受其時代文化類型不同之所致。〔註57〕因此尊杜詩如蘇軾者，之所以和杜甫在「幹惟畫肉不畫骨」處有歧見，應可歸之時尚審美趣味位移所形成。康德所謂：「審美品味，就像判斷力一樣，是天才之訓練（或調節糾正）。它嚴格地修剪天才之雙翼，使其中規中矩，或使其純正而雅緻；但同時它也給天才以指導，指導並控制其飛翔」〔註58〕，看來杜甫和蘇軾兩位中國文壇的天才，也受其時代精神、美學訓練及審美品味的引導，各自飛向不同的心靈美學空間。

再說，謝赫之尊陸探微、姚最之尊顧愷之、李嗣眞之尊張僧繇，三者皆畫評家，尚且有孰優孰劣審美評價之辯，而杜甫以「傳神」爲其審美觀之中心，認爲韓幹之畫馬於「傳神」上不如曹霸，也未必不

〔註55〕同注54，卷四。
〔註56〕見清·王文誥輯註《蘇軾詩集》(台北：莊嚴出版社，1990年10月初版)，頁722～723。
〔註57〕劉朝謙認爲：「從美的角度講，尚『肉』的時代精神是圓滑溫良、婉約柔媚的，即使男性的厚重，也被流光溢脂把稜角給完全遮蔽了。重骨氣的時代精神，從梗概而多氣的建安下注到唐代，更有殺氣雄邁、崢嶸畢現的大丈夫英雄氣，他的美，不是宋代尚肉式的曲線美，而是突出鋒稜的粗獷豪放之美。」見劉朝謙〈杜甫、蘇軾繪畫美學的分歧──「骨」與「肉」的價值評定〉(杜甫研究學刊，2001年第3期總69期)，頁15。
〔註58〕見牟宗三譯註《康德：判斷力之批判》(台北：台灣學生書局，1993年10月初版)，頁360。

可。〔註59〕正如何恭上在其編著《隋唐五代繪畫》中，從美術史的角度所指出：韓幹是唐代畫馬大師，宋元兩代畫馬大家李公麟與趙孟頫都對其佩服的五體投地，並皆曾臨摹過他的作品，被後代畫家尊爲宗師。〔註60〕因此蘇軾處於宋代社會審美風潮中，站在韓幹改革畫馬風格、開創後代畫馬風格的美術史地位而讚譽韓幹，當可視爲是在審美風潮之發展轉變中，對詩聖畫評的進一步發展，而非是批駁反對。鄧仕樑認爲杜甫蘇軾的馬詩，因唐宋詩風有異，在其內容及形式上皆有所不同，他說：「杜、蘇對馬都有所愛，但杜往往把自己生命投射於馬，蘇則比較欣賞馬的姿態，此其不同。」〔註61〕又說：「杜甫詠《九馬圖》（〈韋諷錄事宅觀曹將軍畫馬圖歌〉），基本上走寫意的路子。東坡要『作詩如見畫』，自是刻意用詩去寫形。」〔註62〕可見蘇軾雖有法式杜甫之處〔註63〕，卻有意別出途轍，以求超越與創新。〔註64〕因此，筆者以爲：蘇軾與杜甫在韓幹畫馬上審美評價之所以不同，乃是因爲時尚審美思潮位移，再加上詩人與畫境之間，不同的審美主體，面對審美對象所引起的詩興（審美心理）不同，因而後起的蘇軾之審美意見及理論即有所發展與衍變，卻又不同於張彥遠和顧雲等人，採否定杜甫「知畫」與批判杜甫「凡目」的審美態度。

因此，兼擅詩畫的蘇軾在〈韓幹馬〉一詩中，同時讚嘆專擅詩的

〔註59〕前述朱景玄在《唐朝名畫錄》中周昉小傳裡，有一段趙夫人評韓幹人物畫的記載說：「前畫者（韓幹所畫）空得趙郎狀貌，後畫者（周昉所畫）並移其神氣，得趙郎情性笑言之姿。」而黃伯思亦在《東觀餘論》中說：「曹將軍畫馬神勝形，韓丞畫馬形勝神」，這兩段記載與杜甫所見略同。

〔註60〕同注49，頁114～119。

〔註61〕見鄧仕樑〈「蘇子作詩如見畫」從杜甫和蘇氏的馬詩看同宋詩風〉（香港中文大學中國文化研究學報，1995年新第4期），頁79。

〔註62〕同上注，頁81。氏者認爲杜蘇之題畫馬詩不同也在「杜詩不能見畫之形」，而「蘇詩不能見畫知神」。（頁80）

〔註63〕參見蔡振念《杜詩唐宋接受史》（台北：五南圖書，2002年2月1版1刷），頁293～298。氏者指出：「東坡的題畫詩，在手法上的確有法式杜甫之處……。」（頁296）

〔註64〕同上注，頁299～306。

杜甫及專擅畫的韓幹，詩云：

> 少陵翰墨無形畫，韓幹丹青不語詩。
>
> 此畫此詩今已矣，人間駑驥譭爭馳。〔註65〕

即是站在歷史審美價值去看待杜詩、韓馬的。環肥燕瘦本各有所好，「肉中畫骨」的書畫審美傾向，大致可視爲是蘇軾因應「骨」、「肉」審美風潮位移消長，而發展出的書畫審美態度。也可視爲蘇軾在杜甫「幹惟畫肉不畫骨」的審美評價上，有其評論也有其發展，而在題畫馬詩的歷史中，有其繼承也有其獨創的詩象。〔註66〕

二、韓幹畫馬風格的創變

　　另外，若要解決杜甫對韓幹畫馬審美評價不一的問題，也未必要別解杜詩詩意方可，更無需認爲〈畫馬讚〉是一篇應酬之作〔註67〕，我們亦可從韓幹畫馬風格可能由曹風走向獨創的改變去思考，不但符合杜甫見畫起興的題畫、論畫特性，亦能照顧到其審美觀一致的問題。這個部分，我們當取證於繪畫史料及韓幹畫跡之考證始可。

　　《歷代名畫記》曾指出韓幹「初師曹霸，後自獨擅」〔註68〕，而朱景玄在《唐朝名畫錄》中則未明載韓幹師承，只記其與明皇以廄馬爲師的對話，並記其盡寫御廄名駒，將之列於神品下〔註69〕，至於《宣和畫譜》則僅採朱說並進而臆測，認爲韓幹既然以廄中名駒爲師，杜甫詩中所云韓幹爲曹霸入室弟子的說法，就容易令人懷疑其眞實性，其曰：

> 杜子美〈丹青引〉云「弟子韓幹早入室」。謂幹師曹霸也。
>
> 然子美何從以知之？且古之畫馬者，有「周穆王八駿圖」，
>
> 閻立本畫馬，似模展、鄭，多見筋骨，皆擅一時之名。開

〔註65〕見《杜甫卷》（杜甫研究資料彙編）（台北：源流出版社），頁141。
〔註66〕同注61，頁81。
〔註67〕見蔡星儀《曹霸韓幹》（上海人民美術出版社，1986年第1版第1刷），頁25。
〔註68〕同注45，頁76。
〔註69〕同上注，頁306，參見《唐朝名畫錄》神品下七人韓幹一條。

元後，天下無事，外域名馬重譯累至，內廄遂有飛黃、照夜、浮雲、五方之乘。幹之所師者，蓋進乎此。所謂「幹唯畫肉不畫骨者」，正以脫落展、鄭之外，自成一家之妙也。〔註70〕

韓幹是否師承曹霸，屬於美術史考證問題，留待研究韓幹者加以追溯其源。但若根據杜甫〈丹青引贈曹將軍霸〉一詩及《歷代名畫記》所說，以及歷來畫評家不疑韓幹師承曹霸之關係，且時有曹、韓畫馬並論之讚語〔註71〕，再加上本文是以杜甫題畫詩爲研究題材，因而筆者採韓幹曾師承曹霸之說，並以此展開論述。

若探杜詩所言韓幹曾是曹霸入室弟子、以及張彥遠於《歷代名畫記》所明載韓幹初師曹霸之說，那麼綜合《歷代名畫記》指出韓幹「後自獨擅」，及《宣和畫譜》中關於韓幹「正以脫落展、鄭之外，自成一家之妙也」兩條資料，筆者以爲此恰恰可以證明：韓幹就算早期曾向曹霸學畫馬，但曹霸得罪玄宗削籍爲庶人後，韓幹便脫離曹馬畫風，且不願再師事陳閎，終而師於自然，以觀察真馬作爲其開創畫風的基礎。可能因爲他發現細微地觀察繪畫對象，比師法傳襲之畫法來得更加有意義，而「這種重視對生活的觀察體驗，把現實生活看作藝術創作的源泉」〔註72〕，不但開展了繪畫之寫實主義，其創作思想及態度，也影響了後世的畫馬風格。〔註73〕韓幹以御廄名駒爲師的創作思想及態度，可說是奠定他畫馬大師地位的主因，因此所謂「後自獨擅」、「自成一家之妙也」，即是道出：韓幹晚期的畫風經過長期觀察寫生，已由尚具古風偏重於「骨法用筆」的曹馬表現方式，轉變而開創了個人偏重於「隨類賦彩」畫馬的風格。〔註74〕而張懷瓘所謂「張

〔註70〕同上注，頁381，見《宣和畫譜》。

〔註71〕參見楊國蘭《杜甫題畫詩研究》（中央大學中文研究所碩士論文，1990年6月），頁314～318。

〔註72〕同注67，頁25。

〔註73〕同上注，頁25。

〔註74〕同上注，頁19。

得其肉」，指的可能是張僧繇仿效天竺，以朱青綠三色畫成立體感的畫法，並據說他創造了一種無骨的畫法，即全用色彩、不顯輪廓的畫法。〔註75〕而筆者認爲：杜甫所指韓幹「畫肉不畫骨」的畫法，可能就是重視賦彩之呈顯形的立體，卻不藉助強調筆力線條之骨氣表現。也就是說，所謂「畫肉」不單指形體之豐腴而已，亦關涉運用賦彩以顯繪畫對象之畫風。

　　這個說法若對照現今流傳韓幹之畫跡〈照夜白〉（見附圖一）及〈牧馬圖〉（見附圖二），可以依稀見出此兩幅畫在筆法、畫風上頗有差異，可能爲不同時期的作品。這兩者最大的差異在馬首、鬃、頸、胸之畫法、腿之比例以及染色之不同：前者用筆「以屈鐵盤絲似的勁健線條勾勒而成」〔註76〕，胸前筋骨畢現，腿微短，頸與首皆瘦勁有力，口張開舌上揚，雖繫之於木樁，仍作嘶鳴躍騰狀，馬之神氣可說畢現；而後者黑白兩馬，頸與首皆健碩安徐，腿部比例較前者正確，畫法已臻純熟，白馬白描，黑馬染色，「全圖勾染細膩，佈局染色疏密有致」。〔註77〕至於兩幅畫中所呈現馬之性格，亦有所不同，前者「有奔跳凌雲不受羈絆的氣概」，後者則是「雄健而馴善」。〔註78〕由於兩畫馬之風格差異不小，蔡星儀曾推測〈照夜白〉可能是韓幹摹曹霸的一個摹本，它不是韓幹自成一家後的畫馬風格。〔註79〕筆者以爲此說值得再深入考證，若蔡星儀之推測屬實，杜甫〈畫馬讚〉所評若亦是韓幹早期臨摹曹風的馬畫，而〈丹青引贈曹將軍霸〉所評若屬韓幹脫離曹風、寫生揣摩自創風格之後的畫作，這樣就不需認爲〈畫馬讚〉是一篇應酬之作，且可合理解決杜甫對韓幹前後自相矛盾之審美評價的問題。

　　曹霸畫馬已失傳，難以比照現今流傳韓幹〈照夜白〉之畫風與之

〔註75〕同注43，頁148。
〔註76〕同注67，頁16。
〔註77〕同注48，頁98。
〔註78〕同注49，頁118。
〔註79〕同注67，頁9～19。

相似處，只能從歷來題畫詩及畫評之文字來想像其畫，如東坡〈九馬讚〉即是評他在薛紹彭家所見曹霸〈九馬圖〉，亦即杜甫所題〈韋諷錄事宅觀曹將軍畫馬圖歌〉之畫本，東坡辭云：「牧者萬歲，繪者爲霸，甫爲作頌，偉哉九馬。」〔註80〕另董逌在〈書曹將軍畫馬〉上說：「曹霸畫馬與當時人絕，跡其徑度，似不可得而尋也。若其以形似求者，亦馬也，不過類眞馬也。」〔註81〕可見曹霸之畫馬並非瘦骨伶仃，甚至是高偉似眞馬，加上杜甫也讚其能「寫眞」，曹霸畫風當亦屬寫實派。只是曹霸謫爲庶人後，曹風畫馬必也連受貶抑，韓幹根據唐人尙「肉」、脫離古畫馬尙「骨」之審美趣味，既能投玄宗所好，又爲求得更高之藝術成就，轉而以御廄名駒爲師，似也成了一條創作必然之選擇。

康德說：「對『評估美的對象之爲美』而言，所需要者是『審美品味』；但對『美術』而言，即是說，對『美的對象之產生』而言，則所需要者是『天才』。」〔註82〕又說：「美術之所需要者是想像力，知性之理解力，顯有靈魂之精神力，與審美力，這四種能力。」〔註83〕從畫馬創作而言，韓幹毋寧是一天才，但杜甫由其當時所見之韓幹畫馬，詩人認爲其「知性之理解力」是超人的（故謂能窮殊相），卻欠缺了「顯有靈魂之精神力」（故謂氣凋喪），亦即馬之神氣不足，對當時仍圖謀發展其繪畫理論與技巧的韓幹而言，也未必不是金玉良言。張彥遠評韓幹是綜觀韓畫而蓋棺論定，而杜甫評韓幹則是視其當時所見畫作畫風而言，兩者之評在時間點上不同，不能依此質疑詩人是「豈知畫者」。

在主觀上，杜甫好「古」尙「骨」，是構成其書畫審美觀的主軸，這是其審美判准，而如前文所提，杜甫題論書畫，常依作品而非依人，故筆者猜測：杜甫是看到韓幹如〈照夜白〉之畫風者評其爲：「韓幹

〔註80〕見《蘇東坡全集》（台北：世界書局，1996 年 2 月出版 7 刷），頁 520。
〔註81〕同注 65，頁 258。
〔註82〕同注 58，頁 345。
〔註83〕同上注，頁 361。

畫馬，毫端有神。……逸態蕭疏，高驤縱恣。四蹄雷電，一日天地。御者閑敏，云何難易。愚夫乘騎，動必顛躓。」(〈畫馬讚〉)而看到其似〈牧馬圖〉之安徐肥碩之畫風者方評其爲：「幹惟畫肉不畫骨，忍使驊騮氣凋喪。」(〈丹青引贈曹將軍霸〉)而事實上，要了解詩人爲何在〈畫馬讚〉中所評，與〈丹青引贈曹將軍霸〉中所評不一，尙需考證：一來需考證〈畫馬讚〉是否眞作於杜甫未結識曹霸之前的天寶十三年〔註84〕，二來也需考證〈丹青引贈曹將軍霸〉是否眞作於廣德二年〔註85〕，而〈照夜白〉、〈牧馬圖〉之繪畫年代亦需加以考證。以進而了解杜甫在二詩成詩期間，所見韓幹之畫馬畫風又是爲何，相互對照上列二詩、二畫完成時間，以及杜甫成詩時間與韓幹畫馬畫風之改變階段的比較之後，方能作出確切的定論。

第三節　內觀投射
——詩人的審美評價有別於社會審美價值

在談論「詩人的審美評價有別於社會審美價值」之前，我們需先了解何謂審美評價？何謂審美價值？兩者有何差異？簡略相對地說：審美評價是主觀的〔註86〕；而審美價值是客觀的。審美價值是在社會歷史實踐過程中形成的客觀價值，而審美評價是主體審美判斷之主觀表現。因爲審美主體之藝術涵養、心靈意識及其其情志，往往影

〔註84〕 參見王伯敏《唐畫詩中看》(台北：東大圖書，1993年初版)，頁111〜112。另見仇兆鰲注《杜詩詳注》(台北：里仁書局，1980年7月)，頁2191。作者認爲〈畫馬贊〉應是作於天寶乾元年間。若按前者説法：公時四十三歲，於長安求仕時期，本年正月安祿山始入朝，當時朝廷牧馬不下四十萬匹，唐仍處於盛世。

〔註85〕 見仇兆鰲注《杜詩詳注》(台北：里仁書局，1980年7月)，頁1147。

〔註86〕 康德在《判斷力之批判》中説：「審美判斷是一美學判斷，即是説，它是一個基於主觀的根據上的判斷。沒有概念能是審美判斷底決定根據，也絕不會有一確定目的之概念能是審美判斷之決定根據。」見牟宗三譯註《康德：判斷力之批判》(台北：台灣學生書局，1993年10月初版)，頁200。

響著他對審美客體的審美評價；但審美價值則是既取決於審美主體的
實踐活動和需要，又取決於審美客體本身的客觀屬性，因此審美價值
相對於審美評價是較具有客觀社會性。故審美評價可能符合也可能不
符合審美價值，因爲審美評價與審美價值是兩個不同的概念，他們之
間有關聯，但不是附屬關係。〔註87〕

　　前文筆者曾於分析杜甫題畫馬審美心理之象喻時指出，杜甫鑑賞
畫馬時，常觸發君子比德之審美感興，不但將自我人格、情志化身於
畫馬中，且反映了自我懷才不遇之感慨及移注憂國思君之情志於其
上，因此杜甫之論曹韓畫馬之審美評價，無異是一帶有主觀色彩的審
美判斷。〔註88〕但這並不意味著：杜甫之審美評價是隨意而爲、毫無
價值的，正如康德對所謂客觀的審美「共感」〔註89〕所提出之疑惑：

　　　「共感」這一不決定的型範，事實上，是被我們所預設者；
　　　因爲這是因著我們之敢於作審美判斷而被表明者。……審
　　　美力是一自然而根源的機能或能力呢？抑或它只是那人爲
　　　的而爲我們所獲得的一種能力之觀念，既是所獲得的一種
　　　能力之觀念，如是，則審美判斷，連同其要求於普遍的同
　　　意，只不過是理性之一需要，需要之以便去產生這樣一種
　　　契合一致，審美力只是這樣的嗎？而所謂「應當」這一觀
　　　念，即「一切人之情感之與每一人之特殊情感相一致之客
　　　觀的必然性」這一義，它只指表「達到這些事中的無異議」

〔註87〕參見李澤厚等編《美學百科全書》（北京：社會科學文獻出版社，1990
　　　年12月第1版第1刷），頁399及頁403。頁399指出：審美價值是
　　　在某種功利需要的基礎上產生的，因此不可能完全擺脫功利需要的。
〔註88〕姚一葦也在《審美三論》一書中論直覺在審美上之特殊性時說：「當
　　　欣賞藝術品時，必然產生價值的反應，此種反應係屬自發性判
　　　斷。……自發性判斷所表現的立即價值反應係屬純個人的主觀判
　　　斷，所顯示的爲個人的『趣味』（taste），與作品本身的好壞無任何關
　　　聯。」見姚一葦《審美三論》（台灣開明書店，1993年1月初版），
　　　頁69～70。
〔註89〕同注86，頁218。語出康德對「被思於一審美判斷中的普遍同意之
　　　必然性是一主觀的必然性，這一主觀的必然性在一共感底預設之下
　　　被表象爲客觀的」的批判。

之可能性嗎？而所謂審美判斷則只是爰證此原則之應用之
一事例嗎？〔註90〕

我們從諸多杜甫詠眞馬、題畫馬詩中，可以明顯地看出：杜甫對馬有
一種深沉的特殊情感，雖尙不致將馬視爲自己的「叢林魂」，但詩人
確實存有著「以馬比德」之深層認同感。〔註91〕故詩人對畫馬之審美
評價是由其人格心靈意識反映出來，而和畫評家站在美術史的角度所
作審美價值之定位有所不同。因此對於張彥遠、顧雲等人反對杜甫之
審美評價者，筆者試著如此解釋：杜甫保有其主體之審美個性，和張
彥遠、顧雲等人無審美共性、亦無審美「共感」。〔註92〕但這是不是
說：每一人皆有其獨自的審美品味呢？而這不就是等於認爲：根本沒
有審美品味這樣的事，也沒有任一審美判斷可以要求一切人皆同意。
〔註93〕其實不然，讓我們回到影響詩人審美評價之藝術涵養、心靈意
識及其情志的分析上，便會發現審美判斷在客觀的「共感」之外，並
非僅是理性之需要，也並非僅是一種能力，可能還蘊藏著詩人內在幽
微奧秘深層文化潛意識（甚或無意識）感性的映照。

潘知常曾指出：「藝術美的內容，可以分爲四個層面：其一是形
式層面，即藝術美存在的特殊根據；其二是再現層面，即對進入到藝
術之中的現實世界的美學闡釋；其三是表現層面，即對進入到藝術之
中的主體層面的美學闡釋；其四是意蘊層面，即對進入到藝術之中的
深邃人生、歷史感悟的美學闡釋。」〔註94〕接著又說：

藝術美本身創造出了一種對世界的理解和解釋，創造出了
一個自由境地。藝術美選擇了一種感性符號形式也就選擇
了一種意義，選擇了一種理解和解釋；同時也就選擇了自

〔註90〕同注86，頁219～220。
〔註91〕詳見本論文第三章第二節〈題畫馬之象喻〉。
〔註92〕同注87，頁397。文中指出：審美活動中有其個性及共性，審美個
　　　　性是個人的獨特判斷，審美共性是集體的共同判斷。
〔註93〕同注86，頁177。
〔註94〕見潘知常《反美學——在闡釋中理解當代審美文化》（上海：學林出
　　　　版社，1995年12月第1版第1刷），頁281。

己的生存方式。〔註95〕

我們可以如此詮釋：杜甫〈丹青引贈曹將軍霸〉一詩，包含了前述四種藝術美的內容，即形式、再現、表現、意蘊層面，而詩人在詩中「曹馬優於韓馬」的審美評價，即是審美主體關於深邃人生、歷史感悟的意蘊之表現，那是詩人的選擇，也反映了詩人對世界的理解和解釋，以及自己存在的樣態和情思。〔註96〕

一、韓幹畫馬未盡詩人龍媒心象

杜甫題畫詩的審美觀既是以「傳神」為其中心，那麼在詩人的審美品味中，畫家是否畫出詩人所認為馬的神態，便足以影響詩人之審美判斷。從杜甫詠馬詩及題畫馬詩來看，詩人筆下的馬不但反映了唐王朝浩蕩乾坤之盛與衰，更反映了詩人生活的遭遇與心路歷程。〔註97〕杜甫常以馬和龍相比〔註98〕，詩人更在題畫詩中直接以「龍媒」〔註99〕借代「馬」，如詩云：

> 君不見金粟堆前松柏裏，龍媒去盡鳥呼風。
> （〈韋諷錄事宅觀曹將軍畫馬圖歌〉）
> 瞻彼駿骨，實惟龍媒。（〈畫馬贊〉）

那麼杜甫眼中意氣昂揚的龍媒駿馬之神態究竟為何呢？且看詩人詩云：

> 胡馬大宛名，鋒稜瘦骨成。竹批雙耳峻，風入四蹄輕。

〔註95〕同注94，頁282。

〔註96〕詩象是詩人隨著其生命經歷及存在體驗的轉變，而有了描述與說明「自我存在狀態」的論述，亦可參見曹淑娟〈從杜詩鷙鳥主題看作品與存在的關聯〉（淡江大學中文學報第3期，1996年12月），頁113～144。另外筆者在第二章第三節〈詩人與畫境的關聯〉對此也有所導論。

〔註97〕參見周裕鍇〈一洗萬古凡馬空──談杜甫詠馬詩〉（草堂，1981年，第2期），頁54～56。

〔註98〕參見衣若芬〈從唐人詩畫中馬的意象看盛唐風光〉（國文天地，8卷3期，1992年8月），頁27。

〔註99〕仇兆鰲注「龍媒」語出《漢·禮樂志》：「天馬來，龍之媒。」見仇兆鰲注《杜詩詳注》（台北：里仁書局，1980年7月），頁1156。

　　所向無空闊，眞堪託死生。驍騰有如此，萬里可橫行。

（〈房兵曹胡馬詩〉）

　　頭上銳耳批秋竹，腳下高蹄削寒玉。

　　始知神龍別有種，不比俗馬空多肉。（〈李鄠縣丈人胡馬行〉）

　　驌驦一骨獨當御，春秋二時歸至尊。（〈沙苑行〉）

　　毛爲綠縹兩耳黃，眼有紫焰雙瞳方。

　　矯矯龍性合變化，卓立天骨森開張。（〈天育驃圖歌〉）

　　此皆戰騎一敵萬，縞素漠漠開風沙。

（〈韋諷錄事宅觀曹將軍畫馬圖歌〉）

仇兆鰲注杜甫以上詩時，曾引《相馬經》中說：「良馬可以筋骨相也。」
〔註100〕又引張耒所說：「馬以神氣清勁爲佳，不在多肉。故云『鋒稜
瘦骨成』。」〔註101〕而其則自注曰：「耳銳蹄堅，筋勝於肉，此良馬
之相也。」〔註102〕從上述仇注可見，杜甫筆下馬之「骨」並非瘦骨
嶙峋的「骨」，應是「良馬」所煥發出不同凡俗的「骨氣」。〔註103〕
而杜甫所謂的「肉」亦當不僅是由字面直解爲肥腴而已，可能是意指
缺乏奔騰千里之鬥志、安於豢養之俗馬所體現於姿態的驕慢與慵懶，

〔註100〕同注99，頁230。

〔註101〕同上注，頁18。

〔註102〕同上注，頁506。

〔註103〕參見蔡星儀《曹霸韓幹》（上海人民美術出版社，1986年第1版第1
刷），頁21～23。而石守謙對此亦指出：由杜甫其他與馬鷹有關的
題畫詩作來比較，將「骨」字說爲「瘦骨伶仃」，也無法解釋在這些
詩中常出現的「天骨」（〈天育驃騎圖歌〉）、「秋骨」（〈畫鶻行〉）、「眞
骨」（〈姜楚公畫鷹歌〉）的意思。……如果回到蘇軾所提醒的超越肥
瘦毛皮形象論畫的呼籲，立即可以注意到解決的關鍵即在「肉」與
「骨」之上：尤其是後者，當它與後句「忍使驊騮氣凋喪」中的「氣」
一起考慮，恰好形成中國早期藝術批評的一個重要概念──「骨
氣」。……武后時李嗣眞在其《續畫品錄》中便評衛協之畫爲「雖有
神氣，觀其骨節，累多矣」。李嗣眞這種將「骨」與「氣」分而觀之
的用法，或許即是杜甫在「幹惟畫肉不畫骨，忍使驊騮氣喪凋」兩
句分別講「骨」與「氣」的張本。此述見石守謙〈「幹惟畫肉不畫骨」
別解──兼論「感神通靈」觀在中國畫史上的沒落〉（藝術學，1990
年3月第4期），頁174。

亦即不符風清骨駿之美的肥腴多肉凡俗之馬。〔註 104〕而這肥腴多肉
凡俗之馬象徵的是座上之人握有權柄、傲慢奢靡、不知民間疾苦，正
似詩人於詩中所云：

　　朝扣富兒門，暮隨肥馬塵。殘杯與冷炙，到處潛悲辛。
　　（〈奉贈韋左丞丈二十二韻〉）
　　掌握有權柄，衣馬自肥輕。（〈太子張舍人遺織成褥段〉）
　　去年米貴闕軍食，今年米賤大傷農。
　　高馬達官厭酒肉，此輩杼軸茅茨空。
　　楚人重魚不重鳥，汝休枉殺南飛鴻。
　　況聞處處鬻男女，割慈忍愛還租庸。（〈歲晏行〉）

這高頭大馬承載著達官權貴，罔顧人情揚長而去的圖像，不但牽動詩
人才不爲世用之隱痛，更觸動了詩人憂國憂君憂民之傷感，和杜甫所
認爲馬能爲主立功、奔騰沙場、驍勇善戰的內在人格投射，實是南轅
北轍。詩人讚美的不是氣焰囂張的座騎，而是氣勢如虹的有志之馬，
就像詩人在〈高都護驄馬行〉所歌誦之戰馬一般，詩云：

　　安西都護胡青驄，聲價欻然來向東。
　　此馬臨陣久無敵，與人一心成大功。
　　功成惠養隨所致，飄飄遠自流沙至。
　　雄姿未受伏櫪恩，猛氣猶思戰場利。
　　腕促蹄高如踏鐵，交河幾蹴曾冰裂。
　　五花散作雲滿身，萬里方看汗流血。
　　長安壯兒不敢騎，走過掣電傾城知。
　　青絲絡頭爲君老，何由卻出橫門道。

這橫掃千軍難馴戰馬氣勢之猛，和韓幹於馬廄中所觀察之馬相是不同
的。韓幹是以廄馬爲師的，這在《宣和畫譜》中有所記載曰：

　　天寶初，明皇召幹入爲供奉。時陳閎乃以畫馬榮遇一時，
　　上令師之，幹不奉詔。他日問幹，幹曰：「臣自有師。今陛

〔註104〕詩人曾詩云：「伊昔太僕張景順，監牧攻駒閱清峻。遂令大奴字天育，
別養驥子憐神駿。」（〈天育驃圖歌〉）而所謂清峻，仇兆鰲引朱注曰：
「簡閱唯取清峻，惡凡馬之多肉也。」同注99，頁254。

下內廄馬者，皆臣之師也。」明皇於是益奇之。〔註105〕
所以杜甫稱讚韓幹能「窮殊相」，即是認爲其觀察廄馬寫實之能力已
達到極致的讚辭。然盛世太平明皇廄中之馬，畢竟缺乏杜甫所謂「所
向無空闊，眞堪託死生。驍騰有如此，萬里可橫行」之神氣，因此
說「幹惟畫肉不畫骨，忍使驊騮氣凋喪」，是審美主體之審美情感〔註
106〕所致之感興評價，非知畫不知畫之所致。對此，趙雲也認爲：
韓幹畫馬是「以藝術的觀點，純粹的畫馬。」是「把御馬作爲描摹
的對象，無形中抽離了人和馬之間的依存關係；也抽離了馬在戰爭
中以及在人們生活中的實用功能；尤其是他所畫的試馬、打毬、牧
馬這類作品，無從顯示出主人和愛馬那種超越生死的情誼。」〔註107〕
而牧馬這類觀御馬而寫生的作品，恐怕也未能盡杜甫心中龍媒之意
象，所以詩人才會認爲韓幹畫馬只是窮殊相盡其形，而骨氣傳神不
足。〔註108〕

〔註105〕見《宣和畫譜》，收於《歷代名畫記》（北京：京華出版社，2000 年
　　　　5 月第 1 版第 1 刷），頁 381。
〔註106〕同註 87，頁 403～404。文中指出：審美情感是審美主體對審美對象
　　　　的主觀反映，因而隨著審美主體的主觀態度的不同，所產生的審美
　　　　情感也不同。（頁 404）
〔註107〕見趙雲〈天馬行空〉（故宮文物月刊，2001 年 6 月第 19 卷第 3 期總
　　　　219 期），頁 123。
〔註108〕楊新、班宗華等著《中國繪畫三千年》（台北：聯經出版社，1999
　　　　年 1 月初版），頁 78 中有一段敘述，可佐證筆者以上說法，其從美
　　　　術史的角度說：「動物題材的繪畫在盛唐和中唐時期也十分盛行。其
　　　　中鞍馬的發展反映了宮廷藝術從初唐到盛唐的轉變。……初唐的昭
　　　　陵六駿爲唐太宗生前乘騎的戰馬。把牠們安放陵墓前，是因爲牠們
　　　　曾爲大唐帝國的創建立下過戰功。一個世紀之後的唐玄宗在他的皇
　　　　家馬廄裡飼養了四萬匹西域駿馬。這些馬從未上過戰場，只是用來
　　　　爲天子表演馬舞的。牠們不再是『勇士』，其作用卻可與皇宮內院的
　　　　嬪妃相比擬。著名的宮廷畫家，如陳閎和韓幹，皆奉命描繪御廄內
　　　　的駿馬良駒。他們的作品離開了初唐時期的英雄主義傳統，發展出
　　　　盛唐時期盛行的一種鞍馬風格。所畫的馬體態豐圓，其造型風格與
　　　　當時的仕女形象存在著相似之處。這也許是爲什麼杜甫批評韓幹畫
　　　　馬『畫肉不畫骨』的原因。」

二、畫家際遇能觸詩人感興移情

　　杜甫強調畫作過程之意匠經營，崇尚畫家涵養的意涵是寓於其中，而貫徹於其「傳神」之審美觀，並由此可見，杜甫尊重繪畫家藝術創造並不亞於詩文。但漢唐時期的繪畫藝術評價並非獨立自主，畫家的藝術地位往往受到其是否爲帝王所好而影響之，詩人曾在〈能畫〉一詩中詩云：

　　　　能畫毛延壽，投壺郭舍人。每蒙天一笑，復似物皆春。
　　　　政化平如水，皇明斷若神。時時用抵戲，亦未雜風塵。

所謂「皇明斷若神」，帝王主宰一切甚至審美判斷仍受其統攝〔註109〕，詩人之意不可說不明。詩人把西漢宮廷畫家毛延壽，和投壺郭舍人對列，其實已將帝王用其藝而輕其人的態度，隱微地表現出來了。王伯敏認爲：「杜老這首詩中的所謂『能畫』，並非歌其『能』，而是評說這種『能』在當時社會上的作用與廉價的報酬。」〔註110〕從政教功能看，君主運用繪畫之能「成教化、助人倫」〔註111〕，目的是爲裨益「政化平如水」，而君主審美品味自然也就成爲當代審美風潮的帶領者。因此所謂「能畫」者，身分若是民間畫工，其藝術不受到重視，甚至受到輕蔑，似乎也不足爲怪。至於宮廷畫家所繪之畫，若不能投其所好、如人主之意（即不「蒙天一笑」），遭到冷落待遇也是可想而知了！〔註112〕杜甫對此現象，其實是很有感觸的，詩人在〈送鄭十八虔貶台州司戶傷其臨老陷賊之故闕爲面別情見於詩〉中慨歎詩云：

　　　　鄭公樗散鬢成絲，酒後常稱老畫師。

〔註109〕參見龔斌《宮廷文化》（遼寧教育出版社，1996 年 3 月第 2 刷），頁195～233。氏者以爲：「自從皇權獨尊觀念確立的那一天起，帝王及宮廷至高無上的地位，就決定了宮廷產生的一切——無論是政令、思想或好尚，必然要成爲整個社會的獨裁與主宰。」（頁 195）
〔註110〕見王伯敏《唐畫詩中看》（台北：東大圖書，1993 年初版），頁 145。
〔註111〕語出張彥遠《歷代名畫記》敘論，收於俞崑《中國畫論類編》（台北：華正書局，1977 年年 10 月），頁 27。
〔註112〕同注 110，頁 144～145。

萬里傷心嚴譴日，百年垂死中興時。

蒼惶已就長途往，邂逅無端出餞遲。

便與先生應永訣，九重泉路盡交期。

鄭虔一生轗軻，玄宗雖曾御題「鄭虔三絕」，卻又在安史亂中陷於賊，終因祿山授以僞水部員外郎，而在國家收復後，貶至台州司戶。〔註113〕由於摯友遭逢此等際遇，杜甫對此有無限的感傷〔註114〕，而詩中所謂「酒後自稱老畫師」其實是代鄭虔所發之「慨語」〔註115〕，感慨的是在唐代人才在政治際遇中的抑鬱，以及畫師雕工的藝術地位並沒有受到應有的尊重。〔註116〕

而詩人在成都所結識的畫師曹霸，也有與鄭虔相似之際遇，其人曾是宮廷畫師，故詩人詩云：「開元之中常引見，承恩數上南熏殿。」（〈丹青引贈曹將軍霸〉）其畫亦曾炙手可熱，故詩人詩云：「內府殷紅瑪瑙盤，婕妤傳詔才人索。盤賜將軍拜舞歸，輕紈細綺相追飛。貴戚權門得筆跡，始覺屏障生光輝。」（〈韋諷錄事宅觀曹將軍畫馬圖歌〉）但當其貶爲庶人後，便是「將軍畫善蓋有神，偶逢佳士亦寫眞。即今飄泊干戈際，屢貌尋常行路人。途窮反遭俗眼白，世上未有如公貧。但看古來盛名下，終日坎壈纏其身。」（〈丹青引贈曹將軍霸〉）詩中貶庶前後的強烈對比，深刻地表達一般人不尊重繪畫藝術者的庸俗與

〔註113〕同注105，頁75。《歷代名畫記》記載鄭虔說：「高士也。……開元二十五年，爲廣文館學士，飢窮轗軻，好琴酒篇咏。工山水，進獻詩篇及書畫。玄宗御筆題曰『鄭虔三絕』，與杜甫、李白爲詩酒友。祿山授以僞水部員外郎，國家收復，貶台州司戶。」

〔註114〕參見本論文第二章第一節中「藝友之影響」部分，對此亦有論述。

〔註115〕同注99，頁425。

〔註116〕同注110，頁141。王伯敏指出：在唐代，畫師雕工的藝術地位並不受到應有的尊重。據《唐書》記載，唐太宗與群臣學士泛舟於春苑，詩歌吟詠不能盡其興，於是命當時官至主爵郎中的閻立本作畫，太宗傳呼口氣如「與廝役等」，而未爲畫者設案，僅「俯伏池側，手揮丹青」，閻立本引以爲恥，回家告誡兒子「汝以深戒，勿習此末伎。」而其實杜甫在〈能畫〉一詩所流露的，也正是這種畫師不被君主尊重的感慨。

市儈，而民間畫師、畫工社會地位亦不崇高的社會現象。至於「偶逢佳士亦寫眞」，更是指出了民間畫師遇到懂得畫藝惜其才的佳士，也只是偶然並不常有，一語道出在中國帝權社會中，藝術創作者未受君主青睞的孤獨與寂寞。因爲俗儈之世人是不管過去「將軍得名三十載」（〈韋諷錄事宅觀曹將軍畫馬圖歌〉），也不管其人物畫形神兼備〔註117〕、其馬畫以假亂眞、感神通靈的畫事〔註118〕，一旦「於今爲庶爲淸門」（〈丹靑引贈曹將軍霸〉），也就只能遭世人白眼，坎壈纏身抑鬱以終了！

　　據蔡夢弼《草堂詩箋》所說：「霸乃操之後，其門也最淸高，玄宗末年得罪，削籍爲庶人」〔註119〕，相對於御前得寵的韓幹，其師曹霸之懷才不遇，更能受到晚年杜甫的同情，於是在詩中凸顯其二人師徒之關係，並以幹襯曹，想來當是詩人有意而爲的。再則杜甫也曾在〈存歿口號二首〉之二詩云：「鄭公粉繪隨長夜，曹霸丹靑已白頭。天下何曾有山水，人間不解重驊騮。」仇兆鰲評此詩說：「鄭虔旣亡，世更無山水之奇。曹霸雖存，人誰識驊騮之價乎？一傷之，一惜之。或云：得虔之圖，幾令天下山水無色。得霸之馬，能使人間驊騮減價。乃極贊其筆墨之神妙，亦通。」〔註120〕鄭虔與曹霸皆是杜甫之藝友，對此二人才命相妨的境遇，詩人有人我同感、「吾意獨憐才」之起興，在主觀心靈意識上，詩人之審美感興隨情所致，有發自主體審美情感之審美評價，也是詩人題畫、論畫異於畫家者流之獨特所在。〔註121〕

〔註117〕〈丹靑引贈曹將軍霸〉詩云：「凌煙功臣少顏色，將軍下筆開生面。良相頭上進賢冠，猛將腰間大羽箭。褒公鄂公毛髮動，英姿颯爽猶酣戰。」指的即是曹霸人物畫形神兼備。

〔註118〕〈丹靑引贈曹將軍霸〉詩云：「玉花卻在御榻上，榻上庭前屹相向」，〈韋諷錄事宅觀曹將軍畫馬圖歌〉則詩云：「曾貌先帝照夜白，龍池十日飛霹靂」，前者即是形容曹霸畫馬以假亂眞，後者則是以感神通靈觀讚賞曹霸畫馬之傳神。

〔註119〕見蔡夢弼《草堂詩箋》（台北：廣文書局，1971 年 9 月初版），頁 480。

〔註120〕同註99，頁 1452。

〔註121〕前文筆者就曾指出：多情的詩人──杜甫，善感的靈魂，透過了他獨特的心靈感受，傳達出普遍人性至眞至誠的時代之感與人際之

王嗣奭評〈丹青引贈曹將軍霸〉說：「蓋盛名之下，坎壈纏身，自古皆然，……余謂此詩公藉曹霸以自狀」〔註122〕，浦起龍更說此詩：「自來注家只解作題畫，不知詩意卻是感遇也。」〔註123〕既是感遇之詩，其中流露出不流於時俗的審美觀，不亦符合杜甫脫略狂放、特立獨行之潛在人格特質。〔註124〕

　　杜甫自述「平生好奇古」〔註125〕，其追求骨氣美之審美傾向，充分表現在對曹霸畫馬的讚語中。但由於杜詩在中晚唐未受唐人全面之重視〔註126〕，而張彥遠顯然亦不解杜甫見畫起興、移情於畫之題畫詩特質，故以一繪畫史評家，根據當時時尚審美趣味所決定之社會審美價值說：「杜甫豈知畫者」，是有意站在繪畫史評的立場，爲韓幹發出不平之鳴。而這是宮廷審美品味，影響時尚審美趣味，而產生「骨」、「肉」審美價值的位移消長所致；再者，韓幹畫馬風格的創變，對其之後畫馬技巧的開展，有一定的貢獻，故也提高了韓幹畫馬在繪畫史上的社會審美價值；因此張彥遠對詩人主體所發之審美評價，採

情，勾勒出自己和群體共同的缺憾，形成苦澀的美感，吟詠出藝術家才命相妨深沉的心聲，這樣內在眞摯的情感，在杜甫賞畫、論畫、題畫之際，亦是表露無遺的。

〔註122〕見王嗣奭《杜臆》（台灣中華書局，1970年10月臺1版），頁200。

〔註123〕見浦起龍《讀杜心解》（台北：中央興地出版社，1970年12月初版），頁290。

〔註124〕同註103，頁25。蔡星儀指出杜甫以韓幹畫之不足來反襯曹霸，是「含有對當政者的昏庸致使懷才者不遇的現實」，進行影射、諷刺之意。另李栖認爲：韓幹在當時已是極著名的御用畫家，杜甫能不畏時尚公論以曹馬爲優，「正是杜甫志節高亮，不同於流俗，古道熱腸於表達自己特立獨行」之鑑賞觀。見李栖《題畫詩散論》（台北：華正書局，1993年2月初版），頁167。

〔註125〕筆者以爲：杜甫在〈題李尊師松樹障子歌〉一詩中說：「老夫平生好奇古」，在〈觀薛稷少保書畫壁〉中讚美薛稷之書畫爲「少保有古風」，又在〈殿中楊監見示張旭草書圖〉說：「悲風生微綃，萬里起古色。鏘鏘鳴玉動，落落群松直。」可見其對書畫「奇古」之美確有其特別偏好，杜甫自己也有所自覺。

〔註126〕參見陳師文華《杜甫傳記唐宋資料考辨》（台北：文史哲出版社，1987年11月初版），頁268～271。

取反駁乃以繪畫史角度評論之現象。因此筆者認為，若從審美趣味與時推移的角度來思考，杜甫的「好奇古」、重「畫骨」之審美評價，可視為是在其深層審美心理所反映出的主觀性，而社會審美價值，則是受到時尚之審美趣味及受評者的歷史地位的影響，因此社會審美價值若和詩人之審美評價有所差異，實可由詩人之審美心理意識所反映之審美觀，去了解詩人審美評價之所以然，而社會審美價值之所以異。〔註127〕雖說審美評價反映主體審美心理乃審美獨特判斷，而審美價值則是社會集體審美趣味之審美共性，兩者未必需要完全相同，但在整個歷史發展中，不管願不願意，審美評價仍會受到社會審美價值之檢驗〔註128〕，這也就是為什麼大詩人杜甫的審美評價，不見得能改變大畫家韓幹的審美價值，甚至還受到後人廣泛批評與討論，留下一個足供後人玩味——關於審美活動中主體之審美評價與社會集體之審美價值的思辨問題。

　　葛路認為：「作為一種評畫的尺度與運用這個尺度是否得當是兩回事」〔註129〕，杜甫好古尚骨之審美趣味，和盛唐以後所風尚以豐肥〔註130〕為美不同，故其基於主觀之審美評價，也因此和審美趣味轉移後所形成之社會集體審美價值不同。再者詩人與韓幹約為同時之人〔註131〕，詩人見畫起興、移情於畫，畫家畫風、畫技又時有轉變，因此和張彥遠乃後起畫評者，能見到韓幹一生終極畫作面貌，立足點

〔註127〕筆者按：盛唐以後審美趣味趨向與時推移，走向「神」、「骨」、「肉」兼具融合的變化，而時代精神的變遷也影響著時人審美之標準，自然而然社會的審美價值也就會有所變異了！

〔註128〕參見邢煦寰《藝術掌握論》（北京：中國青年出版社，1997年4月2刷），頁249～254。

〔註129〕見葛路《中國古代繪畫理論發展史》（台北：華正書局，1987年5月初版），頁57。

〔註130〕鄭昶指出：「開元天寶間，承平日久，世尚輕肥」。見鄭昶《中國畫學全史》（台灣中華書局），頁122。

〔註131〕參見陳綬祥《隋唐繪畫史》（北京：人民美術出版社，2001年8月第1版第1刷），頁97。

與時間點皆不同，怎能因韓幹畫馬盛名，即責難詩人標舉謫爲庶人之曹霸畫馬「傳神」勝於韓幹呢？所謂「文章千古事，得失寸心知。」（〈偶題〉）仔細端詳詩人用心，詩人意在以詩存曹霸畫馬，其後固然因曹韓審美評價廣受爭議，但詩人期使晚年遭削籍、窮愁潦倒的曹霸之生平畫迹得以與杜詩同存，詩人算是達到他的目的了！

此外，由此「畫骨」、「畫肉」之審美評價爭議，更凸顯出：杜甫審美觀中「寫眞」、「畫骨」與「重氣」之聯繫關係，所謂「寫眞」與「畫骨」皆爲達到「傳神」的藝術效果；由「畫骨」以顯神氣，是詩人認爲繪畫得以「傳神」的重要條件，而「傳神」則是詩人審美觀之判准中心思想。筆者認爲這意味著：杜甫重視的不僅是畫家的繪畫技巧，他強調的是繪畫所「呈現的思想」（即「傳神」），以及呈現這思想的畫家之修養與精神。

第六章　結　論

　　杜甫的詩歌藝術有著集大成的性質〔註1〕，元稹在〈唐檢校工部員外郎杜君墓係銘〉中即說：「至於子美，蓋所謂上薄風雅，下該沈宋，言奪蘇李，氣吞曹劉，掩顏謝之孤高，雜徐庾之流麗，盡得古今之體勢，而兼文人之所獨專矣。」〔註2〕而蘇軾在〈書吳道子畫後〉也說：「故詩至於杜子美，……而古今之變天下之能事畢矣。」後人對杜甫詩歌的推崇讚嘆，可由元稹、蘇軾之譽詞，窺見一二。而杜甫詩歌之美，乃因詩聖之「聖」出於至情至性，此於杜甫的題畫詩也不例外。更何況杜甫的題畫詩，不僅彌補了唐代美術史畫跡佚失的遺憾，也是考察唐代詩畫家交流、詩論畫論互滲的重要證據；再則由於杜甫的題畫詩具有以詩存畫的功能，畫家的畫藝因杜詩受到宋人重視而廣爲流傳，宋人似受此啓發而開展了大量題畫的風潮，因此杜甫題畫詩的專題研究有其必要。至於將研究限於其「審美觀」乃有助於論

〔註1〕　參見蔡振念《杜詩唐宋接受史》（台北：五南圖書，2002年2月1版1刷），頁289，氏者指出：蘇軾對杜甫的學習與尊崇是全面的，蘇軾曾以書畫爲喻，以爲杜詩是集大成者，蘇軾在〈書唐氏六家書後〉中說：「顏魯公書雄秀獨出，一變古法，如杜子美詩，格力天縱，奄有漢魏晉宋以來風流，後之作者，殆難復措手。」（《東坡集》卷二十三）另參見羅宗強《隋唐五代文學思想史》（北京：中華書局出版社，1999年8月第1版第1刷），頁122～127。
〔註2〕　收於杜甫著、仇兆鰲注《杜詩詳注》（台北：里仁書局，1980年7月），頁2235～2236。

述辯證成一理論系統,故本論文不務博多而求其深,於「杜甫題畫詩之審美觀研究」一題,研究成果分述如下:

一、就杜甫題畫詩在內容體製及「傳神」審美觀,從歷史發展的定位及其對後續題畫詩的影響而言,杜甫題畫詩的內容,已由六朝題畫詩尚具詠物詩性質,轉變而爲移注個人主觀情志、表達詩人審美感興及藝術見解於其上的詩作。而其題畫詩中「以畫爲眞、以眞爲畫」,乃神遊畫境、眞境之審美活動再現,爲其題畫詩異於前人所作獨具之特色。因而從杜甫題畫詩的研究,可以發現題畫詩的發展,自六朝他題詠物詩的體製,至杜甫投以詩人「見畫起興」及「移情於畫」於其中,在體製及內容上起了開創式的變化,而其題畫詩在內容上詩興與畫境之結合,更可視爲是啓蒙了後人寄託心志於其上,或思古諷今,或闡述畫理的題畫詩趨勢。另外,杜甫強調藝術創作需起「興」,也就是說詩人由「興」而詩象、畫家由「興」而圖象,以「興」論詩畫的創作,是此兩種不同藝術情感媒介之得以互涉的內在原因之一。而詩人、畫家之「興」,牽涉到其藝術涵養及生命境界的深淺,因而杜甫題畫詩中「乘興遣畫」和其「傳神」審美觀的聯繫,可視爲是文人畫之畫論崇尚畫家涵養的萌芽。

二、要架構杜甫審美心理及審美評價的裏表關係,需從分析杜甫的審美心理入手。而中國「感興」的「興」,可視爲是西方美學「審美心理」之意近代詞,杜甫詩論亦強調「詩興」,而杜甫題詠論畫基本上大多「見畫起興」,並且「移情於畫」,因此由分析詩人題詠論畫時所起之「詩興」,當能呈現出詩人審美觀照的精神世界。筆者藉由杜甫題畫詩審美觀之成因的分析,呈現詩人「審美感興」之根源,來自社會藝術氛圍以及童年養成、藝友往來相從的影響,這是外在成因的部分;另外詩人主體之心靈意識,則受著其潛意識、人格特質,以及生命體驗經歷而有所轉折,這心靈意識則爲審美觀之內在成因,也是詩人審美獨特情感之主要根據

處。筆者認爲：安史亂起，唐朝由盛轉衰的變局，詩作成爲詩人
憂國憂民的抒情之道；而政治仕途的不順遂，詩作成爲詩人圓滿
人生的藝術之路，兩者皆是琢磨詩人詩藝的磨刀石。而詩人自稱
「緣情慰漂蕩」的創作態度，至情至性的人格特質，終而成其深
廣的詩歌藝術，而其題畫詩也成爲其詩藝中的一朵奇葩，呈現了
詩人一生心靈意識、生命情志、存在體驗與詩畫藝術相融的人生
寫照。

三、杜甫在題畫詩中，所表現的詩象象喻，相當具有杜甫個人色彩，
　　這象喻和其「詩興」則有裏表層次的關係。其題鷙鳥、馬畫詩，
　　和其詠鷙鳥、馬詩，有相當程度的相似處，皆映照出詩人於不同
　　階段的情志轉變歷程與生命存在樣態。整體而言，杜甫在題鷙
　　鳥、馬畫詩中，象喻出詩人在現實世界自詡儒者以「仕進」的諸
　　多感遇——或言志、或比德、或慨歎的心靈意識與情思。至於杜
　　甫在題山水畫詩中，不同於詩人所題鷙鳥、馬畫詩，象喻出的反
　　而是詩人歷經現實世界「仕進」的挫折之後，潛伏於詩人內在深
　　沉之「隱退」思想逐漸的浮現。「隱退」乃相對於「仕進」而言，
　　杜甫在題畫鶴詩中，移情於鶴，願化身於鶴「冥冥任所往，脫略
　　誰能馴」，實乃對自由無羈的嚮往，而這種嚮往也能從其題畫松
　　詩對「無住著」禪境的著墨，略見一二。而杜甫這種「仕進」、「隱
　　退」交錯之思致，又恰恰地可在其題畫松詩、詠松詩中尋出象喻。
　　也就是說：在詩人題畫鶴、題畫松、題山水畫詩中，象喻出詩人
　　意欲出離現實世界而走上道、釋之途的潛意識，再加上論人物畫
　　詩中也呈現出詩人對道家意旨的了解，因而筆者認爲，詩象反映
　　杜甫晚期，在題畫成詩的審美觀照過程中，呈現出儒家之入世精
　　神、道釋之出世精神交錯跌宕的意識活動。這意味著，由詩語見
　　詩象，由詩象見詩興，由詩興見詩人內在精神的縱深世界，而詩
　　人的精神世界，由題畫過程的審美觀照形成詩象之所喻，象徵杜
　　甫在儒聖形象之外，亦有兼修道、釋高隱思想的部分，此或許即

是杜甫詩風「沉鬱頓挫」之能深邃廣懋，發於情而不滯於情的因由之一。另外從〈論人物畫之意涵〉一節，以其〈冬日洛城北謁玄元皇帝廟〉之諷、頌思辨，可補證杜詩之諷諭精神，並發現此可視爲是杜甫諷諭詩中批評當朝、諷諭君王的詩作起點。

四、從杜甫題詠論畫詩看來，詩人並無藉由創作題畫詩形成系統性繪畫審美觀的動機，其題畫詩大多因見畫起興而作，故此題畫詩審美觀之架構，是根據散見於杜甫題詠論畫的詩語融會整理而來。筆者認爲：杜甫雖以「形神兼備」爲評論畫作的基本理論，但「傳神」審美觀才是杜甫主張「形神兼備」的最高標準，這從詩人強調「寫眞」、「畫骨」、「重氣」進而思索聯繫，便可以得知。詩人強調「寫眞」，並非僅止於寫形之眞，而在寫神之眞，否則詩人不會認爲寫實如韓幹「畫肉不畫骨」，是導致「驊騮氣凋喪」的主要原因，亦即是表明畫家以「畫骨」爲傳寫繪畫對象之「氣」、「神」的關鍵。「風骨」論本由文（詩）論進而影響書畫理論，書畫家之「運筆」是貫穿作者精神之「骨」、「氣」於作品之中的方式。從杜甫「瘦硬通神」的書法審美觀，以至繪畫審美首重「畫骨」，可見六朝「風骨」論通用於詩書畫的藝術觀，對杜甫書畫審美觀形成了一定的影響。再則「傳神」論自晉朝顧愷之提出，謝赫進而深化爲「氣韻生動」論，相信是杜甫繪畫審美以「傳神」爲最終標準的前導。但杜甫的「傳神」論卻不同於前者，六朝「傳神」論僅止於「傳繪畫對象之神」的論述，而杜甫題畫詩詩語所顯現的是：繪畫不僅要「傳繪畫對象之神」，更要傳「畫家自我之涵養與精神」於畫上，亦即主張繪畫需有思想方能稱之爲佳作。這也可以從杜甫強調意匠經營的藝術創造過程，旁證此中關聯。

五、從杜甫於〈丹青引贈曹將軍霸〉一詩中透露出「意匠經營」的重要，以及在〈戲爲韋偃雙松圖歌〉一詩中運用「放筆」的詩語，雖未在同一首詩中出現「意」與「筆」之間的直接聯繫，然觀其

「意匠慘澹經營中」詩語後，即接以「斯須九重眞龍出，一洗萬古凡馬空」之詩意，可見「意匠經營」與畫家運筆如風、畫作出神入化有關。因爲詩人強調「意匠經營」之繪畫創作態度，和其以「傳神」爲繪畫審美觀是相聯繫的。透過意匠之醞釀、構思、放筆，畫家的精神思想、生命境界，才能透由貫穿骨力於繪畫對象之神而傳達出去，以達到繪畫「傳神」的要旨。故筆者認爲：張彥遠在《歷代名畫記》中所說：「骨氣形似，皆本於立意而歸乎用筆，故工畫者多善書」，此「本於立意而歸乎用筆」的繪畫創作論，杜甫發現的似乎較張彥遠早，只是未形之於理論，故理論的完成雖仍歸之於張彥遠，但亦不可抹煞杜甫題畫詩中論及「意」、「筆」的繪畫審美見解。總之，「意匠經營」是杜甫所認爲的藝術「傳神」之道，並由此申明詩人延伸「傳神」的意涵，擴大到崇尚畫家涵養以達「立意」的見解，而此一見解似亦可視爲宋人重視畫家涵養的前鋒。

六、由於杜甫繪畫審美觀以「傳神」爲中心，以「畫骨」爲「傳神」之首要條件，故題詠論賞畫作自然以此爲標準。在杜甫的題畫詩中，〈丹青引贈曹將軍霸〉一詩指出：「幹惟畫肉不畫骨，忍使驊騮氣凋喪」，從張彥遠在《歷代名畫記》爲韓幹翻案批杜以「豈知畫者」後，後續爭論不休。筆者發現：杜詩於唐宋以後地位之升降，間接影響後人評論杜甫審美評價的態度。中唐時期，張彥遠、顧雲採尊韓批杜的態度，而自宋人推杜甫爲詩聖，評論態度趨於尊杜而不抑韓，評論內容大抵可歸爲發展杜說，或另解杜甫詩意……等等。就連主張「肉骨兼具」的蘇軾，也不能視其爲是反對杜甫的審美評價，可說是不同於杜甫並進而發展的後起之審美意見。由於宮廷尚「肉」喜豐厚之美，對時尚自然起了風行草偃之影響。中唐以後，尚「肉」之審美風潮逐漸日起，「骨」、「肉」審美趣味遂有位移消長的現象。由此外緣因素窺探可知，杜甫延續六朝崇「骨」的審美標準，和宮廷審美品味及時尚社會審美價

值自是大相逕庭。另外，影響詩人審美評價之主因，仍在於由詩人主觀心靈意識映照而出的獨特審美情感，此即可見出審美心理影響審美評價的思惟脈絡。筆者認為：杜甫想藉〈丹青引贈曹將軍霸〉一詩，來肯定畫家之意是無庸置疑的，而韓幹「畫肉不畫骨」也非爭議所在，爭議處乃在「忍使驊騮氣凋喪」一語。對照杜甫題畫馬、詠馬詩之象喻，詩人移情自我於龍媒駿馬的意象中，怎能欣賞如嬪妃般的肥壯御馬，而韓幹自稱以廐中御馬為師，其畫寫實如真，為後世所稱頌。而杜甫以「氣凋喪」來品評韓幹脫離曹風之御廐馬畫，可以想見詩人認為「傳神」比「寫真」來的重要，繪畫所傳達的思想及畫家精神，比畫家的繪畫技巧來的重要，詩人此一審美評價，反映出詩人以「風骨」美學論畫，是文（詩）論滲入畫論的一種詩畫互動之跡象。再者，杜甫題畫詩之審美觀多出於「詩興」（詩人之審美心理），故其「傳神」之審美觀固然始終一致，然對書畫家之審美評價，時而可能因詩人所見作品不同及當時之詩興而有異，此說可解決杜甫於〈丹青引贈曹將軍霸〉、〈畫馬讚〉審美評價不一的矛盾，然尚需進一步考證杜甫詩作與韓幹畫作之繫年對照，方得以成定論。

　　總結：本論文以「興」為論述主軸，探立足於詩畫關係發展歷程中詩畫互相影響的視角，來探討杜甫題畫詩之審美觀為研究途徑。而研究杜甫題畫詩，亦可微觀唐代詩畫關係互動的概況，以及詩人審美與創作、讀者與作者身分互為流動的現象。杜甫於其題畫詩品評論賞運用了其直接聯繫「神」與「興」的詩論，是詩論影響畫論的現象，此詩論也是杜甫題畫詩審美觀主要思想之一，而由杜甫題畫詩審美標準崇「骨」來看，杜甫是詩書畫合論的；再則杜甫於題畫詩中間接聯繫了「骨」「氣」「神」與「意」「筆」的內在關係，擴大了「傳神」論的內涵，其「意匠經營」可視為是繪畫創作強調「立意」的主張；另外，由杜甫題畫詩之象喻，見出其思惟是以儒為主調，兼揉以道釋思想，而詩人在題論畫松詩時，以禪境入題畫詩，詩畫禪似於此亦有

所聯繫，而以上三項聯繫皆指涉文人畫論，似有啓蒙後人之可能。此外，杜甫題畫詩審美觀涵蓋了批評論與創作論，批評論以形神論爲批評基礎，並延伸了「傳神」審美觀的內涵；創作論則指向崇尙畫家修養論，和前述強調繪畫創作本於「立意」互有關聯。至於杜甫「幹惟畫肉不畫骨」審美評價之爭議，雖無絕對的定論，但也顯示出後人對杜甫於題畫詩中表達的審美標準頗爲重視，而審美趣味位移消長的現象，亦突顯出主體審美評價未必需與社會審美價值同調，也就是說「審美標準」，是否只能有一個「標準」（審美共感），是值得討論的。

　　歸納以上所述，杜甫題畫詩之審美觀主要研究成果，化繁爲簡約有以下幾項發現：

　　（一）具體呈現杜甫題畫詩之審美觀的主要內容。在審美標準上包括傳神之與寫眞、畫骨、重氣的關聯；在意匠經營上包括醞釀、構思與放筆的層次。由此可見，杜甫擴充延伸了「傳神」審美觀的內涵。

　　（二）杜甫強調畫家創作之「意匠經營」（「立意」），對文人畫畫論似有啓蒙之影響。

　　（三）杜甫題畫馬引發崇「骨」、尙「肉」之審美思辨。

　　（四）因詩人之論畫，豐富了詩論影響畫論的內容。

　　（五）由杜甫題畫詩之象喻，看出杜甫題畫詩之體製已脫離六朝詠物詩的格局。

　　（六）以杜甫題畫詩補證了杜詩三教融合及其性格之狂介兀立，生命依違於仕隱矛盾之痕跡。

引用書目

一、專書

（一）

1. 草堂詩箋，蔡夢弼，台北：廣文書局，1971 年 9 月初版。

2. 杜臆，王嗣奭，台灣中華書局，1970 年 10 月臺 1 版。

3. 杜工部集註，錢謙益，台北：新文豐出版，1991 年 7 月臺 1 版。

4. 杜詩詳注，仇兆鰲注，台北：里仁書局，1980 年 7 月。

5. 讀杜心解，浦起龍，台北：中央輿地出版社，1970 年 12 月初版。

6. 杜詩鏡詮，楊倫箋注，台北：華正書局，1993 年 9 月。

7. 杜詩解，金聖歎著，鍾來因整理，上海古籍出版社，1984 年 1 月 1
   版 1 刷。

8. 杜甫卷，源流出版社，1982 年 5 月初版。

9. 杜甫詩話六種校注，張忠綱編，山東：齊魯書社，2002 年 9 月 1 版
   1 刷。

（二）

1. 杜甫年譜，台北：學海出版社，1981 年 9 月再版。

2. 杜甫研究論文集（一～三輯），北京：中華書局出版，1962 年 12 月
   1 版 1 刷。

3. 杜甫，汪中，台北：國家出版社，1982 年 5 月。

4. 杜甫傳記唐宋資料考辨，陳文華，台北：文史哲出版社，1987 年 11
   月初版。

5. 杜甫與唐宋詩學——杜甫誕生一千二百九十年國際學術研討會論文
   集，陳文華主編，台北：里仁書局，2003 年 6 月。

6. 杜少陵先生評傳，朱偰，台北：東昇出版，1980 年 4 月初版。

7. 杜甫研究，蕭滌非，山東：齊魯書社，1980 年 12 月新 1 版 1 刷。

8. 杜甫詩研究，簡明勇，台北：學海出版社，1984 年 3 月初版。

9. 杜甫詩學探微，陳偉，台北：文史哲出版社，1985 年 8 月初版。

10. 杜詩意象論，歐麗娟，台北：里仁書局，1997 年 12 月初版。

11. 杜詩唐宋接受史，蔡振念，台北：五南圖書，2002 年 2 月 1 版 1 刷。

（三）

1. 詩與畫的界限，朱光潛譯，台北：駱駝出版社。

2. 唐朝題畫詩注，孔壽山編注，四川美術出版社，1988 年 8 月 1 刷。

3. 李白杜甫論畫詩散記，王伯敏，西泠印社出版，1983 年 12 月 1 版 1 刷。

4. 唐畫詩中看，王伯敏，台北：東大圖書，1993 年初版。

5. 詩與畫，戴麗珠，台北：聯經出版社，1978 年 7 月初版。

6. 詩與畫之研究，戴麗珠，台北：學海出版社，1993 年 3 月初版。

7. 題畫詩散論，李栖，台北：華正書局，1993 年 2 月初版。

8. 兩宋題畫詩論，李栖，台北：台灣學生書局，1994 年 7 月初版。

9. 詩情畫意，鄭文惠，台北：東大圖書，1995 年 4 月初版。

10. 蘇軾題畫文學研究，衣若芬，台北：文津出版社，1999 年 5 月初版 1 刷。

11. 唐代詩與畫的相關性研究，陳華昌，陝西人民美術出版社，1993 年 4 月 1 版 1 刷。

12. 有聲畫與無聲詩，鄧喬彬，上海：上海社會科學院出版社，1993 年 5 月 1 版。

13. 中國詩畫與中國文化，張晨，遼寧教育出版社，1993 年 12 月 1 版 1 刷。

14. 中國詩畫，曾景初，北京：國際文化出版，1994 年 6 月 1 版。

15. 唐代詩論與畫論之關係研究，曹愉生，台北：文史哲出版社，1997 年 10 月初版。

16. 詩·夢·自然——米羅的藝術，台北：台北市立美術館發行，1992 年 11 月。

（四）

1. 詩經通釋，王靜芝，台北：輔仁大學文學院出版，1991 年 10 月 12

版。

2. 楚辭章句，王逸，明嘉靖間吳郡黃省曹較刊本。

3. 楚辭補注，洪興祖，台北：長安出版社，1984 年 9 月。

4. 昭明文選，梁‧昭明太子蕭統編，台北：藝文印書館，1989 年 1 月 11 版。

5. 蘇軾詩集，王文誥輯註，台北：莊嚴出版社，1990 年 10 月初版。

6. 蘇東坡全集，台北：世界書局，1996 年 2 月出版 7 刷。

7. 山谷全集，任淵等注，台北：中華書局據仿宋刻本校刊，1965 年台 1 版。

（五）

1. 詩品，鍾嶸，台北：金楓出版社，1986 年 12 月初版。

2. 蠶尾集，王士禎，台北：新文豐出版，1999 年 2 月臺 1 版。

3. 四溟詩話，謝榛，台北：新文豐出版，1986 年 1 月臺 1 版。

4. 說詩晬語，沈德潛，台北：新文豐出版，1991 年 7 月臺 1 版。

5. 原詩，葉燮，昭代叢書世楷堂藏板，清道光癸巳年鐫廣編補卷第一百種詩話類編，臺靜農編，台北：藝文印書館，1974 年 5 月初版。

6. 人間詞話，王國維著、馬自毅注譯，台北：三民書局，1994 年初版。

7. 清詩話續編，郭紹虞編，台北：本鐸出版社，1983 年。

8. 中國詩學，劉若愚著、杜國清譯，台北：幼獅文化，1979 年 1 月再版。

9. 比較詩學，葉維廉，台北：東大圖書，1983 年 2 月初版。

10. 唐詩綜論，林庚，北京：人民文學出版社，1987 年 4 月 1 刷。

11. 中國詩學——鑑賞篇，黃永武，台北：巨流圖書，1988 年 11 月 1 版 9 刷。

12. 中國詩學——思想篇，黃永武，台北：巨流圖書，1991 年 5 月 1 版 7 刷。

13. 中國詩學——設計篇，黃永武，台北：巨流圖書，1996 年 5 月 1 版 11 刷。

14. 宋詩之傳承與開拓——以翻案詩，禽言詩、詩中有畫為例，張高評，台北：文史哲出版社，1990 年 3 月初版。

15. 詩歌分類學，古遠清，高雄：復文圖書出版社，1991 年 9 月初版。

16. 中國古典詩歌原型研究，劉懷榮，台北：文津出版社，1996 年 3 月初版。

17. 元詩之社會性與藝術性研究，蕭麗華，台北：國家出版社，1998 年 10 月初版 1 刷。

18. 詩與禪，程亞林，江西人民出版社，1998 年 10 月 2 版。

19. 唐詩的樂園意識，歐麗娟，台北：里仁書局，2000 年 2 月初版。

20. 中國詩學，蔣寅、張伯偉主編，北京：人民文學出版社，2002 年 6 月 1 版 1 刷。

21. 詩歌意象論，陳植鍔，中國社會科學出版社，1990 年 8 月 1 刷。

22. 詩歌與人生：意象符號與情感空間，吳曉，台北：書林出版，1995 年 3 月。

23. 文學意象論，夏之放，廣東：汕頭大學出版社，1993 年 1 版 1 刷。

24. 境生象外：華夏審美與藝術特徵考察，韓林德，北京：生活·讀書·新知三聯書店，1996 年 3 月北京 2 刷。

25. 盛唐文化精神與詩人人格，傅紹良，台北：文津出版社，1999 年 6 月 1 刷。

26. 唐詩風貌及其文化底蘊，余恕誠，台北：文津出版社，1999 年 8 月 1 刷。

（六）

1. 歷代名畫記，張彥遠等著，北京：京華出版社，2000 年 5 月 1 版 1 刷。

2. 歷代名畫記，張彥遠，台北：廣文書局，1971 年 6 月初版。

3. 谿山臥游錄，盛大士，美術叢書三集第一集，上海神州國光社，戊辰十月覆印。

4. 山靜居畫論，方薰，原刻景印百部叢書集成，台北：藝文印書館筆陣圖，。

5. 中國畫論類編，俞崑，台北：華正書局，1977 年年 10 月。

6. 畫論叢刊，于安瀾編撰，台北：華正書局，1984 年 10 月初版。

7. 中國畫學全史，鄭昶，台灣中華書局。

8. 中國古典繪畫美學，郭因，台北：丹青圖書，1986 年 5 月台 1 版。

9. 歷代畫家評傳，香港：中華書局香港分局，1986 年 5 月重印。

10. 中國繪畫美學史稿，台北：木鐸出版社，1986 年 6 月初版。

11. 曹霸韓幹，蔡星儀，上海人民美術出版社，1986 年 1 版 1 刷。

12. 中國古典繪畫美學，郭因，台北：丹青圖書，1986 年 5 月台 1 版。

13. 中國古代繪畫理論發展史，葛路，台北：華正書局，1987 年 5 月初

版。

14. 中國畫論，板橋：駱駝出版社，1987 年 8 月。

15. 中國繪畫思想史，高木森，台北：東大圖書，1992 年 6 月初版。

16. 畫頸：國畫史論集，饒宗頤，台北：時報文化，1993 年初版。

17. 中國繪畫理論，傅抱石，台北：里仁書局，1995 年 4 月初版 3 刷。

18. 隋唐五代繪畫，何恭上編著，台北：藝術圖書，1995 年 11 月出版。

19. 仁山智水——中國山水畫，朱孝達、朱芳忓，吉林美術出版社，1999 年 1 月 1 版 1 刷。

20. 形神兼備——中國人物畫，余輝，吉林美術出版社，1999 年 1 月 1 版 1 刷。

21. 中國繪畫三千年，楊新、班宗華等著，台北：聯經出版社，1999 年 1 月初版。

22. 隋唐繪畫史，陳綬祥，北京：人民美術出版社，2001 年 8 月 1 版 1 刷。

23. 筆陣圖，衛夫人，續百川學海明刊本壬集。

24. 書林藻鑑，馬宗霍，台灣商務印書館，1965 年 12 月臺 1 版。

25. 中國書法理論體系，熊秉明，台北：谷風出版社，1987 年 11 月。

（七）

1. 文心雕龍註，劉勰，台北：明倫出版社，1970 年 9 月初版。

2. 中國文學理論，劉若愚著，杜國清譯，台北：聯經出版，1981 年 9 月初版。

3. 苦悶的象徵，厨川白村著、林文瑞譯，台北：志文出版社，1999 年 8 月再版。

4. 文藝心理學，朱光潛，台北：台灣開明書店，1999 年 1 月新排 1 版。

5. 心理學與文學，卡爾‧古斯塔夫‧榮格原著、馮川、蘇克編譯，台北：久大文化，1990 年 10 月初版。

6. 比較審美心理學——詩人‧詩品‧詩心，王振民，北京：中國文學出版社，1992 年 10 月 1 版 1 刷。

7. 藝術創作與審美心理，童慶炳，天津：百花文藝出版社，1999 年 9 月 2 刷。

8. 沒有主義，高行健，香港：天地圖書，2000 年 3 版。

9. 中國美學史（一卷），李澤厚、劉綱紀主編，台北：里仁書局，1986 年 10 月。

10. 中國美學史（二卷），李澤厚、劉綱紀主編，台北：谷風出版社，1987年 12 月臺 1 版。

11. 美的歷程，李澤厚，台北：金楓出版社，1991 年 4 月再版。

12. 中國美學史，葉朗，台北：文津出版社，1999 年 7 月 2 刷。

13. 中國審美文化史・秦漢魏晉南北朝卷，儀平策，山東畫報出版社，2000 年 10 月 1 版 1 刷。

14. 中國美學史，張法，上海人民出版社，2000 年 12 月 1 版 1 刷。

15. 唐代美學思潮，霍然，高雄：麗文文化，1993 年 10 月初版 1 刷。

16. 藝術零縑，劉其偉，台北：三民書局，1974 年 10 月。

17. 藝術的奧秘，姚一葦，台灣開明書店，1983 年 1 月 9 版。

18. 藝術感通之研究，許天治，台北：台灣省立博物館發行，1987 年 6 月。

19. 藝術與詩中的創造性直覺，（法）雅克・馬利坦著，劉有元、羅選民等譯，北京：生活・讀書・新知三聯書店，1992 年 6 月 3 刷。

20. 藝術創作工程，余秋雨，台北：允晨文化，1996 年 4 月初版 5 刷。

21. 藝術掌握論，邢煦寰，北京：中國青年出版社，1997 年 4 月 2 刷。

22. 藝術的故事，E.H. Gombrich 著，雨云譯，台北：聯經出版社，1997年 9 月 3 版。

23. 美從何處尋，宗白華，台北：蒲公英出版社，1986 年。

24. 美學與意境，宗白華，台北：淑馨出版社，1989 年 4 月。

25. 中國古代美學範疇，台北：木鐸出版社，1987 年 7 月初版。

26. 中國藝術精神，徐復觀，台北：台灣學生書局，1992 年 7 月 11 刷。

27. 中國古典美學風骨論，汪湧豪，中國人民大學出版社，1994 年 9 月 1 版 1 刷。

28. 玄妙之境，張海明，東北師範大學出版社，1998 年 5 月 2 刷。

29. 氣韻論，鍾躍英，上海人民美術社，2000 年 5 月 1 版 1 刷。

30. 東方神韻：意境論，薛富興，北京：人民文學出版社，2000 年 6 月 1 版 1 刷。

31. 中國藝術意境論，蒲震元，北京大學出版社，2000 年 8 月 2 刷。

32. 六朝美學點描，李銘宗，台北：亞太圖書，2001 年 12 月初版 1 刷。

33. 美學，黑格爾著，朱孟實譯，台北：里仁書局，1981 年。

34. 康德：判斷力之批判，牟宗三譯註，台北：台灣學生書局，1993 年 10 月初版。

35. 境界的再生，柯慶明，台北：幼獅文化，1977 年 5 月。

36. 結構主義與符號學，Terence Hawkes 著，陳永寬譯，台北：南方叢書出版社，1988 年。

37. 美學百科全書，李澤厚等編，北京：社會科學文獻出版社，1990 年 12 月 1 版 1 刷。

38. 美學百科全書，九京：社會科學文獻出版社，1990 年 12 月 1 版 1 刷。

39. 美學原理，楊辛・甘霖，台北：曉園出版社，1991 年 5 月 1 版 1 刷。

40. 情感與形式（Feeling and Form），蘇珊・郎格（Susanne. K. Langer）著、劉大基等譯台北：商鼎文化，1991 年 10 月台灣初版。

41. 審美三論，姚一葦，台灣開明書店，1993 年 1 月初版。

42. 現代美學體系，葉朗主編，台北：書林出版，1993 年 10 月 1 版。

43. 反美學——在闡釋中理解當代審美文化，潘知常，上海：學林出版社，1995 年 12 月 1 版 1 刷。

44. 美學論集，李澤厚，台北：三民書局，1996 年 9 月初版。

45. 苦澀的美感，何懷碩，台北：立緒文化，1998 年 10 月。

46. 阮籍審美思相研究，孫良水，台北：文津出版社，1999 年 7 月 1 刷。

47. 美學精論（第七卷），趙憲章主編，北京：中國青年出版社，2000 年 5 月 1 版 1 刷。

48. 腦內藝術館——探索大腦的審美功能（Inner Vision－An Exploration of Art and the Brain），塞莫・薩基（Semir Zeki）著，潘恩典譯，台北：商周出版，2002 年 6 月初版 5 刷。

（八）

1. 甲骨文字集釋，李孝定編述，台灣中央研究院歷史語言研究所專刊之五十，1965 年。

2. 中國學術類編，楊家駱主編，台北：鼎文書局。

3. 文學研究叢編（第一輯），台北：木鐸出版社，1981 年 7 月。

4. 新譯老子讀本，余培林注譯，台北：三民書局，1997 年 10 月 12 版。

5. 莊子集解，王先謙，台北：木鐸出版社，1988 年 6 月初版。

6. 荀子集釋，李滌生，台北：台灣書局，1991 年 10 月 6 刷。

7. 周易略例，王弼，明嘉靖間四明范氏刊本配補清刊本。

8. 孟學思想史論，黃俊傑，台北：東大出版，1991 年初版。

9. 中國古代思想中的氣論及身體觀，楊儒賓主編，台北：巨流圖書公

司，1993 年 1 版。

10. 氣，張立文主編，台北：漢興出版社，1994 年初版。

11. 漢唐史論集，傅樂成，台北：聯經出版，1984 年 9 月 3 刷。

12. 大唐盛世，高橋和已等著，台北：地球出版社，1979 年 7 月修定版。

13. 宮廷文化，龔斌，遼寧教育出版社，1996 年 3 月 2 刷。

14. 隋唐五代文學思想史，羅宗強，北京：中華書局出版社，1999 年 8 月 1 版 1 刷。

15. 中國人的性格——科際綜合性的討論，李亦園、楊國樞編，中央研究院民族學研究所專刊乙種第四號，1972 年 7 月。

16. 禪門，聖嚴法師，台北：法鼓文化，1996 年 7 月初版。

17. 聖嚴說禪，聖嚴法師，台北：遠流出版，1996 年 9 月 16 初版 2 刷。

18. 湖濱散記，亨利・梭羅著、陳柏蒼譯，台北：高寶國際有限公司，1998 年 3 月 1 版 1 刷。

19. 人及其象徵——榮格思想精華的總結，卡爾・榮格（Carl G. Jung）主編、龔卓君譯台北：立緒文化，1999 年 5 月初版 1 刷。

20. 文化環境與內心掙扎——荷妮的文化心理病理學，葛魯嘉、陳若莉，台北：貓頭鷹出版，2000 年 11 月初版。

21. 孤獨，菲利浦・科克（Philip Koch）著、梁永安譯，台北：立緒文化，2001 年 2 月初版 6 刷。

22. 色彩學，林書堯，台北：著者兼發行，1983 年 8 月修訂初版。

二、學位論文

1. 論杜詩沉鬱頓挫之風格，蕭麗華，台灣師範大學國文研究所碩士論文，1986 年 5 月。

2. 杜甫題畫詩研究，楊國蘭，中央大學中文研究所碩士論文，1990 年 6 月。

3. 唐代題畫詩研究，廖慧美，東海大學中國文學研究所碩士論文，1991 年 4 月。

4. 形神理論與北宋題畫詩，林翠華，成功大學中國文學研究所碩士論文，1997 年 5 月。

5. 明人詩畫合論之研究，鄭文惠，政治大學中國文學研究所碩士論文，1988 年 6 月。

6. 鄭板橋題畫文學研究，衣若芬，台灣大學中國文學研究所碩士論文，1990 年 4 月）。

7. 劉勰文心雕龍之審美觀，吳玉如，台灣師範大學國文研究所碩士論文，1996 年 7 月。

8. 詩話論風格，林淑貞，國立台灣師範大學國文研究所博士論文，1998 年 5 月。

9. 蘇軾、黃庭堅之交遊及其唱和詩研究，劉雅芳，台灣師範大學國文研究所碩士論文 2001 年 6 月。

10. 杜詩意象類型研究，林美清，國立政治大學中國文學系博士論文，2000 年 6 月。

11. 盛唐山水詩研究，李遠志，國立高雄師範大學國文學系博士論文，2002 年 6 月。

三、期刊論文

1. 題畫文學及其發展，青木正兒著、魏仲佑，中國文化月刊， 1980 年 7 月第 9 期。

2. 一洗萬古凡馬空——談杜甫詠馬詩，周裕鍇，草堂，1981 年，第 2 期。

3. 杜甫詩中的馬和鷹，鄧魁英，北京師範大學學報，1984 年第 3 期。

4. 對杜甫人格的異議，王抗敵，中國古代、近代文學研究，1984 年第 5 期。

5. 論中國古代題畫詩，祝君波，朵雲，1987 年 7 月 14 期。

6. 試論杜甫的詩興，吳明賢，杜甫研究學刊，1988 年第 1 期總 15 期。

7. 詩情畫意——中國繪畫之特殊藝術形式，林莉娜，故宮文物月刊，1988 年 9 月第 66 期。

8. 中國古典詩歌的三種審美範疇，周裕鍇，學術月刊，1989 年第 9 期。

9. 論「詩中有畫」、「畫中有詩」之遠近因及其三種界義（一～三），李漢偉，故宮文物月刊，1989 年 10～12 月第 79 期。

10.「幹惟畫肉不畫骨」別解——兼論「感神通靈」觀在中國畫史上的沒落，石守謙，藝術學，1990 年 3 月第 4 期。

11. 試論杜甫對詩歌意象結構語言音律的開拓與創新，江裕斌，文學理論研究，1991 年第 1 期。

12. 淺析杜甫題畫詩所追求的風骨，吳建輝，杜甫研究學刊，1991 年第 3 期總 29 期。

13. 杜甫題畫詩繪畫美學思想芻探，何根海，杜甫研究學刊，1991 年第 4 期總 30 期。

14. 盛唐氣象論，趙克堯，復旦學報：社會科學版，1991 年第 4 期。

15. 馬與鷹——杜甫思想性格管窺，藍旭，杜甫研究學刊，1992 年第 2 期總 32 期。

16. 從唐人詩畫中馬的意象看盛唐風光，衣若芬，國文天地，1992 年 8 月第 8 卷 3 期。

17. 畫骨、傳神、寫眞——杜甫的繪畫美學形神觀，李祥林，杜甫研究學刊，1992 年第 4 期總 34 期。

18. 論杜詩中「神」的哲學內涵，戴武軍，杜甫研究學刊，1993 年第 1 期。

19. 以畫法爲詩法在杜甫山水景物中的表現二題，牟瑞平，杜甫研究學刊，1993 年第 2 期總 36 期。

20. 書貴瘦硬方通神——論杜甫與書法，黎孟德，杜甫研究學刊，1993 年第 3 期總 37 期。

21. 心在天山，身老滄洲——談放翁詞，陳秀瑞，國文天地，1993 年 8 月 9 卷 3 期。

22. 杜甫山水景物詩中的情感心態，牟瑞平，杜甫研究學刊，1994 年第 1 期總 39 期。

23. 論杜甫的藝術審美傾向，王飛，杜甫研究學刊，1994 年第 3 期總 41 期。

24. 偉大的孤獨者——爲詩人杜甫誕生 1282 周年作，黃玉順，中國古代、近代文學研究，1994 年第 11 期。

25. 試論杜甫的個體生命意識，杜曉勤，貴州文史叢刊，1995 年 2 期總 61 期。

26. 「蘇子作詩如見畫」從杜甫和蘇氏的馬詩看唐宋詩風，鄧仕樑，香港中文大學中國文化研究學報，1995 年新第 4 期。

27. 黃庭堅文藝審美觀及其文化精神，吳晟，廣州師院學報，1995 年第 3 期。

28. 從杜詩鷺鳥主題看作品與存在的關聯，曹淑娟，淡江大學中文學報，1996 年 12 月第 3 期。

29. 杜甫與禪宗，秦彥士、庾光蓉，天撫新論，1996 年第 4 期。

30. 唐人題畫詩之論畫美學研究，許麗玲，中正嶺學術研究集刊，1997 年 12 月第 16 卷。

31. 黃庭堅的詩歌審美意識及其結構——兼談黃庭堅的審美理想，羅龍炎，江西社會科學，1998 年第 11 期。

32. 唐代詩人的巨擘——杜甫與禪，惕忱，佛學研究，1998 年。

33. 論杜甫的書法美學思想，李祥林，杜甫研究學刊，1999 年第 3 期總 61 期。

34. 杜詩中的鷹‧馬意象，劉進，杜甫研究學刊，1999 年第 3 期總 61 期。

35. 杜甫詩論管窺——興、神、情，楊保建，西安電子科技大學學報（社會科學版），1999 年第 3 期。

36. 題畫文學研究概述，衣若芬，中國文哲研究通訊，2000 年 3 月第 10 卷第 1 期。

37. 題畫詩的文化底蘊與審美特質，宋生貴，廣播電視大學學報，2000 年第 4 期

38. 神話圖騰與文學意象：中國文學的深層心理，蕭麗華，第一屆《中華文明的二十一世紀新意義》學術研討會，2000 年 10 月 29 日。

39. 杜甫與禪學，劉衛林，杜甫研究學刊，2001 年第 1 期總第 67 期。

40. 論杜甫題畫詩，任輝，錦州師範學院學報，2001 年第 23 卷第 1 期。

41. 寫真與寫意：從唐至北宋題畫詩的發展論宋人審美意識的形成，衣若芬，中國文哲研究集刊，2001 年 3 月第 18 期。

42. 試論盛唐文化對杜甫的影響，張春麗，河南社會科學，2001 年 3 月第 10 卷第 2 期。

43. 杜甫處世為人特徵論略，崔際銀，河北學刊，2001 年 3 月第 21 卷第 2 期。

44. 天馬行空，趙雲，故宮文物月刊，2001 年 6 月第 19 卷第 3 期總 219 期。

45. 杜甫、蘇軾繪畫美學的分歧——「骨」與「肉」的價值評定，劉朝謙，杜甫研究學刊，2001 年第 3 期總 69 期。

46. 從神話原型看李杜詩中的神鳥意象，蕭麗華，國文天地，2001 年 16 卷 8 期。

47. 「詩」「興而比」、「興兼比」說析論，歐天發，嘉南學報，2001 年 11 月第 27 期。

48. 從〈飲中八仙歌〉看杜甫對「詩中有畫」的貢獻，牟驚瑋，杜甫研究學刊，2002 年第 2 期總 72 期。

49. 中國古代詩歌中「江湖」概念的嬗變，丁啟陣，中國典籍與文化，2002 年 3 期。

附　圖

圖一

唐　韓幹《照夜白圖》

圖二

唐　韓幹《牧馬圖》

後　記

　　在教書之餘，扒書檢閱、搜索枯腸、踽踽吟詠，一晃之間已是一兩年了！都會區紅塵滾滾的喧囂似乎與我無關，人與事正因時制宜不斷地變遷著呀！而我的世界彷彿進入書中圍城，只見窗外風雲變幻無一刻停止。由位於高樓的書房眺望出去，是一環山圍繞的都市叢林，天色時晴時陰，曾經紅霞遍照的天空，也曾籠罩在一片詭異的灰霾中。夕照是溫煦不打擾我的，但狂風呼嘯、雷電交加以及地震時的天搖地動，則猛烈敲擊著陷入長考的我。

　　外在的世界固然瞬息萬變，然世界並沒有因我完成了一篇論文而改變，但我的世界卻因我完成了一篇論文而改變了！因為，看待世界的意義終究是來自於我自己啊！

　　我少年懵懂習畫，成年後始啓中國古典文學之蒙，根基相當薄弱。過了而立之年的現在，才有機緣處理多年來一直縈繞心中繪畫與文學之於我的關係。這將近二十年的路，走的踉踉蹌蹌，愚鈍的自己固然時常一片渾噩，倒也偶而柳暗花明乍現靈光，體驗了心念峰迴路轉的經歷。

　　人說：「山中無歲月，寒盡不知年。」在寫作論文過程中，「坐忘書城」也是一個可貴的生命體驗，將無常的生命寄寓於藝術，不也是一種美麗的投擲！孤獨是必要的，但幸運的我，卻又在孤獨之中不孤

獨，眼、耳、鼻、舌、身、意通過孤獨，湧現的是一份天馬行空之自由。浩瀚書海中高貴靈魂的對話，我在有限的時空中與他們相逢，精神的無遠弗屆，令人嚮往之。當然，自己並非遺世獨立、與世隔絕，指導教授陳師文華的殷殷眷顧與指點迷津，還有許多我愛與愛我的親人師友，以及校園中課堂裏青春活潑的學子，伴著我走過這段「既孤獨又不孤獨」的旅程。

最後感激我生命中所有的貴人，也要感激那自然造化的瀑布山林，曾給了一顆紛擾不安的心靈得以沉澱澄靜！

癸未仲冬　李百容
謹誌於國立台灣師範大學國文研究所

出 版 附 記

　　《杜甫題畫詩之審美觀研究》一書，是我於 2003 年完成的碩士論文，現稍作審訂，隨同博士論文《蘇軾詩畫通論之藝術精神研究》付梓，算是對我這十年的讀書生涯作了交代。這兩部論文，在論述面向上有不同的側重，但在中國古典詩歌與文人畫之相涉的關注卻是一脈相承的。在研究意識上，可以說是有意識地以不同的觀察視角，所進行對詩畫關係多元詮釋的一種努力，期能開拓一條回歸文本、主體精神的文化歸屬之路。此外，除了要對指導我博碩士論文的陳文華教授表達致敬之外，在學習請益過程中，顏崑陽教授、蕭麗華教授、王邦雄教授……等諸位老師，皆曾給予我無私的教導，在此一併誠摯致謝。人生有涯，學而無涯，最後尚祈方家不吝指教。

壬辰年立秋　李百容　謹誌於台北